DIE HERAUSGEBERINNEN:

Magda Birkmann ist seit ihrer Jugend begeisterte Schatzsucherin in Bibliotheken, Antiquariaten und auf Bücherflohmärkten, seit 2018 teilt sie diese Begeisterung für Literatur als Buchhändlerin in der Berliner Buchhandlung Ocelot und als freiberufliche Literaturvermittlerin auch regelmäßig mit der Öffentlichkeit. Magda Birkmann ist Mitglied der Jury für den Deutschen Buchpreis 2024.

Nicole Seifert ist gelernte Verlagsbuchhändlerin und promovierte Literaturwissenschaftlerin. Sie lebt in Hamburg und arbeitet frei als Autorin, Übersetzerin und Literaturkritikerin. 2021 erschien bei Kiepenheuer & Witsch ihr Buch *FRAUEN LITERATUR. Abgewertet, vergessen, wiederentdeckt*, 2024 folgte *«Einige Herren sagten etwas dazu». Die Autorinnen der Gruppe 47*.

Angelika Mechtel
Das gläserne Paradies

ROMAN

Herausgegeben
von Magda Birkmann
und Nicole Seifert

ROWOHLT TASCHENBUCH VERLAG

Die Originalausgabe erschien 1973
im Verlag R. S. Schulz in Percha / Starnberg.

Neuausgabe
Veröffentlicht im Rowohlt Taschenbuch Verlag,
Hamburg, November 2024
Copyright © 2024 by Rowohlt Verlag GmbH, Hamburg
Die Nutzung unserer Werke für Text- und Data-Mining im
Sinne von § 44b UrhG behalten wir uns explizit vor.
Covergestaltung FAVORITBUERO, München
Coverabbildung Polly Eltes / Narratives / plainpicture
Satz aus der Heldane Text
bei Pinkuin Satz und Datentechnik, Berlin
Druck und Bindung CPI books GmbH, Leck
ISBN 978-3-499-01628-8

I

Lauter
ehrenwerte Leute
im Bellevue

1

Amelie schreibt an ihren ältesten Sohn:

Mein lieber Friedrich,
erst gestern Abend kam ich dazu, die Karte der Speisenfolge mit den Unterschriften aller Anwesenden auf der Rückseite für Dich herauszusuchen. Ich möchte sie Dir heute beilegen.
Wir denken noch immer voller Dankbarkeit an meine so besonders harmonisch verlaufene Geburtstagsfeier im Hotel Bellevue zurück.
Katrin und Corinna, unsere lieben Schätzchen, beglückten alle Gäste sehr mit ihrem Flötenspiel und dem englischen Lied. Allerliebst sahen sie in ihren neuen Kleidchen aus. Und auch unser kleiner Friedrich hat uns viel Freude gemacht. Gerät er doch ganz seinem Großvater nach. Grüße ihn mir herzlichst und vermelde ihm bitte drei Küsschen von Großmama und Großpapa.
Auch Du sahst in Deinem Smoking sehr gut aus, und wir waren recht dankbar, dass Du kommen konntest. Wir wissen ja nur zu genau, wie sehr Du für Deine geschäftlichen Unternehmungen planen musst.
Nun, wie dem auch sei, ich werde ja auch nur einmal sechzig Jahre alt! Behalte uns lieb und erfreu uns bald wieder mit Deinem lieben Besuch.

In Liebe grüßt Dich
Deine Mami

Mittwoch, den 1. November 1972

Hotel Bellevue

SPEISENFOLGE

Geflügelsalat «Carmen»
in der Orange
Butter
Toast

Spargelcremesuppe

Gigue de Chevreuil
Champignonrahmtunke
Kroketten
Spätzle
Preiselbeeren

Williamsbirne flambiert
Waffel
Feingebäck

———

1969er Reiler vom heißen Stein «natur»
Weingut Josef Schuh

1966er Beaujolais «Grande Reserve»
J. H. Bachmann / Bremen

———

Mittwoch, 25. Oktober 1972

«Kann unser Sohn das Tonband anstellen?»
«Es läuft schon.»
«Ja? Wie schön!»

«Ich mach jetzt erst mal äh-bäh», sagt der kleine Junge, der gerade sechs geworden ist, den sie in einen himmelblauen Strickanzug mit weißer Bluse gesteckt haben, dessen Haare sie goldblond und lockig nennen und dem sie die Hände gewaschen, die Fingernägel geschnitten und einen geraden Scheitel dort gezogen haben, wo er bei Jungen hingehört. «Ich mach jetzt erst mal äh-bäh», beharrt er, beugt sich zum Mikrofon hinüber, das etwas unvermittelt auf dem festlich gedeckten Tisch steht, und plärrt hinein.

«Aber Friedrich!», sagt die strahlende Großmutter, und die beiden Enkeltöchter kichern. Sie sind schon älter und zu gut erzogen, um ebenfalls so schön aus der Rolle fallen zu können.

«Aber Friedrich!», rügt Amelie und versucht es mit einem Ablenkungsmanöver: «Sieh mal, was uns der Ober bringt!»

Im schwarzen Frack wirken der Ober und seine beiden Gehilfen fast noch vornehmer als die Gäste. Mit eingeübtem Geschick und gedrillter Anmut balancieren sie die Tabletts zum ersten Gang herein.

«Sieh mal, was der Ober bringt!»

Zum Ober sagt Amelie: «Danke schön.» Zum Enkel: «So, nun nimm den kleinen Löffel da!»

«Was ist denn das?», fragt der Junge und beäugt misstrauisch die Vorspeise: Geflügelsalat in Orange.

Sie wird den Jungen hier mit Güte zur Ruhe bewegen müssen. Schließlich sind all diese Leute da, und heute ist ein freudiger Anlass, also soll die Freude auch nicht verdorben werden, jene unverbrüchliche Freude an einer Welt, die in Ordnung ist. Keiner der Gäste denkt anders.

Paradiesischer Zustand. Ein Hauch von heiler Welt.

Und selbst dann, wenn einem von ihnen bewusst geworden wäre, dass dieses Paradies ein gläsernes ist und jederzeit mit einem unangenehmen Ton zerspringen kann, er hätte sich selbst nicht geglaubt.

Keiner von ihnen wird diese durchsichtige Sterilität, dieses beinahe zärtliche Gehäuse, das jede Bewegungsfreiheit und die Luft zum Atmen nimmt, sprengen. Sie werden weiterhin in dieser wohltemperierten Lethargie, in diesem Bewusstsein, unanfechtbar zu sein, verharren.

Auch, wenn nun einer käme und zum Beispiel sagte, zwei Gäste stünden unter dem Verdacht, einen Menschen beseitigt zu haben, und es tue ihm leid, den schönen Geburtstag zu stören, aber er müsse eine Verhaftung vornehmen, sie würden dieses unbehagliche Ansinnen mit einem Lächeln abwehren.

Ganz undenkbar, diesen Zustand zu ändern, wenn er erst einmal eingetreten ist.

Endstation.

Aber nicht Endstation Sehnsucht. Sehnsüchte sind lange schon vorbei.

Amelie Born und ihre Gäste sind satt und deshalb genügsam geworden. Unerschütterlich im Glauben an ihr Paradies. Zuflucht in die Idylle westdeutschen Wohlstandsglücks.

Eine ehrenwerte Gesellschaft.

Jedes Mitglied ausgestattet mit einer weißen Weste, die untadelig bleibt, solange barmherzig abgedeckte Ungeheuerlichkeiten nicht an die Öffentlichkeit gelangen.

Da ist zum Beispiel der Kollege von Friedrich Born, der Professor für Germanistik, Peter Baumgart, der mit dem Eierkopf eines sensibel wirkenden Wissenschaftlers, anerkannt in seinem Fach, ein agiler Endfünfziger, der aus unbekannten Quellen finanziellen Nachschub erhält.

Oder Onkel Egon, Amelies Schwager und Arzt, mit seltsamen Neigungen für Köpfe, Kopfjäger und Ähnliches, leidenschaftlicher Sammler originaler Schrumpfköpfe.

Oder dessen Schwester, die Nonne, die als junge Frau mit überschwänglicher Fantasie zum Katholizismus konvertierte und nun ein Gesicht zur Schau stellt, als sei sie aufgefahren ins Reich der Cherubime, untadelig und vor allem tüchtig unter ihren schweren Röcken.

Keiner der Geburtstagsgäste würde etwa heute den dreien mit unbilligen Verdächtigungen nachstellen.

Es ist so, als schwebte ein monströser Rauschgoldengel über den Häuptern seiner Lieben und verkündete nach Art des Hauses unnachgiebig: Friede, Friede, Friede.

Traurig, traurig. Traurig.

Dem Glücklichen gehört die Stunde.

Und wer nicht glücklich sein sollte, hat es trotzdem in den geforderten Variationen durchzuspielen. Eine Übung fürs Leben.

Und wenn nun der Professor für Indologie, Dr. Friedrich Born, liebender Gatte des Geburtstagskindes und Großvater seiner Enkel, zum silbernen Dessertlöffel greift und an sein Weinglas klopft, so verläuft dieser Geburtstag wie geplant nach allen Regeln der Kunst.

«Liebe Kinder und Verwandte, werte Freunde», beginnt er, und seiner Stimme ist jener getragene Ton unterlegt, den er auch gerne im Seminar für seine Studenten anschlägt, der Würde, Bildung und Sinn für das Musische zum Ausdruck bringen soll.

Eine kleine Pathétique.

«Liebe Kinder und Verwandte, werte Freunde! Nur einmal im Leben wird man sechzig Jahre alt. Darum wollen wir auch heute diese Lebensmarke, diesen Tag gebührend feiern! Niemals wäre es zu dieser schönen Runde, zu einer solch festlichen Stunde des fröhlichen Beisammenseins gekommen, säße nicht neben mir die Königin des Festes, meine geliebte Frau, unsere liebe Amelie.»

Über Gefangenschaft und Krieg hinaus sei sie ihm kluge Beraterin, treue Gattin und fürsorgliche Mutter seiner Kinder gewesen.

Nachruf auf eine erfreuliche Frau.

Heute gar strahle sie in großmütterlichem Glanze vor ihren Enkelkindern wie kaum eine andere Großmutter.

Dann beschwört er die Gnade des Himmels. Sagt, dass es gar nicht so selbstverständlich sei, diese Frau heute noch nach den Wirren des Krieges und der Nachkriegszeit zur Seite zu haben, das sei eine hohe Gnade des Himmels, und er flicht mit biblischem Geschick den Begriff ‹wahrlich› in seine Rede ein. Wahrlich, ich sage euch.

«Dass sie so jung geblieben ist, verdankt sie ihrer unerschöpflichen Tatkraft, die sie seit vierzehn Jahren mit praktischem Blick und großer Initiative an der Arbeit in unserem Seminar teilnehmen lässt.»

Niemand habe sie dafür entlohnt.

Dafür belohne sie in reichem Maße das Vertrauen und die Hochachtung, die ihr von allen Seiten entgegenfließen. «Zusätzlich», sagt er und hat im Hinterkopf die unpassende Erinnerung an rebellierende Studenten, «zusätzlich hat sie ein Band geschaffen, das in unserem Seminar Lehrende und Lernende freundlich umfasst und das von außen her durch kein noch so hochgeschraubt daherredendes Satzungsprogramm oder Studienmodell ersetzt werden kann.

Wollen wir sie also heute in dieser Runde gebührend feiern! Eine Huldigung unserer lieben Amelie, meiner geliebten Frau, eurer treu sorgenden Mutter und Großmutter und ihrer unentbehrlichen Mitarbeiterin!

Man wird nur einmal im Leben sechzig, und heiraten sollte man auch nur einmal», sagt er, und seine Frau wirft einen bedauernden Blick hinüber zu den beiden Schwiegertöchtern, die diesem Familienkreis eigentlich nicht mehr angehören sollten, aber da schließt er schon mit erhobener Stimme und einem charmanten Lächeln: «Um mit Horaz, meinem römischen Lieblingsdichter, zu reden: ‹Dreimal glücklich, glücklich unverwandt, die ein unzerrissenes Band in der Welt zusammenhält!›»

Jetzt heißt es: die ärgerliche kleine Verwirrung in Erinnerung an Ehe und Schwiegertöchter rasch wieder zu vergessen, das Glas zu heben, den kleinen Finger ein wenig abgespreizt strahlend zu lächeln und sich zuprosten zu lassen.

«Unserer Amelie eine Huldigung!»

Wie sie das genießt.

Auch er, Friedrich Born, weit über sechzig, genießt es. Stößt einzeln an mit lieben Freunden und bedenkt auch die beiden Schwiegertöchter mit einer freundlichen Geste.

Er genießt es, heute einmal öffentlich Wein trinken zu dürfen, auch wenn er danach eine seiner Pillen zur Gichtbekämpfung wird nehmen müssen. Das ist es ihm wert.

Er genießt es, seinen Charme im gesellschaftlich ebenbürtigen Kreis ein wenig ausschwingen zu lassen. Ein Gefühl von Hahn im Korb überkommt ihn. Eine angenehme Täuschung.

Eine Täuschung wie die Anwesenheit der Schwiegertöchter mit ihren Kindern, die jene freundliche dreiköpfige Enkelschar repräsentieren und den Background für die fröhliche Großmutter abgeben sollen.

Beide jungen Frauen haben sich von ihren Männern, den Bornsöhnen Michael und Friedrich, getrennt.

Ruth, die den Enkelsohn und damit das Weiterbestehen des Namens Born vor Jahren unter erheblichen Schwierigkeiten im Kreißsaal aus sich herauspresste, ist bereits wieder verheiratet, hat in ihrem gesellschaftlichen Ungeschick zum Sohn eines Freundes der Familie gegriffen und scheint zu allem Überfluss auch noch glücklich zu sein.

Brigitte, die Frau des jüngeren Bornsohnes, hat erst vor vier Wochen den Scheidungsanwalt beauftragt und harrt der Dinge, die da kommen.

Liebend gern würde sich Amelie wieder einmal in ein schwebendes Verfahren einmischen, was ihr heute jedoch im Interesse des festlichen Friedens verwehrt ist.

Unter vier Augen wird sie ganz bestimmt mit nachdrücklicher Präzision ans Werk gehen. Hier aber wird sie den Teufel tun und das Missgeschick der Söhne aufdecken.

Diese Söhne haben erfolgreiche Söhne zu sein. Und was nicht ist, kann vorgespiegelt werden.

Deshalb auch die einträchtige Anwesenheit der unbescholtenen Schwiegertöchter.

Es war nicht leicht für Amelie, die beiden Söhne, die abtrünnigen Schwiegertöchter und ihre Kinder zur Ausschmückung des Festes an die Tafel zu bewegen.

Friedrich, der Älteste, der noch die größere Zuneigung und Verbundenheit zum Elternhaus zeigt, der auch seinen Sohn in alter Familientradition mit dem Namen Friedrich bedacht hat, ist, seitdem er erfolgreicher Unternehmer wurde und in den, wie man so sagt, besten Kreisen der Hochfinanz verkehrt, zu einem raren Objekt geworden, augenblicklich vollbeschäftigt mit einer heraufdämmernden Weltwährungskrise, die ihm das Geschäft verderben könnte.

Michael, der Jüngere, der Pechvogel und Unglücksrabe, der, dem die Karriere verloren ging, war beinahe unauffindbar, bis ihn seine Mutter entsetzt in der sogenannten Siedlung auftrieb. Smoking mit Hemd, Kummerbund und Schuhe hatte er schon verkauft. Amelie besorgte in aller Eile Ersatz, ersparte dem Sohn auch nicht einen Gang zum Friseur und die Anweisung, über seine Situation tiefstes Stillschweigen zu bewahren, um dem Spott zu entgehen, für den niemand zu sorgen braucht, der, wie Amelie sich ausdrückt, den Schaden schon hat.

Danach griff Amelie zu einer hohen Dosis blutdruckdämpfender Tabletten, um die Aufregung dieses beschämenden Vorspiels in Grenzen zu halten.

In diesem Augenblick, da der Chefober mit seinen beiden Assistenten die Vorspeise serviert, wird das alles mit einem Lächeln tückischer Barmherzigkeit und Selbsthilfe zugedeckt.

Ungebrochen lässt Amelie ihr gesundes Naturell durchbrechen. Diesen Sinn für Besitz, für Bewahrung und distinguiertes Zur-Schau-Stellen von Besitz.

Und es ist ein echtes Gefühl, wenn sie nun zutiefst glücklich ist, Kinder und Enkel um sich versammelt zu haben. Sie empfindet tatsächlich naive Freude an der überladenen Pracht des Speisezimmers und am Tischarrangement.

«Ist er nicht entzückend, der Raum?», fragt Amelie Born ihren Mann.

«Ja, er ist größer.»

«Früher war das hier die Empfangshalle», erinnert sie sich.

Auch ihre Geste ist ernst gemeint, wenn sie nun der zehnjährigen Enkelin Katrin, die ihr ähnlich sieht, die warme breite Hand auf den Unterarm legt und meint: «Zeig mal Tante Olga deinen schönen Ring, den wir dir aus Paris mitgebracht haben!»

Katrin hebt verwirrt und ein wenig verlegen die rechte Hand mit dem schweren Silberring zu Tante Olga, die neben ihr sitzt.

Tante Olga findet den Ring entzückend, und ihr Mann Egon, der Arzt mit seiner Vorliebe für Köpfe, der diese Szene vom Platz gegenüber beobachtet, ergötzt sich am Erröten des Kindes. Was für einen hübschen Kopf das Mädchen doch hat!

«Aus Paris haben wir diesen Ring mitgebracht.»

«O ja, er ist sehr kostbar.»

Nur Katrins Augen unterscheiden sich von denen der Großmutter, lassen an der Ähnlichkeit zweifeln, die die übrigen Gesichtszüge, das energische Kinn, die kurze, kräftige Nase und die breit ausladenden Backenknochen so verräterisch andeuten. In ihnen liegt ein Ausdruck unbehaglicher Wachsamkeit. Eine Neigung zum Zweifel an dem, was zu sehen ist.

Noch ist diese Wachsamkeit ein wenig verwirrt und ungeordnet, aber die Zehnjährige beginnt schon, sich dieser Eigenschaft bewusst zu werden.

Amelie sieht in Katrin nur das hübsche Mädchen, ihr eigenes kleines Ebenbild oder die Tochter, die sie sich neben den beiden Söhnen immer gewünscht hat, und erstickt jedes Aufbegehren des Kindes mit freundlichem Nachdruck.

Bei aller Liebe zu Katrin oder deren kleineren Schwester Corinna ist ihr der Enkel wichtiger.

Friedrich der Siebte, wie sie ihn manchmal zärtlich nennt, sitzt noch immer abwehrend vor seiner Orange mit Geflügelsalat und schreit energisch: «Hunger!»

«Jetzt bekommst du etwas ganz Schönes», besänftigt sie ihn, und der kleine Friedrich verlegt seine Taktik auf die Basis des Kleinkindalters, wölbt die Lippen und stößt ein berechnend wirkungsvolles Oh-oh-oh aus.

«Jetzt nimmst du deinen Löffel und isst schön!»

Unangenehm berührt von diesem unangepassten Benehmen seines Enkels, bemüht sich auch der Großvater um seine Aufmerksamkeit: «Weißt du denn, was darin ist?», fragt er und wendet sich ebenfalls dem Kleinkinderton zu.

«Er weiß es», wehrt Amelie ihren Mann ab. Ein Schachzug, den sie gern und häufig gegen ihn benutzt.

Seine Waffe besteht darin, sie zu ignorieren, und so fährt er ungerührt fort: «Ananas.»

Amelie macht aller Widerspenstigkeit ein Ende, greift zum Löffel und sticht in die Orange hinein, das Zeichen für ihre Gäste. Nun rollt er ab: ein Geburtstag aus dem Bilderbuch.

Eine Familie aus der Spielzeugkiste. Ehrenwert und solide, mit dem einzigen Fehler, dass jenes große Geld im Hintergrund fehlt, das diese Feier im glasbestückten Spiegelsaal mit Lüster, mit Smoking und hochgelegter Frisur im traditionsbezogenen Sinne rechtfertigte.

Eine skurrile Angelegenheit, närrisch und nicht ohne die Komik eingefahrener Konventionen. Diese Gesten des guten Tons, die so leicht von der Hand gehen. Umgangsformen, die zum Handwerk gehören.

Als bewegten sich diese zwanzig Menschen im blutleeren Raum.

Aber es sind keine Puppen. Vielmehr dieser tiefverwurzelte Glaube an die bessere Gesellschaft. Überzeugungen einer Familie, die sich sehen lassen kann. Leute, die etwas sind und mehr sein wollen als jene, die sonntags Schweinebraten und wochentags Hackbraten essen.

Hier ist Kultur.

Und einer muss der Hüter sein, unbestechlicher Träger, Bürger der Nation. Immer ein wenig Bildung auf den Lippen und ein Goethezitat, das auf der Zunge zergeht, ehe es den Zuhörer erreicht hat. Für die Damen ein Verslein aus dem

Poesiealbum, ein Kaffeekränzchen mit Meißner Porzellan und dem Silber für besondere Anlässe.

Das sind sie.

Er: Universitätsprofessor. Sie: Tochter aus gutem Fabrikbesitzerhause, Mutter zweier Söhne.

Er: ehemaliger SA-Reiter, wegen der Pferde. Sie: mit gern verschwiegener BDM-Karriere.

Eine Zukunft, die verloren ging. Geistige Heimat, die zerstört wurde.

Tote soll man ruhen lassen. Und den Überlebenden Dank schulden, haben sie doch für Kinder und Enkelkinder wieder aufgebaut, was sie zuvor in Schutt und Asche legten.

Phönix oder Pelikan. So sehen sie sich gerne. Aber exotische Vögel wollen sie keinesfalls sein, nur den Anspruch auf Elite erheben. Geistesarbeiter: die angesehensten Bürger der Nation. Vaterlandsgesellen, denen Böses nachzusagen eine Verfehlung der Gesinnung wäre.

Ehrenwerte Leute.

Und diesmal also ein Geburtstag, der sich sehen lassen kann. Die Sitzordnung ist eingenommen, Blumen und Kerzen arrangiert, das Hotel ist nicht billig, schon gar nicht der Spiegelsaal, das Versailler Zimmer, und der erste Gang aufgetragen: Geflügelsalat in Orange. Köstlich.

«Guten Appetit», wünscht Amelie Born, aber der kleine Junge, den sie ausstaffiert haben wie einen blonden Brunnenengel, protestiert. Was hilft ihm dieser Protest, wenn Amelie erklärt: «Jetzt essen wir den Salat!»

Der Enkel mag nicht.

Die schöne Apfelsine.

«Ich ess lieber Toastbrot», sagt er.

Ein köstlicher Geburtstag. Wie doch alles so hübsch arrangiert ist. Die Söhne an die Seite jener Damen gesetzt, die Gattinnen wichtiger Kollegen sind. Die Schwiegertöchter entsprechend ihren Neigungen und Konversationsfähigkeiten zwischen verheiratete Herren platziert.

Ganz oben aber: Amelie Born, strahlend und glücklich mit ihren sechzig Jahren. Eine junge Großmutter. Davon ist sie überzeugt. Jung, wie sie sich fühlt, im hellblauen Spitzenkleid, das auf den Schultern die Haut durchschimmern lässt, ohne ihr Alter zu verraten. Mitleid, das sie an sich selbst übt.

Wie immer, wenn Amelie Born auftritt, hat sie auch heute jenes Lächeln angelegt, das ihr Mann so gern auf Farbdias festhält. Ein überwältigendes Lächeln. Weiße, regelmäßige Zähne zwischen den rot aufgetragenen Lippen. Ein Lächeln, ehe die Katze springt. Noch immer ist sie eine faszinierende Frau, die es versteht, ihren unbeugsamen Willen, ihr energisches Durchsetzungsvermögen geschickt zu verbergen, strategisch vorzugehen, ein Lächeln aufzusetzen: Den Glücklichen gehört die Welt.

Wenn sie den Löffel hebt, um ihn in die Geflügelorange einzutauchen, ist das ein liebenswürdiges Kommando, dem sich alle anderen unterwerfen. Sie greifen zu.

Nach den üblichen freudigen Überraschungslauten beim Eintritt in das Versailler Zimmer ist die erste Verlegenheitspause am weißen Damasttischtuch eingetreten.

Wer sich unbekannt war, riskierte einen Blick auf die Tischkarte des Nachbarn, las Titel, Name und Funktion, suchte nach Gesprächsstoff, fingerte an der Menükarte und unterhielt sich vielleicht über die Art, Rehkeulen zuzubereiten.

Die Stimmung ist gedämpft. Einer meint: «Das schöne Wetter scheint umzuschlagen.» Selbst ein Tornado wäre nun angemessen, zumindest als Gesprächsstoff.

Der Professor versucht die Stimmung mit einem Bildungswitz zu retten: «Wenn alles schweigt», sagt er, «geht ein Engel durchs Zimmer. Wie sagen die Perser? Ein Mädchen wird geboren. Die Geburt eines Mädchens», erläutert er, «löst in den Familien peinliches Schweigen aus.»

Die Tischrunde lacht. Die Männer laut und freundlich, weil sie wieder einmal die bessere Karte gezogen haben.

Die beiden Enkeltöchter, die sich heute bemühen, nur adrett, hübsch und wohlerzogen zu sein, lächeln verständnislos, wie man es von ihnen erwartet, und der Großvater wendet sich an die Ältere: «Vielleicht magst du noch eine Orange?»

«Aber nein», wehrt Amelie ab, «es gibt noch Preiselbeeren und Birnen!»

Sie meint: Preiselbeeren zur Rehkeule und Birnen als Nachtisch. Katrin aber scheint doch ein wenig begriffen zu haben. Auf ihrem Kindergesicht zeichnet sich hilflose Empörung ab. Auch sie wurde als Mädchen geboren.

Ein Missgeschick?

2

Die Hotelhalle macht keinen Unterschied zu anderen Hotelhallen dieser Preiskategorie. Zimmer mit Frühstück und Bad vierundfünfzig Mark. Marmorfliesen und Teppiche im Empfangsraum, die aussehen wie echte Perser. Stuckgerahmte Spiegel und Polsterfauteuilles. Plüsch, Teakholz und Satin und der verschämte Hinweis in Goldschrift aufs WC im Untergeschoss.

Prachtvolle Behaglichkeit.

Der Mann an der Rezeption ein Herr ohne Namen. Dezentes Eunuchenspiel.

Als der grüne Polizeiwagen vor dem Hoteleingang hielt, blätterte er gelangweilt die Bild-Zeitung durch, die er heute Morgen schon einmal gelesen hatte, und hob erst den Kopf, als die beiden Polizeibeamten durch die Glastür kamen.

«Sie wünschen?»

Ein wenig hilflos wirken die beiden Uniformierten zwischen Plüsch und Plunder.

Der Portier tröstet sich damit, dass das in den besten Häusern vorkomme, warum also nicht auch im Bellevue. Es soll immer wieder Gäste geben, die unterzutauchen versuchen.

Sie steuern auf die Rezeption zu. Der eine klein und schlank, der andere groß und breit.

Sie gehen immer in der gleichen Kombination auf Zweierstreife. Immer einer, der schwach aussieht, und ein ganz starker. Obwohl er schon längere Zeit nichts mehr mit der Polizei zu tun hatte, kann sich der Portier eines unangenehmen Gefühls in der Magengrube nicht erwehren. «Sie wünschen?»

«Könnten wir mal Ihre Gästeliste durchsehen?» Der Kleine scheint den Ton anzugeben.

«Routinekontrolle?»

Der Kleine zuckt die Achseln: «Vielleicht.»

«Was heißt vielleicht? Entweder sind Sie legitimiert, oder Sie sind es nicht. Dann kann ich Ihnen auch nicht das Gästebuch geben.»

«Wir sind es», antwortet der Kleine.

«Nun machen Sie mal nicht so einen Zirkus», sagt der Dicke, der schnell ungeduldig wird, «wir suchen zwei Männer, die bei Ihnen abgestiegen sein sollen.»

«Wann?»

«Heute.»

Der Portier schiebt ihnen die Eintragungen zu: «Bitte, Beeilung. Unsere Gäste sehen Sie bestimmt nicht gern hier.»

«Kann ich mir vorstellen», sagt der Dicke und grinst.

Der Kleine fährt rasch mit dem Zeigefinger die Namen ab, schüttelt den Kopf: «Fehlanzeige.»

«Vielleicht unter den Reservierungen?»

«Auch nicht.»

«Na denn –»

«Sind einige Gäste noch nicht eingetragen?»

Der Portier verneint. «Jeder Gast wird sofort registriert, und die Meldezettel sind bisher immer prompt und gewissenhaft beim Amt abgeliefert worden. Was wollen Sie also?»

Anna, die Klofrau, ist aus dem Souterrain gekommen.

«Was gibt's?», fragt sie und bewegt sich mühsam auf den Tresen zu. Ihre Beine sind schwer und angeschwollen. Der Arzt sagt, sie habe Wasser.

«Habt ihr ihn erwischt?»

«Wen sollen wir erwischt haben?», fragt der Dicke.

«Nun, den, der am Unfall schuld war.»

«An welchem Unfall?»

«An dem von meim Jungen», antwortet sie und sieht die beiden Beamten erwartungsvoll an.

«Ich hab nämlich die beiden hier oben reden hörn», sagt sie zum Portier, «und mir gedacht, gehst mal rauf und schaust nach. Die wissen sicher was.»

«Nee», sagt der Portier, «die suchen einen.»

«Den von meim Jungen suchen sie auch. Fast seit 'nem halben Jahr, wie er damals mit dem Motorrad kopfüber die Böschung runter ist.»

«Den Fall kenn ich nicht», wehrt sich der Dicke und will die Frau, die ihm lästig wird, wegschieben. Die lässt sich aber nicht so einfach wegschieben.

«Ich will wissen, was los ist», beharrt sie und verschränkt die kurzen Arme vor der umfangreichen Brust. «Schließlich ist mein Junge totgefahren.»

«Lebendig machen können wir den auch nicht mehr», brummt der Dicke.

Der Kleine will sachlich bleiben: «Wenn wir Ihnen doch sagen, dass wir gar nicht wissen, worum es sich handelt. Wir sind hier wegen was ganz anderem.»

«So!», sagt sie, und es klingt nicht gerade vertrauenerweckend. Wenn sie sich richtig vor ihm aufbaut, könnte sie ihm Angst machen.

Der Portier greift vermittelnd ein: «Ihr Junge ist im Sommer mit dem Motorrad ums Leben gekommen. Der Fall Toni Schuller, davon müssen Sie doch wissen! Der, der damals den Unfall verursacht hat, weil er die Kurve geschnitten hat, oben am Berg, wo's rübergeht zur Steige, der hat Unfallflucht begangen. Aber die Blockierspur seines Wagens war eindeutig.»

So viel Hartnäckigkeit macht die Polizisten ratlos.

«Weißt du was von einem Fall Toni Schuller?», fragt der Kleine den Dicken. Der schüttelt den Kopf.

Nun zuckt auch der Portier bedauernd die Schultern: «Tut mir leid, Anna.»

Sie lässt den Atem verächtlich zischend zwischen den Lippen ab: «Na, denn nicht! Hab ich was andres erwartet? Nee, von denen nich. Was kann unsereiner von denen schon erwarten!»

«Wen suchen Sie denn nun eigentlich hier?»

«Zwei Brüder.»

«Kann ich mir denken», grinst der Portier, der den abgezirkelten Bereich seines Eunuchenspiels verlassen hatte und jetzt ganz menschlich wirkt.

«Nein», verbessert der Dicke, «zwei echte Brüder. Born sollen sie heißen.»

Als er das sagt, taucht ganz plötzlich eine wachsame Schläue im Gesicht der Klofrau auf.

«Born?», fragt der Portier überrascht zurück.

«Ja», meint der Kleine, «der Name ist Ihnen bekannt?»

Noch ehe der Portier antworten kann, drängt Anna ihn beiseite: «Quatsch», sagt sie, «noch nie gehört. Was sollen die beiden denn ausgefressen haben?»

«Können wir nicht sagen.»

«So, können Sie nicht sagen, aber hier reinplatzen können Sie!»

Annas Angriff kommt überraschend, und der Kleine scheint nun auch die Geduld zu verlieren; seine herausfordernde Höflichkeit wird aggressiv: «Hören Sie mal», fängt er an, aber Anna baut sich wieder mit verschränkten Armen vor ihm auf, die starken Beine in die Grätsche gestemmt: «Was is?», fragt sie.

«Da stimmt was nicht», konstatiert der Dicke.

«Erst müssen Sie mal einen Durchsuchungsbefehl haben», ereifert sich Anna.

«Wenn Sie unbedingt Ärger haben wollen», kontert der

Dicke, «ich glaub nicht, dass die Direktion darüber erfreut wäre.»

Eine Drohung fürs Personal, die der Portier rasch begreift.

«Lass mal, Anna», sagt er und legt ihr die Hand bedauernd auf die Schulter, «lass mal, da können wir nicht viel machen, da sind wir machtlos, tut mir leid –»

«Also, was ist», fordert der Kleine.

«Es ist so», erklärte der Portier, «dass wir hier eine Familie Born haben. Die feiern im Versailler Zimmer den sechzigsten Geburtstag von Frau Born. Ich weiß aber nicht, ob das die Richtigen sind. Könnte sein.»

«Sechzig?», fragt der Dicke. «Die beiden sollen doch zwischen dreißig und vierzig sein.»

«Warte mal», sagt der Kleine, «ist der Vater von den beiden nicht Universitätsprofessor?» Und zum Portier gewandt: «Ist der alte Herr da drin Professor?»

«Ich weiß nicht», antwortet der Portier unbehaglich, weil Anna ihn noch immer abwartend beobachtet. «Ich bin erst seit einem halben Jahr hier und kenne die Leute noch nicht.»

«Dann gehn wir eben rein und stellen die Personalien der Leute fest!»

«Aber, meine Herren», wehrt der Portier ab, der wieder in seinen Bereich hinterm Tresen zurückgefunden hat, «die Herrschaften speisen im Versailler Zimmer, da dürfen Sie nicht stören.»

«Müssen wir aber», beharrt der Kleine.

«Tut mir leid, ich darf Sie nicht hineinlassen. Das geht über meine Kompetenzen. Da müssen Sie sich erst mit der Direktion in Verbindung setzen.»

«Dann schaffen Sie uns eine Verbindung!»

Während der Portier die Nummer des Direktionsbüros wählt, geht Anna langsam zurück zur Treppe, die in das Souterrain führt, besinnt sich jedoch anders, macht kehrt und steuert auf die Küche zu.

Ehe sie die Tür öffnet, hört sie den Portier sagen: «Tut mir leid, da meldet sich niemand. Wenn Sie vielleicht so lange in der Bar warten wollen? Ich werde mich gleich weiter um eine Verbindung bemühen.»

In der Küche hofft Anna den Chefober zu treffen, findet jedoch nur einen der zwei Tischober, den langen Werner, der nur Sonderanfertigungen des hotelüblichen Fracks tragen kann.

Er meint, der Chef sei noch eine ganze Weile mit dem Auftragen der Rehkeule beschäftigt.

«Kennst du den jungen Michael Born?», fragt Anna.

Werner macht ein ratloses Gesicht.

«Wenn ich ihn dir beschreibe, würdest du ihn erkennen?», drängt Anna.

«Ich denk schon.»

«Pass auf», sagt Anna, nachdem sie sich bemüht hat, den jungen Mann für Werner kenntlich zu machen, «geh rein und versuch unter irgendeinem Vorwand, an ihn ranzukommen, und sag ihm, er soll mal zu mir kommen.»

«Was willste denn von dem?» Werner grinst, und Anna hebt ärgerlich die Hand, als wolle sie ihm eine runterhauen. «Geht dich einen Dreck an. Nun mach schon!»

Werner greift sich eines der vorbereiteten Tabletts mit Kartoffelkroketten und geht hinaus. Anna folgt ihm wenig später und zieht sich ins Kellergeschoss zurück.

Dort setzt sie sich in ihr Kämmerchen zwischen der Herren- und der Damentoilette, legt die Beine auf den Hocker mit den aufgestapelten Papierhandtüchern: zwanzig Pfennig Händewaschen. Sie wirkt müde und erschöpft. Die Arme hängen ihr schlaff von den Schultern. Dann holt sie tief Luft, als wolle sie etwas abschütteln, und greift neben sich auf den niedrigen Schrank. Dort steht ein Tonbandgerät, das Band zur Hälfte abgespielt. Anna drückt auf den Wiedergabeknopf, und die Spulen beginnen sich zu drehen.

Einer spielt auf einer Gitarre mit Verstärker. Nicht schlecht. Anna hört zu. Ein bisschen Glück.

Das ist ihr Junge, der da spielt. Er war wie besessen von allem, was mit Technik zu tun hat. Hatte sich ein Radio gebastelt. Später ein Funkgerät. Dann verlegte er sich aufs Tonband.

Anna hat dafür gespart. Der Junge sollte kriegen, was ihn glücklich machte. Dann die Gitarre, dann den Verstärker und plötzlich das Motorrad.

Ein gebrauchtes, hat Anna erklärt, mehr kann ich beim besten Willen nicht aufbringen.

Der Junge hat eins aufgetrieben. Anna ist zum ersten Mal an ihr Sparbuch gegangen.

Als sie in den Bellevue-Toiletten anfing, hat sie sich immer wieder gesagt: Ich tu's nur für den Jungen. Mit meiner Rente kommt er nicht weit. Aber er soll mal was werden. Vielleicht Ingenieur.

Er lernte Automechaniker. Das machte ihm Spaß, und Anna hat ihre Enttäuschung überwunden. Hauptsache, das Kind fühlt sich wohl. War schließlich sein Leben.

Sein Leben, bis er sich an der Böschung das Genick brach.

Anna überweist noch jetzt jeden Monat hundert Mark. Erst Weihnachten wird die letzte Rate für das Motorrad beglichen sein. Der Junge ist schon ein halbes Jahr tot.

Als sie sein Zimmer nach dem Unfall sorgfältig aufräumte, fand sie die Tonbandspule. Sie wusste nicht, wie man mit Tonbandgeräten umgeht. Sie ließ es sich zeigen. Vom jungen Michael Born, den hatte sie in ihrer Stammkneipe kennengelernt.

«Gut spielt er, Ihr Junge!», hatte Michael damals gesagt.

Anna kann eigentlich mit der Musik, die er da auf Band macht, nichts anfangen, trotzdem packt sie jeden Abend behutsam Band und Gerät zusammen, trägt es nach Hause und bringt es morgens wieder mit.

Manche Gäste, die länger im Bellevue wohnen, wundern sich, jedes Mal die gleiche Musik zu hören, wenn sie auf die Toilette gehen, aber keiner fragt.

Irgendwas stimmt mit der Frau nicht, denken sie. Oder: Dass sie Kummer hat, sieht doch ein Blinder. Also: Lieber nicht fragen, sonst wird man auch noch mit fremder Leute Sorgen behelligt.

Anna wartet auf Michael. Er lässt lange auf sich warten.

Er muss doch merken, dass was nicht in Ordnung ist, wenn Werner bei ihm war. Der andere, der Friedrich, kümmert Anna nicht. Der gehört zu denen, die sich selbst helfen können. Aber den Michael sollen sie nicht schnappen, den nicht. Der ist sowieso schon weit genug unten. Der braucht nur noch einen leichten Stoß. Jetzt, wo ihn auch seine Frau verlässt.

Dabei sah es aus, überlegte Anna, als wäre die Beziehung der beiden was Besonderes, auch noch nach elf Jahren Ehe. So was gibt's selten. Fast so, wie in einem Zeitungsroman. Aber das war eben nur eine Täuschung.

Und nun kommt er nicht. Kommt wohl nicht los von seinen Leuten. Dann wird die Tür zur Herrentoilette geöffnet. Einer kommt rein und geht ans Pissoir. Anna beugt sich auf ihrem Stuhl nach vorn, so kann sie die Männer sehen, die mit gespreizten Beinen, den Rücken ihr zugewandt, an der gegenüberliegenden Wand stehen.

Nein, das ist nicht Michael. Das ist irgendeiner von den Herren im Smoking. Schon älter. Mindestens Ende fünfzig. Die Haare ganz offensichtlich in Dauerwellen gelegt. Ein feiner Pinkel, der wieder hinausgeht, ohne sich die Hände zu waschen.

Ich würd ihm nicht mal den kleinen Finger geben. Wenn die Damen wüssten, wie viele von denen, die ihnen nachher die Hand küssen, sich nicht mal die Hände waschen.

Wenig später geht Anna noch einmal nach oben zum Portier. Sie will wissen, wie weit die beiden Polizisten bei der Direktion vorgedrungen sind. Aber in der Direktion ist noch immer niemand zu erreichen.

«Lass die beiden noch 'ne Weile an der Bar sitzen», meint sie.

«Ich werd's versuchen», versichert der Portier.

Die vom Hotelpersonal haben Anna schon immer gemocht. Ihr Kämmerchen unten im WC ist so was wie eine Nahtstelle. Jeder ist mal zu ihr gekommen und hat geredet, hat Dinge gesagt, die sonst keiner zu hören bekommt.

Seitdem nun ihr Sohn ums Leben gekommen ist, sind sie an der Reihe. Und da ist keiner, der sagt: Was geht mich der Kummer von der Anna an!

Sie kümmern sich um die Frau, von der eine derbe Mütterlichkeit ausgeht und die im vergangenen halben Jahr sichtlich gealtert ist. Auch, wenn sich Anna resolut dagegen wehrt, getröstet zu werden.

Das ist auch der Grund, warum der Portier die Verbindung zum Direktionsbüro hinauszögert. Anna hat ihm zwar nie etwas von einem Michael Born erzählt, trotzdem hat er begriffen, dass hier eine Beziehung existieren muss, die der Anna was wert ist.

3

Werner, der lange Tischober, erreichte mit den Kroketten das Versailler Zimmer und öffnete die Flügeltür. Er nutzt den Effekt der Wandspiegel und macht sich ein heimliches Vergnügen daraus, die Gäste darin zu beobachten. Seine Fantasie versetzt dieses für ihn ohnehin unwirkliche Milieu in einen gläsernen Zirkus. So, als hätten diese Figuren, die darauf warten, dass er serviert, gar keine Bewegungsfreiheit. Dressierte Clowns, die eingefangen sind im Glas, wie man auch manchmal Fliegen in Bernstein eingeschlossen sieht.

Einen Augenblick blieb Werner unter der Tür stehen, wahrscheinlich nicht länger als zwei oder drei Sekunden, bis ihm der Chefober mit dem Kopf ein ungeduldiges Zeichen gab.

Es ist die Nonne, die Werner fasziniert. Sie passt überhaupt nicht in diesen Rahmen. Ein Gesicht, dessen Alter unbestimmbar bleibt. Ganz glatte Haut. Die Haut eines Kindes und auch die Einfältigkeit eines Kindes. Vielleicht hat sie ihre Falten hinter der schweren Haube und dem schwarzen Schleier zurückgezogen. Ein neuer Lifting-Trick, den nur Nonnen anwenden können.

Werner reagierte sofort auf das Zeichen seines Chefs. Er kennt seine Abhängigkeiten. Gehorsam schloss er die Flügeltür hinter sich und bewegte die Kroketten zum Tisch.

In der Küche war er noch davon überzeugt gewesen, genau zu wissen, wen die Anna meinte. Jetzt verwirrten ihn die Herren im Smoking. Werner kann nur noch Altersunterschiede ausmachen, und auch das fällt ihm schwer. Alle haben sie das gleiche Lächeln aufgesetzt.

Du wirst doch nicht aufgeben!, sagt er sich und häuft unter Protest einer älteren Dame eine Kartoffelkrokette nach der anderen gedankenverloren auf deren Teller. Erst als sie seine Hand ergreift, in der er das Vorlegebesteck hält, wird er wieder an seine Funktionen erinnert, bemerkt den Fauxpas und versucht, sich unauffällig zu entschuldigen.

Der Chef scheint nichts bemerkt zu haben.

Werner entschließt sich, die männlichen Gäste zu sondieren und mit ein wenig Kombinationsgabe den Richtigen herauszufinden. Der da oben am Tischende muss der alte Born sein, der sich immerzu mit dem Serviettenzipfel die Mundwinkel abtupft.

Er spricht von einer Universitätsreform: «Ich hoffe», sagt er, «dass sie sich noch drei Jahre Zeit lassen. Bis fünfundsiebzig. Dann will ich emeritieren, und dann können sie meinetwegen diesen Unsinn durchsetzen. Aber solange ich noch mitzureden habe –»

«Da sollte man ganz einfach ein paar Köpfe rollen lassen», meint Onkel Egon fachmännisch, obwohl er nur etwas von Köpfen, aber nichts von Universitätsreformen versteht.

Die blasse junge Dame neben ihm, verkümmertes Seelchen und Ehefrau eines Assistenten von Professor Born, spricht wieder vom Wetter: «Erst Ende Oktober», sagt sie, «und schon Schnee.» Dann redet sie von Rehkeulen. Onkel Egon taxiert die Stärke ihres Nackens.

Inzwischen hat Werner auch den beiden Mädchen, die rechts und links vom oberen Tischende sitzen, seine Kroketten aufgetan. Sie scheinen sich an dieser Art der Kartoffelzubereitung zu begeistern. Vor allem die Jüngere, die kaum still sitzen kann und quecksilbrig auf ihrem Stuhl hin und her rutscht und immer wieder die Serviette, die ihr die Großmutter beharrlich um den Hals bindet, unter dem Tischtuch verschwinden lassen will, blinzelt ihm zu, beugt sich über den Tisch und flüstert: «Kann ich noch mal zwei haben?»

Das größere Mädchen lacht verschwörerisch, als es bemerkt, dass Werner zwei weitere Kroketten auf den Teller der kleinen Schwester packt.

«Wie ist es mir dir, kleines Fräulein?», fragt er sie dann. Sie sieht ihn zweifelnd an und fragt zögernd nach noch mehr Preiselbeeren.

«Mal sehen, was sich machen lässt», antwortet Werner.

Die korpulente Dame neben Katrin, Tante Olga, lehnt jede Krokette ab. Werner kennt das. Plötzlich haben sie Angst um die Linie. Werner schwenkt das Tablett hinüber zum Nächsten, einem verschwitzten jungen Mann, der sich hastig an seiner Rehkeule zu schaffen macht. Die junge Frau links von ihm scheint bemüht, ihn zu beruhigen: «Das kenne ich»; sagt sie, «Lampenfieber. Aber das brauchen Sie doch hier nicht zu haben! Wir sind doch unter uns.»

Er antwortet undefinierbar mit österreichischem Akzent. Fast rutscht ihm das Messer aus der feuchten Handfläche.

Sobald sich die Gäste durch diesen Gang durchgegessen haben, wird er sich, vor wenigen Tagen zum Assistenten avanciert, in eine Geburtstagslaudatio für die Frau seines Professors stürzen: Liebe Anwesende, werte Frau Professor.

Was für ein Unsinn, übermorgen wird diese Frau wieder einen Grund zur Kritik an seiner Arbeit oder seinem Verhalten finden. Lieber Herr Dr. Walter, wird sie ganz freundlich sagen, um dann zum Sprung anzusetzen, die Zähne lächelnd entblößt.

Werte Frau Professor.

Sie ist die unbestrittene Herrscherin, auch im Seminar ihres Mannes. «Lassen Sie sich doch nicht ins Bockshorn jagen», sagt die junge Frau, die die zweite Schwiegertochter Amelies ist, «so was muss man überwinden.»

Die hat gut reden.

«Ganz recht, gnädige Frau», mischt sich ihr anderer Nachbar ein, der Professor für Germanistik, Freund des Hauses. «Den Stier bei den Hörnern packen», sagt er und lacht vielversprechend bei dem Wort Stier. Klein und wendig, wie er ist, die Haare in dezente Dauerwellen gelegt, bemüht er sich ausdauernd um einen Flirt.

Werner ist am Ende des Tisches und am Ende seiner Kombinationsgabe angekommen. Seine Ratlosigkeit verwirrt ihn. In seiner Hilflosigkeit verstößt er noch einmal gegen die Regeln seiner Funktion und schätzt die Gäste mit einem suchenden Blick ab, sieht, wie sein Kollege dem einen der beiden Mädchen noch eine Portion Preiselbeeren zuteilt, dann entdeckt er das Handzeichen des Herrn, der jenes unverschämte Lachen mit dem Stier verbunden hatte.

Werner geht zu ihm hinüber: «Bitte, mein Herr?»

Er wünscht noch etwas von der köstlichen Rehkeule, aber ganz unauffällig, bitte. Er möchte nicht unmäßig scheinen.

Rehkeule hat Werner nicht zu vergeben, da er aber keinen anderen Ausweg mehr sieht, seinen Auftrag anzubringen, verspricht er die Rehkeule und fügt diskret hinzu: «Anna wartet auf Sie im Untergeschoss.»

«Anna?» Der Professor scheint etwas verwirrt.

«Anna?» Seine junge Tischnachbarin macht keinerlei Anstalten, ihre Belustigung zu verbergen. «Im Untergeschoss?»

Werner hat sich so rasch wie möglich zurückgezogen und die Flügeltür hinter sich geschlossen.

Da kann nur noch eine forsche Geste das Ansehen des Professors retten: «Nun», sagt er, «sicher eine reizende junge Dame. Wenn man so beliebt ist wie ich, sollte man sich solche Genüsse nicht entgehen lassen!»

«Das Glück bei den Hörnern packen, Herr Professor», antwortet Brigitte und wendet sich wieder dem nervösen Dr.

Walter zu, der verschwitzt und dankbar für jeden Zuspruch ist.

Inzwischen bereitet Amelie Born den ersten Auftritt ihrer Enkeltöchter vor. Wieder einmal beweist sie instinktsicheren Sinn für das rechte Präsentieren von Besitztümern. Wer kann schon mit so adretten und begabten Enkeltöchtern konkurrieren. Sie wird den Applaus genießen.

Zu Katrin sagt sie: «Du kannst deine Flöte schon mal hernehmen, aber schluck erst mal dein Essen runter!»

Gehorsam schluckt Katrin.

«Nun mach deinen Mund sauber!»

Auch das befolgt Katrin.

Und während die beiden Mädchen zum ersten Flötenduett ansetzen, verlässt Professor Baumgart unauffällig das Versailler Zimmer, um nach jener unbekannten Anna im Untergeschoss zu suchen. Er kennt sich aus, denkt er.

Seine Frau nennt er nicht, wie alle es tun, meine Frau, sondern er sagt: Frau Baumgart. Das wirkt immer etwas exotisch und macht seine Distanz zur Ehe sichtbar. Erst kürzlich hat ihm Frau Baumgart, die zweite, einen Sohn geboren. Niki, ein unerträglicher Schreihals. Die anderen beiden Söhne, schon über die Volljährigkeit hinaus, sieht er nur ab und zu. Aber davon darf wiederum Frau Baumgart nichts wissen. Auch nichts von einem Mädchen, mit dem er einen entzückenden Urlaub verbracht hat und die allein ihn augenblicklich in seiner tiefsten Seele versteht.

Nicht Anna. Die ist neu.

Als Baumgart, der professionelle Charmeur, den dezenten Hinweis zum WC im Souterrain entdeckt, irritiert ihn der vom Tischober angegebene Treffpunkt ein wenig, und er wendet sich an den Portier: «Sie haben nicht zufällig eine junge Dame gesehen, die mich hier erwartet? Baumgart ist mein Name, Professor Doktor Baumgart.»

«Eine junge Dame?»

«Anna», sagt Baumgart.

Der Portier bewahrt Haltung: «Anna?», fragt er zurück: «Anna ist unten.» Mit einer einladenden Handbewegung zeigt er dem Herrn im Smoking, angegrautem Fünfziger, den Weg.

Aber dort unten, zwischen rotem Frottee und rosa Kacheln, findet Baumgart auch kein junges Mädchen, nur eine komische Alte. Und so entschließt er sich, das zu erledigen, was ohnehin notwendig war.

Flotte Gitarrenmusik und die Toilettenfrau im Rücken öffnet er die Hose und verlässt danach das Lokal, ohne sich die Hände zu waschen.

Er kehrt zurück zum Versailler Zimmer und wird von großem Applaus empfangen, der nicht ihm, sondern den beiden Enkelinnen gilt. «Alle Achtung, gnädige Frau», wendet er sich sofort wieder an Brigitte, «charmante kleine Töchter haben Sie.»

«Wie war Anna?», fragt sie.

«Oh», sagt er, peinlich berührt, «eine meiner Studentinnen, nichts Besonderes.»

Amelie klopft mit dem Silberlöffel gegen das Weinglas und bittet noch einmal um Aufmerksamkeit für Katrin und Corinna.

Nun singen sie. ‹My Bonnie is over the ocean.› Mit inbrünstiger Hektik singen sie an gegen die amüsierten Gesichter der Erwachsenen.

Ein gelungener Auftritt, der nur vom kleinen Friedrich ergänzt werden müsste. Amelie setzt an zum Endspurt: «Sag Mater Ambrosia dein Gebet auf», bittet sie den Jungen, der sich weigert.

«Er kann ein so schönes Gebet», versichert Amelie der Nonne, «sag es mal auf. Das hat er extra gelernt.»

Ein schönes Gebet kann er.

Aber er sagt es nicht auf.

Und so beginnt Amelie, den Jungen zu animieren: «Lieber Gott, ich bitte dich –»

Mater Ambrosia lächelt liebenswürdig. Die Tischrunde hört aufmerksam zu.

Aber der Enkel streikt.

«Führe mich und schütze mich. Schenke deinen Segen allen Menschen groß und klein, lass uns lang beisammen sein, lass den goldnen Sonnenschein über unsrem Wege sein.»

«Amen», fällt Mater Ambrosia ein.

«Hübsch, nicht wahr?», ereifert sich Amelie, vom kleinen Stammhalter so schmählich im Stich gelassen. «Das haben die Kinder bei mir gelernt, nicht wahr Corinna? Ist das nicht ein schönes Gebet?»

«Protestantische Gläubigkeit», bemerkt die angeheiratete Nonne ein wenig unpassend.

«Da kommst du auch her», versucht Tante Olga ihre Schwägerin abzuwehren.

«Schade», meint Onkel Egon und geht zum Frontalangriff auf seine Schwester über, «dass man deinen Halsansatz wegen dieser komischen Haube nicht sehen kann. Aber ich erinnere mich, als Kind hattest du einen ganz langen, dünnen Hals, Martha, beinahe zerbrechlich. Ein guter Kopf für meine Sammlung.»

Die allgemeine Aufmerksamkeit der Gäste für Flötenspiel, Bonnie und Gebet wendet sich wieder eigenen Gesprächsthemen zu, und der Chefober beginnt, das Dessert vorzubereiten: Williamsbirne, flambiert.

4

Während Dr. Walter seine Rede hinter sich bringt, die Vorzüge Amelies und ihres Geburtstages preist, legen der Chefober und seine beiden Assistenten eine Zigarettenpause vor der Flügeltür ein.

Werte Frau Professor.

Werner, der neu und von der Hotelfachschule zum Praktikum abgestellt ist, kann sich noch so richtig von Herzen an den Leuten, die er bedient, begeistern: «Piekfein», sagt er, «bestimmt haben die einen Flügel im Musikzimmer stehen.»

«Selbstverständlich Musikzimmer und Perser, echte, und Ölbilder an der Wand.»

«Gemälde», sagt Werner und will Bildung zeigen.

«Was geht dich das an?»

«Fahren aber auch nur Opel Rekord», mischt sich der zweite Junge ein, der sagt, er verstünde etwas von Autos.

«Na und?»

«Sind aber nicht die richtigen Leute, die mit Geld. Die tun nur so. Davon sind auch welche da. So möchte ich nicht leben.»

«Du denkst bloß, du wüsstest, wie die leben. Der erste Sohn, zum Beispiel, der hat's geschafft. Hat Lebensart und hat Geld. Das ist der springende Punkt.»

«Neureich.»

«Oder der alte kleine Herr mit dem Spitzbauch, unten am Tisch. Der ist steinreich, schon vom Vater her, der mit der Sektkellerei.»

«Was regt ihr euch so auf», sagt der Chefober, «auch wenn sie einen Haufen Geld haben. Die können auch nicht mehr fressen als unsereins. Das hat die Natur schon so eingerichtet.»

Werner beharrt auf seiner Begeisterung für Bildung, Lebensart und Luxus.

Der andere kontert: «Das ist keine Einstellung. Schließlich kommt's nicht drauf an, ob sie mehr fressen, sondern wie sie's tun.»

«Wenn du so denkst, bist du hier falsch. Du bist hier zum Katzbuckeln, weil die Leute da drinnen sich das leisten können. Die bezahlen dafür, dass du den Diener hermachst.»

Werner lenkt ab: «Was macht dein Fuß heute?»

«Danke.»

Der Chefober sagt, er habe Rheuma, weiß aber, dass es Gicht ist. Das kann er nicht zugeben. Das wäre das Ende seiner Karriere. Chefober mit Gichtfüßen haben im Bellevue genauso wenig zu suchen wie Zimmermädchen mit Plattfüßen. Einer, der den Fuß nachzieht, gehört nicht hierher. Deshalb schweigt er, versucht zu verharmlosen und hütet sich davor, den Fuß nachzuziehen, auch dann, wenn er an manchen Tagen glaubt, die Schmerzen nicht mehr ertragen zu können.

Alterskrankheiten sind erst nach Feierabend erlaubt. Und noch sechsundzwanzig Monate bis zur Erreichung der Altersgrenze. Bis dahin wird er durchhalten und die Marken für die Sozialversicherung kleben. Dynamisierte Rente. Darauf freut er sich.

Heute hat er Glück. Die Gichtschmerzen lassen auf sich warten.

Als er nun die beiden instruiert, die Williamsbirne sofort nach dem Applaus zu servieren, stößt Anna zu ihnen, nervös und außer Atem.

«Da seid ihr ja!», sagt sie und schiebt Werner verächtlich zur Seite. «Ich hab euch schon überall gesucht. Du musst mir helfen, Franz», sagt sie zum Chefober, «die wollen den Michael!»

Die den Michael wollen, sind währenddessen zur Direktion vorgedrungen. Was sie sich bei dieser Unterredung vorstellen, ist ein sachliches Gespräch mit dem Geschäftsführer vom Bellevue. Sie sind froh, die Bar endlich hinter sich lassen zu können. Es hat lange genug gedauert, bis der Portier die Verbindung herstellte.

Um diese Zeit, während des allgemeinen Mittagessens, ist die Bar meistens leer, und es schien, als sei der Barkeeper eigens für die beiden Beamten hinter den Tresen und zu den Flaschen gestellt worden. Er machte ein mürrisches Gesicht.

Alkohol im Dienst ist den beiden verboten, also nahmen sie Orangensaft. Ein Getränk, das sowohl sie als auch der Barkeeper zutiefst verabscheuen.

Und weil die Zeit lang wurde, nahmen sie noch einen Orangensaft.

Der Dicke spielte mit den Autoschlüsseln vom grünen Polizeikäfer in der Hosentasche, bewegte die Finger unter dem Stoff, als knetete er etwas, und ließ Metall gegen anderes Metall schlagen.

Ab und zu grinste der Barkeeper ganz unvermittelt. Mit sich reden ließen die beiden ja nicht. Also wandte er eine freundliche Geste an. Das Grinsen. Es war nicht bösartig gemeint, es sah nur so aus.

Sie warteten, und die Langeweile griff sie an wie ein schwerblütiger Schlaf. Das macht noch müder.

Ab und zu ging einer von beiden zum Portier und fragte. Der schüttelte den Kopf. Und immer wieder kreuzte die seltsame Figur der Klofrau ihren Weg.

Irgendwas stimmt da nicht. Das sind die Gedanken, die dem Dicken das Gehirn füllen.

Eine halbe Stunde konnte der Portier sie hinhalten, nun sind sie am Ziel.

«Bitte, setzen Sie sich doch!»
Nein, sie bleiben stehen. Das gibt ihnen mehr Sicherheit. Die Überlegenheit des Aufrechten.

Sie suchen die Brüder Born. Davon weiß der Geschäftsführer bereits. «Wir haben den Hinweis bekommen, dass ein Micky Born heute eine Sendung Haschisch erhalten haben soll.»

Sie möchten sein Gepäck durchsuchen. Es muss in seinem Gepäck sein. Sein Bruder sei mit in die Sache verwickelt.

«Aber die Herren haben gar kein Gepäck hier.»
«Kein Gepäck?»
«Aber nein. Selbstverständlich nicht!» Es handele sich lediglich um eine Geburtstagsfeier im Versailler Zimmer.

«Und ich bitte Sie inständig, dem guten Ruf dieses Hauses nicht zu schaden. Sie können unmöglich die Feier stören.»

Außerdem, so deutet der Geschäftsführer an, sei er mit dem Polizeipräsidenten befreundet. Man treffe sich regelmäßig am Stammtisch. «Das können Sie mir einfach nicht antun. Und schon gar nicht Ihrem Chef! Vielleicht», meinte er, «sprechen Sie erst einmal in aller Diskretion mit einem der Brüder.» Sicherlich sei das Ganze ein Missverständnis und ließe sich rasch aufklären.

Es ist der Stammtisch, der die beiden Beamten beeindruckt. Wer kann schon mit einem Polizeipräsidenten in der Kneipe sitzen?

Geschickt stößt der Geschäftsführer nach: «Sie können doch nicht einfach mit einem Hinweis aus obskuren Kreisen eine angesehene Familie verdächtigen! Und Professor Born gehört nun einmal zu den Spitzen der Gesellschaft.»

Verwirrt lassen sich die beiden in die engstirnige Schwerfälligkeit ihres Lebensbereiches zurückverweisen.

Eine angesehene Familie. Ehrenwerte Leute.

Vielleicht lässt sich alles ganz harmlos aufklären. Ein Skandal sollte auf jeden Fall vermieden werden.

«Sehen Sie, meine Herren, nun verstehen wir uns! Um ganz ehrlich zu sein, ich kann mir nicht vorstellen, dass ein Sohn von Professor Born auf den Namen Micky hört. Solche Söhne tragen deutsche Namen.»

«Trotzdem sollten wir mit einem der beiden Söhne sprechen.»

«Sie tun nur Ihre Pflicht.»

«Ordnung muss sein.»

«Sehen Sie, das lässt sich arrangieren. Einer meiner Tischober wird ihn ganz dezent zu uns in die Direktion bitten.»

«Selbstverständlich höchste Diskretion.»

«Welchen soll ich rufen lassen, den älteren?»

Beide Beamten sind endgültig in ein ratloses Chaos gerutscht und nehmen, was ihnen geboten wird.

«Also, den Älteren.»

«Aber ich bitte Sie!» Der Geschäftsführer lächelt nun ganz verbindlich und hat hinter seinem eichenen Schreibtisch sitzend die Oberhand über die Aufrechten gewonnen. «Den Älteren? Wissen Sie überhaupt, wer das ist? Nun ja, das ist nicht meine Sache, wenn Sie sich unbedingt blamieren wollen. Oder halten Sie es für denkbar, dass ein angesehener Geschäftsmann, einer der reichsten Männer dieser Stadt, sich mit solchen Kleinigkeiten wie Haschischschmuggel abgibt? Wie wäre es also mit dem Jüngeren?»

Noch einmal versucht der Dicke gegen den Strom anzuschwimmen, in den er so herzlos hineingetrieben wurde, sucht zum Ufer zurückzukehren, dorthin, wo er vor Kurzem noch festen Boden unter den Füßen hatte und sich seiner Standfestigkeit sicher war: «Ihre Toilettenfrau», sagt er, «mit der stimmt was nicht!»

«Ihr Sohn», bestätigt der Geschäftsführer, «hatte bedauerlicherweise einen tödlichen Unfall, und seitdem geht es mit ihr bergab.»

«Das meine ich nicht», sträubt sich der Dicke, «sie hat auf den Namen Born so komisch reagiert, so als würde sie ihn kennen und wüsste, was gespielt wird.»

«Vielleicht sollten wir sie kurz dazu verhören», unterstützt ihn sein Kollege, der wieder Land zu sehen glaubt.

«Also doch eine Amtshandlung? Obwohl ich mich redlich bemüht habe, Ihnen auseinanderzusetzen, dass ich diese Angelegenheit persönlich mit Ihrem Vorgesetzten regeln werde?»

Wie kann man eine Spur verfolgen und die Falle übersehen?

«Wer ist überhaupt verantwortlich für die Ausbildung unserer Polizeibeamten?», fragt der Geschäftsführer.

Wie eine Fata Morgana lassen die beiden das feste Ufer hinter sich zurück.

Und nun kostet es den Geschäftsführer nicht mehr als einen Anruf, bis Michael Born das Zimmer betritt. Worum Anna sich eine halbe Stunde lang vergeblich bemühte, erreicht die Direktion in fünf Minuten.

«Bitte, Herr Born.»

Michael Born, ein junger Mann Anfang dreißig, groß und schlank, würde beinahe asketisch wirken, wäre da nicht dieses kleine runde Kinn und die aufgewölbten Lippen.

Brillenträger mit schmalen grünen Augen hinter den getönten Goldrandgläsern: Kritik und Aggression, geschickt überspielt von lebhaftem Charme, der komisch wirkt, betrachtet man diesen jungen Born in seinem geliehenen Smoking, die Ärmel zu kurz und die Hosen zu weit.

Den beiden Beamten gegenüber ist er ganz Sohn seines Vaters. Professorensprössling mit Standesdünkel. So schlüpft er in die Schablone eingeübter Umgangsformen, leere Floskeln, die ihn von Kindesbeinen an über die Perser getrieben haben. In der Not wendet sich Michael der Tugend zu, macht als Sohn aus gutem Hause seiner Mutter alle Ehre, schlägt sich auf die Seite des Geschäftsführers und nimmt selbstverständlich den Platz, der ihm angeboten wird.

Lächelnd distanziert er sich von jedem Verdacht.

Er meint, das sei ein guter Witz. Mit Micky Maus hatte ihn noch keiner verglichen. Überhaupt habe er etwas gegen diese amerikanischen Comicstrips, die verdürben nur den guten Geschmack.

Mit Rauschgift habe er noch nie zu tun gehabt. Obwohl sein Vater Indologe sei und als solcher auch etwas von Marihuana verstehe, schließlich habe das zu seinen Studien gehört. Sein Vater sei Gelehrter.

«Sie können mir nichts vormachen», sagt er, «Sie haben hier nicht irgendeinen dummen Jungen vor sich. Ich heiße Michael. Michael Johannes Born, ein guter Name. Micky, das klingt geradezu ordinär, möchte ich sagen.»

Er wird den Teufel tun und seiner Mutter nun doch noch den Spott zum Schaden liefern.

5

Trotz des modern angelegten Bahnhofs, der Grünfläche davor und des Springbrunnens, trotz der wenigen Schritte vom Bahnhof zur Innenstadt und der Einwohnerzahl, die auf über hunderttausend angewachsen ist, wirkt diese Stadt kleinstädtisch.

Provinz. Heitere Kunstmetropole aus dem Reiseführer. Sitz ehemaliger Fürstbischöfe. Sie macht den Eindruck, als sei sie auch heute noch eine Stadt ohne Probleme. Als käme man, aus einem der vielen Züge am Hauptbahnhof ausgestiegen, plötzlich in eine Idylle. In eine Stadt aus Grimms Märchen.

Als sei sie in einen hundertjährigen Schlaf verfallen. Und noch immer kein Prinz in Sicht.

Wer will so was schon wach küssen?

Obwohl sie eine schöne Stadt ist. Vor allem, wenn die Sonne scheint und alles vor sich ausbreitet wie in einer ordentlich entstaubten Spielzeugkiste: die unzähligen Kirchtürme eingebettet in die Kessellage, die Stadt eingekreist von Weinbergen, und oben die massive Festung auf dem einen Hügel, auf dem anderen die Barockkapelle.

Es ist alles so wundervoll friedlich, wenn sonntags mehr als hundert Glocken die Gläubigen zum Gebet rufen, wenn sich der verseuchte Fluss glänzend unter den Brücken und zwischen den Häuserlinien hindurchzieht, wenn sich in seinem braunen Wasser die altbewährten steinernen Heiligen spiegeln. Wenn die Sonne scheint.

Gibt es an einem solchen sonnigen Sonntag irgendwelche Zweifel daran, dass die Welt in Ordnung ist?

Wer will dieser Stadt etwas Böses nachsagen, so wie sie im heiteren Dornröschenschlaf daliegt. Eine glückliche Stadt, in der die Aktion Widerstand, der Vorstoß von ganz rechts auf die ungezügelte Freiheit der Demokratie, ihren Ausgang nahm, in der selbst die Universität kaum Unruhen kennt, in der es sich leben lässt.

Biedermeier ohne Brandstifter.

Eine Stadt in einwandfreiem Zustand.

Das ist den Überlebenden des Bombenangriffs von 1945 zu verdanken. Sie haben Schutt und Leichen beiseite geräumt, haben von ganz unten wieder angefangen, haben Ruinen mit Notdächern abgedeckt, haben dort gehaust.

Mit wachsendem Wohlstand kam dann der ganz große Wiederaufbau, kamen die Kaufhäuser, Banken und Bürohäuser, entfaltete sich das beängstigende Spektakel von Produktion, Konsum und Müllkippe. Heute aber scheint die Initiative der ersten Nachkriegsjahre, die aktive Teilnahme der Bürger lange tot zu sein, scheinen sie sich in ihre vier Wände zurückgezogen zu haben, um das Geschick der Stadt von denen bestimmen zu lassen, die sie dafür mit ihren Steuern bezahlen.

Ruhe und Ordnung sind wieder eingeführt.

Eine tödliche Stadt.

Stadt der Reiseprospekte, Stadt der Kunst und Kultur und dann und wann auch eine Stadt der kurzen Erinnerung, Rückblick in einen Luftschutzkeller und auf brennende Phosphorstraßen.

Das alles geschieht ganz fröhlich beim Frankenwein.

Das ist die Lebensart, die die Borns so lieben. Eingebettet in konservierte Hierarchie. Professor an einer Universität, die kaum Konflikte kennt, noch nicht bestreikt und deren Sitzungen selten gestürmt wurden.

Wenn Amelie und Friedrich Born trotzdem von diesen roten Studenten reden, ist das der Kitzel der Exotik.

Wenn Amelie Born von der einzigen Kommune erzählt, verbindet sie damit die kleine Fantasie von Gruppensex, während Professor Born, von der Distanz seiner höheren Ebene aus, herablassend Toleranz übt.

Ein Markenzeichen seines Standes: die Beschäftigung mit Ideen, nicht mit Menschen. Er hasst es, auf Kollegen zu treffen, die, wie er es nennt, sozial meschugge sind.

Amelie aber, eine naive Frau mit überzeugendem Organisationstalent, hat diese Lebenskultur noch verfeinert, hat zielstrebig den gläsernen Olymp gesellschaftlicher Karriere in dieser Stadt bestiegen und endet dort mit Damentee und bei Fontanes «Wanderungen durch die Mark Brandenburg». Ein Teppich ist für sie ein Perser. Ein Pelz ein Persianer. Der Fotoapparat eine Leica. Das Besteck Silber und der Kerzenhalter des gemeinen Volks ein Leuchter.

Die Söhne ließ sie in überkommener Gefolgschaft aufwachsen, zwischen Familienarchiv und ölgemalten Vorfahren, und sie lernten folgerichtig den Wert von Besitz und Geist und musischer Verbundenheit kennen. Dass Amelie auch grausam züchtigte, haben sie so rasch wie möglich vergessen.

Eine sonnige Kindheit.

Sonntag der Gefühle. Hier und heute im Versailler Zimmer, im Hotel Bellevue, im Rahmen der Stadt, die irgendeine der kleinen Großstädte in dieser Bundesrepublik sein könnte.

Die Elite der Nation in ihrer Oase von Zufriedenheit.

Als Michael zurückkehrt, wirkt er nervös. Und beim Betreten des Zimmers spürt er dieses ungeheure Unbehagen, das immer dann in ihm aufsteigt, wenn er dem Andrang seiner Familie unmittelbar ausgesetzt ist.

Während er sich wieder neben Frau Baumgart, der Frau des anschlussfreudigen Germanistikprofessors setzt, beobachtet er Martha, die heutige Mater Ambrosia. Sie macht sich mit großem Vergnügen an der Williamsbirne flambiert zu schaffen, schiebt unentwegt Kekse und Waffeln in den Mund, und keiner würde vermuten, dass sie unter ihrer Nonnentracht etwas anderes als einen dicken Bauch verbirgt.

Eigentlich wollten sie sich in der rosa gekachelten Toilette treffen. Die Nonne auf der Seite der Damen, der junge Born auf der anderen und Anna in der Mitte.

Mit gläubiger Einfalt und sakraler Schläue würde Mater Ambrosia hinter der Tür ihrer Kabine den Rock lüften und ein mehrfach verschnürtes Päckchen aus dem Schambereich ihres mächtigen Bauches hervorholen.

Michael würde sich dieses Päckchen mit einem Papierhandtuch von Anna zureichen lassen.

Ein erster Versuch Michaels, nachdem ihm die Nonne die Einträglichkeit solcher Geschäfte lebhaft geschildert hatte. Eine kleine Gefälligkeit innerhalb der Familie, in die ihr Bruder vor dreißig Jahren einheiratete.

Nach Michaels Besuch in der Hoteldirektion wird sie nun das Päckchen auch nach dem Mokka weiterhin unter dem Herzen tragen und es so unauffällig aus dem Bellevue wieder hinausschaffen müssen, wie sie es hereingebracht hat.

Es wird nicht leicht sein, ihr das klarzumachen.

Die heiße Ware auf der Haut, brennt es ihr auf den Nägeln. Da sie sich hier im Bereich eines sechzigsten Geburtstages auf weltlichem und exterritorialem Gebiet befindet, könnte sie des klerikalen Schutzes verloren gehen, gäbe sie sich eine Blöße.

Michael aber vertraut noch immer trotz gegenteiliger Erfahrungen auf das Glück, das seinem Bruder Friedrich in so reichem Maße gewährt wird.

Den Seinen gibt's der Herr im Schlaf.

Unerforschlich sind die Wege des Herrn, wenn er innerhalb einer Familie feine Unterschiede macht und ungerechten Vorlieben frönt. Wer kann sein Glück schon zwingen, außer Friedrich?

Er muss mit diesem seltsamen Talent, Geld wie Brot vermehren zu können, schon geboren worden sein.

Als Kind verstand er viel vom gewinnbringenden Tauschhandel.

Endgültig aber brach es aus ihm heraus, als er auch juristisch voll geschäftsfähig geworden war. Diese bestechende Gabe Gottes ermöglichte es ihm, seine ersten Geschäftserfahrungen mit gebrauchten Kameras im südlichen Ausland zu sammeln und glücklich in die Annehmlichkeiten des Lebens umzusetzen. Annehmlichkeiten, die ein traditionsbewusster Student der Jurisprudenz aus gutem Hause während seiner Studienzeit anstrebt, etwa, wenn es gilt, die Stenotypistinnen eines nahe gelegenen Siemenswerkes zum Beischlaf anzuregen.

Was für Friedrich nur Objekt zur Befriedigung eigener Selbstgefälligkeit war, wurde für Michael von Mädchen zu Mädchen eine Angelegenheit von Sein oder Nichtsein, wie Friedrich einmal spöttisch bemerkte.

Eine Sache der Reflexion, Analyse und Sensibilität.

Es war nicht etwa so, dass Michael irgendwelche Skrupel gehabt hätte, ebenfalls gebrauchte Kameras ins Ausland zu bringen. Gegen dieses anerzogene Denken in den Grenzen von Solidität und Ehrbarkeit wehrte er sich schon in den ersten Auflehnungsversuchen der Pubertät. Was ihm so völlig abging, war die leichte Hand des Bruders, dieses nutzbringende Talent, sich rechtzeitig auf die Seite des Stärkeren zu schlagen. Michael dagegen stolperte unentwegt über seine unglückliche Veranlagung zum sozialen Engagement.

Ein einziges Mal nahm Friedrich den um drei Jahre jüngeren

Bruder mit an Frankreichs Südküste, um ihn anzulernen. Als er aber miterleben musste, wie Michael, während er eine Kamera anbot, auch deren Mängel und Nachteile für den Käufer klarlegte, verzichtete Friedrich entschieden auf eine weitere Mitarbeit.

Eine klare Sache.

Für die Familie kam Friedrichs geschäftlicher Aufstieg überraschend, und sein Talent zur Geldverwertung verursachte ihnen nach anfänglicher Freude ein schmerzliches Unbehagen. Verwandelte dieser Sohn doch den Sinn für ewige Werte in einen ganz praktischen Sinn für tägliche Börsenspekulation. Spekulieren aber ist unseriös und schadet dem Ansehen. Geld stinkt nur so lange nicht, solange es stillschweigend gegenwärtig und mit kultivierter Gesinnung gehandelt wird.

Friedrich, der die alte Tradition der Familie schon mit seinem Namen fortsetzte, sollte sie auch in einer geisteswissenschaftlichen Laufbahn bewahren, so, wie es vor ihm schon die anderen Erstgeborenen der Borns mit der Disziplin eines Alten Fritz getan hatten, als Studienprofessoren, als Superintendenten, als Archäologen oder Universitätsprofessoren.

Aber nun, nach mühsamer und über zwanzigjähriger Aufzucht des Jungen fiel die Krönung aus. Ein bitteres Schicksal der Borns. Wenn auch nicht ganz so bitter wie die Erfahrungen, die ihnen der zweite Sohn frei Haus lieferte.

Hatte Michael noch während seiner Schulzeit alle Hoffnungen genährt und sich vielversprechend an archäologischen Exkursen des örtlichen Heimatpflegers beteiligt, so zerschlug er sie gründlich in seiner Studienzeit, entdeckte eine unselige Neigung zum sozialen Engagement und befreundete sich mit Leuten jener Schichten, die Amelie bis dahin von ihm fernhalten konnte.

«Du wirst doch nicht mit Straßenkindern spielen», wehrte

sie lange verächtlich ab. Er war ihren Händen entglitten und hatte damit sein Schicksal besiegelt.

Familienhistorie, die aufzudecken eine Verfehlung der Gesinnung wäre. Hier lebt eine ehrenwerte Familie. Hier ist Kultur.

So bleibt es für die Anwesenden auch nur eine Beschönigung, als jetzt der erstgeborene Sohn Friedrich zu einer letzten Rede ansetzt. Dieser charmante blonde Junge mit dem Allround-Gesicht eines Kölnischwasser-Mannes.

Er nimmt den Mund voll mit monströsen Vokabeln, spricht von Bröseln und Brotscheiben der Nachkriegszeit, vom Überlebenskampf im Großdeutschen Reich, den Amelie so fürsorglich für ihre Kinder durchstand, und von der Mütterlichkeit der Mutter.

«Diese Eindrücke», sagt er, «nimmt man durchs ganze Leben mit.» Vom Dank ist die Rede und von Treue, von Fährnissen und vom heutigen guten Essen und vom guten Wein.

«Unangefochten», sagt er, «haben wir Kinder mithilfe unserer guten Mutter diese Zeit überstanden.» Er freut sich, die Mutter gesund vorzufinden, und hofft, dass alle Anwesenden auch zum 70. Geburtstag bei gleicher Gesundheit wieder zusammentreffen mögen.

In diesem Sinne.

Eine Huldigung Amelies.

Ein Salut der Familie.

Ein braver Sohn, dem nichts auf den Nägeln brennt, wie etwa jetzt seinem Bruder, der beobachtet, wie Mater Ambrosia Schleier und Rock zusammenrafft und mit dem geröteten Gesicht einer guten Esserin dem Ausgang und damit der Damentoilette verabredungsgemäß zustrebt, zur Abwicklung menschlicher Bedürfnisse und geschäftlicher Belange. Sie wird sich ohne Michael dort ziemlich verloren vorkommen.

6

Professor Born schreibt an einen Kollegen der Universität Tübingen:

Mittwoch, den 1. 11. 72
Lieber Kollege,
ich bekomme wöchentlich zwei Gesuche von Indern, die bei mir arbeiten möchten. Ich hefte die Briefe fröhlich ab. Eine Antwort ergibt eine lange Korrespondenz, wie sich zeigte. Keine Antwort wird erwartet, und das ist sehr beruhigend für beide Teile.
Ich habe einen Hefter: Unbeantwortete Inderbriefe (Rückentitel: U. I.).
Seien Sie nicht neugierig, was in diesen Briefen steht, aber hüten Sie sich vor zu engen Kontakten mit jungen Indern.
Die politische Lage im Land selbst sollte uns in keiner Weise berühren. Lassen Sie sich auf keinen Fall von einem augenblicklichen sentimentalen Engagement verführen.
Mein Rat: Ein Leitzordner genügt, diese Probleme auf unsere Weise zu lösen.
Herzlichste Grüße auch an Ihre werte Frau Gemahlin
               ergebenst
                           Ihr Friedrich Born

II

Schrumpfköpfe vom letzten Jahr

1

Friedrich schreibt an seinen Bruder:

Frankfurt, den 30. 7. 71

Lieber Michael,
Deinen Brief vom 26. des Vormonats habe ich erhalten. Leider war es mir nicht möglich, Dir eher zu antworten, da ich geschäftlich viel unterwegs sein musste.
Du fragst nach Ruth – aber ich glaube, über meine Privatangelegenheiten sollten wir auch nur privat sprechen. Im Übrigen trifft es mich nicht so hart, wie Du wohl annimmst.
Zu Deiner Bitte: Es ist mir augenblicklich unmöglich, Dir einen Kredit von DM 5000,– (i. W. fünftausend) einzuräumen, da ich voll mit meinen eigenen Unternehmungen ausgelastet bin. Kann Dir denn nicht Deine örtliche Sparkasse behilflich sein? Außerdem weißt Du, dass ich Deinen fantastischen Ideen noch immer skeptisch gegenüberstehe. Eine kleine Druckerei lohnt heutzutage nicht mehr. Das solltest Du doch endlich begreifen lernen!
Darf ich Dich zum Abschluss auch heute noch einmal daran erinnern, dass Du mir noch immer DM 1000,– (i. W. eintausend) aus einem Darlehen von 1968 schuldest?
Herzlich grüßt Dich Dein Bruder

(Friedrich Born)
(Nach Diktat verreist)

Es ist einer dieser heißen Tage, der die Menschen im Kessel der Stadt zu ersticken droht. In den Gassen, die mittelalterlich eng wieder aufgebaut wurden, ballt sich die Hitze. Kein Luftzug zwischen den hohen Betonwänden. Und selbst im Glacis, jenem Grüngürtel, der vom Flussufer bis zur fürstbischöflichen Residenz die Stadt durchzieht, scheint alles tot.

Das Flusswasser träger, noch schmutziger und verfault.

Nur oben auf den Hügeln, dort wo die Siedlung der hier stationierten Amerikaner anschließt an die Villenansammlung exklusiver Bürgerviertel, dort ist der Sommer an solchen Tagen erträglicher.

Friedrich Born junior hat sich in alter Anhänglichkeit an die Universitätsstadt seines Vaters einen Atriumbungalow bauen lassen, den parkähnlich angelegten Garten ringsum von einer hohen Thujenhecke abgeschirmt. Er liebt diese Abgeschlossenheit, sagt er, seitdem er es verstanden hat, in kurzer Zeit aus wenig Geld viel Geld zu machen, seitdem er sich einer immer rascher anwachsenden Animosität vonseiten seiner früheren und zurückgebliebenen Freunde und der Kritik eines größeren Teils der Öffentlichkeit gegenübersieht.

Letztes Jahr wohnte er hier mit seiner Frau und dem Jungen. Das Haus roch nach frischem Holz und frischer Farbe.

Jetzt verbringt er die Tage, die ihm zwischen seinen Geschäften bleiben, allein und hütet argwöhnisch diese Abgeschiedenheit. Gewöhnlich lässt er einen solchen Hochsommertag in seinem Bungalow zwischen einem kühlen Getränk, einigen Schwimmstößen und einem Sonnenbad im Atriumhof verlaufen und legt Wert darauf, braun gebrannt als sportlicher Typ zu gelten. Eine Eitelkeit, die mit anderen Eitelkeiten zusammentrifft. Etwa, wenn er morgens und abends besessen wie eine schöne Frau seine Zeit im Badezimmer damit zubringt, Pickel und Mitesser aus der Haut zu entfernen, mit Cremes und Kölnischwasser, und gegen den zurückfallenden Haaransatz zu arbeiten.

Heute hat er die Rollläden zur Südfront und zum heißen Innenhof heruntergelassen, hat sich ins Schlafzimmer zurückgezogen und einer Lethargie nachgegeben, die er sich nicht erklären kann. Überarbeitung, sagt er sich, und weist damit jeden Versuch zurück, die eigenen Probleme zu klären, fürchtet die Beschäftigung mit sich selbst, geht Schwierigkeiten aus dem Weg. Schwierigkeiten, die sein Selbstwertgefühl erschüttern könnten. Gegen fünf Uhr wird er aufstehen, ins Bad hinübergehen und ausgiebig duschen. Danach den Tee nehmen, eine vertraute Gewohnheit aus dem Elternhaus.

Vielleicht ein Anruf in Frankfurt, ein Gespräch mit seinem Büro, das wird ihn aus dieser Stimmung herausreißen, den alten Elan zurückbringen.

Unten im Kessel der Stadt, im Barackenhof einer der vielen Kirchen, arbeitet Michael an der Schneidemaschine. Die Bewegung an der großen Handkurbel, die er bedient, ehe das Schneidemesser herunterstößt, treibt ihm den Schweiß aus den Poren. Er ist nass bis auf die Haut und verflucht jede Art von Terminarbeit, besonders diese verdammte Bäckerzeitschrift, das einzig lukrative Objekt der kleinen Zwei-Mann-Druckerei.

Sie hätte gestern schon beim Kunden abgeliefert werden müssen. Als er aber gestern Abend in der Buchbinderei anrief, verweigerte sie endgültig die Ausführung des Auftrages, solange nicht die Rechnung des Vormonats beglichen sei.

Zweitausend Mark und das Kreditkonto hoffnungslos überzogen.

Also blieb ihnen nichts anderes übrig, als die Bögen wieder abzuholen und eine Nachtschicht einzulegen, zu falzen, zu heften und nun zu schneiden. Um fünf kommt der Lieferwagen, die fertigen Zeitschriften abzuholen.

Das schaffen wir nie, sagt Martin, Michaels Kompagnon. Er ist damit beschäftigt, die letzten tausend Stück von Hand zu heften. Obwohl er klein und schmächtig wirkt, scheint ihn die Arbeit nicht sonderlich anzustrengen.

Vor einem Jahr entschlossen sie sich zusammenzuarbeiten. Martin brachte seine Ausbildung zum Setzer und Drucker, seine Arbeitskraft und zehntausend Mark in die Firma ein, Michael einen eigenen kleinen Verlag, ebenfalls seine Arbeitskraft und dreitausend Mark, die ihm seine Eltern aus dem Erbteil vorgestreckt hatten. Ein schmaler Anfang für eine Druckerei, der nur mit Krediten zur Beschaffung von Maschinen abgedeckt werden konnte.

Schon nach einem halben Jahr die ersten Auseinandersetzungen, weil Michael die große Druckmaschine zu häufig mit seinen Verlagsprodukten blockierte und Martin ihm klarzumachen versuchte, dass diese Art des Geschäfts gerade die Kosten deckt, aber nichts einbringt.

Vierzehn Tage später brachte Martin den Auftrag für die Bäckerzeitschrift ins Haus und beeinträchtigte so Michaels Möglichkeiten zur Buchherstellung.

Damit hatte Martin seinen Sinn für Geschäftsinteressen gewahrt und die Sache in die Hand genommen.

Einige Wochen lang schien sich die Bilanz aufzubessern, konnten die Kreditzinsen und laufenden Kosten pünktlich beglichen werden, dann kamen die ersten Anzeichen dafür, dass Martin seine Kalkulation für die Bäckerzeitschrift zu niedrig angesetzt hatte. Der Gewinn schmälerte sich zusehends, da weder die Setzerei noch die Buchbinderei imstande war, zum vorgesehenen Preis zu arbeiten. Sie machten Lohnkostenerhöhungen geltend.

Gleichzeitig wurde die Miete für den Barackentrakt heraufgesetzt und musste eine Hilfskraft für die Buchhaltung eingestellt werden, da ihnen sonst die Arbeit über den Kopf gewachsen wäre.

Ein Versuch Martins, die Zeitschrift zu einem höheren Preis an den Kunden zu bringen, scheiterte.

Und während sich Michael fürs Büchermachen, und hier ganz besonders für Lyrik von jungen unbekannten Autoren, die nicht zu verkaufen ist, engagierte, interessierte sich Martin für ältere Mercedesmodelle, Diesel, Coupé, ein Hobby, das sich als recht kostspielig erwies, sowie die ersten Reparaturen anfielen.

Bis Martin Christian Baumgart kennenlernte, zweiten Sohn des Germanistikprofessors und Studenten der Volkswirtschaft. Er verschaffte ihm die Verbindung zu einer kleinen Autoreparaturwerkstatt, in der sich vieles praktisch und billig wiederherstellen ließ.

Nun stehen sie an einem solchen Tag, den sie eigentlich irgendwo am Wasser verbringen sollten, in der Druckerei, und die Euphorie der ersten Monate als selbstständige Unternehmer ist gründlich revidiert.

Heute Morgen traf mit der Post ein Brief der Papierfabrik ein, sie wird die Preise erhöhen. Michael legte diesen Brief zu anderen, einem Stoß unbezahlter Rechnungen.

Obwohl sie die Grenzen ihrer unternehmerischen Möglichkeiten schon erreicht haben, möchte Michael nicht aufgeben. Martin dagegen spricht schon seit einiger Zeit davon, die Maschinen zu verkaufen, damit den Kredit zurückzuzahlen und sich noch rechtzeitig aus der Affäre zu ziehen.

Aber Michael bleibt hartnäckig. Auch an solchen Tagen.

Mechanisch führt er die Handgriffe an der Schneidemaschine aus, zündet sich immer wieder eine neue Zigarette an und wirkt müde und blass. Die Nachtarbeit hat sein strenges Gesicht, die schmalen, hoch angesetzten Backenknochen und die tiefen, senkrecht nach unten verlaufenden Nasenfurchen an den Wangen noch schärfer heraustreten lassen.

Schon bei Sonnenaufgang haben sie die Fenster der Baracke weit geöffnet, um wenigstens die Illusion eines Luftzuges zu spüren und sich wach zu halten.

Das Dach ist mit Teerpappe abgedeckt, und der Geruch von aufgeweichtem Teer vermischt sich mit dem Geruch von Druckerfarbe und Maschinenöl. Unangenehm, unerträglich. Aus der Nebenbaracke hören sie das monotone Geräusch einer Setzmaschine. Die gegenüberliegenden Lagerschuppen sind heute ausgestorben. Nicht einmal ein Lieferwagen, der mit aufwendigen Bremsgeräuschen auf dem Hofasphalt wendet.

Als Martin sagte: «Das schaffen wir nie», antwortete Michael gar nicht mehr. Er will Energie sparen, und so beschäftigen sie sich nur noch mit den Geräuschen, die von draußen hereindringen, und mit den Geräuschen ihrer Arbeitsmaschinen, dem Zuschnappen der Schneidemaschine und dem klackenden Zuschlagen des Heftapparates. In regelmäßiger Abfolge zwei Heftklammern pro Zeitschrift.

Bis Christian mit überhöhtem Tempo in den Barackenhof einfährt und vor der geöffneten Tür, genau unter dem Schild «Druckerei Melk & Born», anhält. Er fährt einen schnellen Wagen, das Schiebedach zurückgekurbelt und die Lederpolster heiß von der Sonne.

Michael wendet den Kopf und sieht Christian, der den Wagen mit laufendem Motor stehen lässt. «Christian kommt», sagt er.

Der zieht mit einer betont eleganten Geste die Sonnenbrille von den Augen, macht einen auf forsch und fröhlich, während er sich auf einen Stapel frisch gedruckter Plakate setzt, und sagt: «Na, schuftet ihr wieder mal ordentlich?»

«Siehst du doch!»

Christian lacht. Er ist braun gebrannt, stämmig und untersetzt. Die schwarzen Haare fallen ihm ins vierkantige Gesicht, das mit unbeirrbarer Freundlichkeit die Schau von Selbstsicherheit und Wirkung auf andere ausstrahlt. Dazu die braunen unschuldigen Augen seines Vaters, an denen keiner vorbeisehen kann, ohne an überreife Haselnüsse zu denken.

«Ich wollte fragen, ob ihr eine kleine Spritztour mitmacht?»

«Geht nicht, siehst du doch. Um fünf kommt der Lieferwagen.»

«Ich wollte euch nur Bescheid sagen, die andern sind schon dort.»

Martin drückt unbeirrt weiter die Heftmaschine zweimal in den Falz der Bäckerzeitschrift, mitten in die Bauchpartie eines strahlenden Bäckergesellen, und der Schweiß nässt seinen zähen kleinen Körper.

«Ihr kommt also nicht?»

«Nein», sagt Martin.

Michael hat sich wieder eine Zigarette angezündet und wirft die leere Schachtel auf einen Haufen Papierabfall neben der Schneidemaschine.

«Was macht eigentlich mein Wagen?», fragt Martin.

Christian zuckt die Achseln.

Martin ärgert sich: «Letzte Woche sollte er schon fertig sein!»

«Ich weiß», versucht Christian ihn zu besänftigen, «ich hätte auch einen Vorschlag.»

«Dann rück mal raus.»

«Das braucht länger», meint Christian, «könnten wir nicht rüber in die Kneipe gehn?»

«Nein», antwortet diesmal Michael, der sieht, wie Martin neugierig wird.

Aber Martin lässt sich auf dieses Nein nicht ein: «Auf ein paar Minuten kommt's jetzt auch nicht mehr an. Ein Bier wär genau das Richtige.»

Und Michael kann sich der Vorstellung eines großen Glases Bier, feucht beschlagen und kühl, nicht entziehen. Zwölf Stunden hat er ununterbrochen gearbeitet. Plötzlich spürt er Hunger, einen unbändigen Hunger.

Ob die drüben noch was zu essen haben?

Die Gaststätte liegt gleich neben der Kirche, im Gemeindehaustrakt, angeschlossen an Kindergarten und Jugendclub. Ein Jugoslawe hat die Pacht übernommen und serbische Reisgerichte auf den Speiseplan gesetzt.

«Die Sache ist folgende», beginnt Christian, «ich will meinen Handel mit Gebrauchtwagen lukrativ ausbauen. Ich hab da einen Kompagnon gefunden, der das schon seit einem halben Jahr unter der Hand macht: Gebrauchtwagen in die Türkei verschieben. Vor allem Mercedes. Da sind die ganz verrückt danach. Übrigens –», sagt er und grinst anzüglich zu Michael hinüber, «wenn ihr wüsstet, wer mein Kompagnon ist, würdet ihr alle vor Staunen den Mund nicht mehr zukriegen!»

«Und das Risiko?», fragt Michael.

«Ist gleich null. Wir fahren einzeln. Wagen für Wagen. Drüben über der Grenze sitzt eine Gruppe von fünf Partnern. Die erledigen sämtliche Formalitäten, und du fährst mit dem Zug wieder nach Hause. Todsichere Sache. Hier meldest du den Wagen dann natürlich ordnungsgemäß ab, wenn –»

«Wenn er nicht ohnehin geklaut war», ergänzt Michael. «Also, sozusagen ein Touristikunternehmen?»

Christian grinst wieder: «Ganz recht.»

«Was hat mein Wagen damit zu tun?» Martin scheint auf alles andere nicht reagieren zu wollen.

«Dein Wagen?»

«Natürlich mein Wagen, was denn sonst! Ihr solltet nur das rostige Trittbrett auswechseln. Sonst nichts.»

«Kapierst du nicht, oder willst du nicht kapieren?»

«Nicht ungeduldig werden», beruhigt Michael, «lass ihn erst mal sein Gulasch essen, wir haben gestern Abend zum letzten Mal was in den Magen gekriegt und seitdem durchgearbeitet.»

Martin schaufelt noch immer Gulasch und Beilagen in den Mund, Essensreste, die der Koch zusammengebrutzelt hat. Er wartet ab. Er kennt Christian. Netter Junge, der nur einen Fehler hat: Er ist fähig, seinem besten Freund die Haut über den Kopf zu ziehen. Mit gutem Grund hat Martin deshalb sein Coupé bei einem anderen gekauft. Die Methoden, die Christian anwendet, einen alten Wagen wieder wie neu herzurichten, sind alles andere als vertrauenerweckend. Nur so kann er es sich leisten, seinen beiden Hobbys, Autos und Fernsehen, intensiv nachzugehen. Sein Fall sind die ganz schnellen Wagen, seine Sucht ist das Fernsehen. So hat ihm ein Freund ein aufwendiges System von Bildschirmen in die Wohnung eingebaut. Drei Programme auf einmal hat Christian stolz vorgeführt, vom morgendlichen Schulfernsehen bis zum mitternächtlichen Gruselfilm. Und er lässt sie auch tatsächlich alle drei zur gleichen Zeit laufen. Selbst im Badezimmer.

«Also, was ist?», fragt Martin, der die Küchenreste ohne Ekel bis zum letzten verzehrt hat.

«Was soll sein?» Christian lächelt. «Wenn du deinen Wagen unbedingt zurückhaben willst, bitte. Ich hätte dir einen Fünftausender dafür bezahlt.»

«Das ist er nicht wert», stellt Michael sachlich fest.

«Wenn ich ihn in die Türkei verschiebe, schon. Und dass ihr

es nur wisst, ich mach euch ein Freundschaftsangebot für den Wagen.»

«Eins steht fest», meint Martin und holt sich mit dem Zeigefinger eine Fleischfaser aus den Zähnen, «du brauchst für deinen Auftraggeber unbedingt ein Coupé, wahrscheinlich ist sogar die Farbe schon festgelegt.»

«Kluges Köpfchen!»

«Fünftausend wären jetzt nicht schlecht», erwägt Michael.

Martin zögert.

«Du könntest auch bei uns einsteigen», versucht Christian ihn zu überreden, «da verdienst du wirklich was. Lass den Druckereiladen doch einfach sausen. Schenk ihn meinetwegen dem Michael!»

Michael weiß, dass er noch immer ein Außenseiter in der Gruppe ist, nicht leichtfertig genug, obendrein noch verheiratet und Vater von zwei Töchtern. Damit kann er einfach nicht auftreten, wenn die anderen wieder einmal eine Tour vorhaben.

«Schlag ein», sagt Christian zu Martin und hält ihm die Hand hin.

«Muss ich mir erst noch überlegen», antwortet Martin.

«Dann sag mir morgen früh Bescheid.»

«Mach ich.»

«Aber ruf nicht vor zehn an. Unsereiner schläft um die Zeit noch!»

«Weiß ich.»

«Mensch», sagt Christian und setzt seine Sonnenbrille wieder auf, «wenn ich so runter wäre wie du jetzt mit deiner Scheißdruckerei, ich würde nicht so lange überlegen.» Dann steht er auf und verlässt das Lokal, ohne sein Bier zu bezahlen.

2

Tante Olga, die eines mit ihrem Schwager Professor Born gemeinsam hat, die Neigung fürs Lyrische, nahm schon vor Jahren das kulturelle Leben dieser Stadt zielsicher in die Hand und entschloss sich, eine örtliche Vereinigung weiblicher Künstler aufzubauen.

Und obwohl ihr runder und massiver Körper die Hitze eines solchen Hochsommertages kaum erträgt, lässt sie sich auch heute nicht von ihren Vorbereitungen für eine Dichterlesung abhalten. Diesmal erwartet sie eine junge Schriftstellerin, ein aufstrebendes Talent und bekannt genug, um einer Lesung im hiesigen Kreise würdig zu sein.

Tante Olga ist ganz beseelt von dem Gedanken, auch einmal ein wenig den literarischen Schock unter die Leute zu bringen.

Neues aus der Bücherkiste.

Gleich nach dem Frühstück telefonierte sie mit der Universitätsbuchhandlung am Franziskanerplatz und erkundigte sich, ob die Bücher der jungen Autorin nun endlich eingetroffen seien.

«Stellen Sie sich nur einmal diese Blamage vor», sagte sie, «wenn die junge Dichterin keines ihrer Werke auf dem Büchertisch vorfindet! Nicht auszudenken.»

Die Verkäuferin am Telefon gab sich völlig uninformiert, und verärgert verlangte Tante Olga den Geschäftsführer, einen Freund ihres Hauses.

Natürlich seien die Bücher nun endlich eingetroffen. Die Beschaffungsschwierigkeiten seien nur beim Verlag zu suchen. Man werde sie ihr selbstverständlich noch im Laufe des Vormittags hinaufschicken lassen.

Als angesehener Arzt, der auf Kreislaufkrankheiten spezialisiert ist und seine Sprechstunden nur nach Vereinbarung abhalten kann, hat sich Onkel Egon vor fünf Jahren, als die älteste Tochter heiratete, auf dem weitläufigen Grundstück einen Flachdachbungalow neben die alte Villa bauen lassen. Ein kleines Meisterwerk an Fantasie und Extravaganz.

Während das Speisezimmer, eingerichtet mit Renaissancemöbeln oder solchen, die dafür gehalten werden, Onkel Egon und seiner Schrumpfkopfsammlung vorbehalten blieb, gestaltete Tante Olga das geräumige Wohnzimmer. Es sollte der Mittelpunkt ihrer kulturellen Bemühungen werden, Veranstaltungszentrum der örtlichen Künstlerinnen.

Sie ließ in die Stirnseite des Raumes eine erhöhte Nische mit offenem Kamin einbauen, ausgelegt mit braun gemaserten Kunststeinfliesen, zu der zwei Stufen hinaufführen. Eine kleine Bühne, wie geschaffen für sakrale Szenen vor dem Hausaltar.

Mit gleicher Hingabe achtete sie beim Entwurf des Wohnzimmers auf Akustik und Lichtverhältnisse. Dachte an Violinkonzerte sensibler Geigerinnen, denen kein Ton verloren gehen darf, und an eine durchgehende Glasfront, die ihre wechselnden Grafik-Ausstellungen ins rechte Licht rücken sollte.

Ein harmonisches Heim der schönen Künste.

Gegen achtzehn Uhr holt sie den Wagen aus der Garage und fährt das bewaldete Tal hinunter zur Stadt und zum Bahnhof. Mit einem Strauß Veilchen in der Hand wird sie die junge Dichterin auf dem Bahnsteig begrüßen.

Als der Zug zum Stehen kommt und die Türen aufgeschlagen werden, verspürt Tante Olga wieder einmal dieses beglückende Herzklopfen in Vorfreude auf einen gelungenen Abend.

Es würde ihrem Naturell entsprechen, wenn sie ihren Gast bei der Begrüßung herzlich in die Arme schlösse. Aber die junge Frau, die da aus einem der mittleren Waggons gestiegen ist, wehrt diesen Versuch mit überraschter Distanz ab, streckt ihr die Hand entgegen und drückt heftig zu. Fast scheint es sogar, als seien auch die Veilchen fehl am Platz. Aber das wird mit geforderter Rührung überspielt.

Tante Olga betrachtet, was sie sich da für gutes Geld aus der Hauptstadt in die Provinz geholt hat. Das Mädchen entspricht tatsächlich den Porträtfotos, die alle Zeitungen so gerne von ihr veröffentlichen. Blond ist attraktiv, vor allem aber langes Blond in einer Fülle von Haaren. Das macht natürlich Eindruck, wenn sie neben ihrem literarischen Erfolg auch noch die Frisur eines Rauschgoldengels und im Gesicht einen Zug von hilfloser Intellektualität trägt. Das steht jungen Dichterinnen ausnehmend gut und beeinflusst den Redakteur, der sich entscheiden soll, ob neben der Buchkritik im Feuilleton nun eine Text-Anzeige für Nudeln oder ein Foto der Autorin eingeschoben wird.

Tante Olga ist zufrieden. Das Image, das sie eingekauft hat, stimmt. Auch, wenn natürlich kleine Schönheitsfehler in Kauf genommen werden müssen. Etwa die großen, vorstehenden Zähne der jungen Schriftstellerin, die sie beim Lachen immer zu weit herausschiebt, aber auch die kurzen Beine in den weiten, langen Hosen, oder die stämmigen Arme und die gepolsterten Hüften. Schließlich geht es um eine Dichterlesung und nicht um eine Schönheitskonkurrenz.

Was hier in Konkurrenz geht, ist Geist, nicht schnödes Material. Es wird ein schöner Abend werden.

Auch jetzt, gegen halb sieben Uhr abends, hat die Hitze kaum nachgelassen. Noch immer diese unerträgliche Windstille in der Innenstadt, die Wärme, die von den Hauswänden abstrahlt und den Gestank der Auspuffgase in den Straßen konserviert.

Während der Fahrt durch den Berufsverkehr müht sich

Tante Olga, ein wenig Historisches zum Besten zu geben. Fürstbischöfe und Wiederaufbau. Residenz, Burg und Barockkapelle. Kunst für die Künstlerin. So macht sie es immer.

Deshalb treffen sie auch die Fragen ihres Gastes ganz unvermittelt. Fragen nach der Sozial- und Industriestruktur der Stadt, nach Wohnungsproblemen, nach Kindergärten und Schulen, nach emanzipatorischen Frauengruppen und nach Bürgerinitiativen.

«Die gibt es bei uns nicht», sagt Tante Olga, «ja, vielleicht in den Großstädten, da mag das eine gewisse Berechtigung haben, aber hier», meint sie, «ist Gott sei Dank alles ruhig.»

«Und die Obdachlosensiedlung vor der Stadt?»

Tante Olga wird zusehends verstörter: «Wie kommen Sie darauf? So etwas gibt es bei uns doch gar nicht.»

«Die gibt es in jeder größeren Stadt.»

«Eigentlich beschäftige ich mich mit solchen Dingen nicht, wissen Sie.»

«Ist das der richtige Weg?»

«Jeder ist seines eigenen Glückes Schmied, und soviel ich weiß, wollen sich viele dieser sicherlich bedauernswerten Leute gar nicht helfen lassen. Die sind einfach zu weit unten, um noch mal den Anschluss an die normale Gesellschaft zu finden.»

Tante Olga ist fest entschlossen, das Thema zu wechseln. Sie wird sich diesen Abend nicht verderben lassen. Ein wenig Schock ist schön und gut, aber nicht im privaten Gespräch, das sollte der Lesung dieser aggressiven jungen Dame vorbehalten bleiben.

Also wendet sie sich diesmal den Schönheiten der Landschaft zu, nachdem der Exkurs ins Historische erfolglos blieb.

Als sie im Bungalow eintreffen, hat Onkel Egon bereits alles liebevoll vorbereitet, die Klappstühle im Wohnzimmer aufgestellt, den Büchertisch im Speisezimmer arrangiert und sogar einen kleinen Imbiss für den Gast vorbereitet. Er ist gewohnt, seiner Frau zur Hand zu gehen, ihr die lästigen Nebenerscheinungen solcher Veranstaltungen vom Hals zu halten. Und sie hatte schon immer einen äußerst reizenden Hals, seine Olga. Als er seine Begeisterung für Schrumpfköpfe entdeckte, entdeckte er auch ihren Hals.

Ein angenehmer Ehemann.

Voll Verständnis und Rücksichtnahme, auch, wenn er von Malerei wenig, von Musik gar nichts und von Literatur nur Edgar Allan Poe zu verstehen glaubt.

Manchmal macht er sich zwar etwas lustig über die Damen, die Olgas Klappstühle besetzen, aber solche Anfälle gehen gewöhnlich rasch vorüber. Sein Sinn für Humor liegt tiefer, in einer Unterschicht seines Gemüts, und erfährt mit dem heraufziehenden Alter einen immer stärkeren Hang zum Makabren. Eine heimliche Leidenschaft, die er bis heute noch zu tarnen weiß.

«Liebling», erzählt er seiner Frau und hilft der jungen Dichterin ins Bad zu finden, «Friedrich und Amelie haben eben abgesagt. Sie bekamen überraschend Besuch. Amelie meinte, vielleicht kämen Michael und Brigitte, konnte die beiden aber bisher telefonisch noch nicht erreichen, Hannes Baumgart und Ruth sollen bei ihnen übers Wochenende sein. Dafür hat der alte Kirst eben doch noch zugesagt», berichtet er weiter.

Tante Olga gibt sich freudig überrascht: «Wie schön! Ist er wieder gesund?»

«Das ist anzunehmen», antwortet Onkel Egon beinahe etwas unhöflich.

«Hannes Baumgart kennen Sie doch sicher?», wendet sich seine Frau an den Gast, der gerade aus dem Badezimmer zurückkehrt.

«Sie meinen den jungen Berliner Publizisten?»

«Ganz richtig», bestätigt Tante Olga, «er setzt sich gerade langsam durch. Und wenn er auch noch einige politische Flausen im Kopf hat, so ist er doch ein guter Junge. Wir kennen ihn von klein auf. Als sein Vater noch an der hiesigen Universität unterrichtete, ging er mit meinem Neffen Michael aufs humanistische Gymnasium. Inzwischen ist er zwar etwas nach links abgerutscht, aber das wird sich schon wieder geben. Haben Sie ihn einmal persönlich kennengelernt?»

Sie wartet eine Antwort gar nicht ab, sondern plaudert munter weiter: «Er sieht aus wie ein Achtzehnjähriger, dabei ist er schon zweiunddreißig. Und vielleicht ist er wirklich in seiner körperlichen Entwicklung auf dem Stand eines Abiturienten stehen geblieben. Ich glaube nicht, dass er sich überhaupt rasieren muss, seine Stimme ist auch noch recht jungenhaft, und einmal», Tante Olga lacht jetzt etwas verschämt, «soll er zu Michael sogar gesagt haben, er wolle sich kastrieren lassen. Das war, als er noch ganz intensiv Lyrik schrieb und dachte, er würde ein großer Dichter. Nun ist er doch mehr ins Publizistische geschlagen. Sie werden sich heute Abend sicherlich gut mit ihm verstehen.»

Es ist ein fester Kreis, der sich im Laufe der Jahre um Tante Olga gebildet hat. Künstlerinnen aus Freude an der Kunst und andere. Alle geprägt von der Kessellage der Stadt, dem Dornröschenschlaf, aufgewachsen mit Katechismus und Grimms Märchen. Eine nette kleine Gesellschaft.

Leute, die sich sympathisch sind. Feinsinnige Witwen und Akademiker, Deutschlehrer der vier Gymnasien, Rechtsanwaltsgattinnen, Bibliothekarinnen und Buchhändlerinnen, aber auch Schülerinnen des Staatlichen Konservatoriums und Studentinnen, Leute mit Bildung und sogar ein Apotheker und ein Offizier. Nicht zu vergessen der Sektkellereibesitzer Karl Kirst, der seit seinen ersten Jugenderlebnissen als Wandervogel Anfang dieses Jahrhunderts empfindsame Lyrik schreibt, getrieben von Todesahnungen, göttlichen Eingebungen und der Hoffnung auf unsterbliche Verewigung an einem Kaminplatz der Weltliteratur. Ein liebenswerter alter Herr. Weintrinker mit Spitzbauch, Jagdpächter und passionierter Jäger, dem genau an jener Stelle auf dem Kopf, wo anderen das Sprachzentrum im Gehirn sitzt, eine große rote Fettbeule aus der Glatze wächst.

Solange Tante Olga ihm immer wieder Gelegenheit gibt, im kleinen Kreis aus seinen Werken zu lesen, ist er umgänglich und mäzenatisch, eine Eigenschaft, die der Vereinskasse zugutekommt. Deshalb ist Tante Olga auch stets bemüht, ihn bei Laune zu halten, gehört er doch zu ihren treuesten Besuchern, wenn sie Dichterlesungen gibt. Lebhaft beteiligt er sich dann an jeder Diskussion.

So sagt er auch heute zu der jungen Schriftstellerin, die eher mit Widerwillen als mit Begeisterung aus ihren Texten gelesen hat: «Eigentliches zu schreiben ist schwer. Selten stehen Engel am Schreibtisch und diktieren.»

Da das Gesicht der jungen Dame daraufhin äußerste Verwirrung, wenn nicht sogar Belustigung ausdrückt, fügt er hinzu: «Ja, auf dem Weg zur Vollkommenheit kann man Hühneraugen bekommen. Wissen Sie», erläutert er, «ich halte sehr viel von Kierkegaard und Benn. Haben Sie Benn gelesen?»

Aber selbst das freundliche Ja der Autorin auf diese Frage kann die bedrückende Stimmung nach ihrer Lesung nicht lösen. Der Aufforderung zur Diskussion kommen die Gäste nur zögernd nach.

Lediglich der alte Kirst scheint von alldem unberührt und redet munter vor sich hin.

Da hat also diese junge Frau, die aussieht, als sei es Weihnachten und Porzellanpuppen säßen unterm Christbaum, da hat sie also Ungeheuerlichkeiten auf dem Hausaltar von sich gegeben. Hat Grausamkeiten des täglichen Lebens mit der Stimme einer Gute-Nacht-Tante heruntergelesen. Dinge, die man lieber beschweigt, weil sie jedem widerfahren, und nun soll darüber diskutiert werden.

Eine rücksichtslose Zumutung.

Dankbar wird deshalb der altbekannte Benn aufgegriffen. Den gibt es auch im Deutschunterricht der Schulen. Der ist ungefährlich.

Bis Tante Olga zum Kauf der Bücher im Esszimmer auffordert.

Mit einem bezaubernden Lächeln meint sie: «Unsere junge Dichterin wird Ihnen die Bücher auch gerne signieren.» Dabei streicht sie der jungen Frau liebevoll über den nackten Arm, so, als wolle sie noch mehr von ihr als nur eine Signatur. Gute Miene zum bösen Spiel.

Viele der Damen kennen die Schrumpfköpfe schon, die an einer der vier Wände im Esszimmer hängen. Aber auch heute Abend sind wieder einige darunter, die ratlos vor den faustgroßen Objekten dieser exotischen Sammlung stehen und dabei an eine neue Kunstrichtung denken.

Onkel Egon, der den Verkauf der Bücher überwacht, ist gerne bereit, Neulinge in sein Hobby einzuweihen. Bereitwillig geht er auf die Lüsternheit der Damen ein und erklärt, dass er gerade selbst an einem Schrumpfkopfverfahren experimentiere. Einer seiner Patienten, der unglücklicherweise an einem Kreislaufdefekt sterben musste, habe ihm seinen Kopf vermacht.

Eine interessante Beschäftigung.

«Es sollte eine gesetzliche Regelung geben», ereifert

sich Onkel Egon, «die die Köpfe von Triebverbrechern zur Schrumpfkopfherstellung grundsätzlich freigibt.»

Eine der Damen kichert.

Der Apotheker, der die Geschichte von Egons Schrumpfköpfen schon kennt, erkundigt sich beiläufig, wie denn wohl der Kopf der jungen Dichterin im geschrumpften Zustand aussehen möge? «Würden Sie nicht Schwierigkeiten mit den langen Haaren haben?»

Onkel Egon lächelt vielsagend und hält ein schmales Bändchen Erzählungen in der Hand: «Vierzehn Mark achtzig», sagt er und ist bereit, für «Die feinen Totengräber» zu kassieren.

3

Während der Nacht hat sich die Luft kaum abgekühlt, nur an Feuchtigkeit zugenommen und damit die Treibhaushitze verstärkt. Noch vor dem Frühstück verbrachte Friedrich eine Stunde im Badezimmer, nahm eine kalte Dusche und begann dann, seinen Körper angenehm herzurichten. Wenn ihn dieser Sommer weiterhin so quält, wird er die Klimaanlage doch noch modernisieren lassen.

Die Putzfrau, die jeden Morgen um acht Uhr eintrifft, hat frische Brötchen mitgebracht und brüht in der Küche den Tee auf. Friedrich ist solide. Er raucht nicht und trinkt auch keinen Kaffee. Den Tee nimmt er englisch, mit viel Milch und Zucker, dazu Honig und Marmelade auf die Brötchen und jeden Morgen eine Tasse Milch. Das ist er seiner Gesundheit schuldig.

Wenig später fährt er auf der Autobahn nach Frankfurt, das Schiebedach seines Wagens einen Spaltbreit geöffnet, um der Hitze zu entgehen. Er hat den Druck des Stimmungstiefs vom Vortag noch nicht ganz überwunden. Eine Phase der Depression, die er bisher nicht kannte. Deshalb entschloss er sich auch, einen Tag früher als vorgesehen nach Frankfurt zurückzukehren, in der vertrauten Umgebung seines Direktionsbüros unterzutauchen.

Als er die Untermain-Brücke überquert und das gleißende Hochhaus am Flussufer in sein Blickfeld gerät, empfindet er Erleichterung: Alles ist unverändert.

Das ist sie. Die Hauptniederlassung der Born-Versicherungs-AG. Ein Imperium, das er 1968 gründete und ständig durch Firmenaufkäufe erweiterte. Mit ungeheurem Geschick verstand er es, sich alle guten Brocken auf dem Konkursmarkt einzuverleiben und wieder gewinnträchtig zu machen.

Fünfundzwanzigjährig war er als Syndikus in eine amerikanische Firma eingetreten und hatte dort schon versucht, Ideen zur Rationalisierung, die er selbst ausgezeichnet fand, an den Chef zu bringen. Brillante Ideen, die es wert gewesen wären, ihn dafür zu befördern. Aber der Boss ließ ihn nicht aufsteigen und katapultierte den jungen Syndikus mit diesem verdächtigen Überschuss an Energien kurzentschlossen wieder aus der Firma hinaus.

Ähnliche Erfahrungen machte Friedrich noch in zwei anderen Industrieunternehmen, in einer englischen Spielzeugfabrikationsniederlassung und in einem deutschen Versicherungskonzern.

Dann entschloss er sich, seine Perlen nicht mehr vor die Säue zu werfen und selbst in den freien Kapitalmarkt des Börsengeschäftes einzusteigen. Zu seinen ersten Kunden gehörte Karl Kirst, der sich als alter Freund der Borns und Tante Olgas dazu überreden ließ. Er nannte das: dem Jungen eine Chance geben.

Als ihm aber der Junge die ersten acht Prozent Gewinn einbrachte und in wenigen Wochen den Gewinn noch weiter steigerte, zeigte sich der spitzbäuchige und mit Sekt kapitalkräftig gewordene Karl Kirst beeindruckt, nahm den ältesten Born-Sohn unter seine Fittiche und half ihm, den ersten Ankauf eines Betriebes zu finanzieren. Es handelte sich dabei um einen mittleren Betrieb der pharmazeutischen Industrie. Friedrich veränderte die Verwaltungsstruktur des Unternehmens vollständig, rationalisierte bis zum Äußersten und begann damit seinen Aufstieg zum Erfolg.

Von da an kaufte die Born-Versicherungs-AG, die Friedrich als Dachorganisation nach ersten Gewinnabschöpfungen gegründet hatte, andere Unternehmen auf, kleine und große Firmen, die kurz vor dem Ruin standen.

1969 hatte es Friedrich Born geschafft: Die Born-Versicherungs-AG kaufte zu diesem Zeitpunkt im Durchschnitt alle zwei Monate eine Firma auf und sanierte sie mit harten Rationalisierungsmaßnahmen. Kirst bekam seinen Kredit von einer viertel Million Mark zurückbezahlt, und Friedrich hatte seinen Lebenszweck gefunden. Vorläufig teilte er ihn in drei Hauptgebiete auf: Pharmazie, Spielzeugindustrie und Versicherungen.

So gehörte er 1970 zu den größten Spielzeugherstellern von Europa, war in der pharmazeutischen Industrie für siebentausend Arbeiter verantwortlich und wurde für traditionelle Versicherungsunternehmen zu einer realen Gefahr, da seine Geschäftsbedingungen die ihren unterliefen.

1971 war er dann eines deutschen Wochenmagazins würdig, und «DER SPIEGEL» schrieb über ihn: Friedrich Born existiert, ob man nun an den Kapitalismus glaubt oder nicht. Alles, was man noch tun kann, ist, ihn zu beobachten und sich zu wundern.

Seit dieser Zeit fühlt sich Friedrich Born nicht mehr ganz wohl in seiner Haut. Wie in der bundesdeutschen Presse üblich, hatte der SPIEGEL-Artikel eine Welle publizistischer Aktivitäten als Wochenthema vieler Zeitungen und Zeitschriften ausgelöst. Zum ersten Mal sah sich Friedrich mit der öffentlichen Meinung konfrontiert und diskriminiert. Selbst die Kollegen vom Großkapital brachten ihm mehr Missgunst als kameradschaftliche Eintracht entgegen.

Seine erste Reaktion war der Protest.

Er sei keiner, der anderen das Geld wegnähme. «Ich habe nur ein einziges Mal den größten Teil der Arbeiter einer Firma auf die Straße gesetzt, und nun glauben die Gewerkschaften, ich handelte immer so. Und die Leute von links», sagt er nicht ohne einen Einschlag faschistischen Engagements, «greifen mich an. Was ist das für ein lächerlicher Standpunkt zu behaupten, alle Unternehmer seien schlecht. Ich habe genauso Nackenschläge einstecken müssen wie andere.»

Zum ersten Mal spürt Friedrich Born so etwas wie Angst.

«Selbst das Establishment lehnt mich ab», beklagt er sich, «sie können meinen Erfolg einfach nicht begreifen.» Weil er Erfolg habe in einer Zeit wirtschaftlicher Krisen, in der der gesamte Kapitalmarkt zusammenzubrechen drohe. «Sie zeigen mit Fingern auf mich und meinen, wenn der Geld macht in einer Zeit, in der wir's nicht können, dann muss was faul sein an ihm.»

Das alles bringt ihn ganz ordentlich aus der Fassung. Und das sagt er auch. Er sagt: «Das alles verwirrt mich über die Maßen.» Dabei ist er ein so netter Junge, schlank, groß und blond und sogar das, was Frauen hübsch nennen. Eine Freude für jeden, der ihn ansieht. Ein ökonomisches Versprechen für das Wirtschaftsleben der Bundesrepublik. Eine Lebensversicherung für uns alle.

Nicht umsonst hat er heute Morgen eine Stunde im Bad verbracht, hat diese lästigen Pickel unterhalb des Halsansatzes, die die Pubertät zurückgelassen hat, sorgfältig entfernt und sein angeschlagenes Selbstbewusstsein mit Körperpuder und Kölnischwasser wieder aufpolieren wollen.

So richtig ins Gleichgewicht aber gerät er erst wieder, als er ins vierzehnte Stockwerk seines Hochhauses hinauffährt, um sich in den Schutz seiner Direktionssuite zu begeben.

Nachher wird er den alten Kirst anrufen und ein wenig mit ihm plaudern. Erinnerung an vergangene Jahre. Vielleicht auch eine kleine Ablenkung, wenn er sich vom gestrigen Abend bei Tante Olga erzählen lässt. So geschäftstüchtig der alte Sektkellerer auch ist, sein Hang zur Lyrik macht ihn mit einem Schuss von Skurrilität erst richtig liebenswürdig.

Sobald er hinter seinem Schreibtisch Platz genommen

hat, fühlt sich Friedrich sicher. Die beruhigende Gewissheit, jemand zu sein, der anerkannt werden muss.

Die Sekretärin hat einen Haufen Post auf die grüne Schreibunterlage gelegt. Geöffnete Briefe und solche mit dem Vermerk: persönlich. Als Erstes sieht er die Absender durch, um dann das zu lesen, was ihm interessant erscheint. Ganz unten aber entdeckt er eine Illustrierte mit dem Aufdruck: Beachten Sie Seite 17.

Neugierig schlägt er die angegebene Seite auf und wird mit seinem eigenen Großfoto in Farbe konfrontiert. Daneben einige Bilder seiner Frau, Ruth bei einem der Empfänge und Ruth mit dem Sohn im Garten. Daneben die Geschichte seiner Scheidung und ein Bild von Hannes Baumgart.

Nichts hasst er mehr, als Privatangelegenheiten in die Öffentlichkeit zu bringen. Er kann sich nicht erinnern, in dieser Angelegenheit irgendetwas an die Presse gegeben zu haben.

Verärgert ruft er über die Sprechanlage seine persönliche Sekretärin herein.

«Was soll das?», fragt er und hält ihr die Illustrierte vors Gesicht. Die junge Frau gerät in Angst und Verwirrung. Sie kennt seine Abneigung gegen solche Veröffentlichungen.

«Ich war selbst unangenehm überrascht», antwortet sie und versucht, die von ihr verlangte Fassung zu bewahren.

«Und Sie haben auch keinen blassen Schimmer, wer das hier veranlasst haben könnte?»

Sie zögert einen Augenblick, dann berichtet sie: «Letzte Woche war ein Journalist hier. Er hatte von der Sache gehört und wollte Sie sprechen. Ich habe ihn abgewiesen und ihn zu Herrn Schneider geschickt.»

Hermann Schneider ist Friedrichs persönlicher Referent für Öffentlichkeitsarbeit, ein Mann Anfang vierzig, redegewandt und tüchtig, wenn es gilt, das Ansehen von Friedrich

Born ins rechte Licht zu rücken. Diskretion ist eigentlich seine Stärke.

«Es ist gut», sagt Friedrich, «schicken Sie ihn mir herein.»

Während er auf Schneider wartet, öffnet er einen der Briefe, die den Vermerk ‹persönlich› tragen. Tante Martha, die eigentlich nicht ganz als Tante zur Familie gezählt werden kann, da sie nur die Schwester eines eingeheirateten Onkels ist und zudem noch eine Nonne, bittet wieder einmal um Unterstützung, finanzielle Hilfe für einen ihrer Schützlinge aus der Obdachlosensiedlung. Alle zwei Monate trifft ein solcher Brief ein. Friedrich legt sie alle unbeantwortet zur Seite, lässt sie abheften unter den Buchstaben F. u.: Familie, unwichtig.

Als Schneider anklopft, ruft Friedrich ihn herein. Noch ehe der Mann vor ihm etwas sagen kann, herrscht Friedrich ihn an: «Ehe Sie in dieser Sache überhaupt den Mund aufmachen, sehen Sie zu, dass Ihr Gehirn arbeitet!»

Schneider überhört diesen Affront, mit dem er sonst selbst gerne die eigenen Untergebenen konfrontiert, und beginnt sofort mit Beteuerungen. Er habe den Journalisten ebenfalls abgewiesen. Er habe auch keine Fotos aus der Hand gegeben.

Friedrich fällt ihm ins Wort, unterbindet jede Art der Rechtfertigung und sagt: «Ich wünsche, dass diese Angelegenheit bis morgen Mittag aufgeklärt ist, und zwar restlos aufgeklärt. Ihre Ausflüchte können Sie sich sparen.» Ehe er ihn endgültig hinausschickt, drückt er ihm die Illustrierte in die Hand. «Das ist Ihre Angelegenheit, nicht meine, und ich würde Ihnen raten, Ihre kleinen grauen Gehirnzellen etwas anzustrengen. Es könnte sonst Ihren Kopf kosten!»

Und als er nun endlich zu seinem Vergnügen die Bestürzung auf dem runden Gesicht von Schneider entdeckt, setzt er liebenswürdig lächelnd hinzu: «Sehen Sie zu, dass Ihnen der Kopf auf dem Hals bleibt. Ich wüsste sonst eine gute Verwertung für

Sie: Mein Onkel entwickelt gerade ein eigenes Verfahren zur Herstellung von europäischen Schrumpfköpfen, dazu braucht er dringend Material.»

Er lacht, und Schneider schließt ganz schnell die schwere Doppeltür hinter sich.

Den alten Kirst wird Friedrich nicht mehr anrufen. Er kann jetzt nichts Lyrisches mehr vertragen, und gegen die Gedanken an Ruth und Hannes nimmt er ein Alka-Seltzer: Ruth, das ist eine Sache, die rasch vergessen werden sollte. Etwas, das niemals existiert hat. Ein menschlicher Irrtum.

4

Donnerstag. Der Tag, an dem sie regelmäßig zum Mittagessen eingeladen sind. Die beiden Mädchen, Katrin und Corinna, gehen von der Schule direkt zu den Großeltern. Brigitte traf schon etwas früher ein, deckte den Tisch und machte den Salat an. Kurz vor zwei Uhr kommt Michael aus der Druckerei und wird von seiner Mutter ins Bad verwiesen. Er solle sich vor Tisch etwas frisch machen.

Wenn schon kein Smoking, so wird zumindest Sauberkeit im Hause Born verlangt. Auch die Kinder werden zum zweiten Mal an den Wasserhahn geschickt, während Brigitte dankend ablehnt und den zweifelnden Blick der Schwiegermutter übersieht.

Dann sitzen sie alle am Eichentisch im Esszimmer, einem kleinen Raum, behängt mit Wandteppichen und Bildern, dem sich hinter den Portieren zur Schiebetür das Musikzimmer anschließt. Trotz der hochsommerlichen Hitze ist das Zimmer kühl. Nur die Küche, die auf den Hinterhof hinausgeht, erhält nachmittags etwas Sonne.

Nachdem sich auch Amelie gesetzt und nach dem silbernen Serviettenring gegriffen hat, in den ihre Initialen eingraviert sind, ist das Anfangsritual eingeleitet. Der donnerstägliche Kampf um Konversation und Liebenswürdigkeit, und der besondere Zwist Corinnas und Katrins können beginnen. Die beiden Enkeltöchter wollen sich die Servietten nicht mehr in den Kragen stecken, aber die Großmutter ist hartnäckig, unterstützt von Michael, der sich diesen von klein auf angelernten Tischsitten in der elterlichen Wohnung wieder unterwirft.

Corinna, die Jüngere, scheint heute überanstrengt und

nervös und reißt die verhasste Serviette wieder vom Hals. Das bringt ihr nichts anderes als einen Klaps auf den Hinterkopf ein und die Ermahnung, sich bei Tisch zu benehmen.

Für die kommenden vier Wochen ist es das letzte gemeinsame Mittagessen. Professor Born ist zu einem Vortrag an die Stockholmer Universität geladen, und Amelie organisierte schon vor Wochen den daran anschließenden Urlaub in Schweden.

Heute spricht sie davon, dass einer der Kollegen ein Sommerhaus in der Nähe von Uppsala besitze. Er verbrächte jeden Sommer dort und sei sehr glücklich. Sie erzählt das mit einem Anklang von Neid und dem Zusatz, dass dieser Kollege eben keine Kinder habe, die er hätte studieren lassen müssen.

«Aber worauf verzichtet man nicht alles», sagt sie, «wenn man Kinder hat! Das kann erst der beurteilen, der selbst welche hat!»

Sie sprechen über Schweden und Urlaub im Allgemeinen.

«Nein», sagt Brigitte, «wir werden diesen Sommer nicht in die Ferien fahren. Michael hängt momentan zu sehr drin.»

Brigitte spricht immer sehr ungebildet, schnoddrig, als säße sie mit irgendwelchen Leuten am Tisch, und Amelie möchte sich jedes Mal darüber aufregen, aber diesmal horcht sie auf und forscht nach: «Ihr habt doch nicht etwa Schulden gemacht?»

«Aber nein!», wehrt Michael ab.

«Du weißt», beharrt Amelie, «dass ich alles vertragen kann, nur nicht, dass du Schulden machst!»

Friedrich Born, der die Auseinandersetzungen zwischen Mutter und Sohn über beruflichen Misserfolg und Moral schon kennt, möchte ablenken und kehrt zum Urlaub zurück. Ein angenehmes Gesprächsthema; unkompliziert lassen sich Erinnerungen auspacken.

«Am schönsten», sagt er, «war doch der erste Urlaub nach dem Krieg. Anfang der Fünfzigerjahre an der Ostsee.»

Amelie erinnert sich: «Der erste Urlaub zu zweit», sagt sie, und ihr Gesicht sieht beinahe glücklich aus.

«Wo waren eigentlich die Kinder zu dieser Zeit?», fragt Friedrich verwundert, so, als würde er sich erst jetzt entsinnen, dass sie damals allein in die Ferien fuhren und zwei halbwüchsige Söhne zurückließen.

Amelie weicht aus: «Damals?»

«Du hast dich eben nie für unsere Belange interessiert», wirft Michael ein.

Amelie weist ihn zurück: «Dein Vater ist Wissenschaftler!»

«Was hat das damit zu tun?» Michael geht zum Angriff über. Auflehnung gegen die Eltern. Als stünden heute nicht nur seine beiden Töchter, sondern auch er noch unter Amelies Herrschaft.

«Vielleicht war ich wirklich nie das, was man einen guten Vater nennt», wendet der alte Born ein.

«Ach was! Du musstest arbeiten. Du bist Gelehrter und musstest dir einen Namen machen. Worum hättest du dich noch alles kümmern sollen?»

Amelie ist aufgebracht.

Professor Born legt ihr beruhigend die Hand auf den Arm, wie er es immer tut, wenn er einen Aufruhr vermeiden möchte. «Aber, wo waren die Kinder damals wirklich?»

«Ich hatte immer jemanden für die beiden», rechtfertigt sich Amelie, «ich wusste immer, dass sie gut untergebracht waren.» Ihr fällt nur im Augenblick kein Name ein.

«Mater Ambrosia», hilft Brigitte ihr unvermittelt weiter, «respektive Tante Martha.»

Amelie sieht sie verwundert an, ärgert sich darüber, dass ihre Schwiegertochter anscheinend mehr über diese Dinge weiß, als sie selbst sich erinnern kann, und sagt dann rasch und triumphierend: «Na also! Tante Martha hat immer gut auf die Kinder aufgepasst!»

«Ehe sie den Klostertick bekam.»

«Natürlich hat sie das.»

«Sie war immer zuverlässig.»

«Und ich habe ihr damals gesagt: Lass die Kinder ruhig laufen, sie können auch Freunde einladen, aber spiel dabei Mäuschen.»

«Das hat sie auch getan.»

«Ihr wisst ja gar nicht, was ich alles von euch weiß! Tante Martha hat mir alles berichtet, alles!»

Michael grinst: «Meinst du?»

«Warte nur, bis deine eigenen Kinder so weit sind! Wenn sie dir nichts mehr erzählen. Und trotzdem weißt du Bescheid!»

«Zufällig sitzen die lieben Kleinen mit am Tisch», macht Brigitte ihre Schwiegermutter aufmerksam.

«Du warst die beste Mutter, die man sich vorstellen kann», schaltet sich der alte Born rasch ein und hat wieder die Hand auf ihren Arm gelegt, um weiteren Auseinandersetzungen aus dem Weg zu gehen. «Mütter sind ohnehin in einem engeren Kontakt zu ihren Kindern als Väter», meint er und leitet damit eine seiner vielen Kindheitserzählungen ein, Erlebnisse, die sie alle schon kennen, die er immer wieder berichtet.

Einmal, als sie abends noch bei einem Glas Wein zusammensaßen, sagte Brigitte: «Ich glaube, wenn man eine bestimmte Lebensstufe überschritten hat, gewinnen Kindheitserlebnisse wieder an Gewicht. Als mein Großvater damit anfing, habe ich versucht, darüber nachzudenken. Ich mochte meinen Großvater sehr gern», sagt sie mit einer kleinen, spitzen Boshaftigkeit in der Stimme. «Vielleicht ist es so, dass sich mit fortschreitendem Alter immer mehr Türen öffnen, die du schon längst geschlossen glaubtest, bis du in einem verfallenen Körper wieder zu deinem Ursprung zurückkehrst, den entscheidenden Jahren der Kindheit. Ein neuer Anfang, den du suchst, ehe du ausgelöscht wirst.»

Eine ungeheure Anmaßung, so etwas zu sagen, dachte Amelie damals und begann mit einer Erzählung von der missratenen Tochter eines Kollegen.

Jetzt hören sie den Erinnerungen des alten Born mit gewohnter Geduld zu, lassen ihn reden, ohne zu widersprechen.

Während sein Vater erzählt, ist Michael auf der Suche nach einer eigenen Kindheitsepisode, die vorhin in ihm auftauchte, als Amelie davon sprach, dass sie Freunde mit nach Hause bringen durften. Eine kleine, brutale Begebenheit, die gut zur donnerstäglichen Atmosphäre passt.

Der Sommer muss ähnlich heiß gewesen sein wie in diesem Jahr. Sie wohnten noch in Freiburg, wo sein Vater nach Krieg und Entnazifizierung eine neue Universitätslaufbahn anstrebte. Tante Martha war vielleicht Ende zwanzig, Anfang dreißig, eine dralle und lustige Person. Eine, mit der sie Pferde stehlen gehen konnten, wie sie meinten. Besonders gut verstand sie sich mit Friedrich. Er war vierzehn und durfte sie ab und zu sogar in die Hüften oder auch tiefer kneifen. Dann lachte sie sehr laut und vergnügt.

Sobald Tante Martha mit ihren beiden großen Pappkoffern anreiste, wussten die Bornsprösslinge, dass nun die schönsten Wochen des Jahres einsetzten. Die Zeit ohne Eltern, ohne das Reglement vom dauernden Händewaschen, von Höflichkeitsfloskeln und strenger Erziehung zur Pünktlichkeit. Tante Martha verfügte eben einfach nicht über die Disziplin eines königlich-preußischen Fritz.

Schon in der ersten Woche ihrer Anwesenheit gaben Michael und Friedrich eine Party, zu der sie auch Mädchen einluden.

Der große Bruder konnte recht gut mit Mädchen umgehen und wusste, worauf es ankam, wenn sie auf den Rücken gelegt werden sollten. Noch besser aber verstand er sich darauf, das meist wegen Unpünktlichkeit konfiszierte Taschengeld in dieser Zeit doppelt und dreifach wieder hereinzuholen.

So organisierte er zum Beispiel damals eine Horde Gleichgesinnter, die er mithilfe von Michael gewinnbringend einsetzte. Er hatte entdeckt, dass der Besitzer eines Kiosks neben der Schule die leeren Bier- und Limonadenflaschen hinter seiner Holzbaracke stapelte, geschützt durch einen Maschendrahtzaun. Friedrich besorgte eine Drahtschere und fünf Freunde, die er einwies. Sie erhielten die Aufgabe, Flaschen von rückwärts durch ein Loch im Zaun zu holen und vorn am Kiosk gegen Zahlung des Flaschenpfandes abzugeben. Er schloss mit ihnen einen regelrechten Arbeitsvertrag ab, ließ sie für sich arbeiten und beteiligte sie mit einem geringen Prozentsatz am Gewinn.

Das Geschäft florierte, bis der Kioskbesitzer entdeckte, was mit ihm gespielt wurde. Als er den beiden Brüdern mit der Polizei drohte, drohte Friedrich mit einem totalen Boykott des Kiosks. Und da der alte Mann auf die Schüler des Gymnasiums als Kundschaft angewiesen war, fügte er sich. Der Vierzehnjährige hatte ihn mit seiner humanistischen Hausmacht erfolgreich konfrontiert. Einen Teil des Flaschenpfandgewinnes investierte er dann in die geplante Party.

Da Tante Martha von Amelie nur geringes Haushaltsgeld zugestanden bekam, sodass sie teilweise aus der eigenen Tasche dazuzahlen musste, mussten Michael und Friedrich für das Arrangement der Party selbst aufkommen.

Das konnten sie nun auch.

Daneben erfand Friedrich ein kleines teuflisches Spiel, das einen Teil der Kosten für Cola und Käsebrötchen wieder einbringen sollte. Gemeinsam mit Michael baute er die Apparatur auf: füllte einen Eimer mit Wasser, hängte den einen Pol des Stromkabels ihrer elektrischen Eisenbahn gekoppelt mit dem selbstgebastelten Transformator hinein und hielt den anderen Pol für mutige und zahlungswillige Klassenkameraden bereit.

Wer wollte sich einer solchen Mutprobe entziehen, zumal, wenn es etwas zu gewinnen gab! Auf dem Boden des Eimers lag ein glitzerndes Fünfzigpfennigstück. Gegen das geringe Entgelt von zehn Pfennigen konnten die Gäste versuchen, es herauszufischen. Dem Kandidaten wurde das andere Ende des Kabels mit einem Heftpflaster auf den Unterarm geklebt, dann durfte er zugreifen.

Michael kassierte die Groschen, und Friedrich saß am Transformator. Sobald er die Stromzufuhr auslöste und der Kandidat mit einem Schmerzensschrei und ohne Geldstück aus dem Eimer zurückfuhr, zeichnete sich auf Friedrichs Gesicht diebische Freude über die Schwachheit anderer ab.

Aufgefordert, selbst einmal Mut zu beweisen, lehnte er mit dem Lächeln des ohnehin Überlegenen ab.

Aber jedem Unterlegenen knöpfte er für dessen Versagen noch einmal fünfzig Pfennig ab und warf sie zum ersten Geldstück ins Wasser. So wurde der Anreiz immer größer, und die Jungen verbrachten einen großen Teil des Abends damit, unter dem anfeuernden Geschrei der Petticoat-Mädchen doch noch an den Schatz heranzukommen.

Michael aber, der die Weigerung des Bruders als beschämend empfand, erklärte sich bereit, an dessen Stelle die Mutprobe einmal durchzuführen.

Friedrich befestigte ihm das Stromkabel auf der Haut und schloss dann den Stromkreislauf wie bei den anderen auch. Wie die anderen, fuhr auch Michael aus dem Wasser zurück und zahlte den Tribut des Verlierers.

Er hätte die Niederlage ohne Weiteres ruhig eingesteckt, wäre er nicht dem hämischen Lächeln Friedrichs in dem Augenblick begegnet, in dem er den Stromstoß spürte. Der teuflische Triumph auf dem Gesicht des Bruders traf ihn völlig unerwartet.

Als Friedrich dann auch noch einen Mitschüler, den pickelübersäten Bäckerssohn Heinz, damit hänselte, dass Brötchenbacken eben nicht geeignet sei, eine solche Probe bestehen zu können, und den Jungen auf den Unterschied zwischen einem Professorensohn und dem Kind einfacher Leute aufmerksam machte, griff Michael ein. Noch einmal ließ er das Kabel an seinem Unterarm befestigen, und noch einmal griff er zu. Während sein Körper die Stromstöße auffing, glitt seine Hand zu dem Haufen der Fünfzigpfennigstücke. Er hätte schreien mögen, aber er presste die Lippen aufeinander und beobachtete in diesem Bruchteil einer Sekunde, die er brauchte, um die Faust über dem Geld zu schließen, die feindseligen Augen seines Bruders, der intensiv den Transformator bearbeitete.

Das war kein Spaß mehr.

Michael öffnete die Hand und ließ die Geldstücke vor Friedrich auf den Teppich fallen.

Friedrich sah den Bruder an, zuckte dann mit den Schultern und sagte verächtlich: «Dass du aus allem immer eine Schau machen musst. Wie ein richtiger Komödiant!»

Martha aber, die dem Spiel mit naivem Behagen zugesehen hatte, drückte den Vierzehnjährigen tröstend an ihren mächtigen Busen, ließ seufzend ihren Atem ab und meinte: «Lass dich von Michael nicht ärgern. Wir beide kennen ihn doch!»

Nicht nur Martha bevorzugte Friedrich, auch Amelie liebte ihren ältesten Sohn abgöttisch. Dieses gefällige Kind, das sich anscheinend so leicht lenken ließ und immer ein sonniges Gemüt zeigte, ganz anders als Michael.

«Nichts weißt du!», sagt Michael unvermittelt zu seiner Mutter. Amelie lacht ihn aus.

Die ersten zehn Minuten des Mittagessens sind vorüber, Friedrich Born hat zu Ende erzählt und leitet nun über zum Lob an den Kochkünsten der Hausfrau. Das zweite Ritual dieser Einladung, dem sich Brigitte und Michael jeden Donnerstag mit eingeübten Redewendungen anschließen.

«Ein vorzügliches Mahl!»

Amelie schiebt strahlend einen Bissen Schnitzel natur zwischen die Zähne. Sie ist in ihrem Element. Und weil sie gerade darüber sprechen, dass es den Kindern nicht abzugewöhnen sei, das Treppengeländer hinunterzurutschen, meint sie mit der feinsinnigen Brutalität, die ihr eigen ist: «Eines Tages werdet ihr noch mal mit gespaltenem Schädel auf den Steinfliesen liegen.» Sie sagt das mit gespitzten Lippen und dem fein säuberlich getrennten s-t der Hannoveranerin.

Während die Kinder sie entsetzt ansehen, gibt sie ein letztes Stück Fleisch in den Mund und beginnt ausführlich zu kauen.

5

Professor Baumgart schreibt an seinen Kollegen Friedrich Born und dessen Frau:

Liebe gnädige Frau, lieber Freund,
haben Sie herzlichen Dank für Ihre liebenswürdigen Grüße
und Wünsche für meinen Einzug ins neu erbaute Seminar.
Mein Zimmer sieht augenblicklich wegen der vielen noch zu
erledigenden Dinge zu bunt aus, als dass ich auf ruhige Erle-
digung der anfallenden Vorgänge rechnen könnte. Trotzdem
möchte ich nicht versäumen, Ihnen heute gleich zu antworten.
Zu Ihrer Frage: Herrn Dr. Holmström konnte ich kürzlich in
Stockholm treffen. Wir hatten unser Bierchen, er sein Schnäps-
chen, und sein Organisationstalent war ganz intakt. Vielleicht
ist die Arbeitsenergie jetzt etwas reduziert, ich habe aber doch
den Eindruck, dass (wie damals die Malaria) auch dieses Tief
günstig durchstanden wird. Sie können also beruhigt Ihrem
Vortrag in Stockholm entgegensehen.
Gestern traf ich übrigens mit Friedrich im Frankfurter Hof
zusammen, ganz zufällig. Wie immer sah er blendend aus und
wurde von einer attraktiven jungen Dame begleitet, die ihn
wohl über den erlittenen Verlust hinwegtröstet.
Ich erzählte ihm von meiner Absicht, im Taunusgebiet ein
Grundstück zu kaufen, und er rückte, clever wie er nun einmal
ist, sofort mit einem Angebot heraus, meinte aber, ich müsste
mich rasch entscheiden. Ich glaube, ich werde zugreifen. Aus-
schlaggebend ist die ständige Geldentwertung. Die Inflation
rast. Vielleicht sollten auch Sie sich in dieser Weise absichern,
zumal Ihnen Ihr Sohn dabei doch ohne Kosten helfen kann?
Übrigens: Die Begleiterin Ihres Sohnes schien mir aus bester

Familie zu stammen – Hannoveraner Gegend –, und Friedrich war bester Laune. C'est la vie!
Herzlichste Grüße und beste Wünsche Ihnen beiden für Ihre Schwedenreise

Ihr
Peter Baumgart

Frankfurt, den 2. 8. 71

6

Mater Ambrosia, das alte Mädchen, das fest und prall in seinen schwarzen Röcken steckt und von seinem Orden für die katholische Frauenfürsorge abgestellt wurde, schwitzt in diesen Augusttagen ganz enorm.

Zum einen ist es die Hitze, die diesen natürlichen und entwässernden Vorgang auslöst, zum andern aber auch das spezielle Problem mit einer jungen Ausreißerin. Vor vierzehn Tagen hat sich die Kleine aus dem Staub gemacht, war ihrer Mutter, den Geschwistern und der Siedlung entflohen. Jetzt wurde sie in Wien wieder aufgegriffen.

Als Mater Ambrosia, die das Mädchen in ihrer Jugendgruppe betreut, davon erfuhr, bewirkte sie eine Sondererlaubnis ihres Ordens, um das Mädchen selbst abholen und nach Hause bringen zu dürfen.

Also bestieg sie gegen Mitternacht einen Zug nach München und nahm von dort den «Rosenkavalier» nach Wien, die Erinnerung an schmucke Männer und Wienerwalzerklänge im Ohr.

Und irgendwo auch, tief verborgen in den kleinen fetten Gängen ihres Gehirns die verwirrende Melodie «Sag zum Abschied leise Servus», eine Tür, die sie längst geschlossen glaubte.

Ihre Pappkoffer sind kleiner geworden, seitdem sie eine Braut Jesu ist und ihr mächtiger Busen von einem straffen Leibchen zusammengepresst.

Und während sie mit einer kleinen wollüstigen Attitüde ihren Erinnerungen nachhängt, leidet sie mit der höher steigenden Sonne immer stärker unter Hitze und Beengung. Die Fülle ihres Leibes auf den Sitz eines Zugabteils gepresst, versucht sie trotz Schweiß und Atemnot die Schönheit der Alpen und den Grenzübertritt zu genießen. Für Uniformen war sie schon immer zu begeistern, auch wenn es nur die der Zöllner sind.

Als sie gegen Mittag in Wien eintrifft, ist das weiße steife Stirnband ihres Schleiers durchnässt, und ein unerträglicher Juckreiz peinigt ihren geplagten Körper.

Aber wer wird versagen, wenn es um das Glück eines Schützlings und das Glück einer ersten Auslandsreise nach zwanzig Jahren geht!

Sie wird die Kleine tröstend unter ihre Fittiche nehmen und unbeschadet nach Hause bringen. Nicht auszudenken, welchen seelischen Leiden das Kind ausgesetzt wäre, würde es formell mit Einsatz der Polizeibehörden nach Deutschland abgeschoben.

Die Kleine ist nicht älter als vierzehn, aber bereits recht gut proportioniert. Eine appetitliche Blondine mit rundem Po und festen, spitzen Brüsten. Bei der Übergabe fällt sie Mater Ambrosia mit klassischer Hilflosigkeit und kindlicher Emphase um den Hals.

«Kind Gottes!», seufzt die Nonne und streicht dem Mädchen über das Haar.

«Sieht sie nicht aus wie ein leibhaftiger Engel?», fragt sie ihre Fürsorgekollegin aus Wien. «Was wird ihr wohl alles in diesen zwei Wochen angetan worden sein?»

«Da machen Sie sich mal keine Sorgen, Schwester, die Sorte Mädchen verträgt eine ganze Menge!»

Empört weist Mater Ambrosia jede Verdächtigung zurück.

Und da bis zur Abfahrt des Zuges noch eine Stunde Zeit bleibt, erlaubt sie ihrem Schützling einen Abschiedsbesuch bei einer Freundin. «Geh nur, Kind», sagt sie, «sei aber pünktlich zurück!»

Und das Kind geht.

Mater Ambrosia, die sich auf einer schattigen Bank im Hofgarten niedergelassen hat, sieht sie über den Parkweg davoneilen. Den runden Popo in enge Jeans gezwängt, schwenkt das Mädchen fröhlich die Hüften und winkt der Nonne zu, ehe es um die nächste Wegecke biegt.

Ein hübsches Mädchen, die Kleine.

So hübsch war Martha nie. Aber aufgezogen in einer Hannoveraner Humanistenfamilie, glaubt sie auch heute noch gegen alle päpstlichen Dekrete an einen schönen Geist in einem schönen Körper. Nur sprechen mag sie darüber nicht. Die rückwärtige Ansicht des Mädchens ist ihre Privatangelegenheit. Ein kleines, sündiges Vergnügen, das ihr der Herr verzeihen wird. Wer hätte auch gedacht, dass aus einer streng erzogenen Lutheranerin einmal eine lebenslustige Nonne werden sollte?

Zwar zeigte sie schon als dralles Jungmädchen im Arbeitseinsatz an der Erntefront einen gutherzigen Hang zum Mystischen mit Anflügen von barockem Frohsinn, aber wer glaubte damals schon an ewige Gelübde, im neunten Jahr des Tausendjährigen Reiches?

Schwester Ambrosia seufzt. Das Kinn auf den steifen weißen Brustlatz ihrer Nonnentracht gesenkt, dämmert sie im hochsommerlich heißen Schatten einer Wiener Platane vor sich hin.

Ehrwürdige Mutter.

So genießt sie dankbar und hingebungsvoll die Parkbank, die jene unangenehme Erinnerung an zusammengepferchte Gesäßbacken auf den Rädern des «Rosenkavaliers» langsam verblassen lässt.

Als sie von einem niedlichen kleinen Lustgefühl in der untersten Gegend ihres Leibes gepackt erschrocken aufwacht, sitzt das Mädchen schon neben ihr und raucht eine schwarze Zigarette, deren Rauch es seltsamerweise in die gehöhlte Hand bläst und von dort wieder aufsaugt.

«Was machst du denn da, mein Kind?», fragt Mater Ambrosia freundlich. Das Mädchen lächelt ihr mit seinen runden blauen Engelsaugen zu und antwortet: «Wir haben nur noch eine Viertelstunde!»

Entsetzt rafft Mater Ambrosia Röcke, Schleier und Pappkoffer zusammen, springt auf, dass der Schleier zu verrutschen droht, und ruft: «Aber, Kind Gottes, warum hast du mich nicht geweckt?»

«Sie sahen so müde und erschöpft aus. Ich dachte, wenn wir ein Taxi nehmen, schaffen wir es noch.»

«Gott segne dich, du gutes Kind!»

Sie vergisst, die Kleine wegen der Zigarette zu tadeln, und ist froh, noch rechtzeitig den Zug zu erreichen.

Bis kurz vor Salzburg verläuft ihre Reise angenehm: Die Kleine hat einen guten Trip, das Abteil ist leer, die Hitze nicht mehr ganz so groß und ihr Schützling freundlich und ausgeglichen. Ein liebenswerter Engel, den es der Welt zu bewahren gilt.

Dann muss die Kleine auf die Toilette. Sie bleibt lange aus und zieht die Vorhänge vor die Glasscheiben des Abteils, als sie zurückkehrt.

«Fühlst du dich nicht wohl?», erkundigt sich Mater Ambrosia besorgt.

«Doch, doch», wehrt das Mädchen ab, zögert einen Augenblick und fährt dann fort, während sie der Nonne einen ängstlich abwägenden Blick zuwirft: «Es ist nur so –»

«Was ist, mein Kind, bedrückt dich etwas?»

Ja, da ist etwas, was das Kind bedrückt: ein handtellergroßes Päckchen Haschisch, eingeschlagen in weißes Papier. «Ich hab versucht, es in meinem BH zu verstauen», berichtet das Mädchen, «aber er sitzt zu straff, man sieht es.»

«Aber Kindchen!» Noch entrüstet sich Mater Ambrosia

mehr über den zu engen Büstenhalter als über das Hasch, bis das Mädchen von den Zollbeamten zu sprechen beginnt. Nun wird die Nonne aktiv: «Wirf es doch einfach aus dem Fenster», rät sie.

«Das geht doch nicht!»

«Aber warum denn nicht, mein Kind?»

«Irgendjemand würde es finden, zur Polizei bringen, und die kriegten dann schon raus, dass ich es weggeworfen habe. Außerdem», argumentiert die Kleine, «steht doch am Fenster, dass das Hinauswerfen von Dingen verboten ist.»

«Ich würde nichts sehen und nichts hören», schlägt Mater Ambrosia vor.

«Aber das geht wirklich nicht. Schließlich ist das Zeug eine Menge Geld wert.»

«Wozu brauchst du Geld?»

«Ich würde es nicht für mich behalten. Sie wissen doch, wie nötig wir in der Siedlung Geld brauchen, um da wieder rauszukommen.»

Das ist eine Begründung, der sich Mater Ambrosia nur schwer verschließen kann. Sie muss an die winzigen Wohnungen denken. Vierzig Quadratmeter ohne Bad, das Klo für vier Parteien im Flur des Treppenhauses. Das Mädchen lebt dort mit seiner Mutter und noch vier anderen Geschwistern, das Kleinste gerade ein Jahr alt. Sie denkt an das Elend dort und die geringen Möglichkeiten, etwas verändern zu können.

«Wie viel bekommst du denn?», erkundigt sie sich.

«Tausend», sagt das Mädchen.

«Du hast doch auch was dafür zahlen müssen. Woher hattest du's?»

«Von einem Bekannten aus der Siedlung, der hat einen Freund in Wien, und für den hat er mir das Geld gegeben.»

«Und was verdienst du dran?»

«Zweihundert», antwortet das Mädchen und fügt eifrig hinzu: «Davon könnte ich für Mutter eine Heizdecke kaufen und einen richtigen Elektroofen zum Kochen und –»

«Wie kann man sich nur mit solchem Teufelszeug einlassen», unterbricht Mater Ambrosia, «nimmst du es etwa auch?»

«Alle nehmen es», gibt die Kleine zu, «alle in der Siedlung. Wenn sie nicht trinken, nehmen sie Hasch, wussten Sie das nicht?»

Nein, das wusste Mater Ambrosia nicht. Und die Gewissheit, es nun zu wissen, stimmt sie traurig. Auch eines dieser Probleme, die sie besser nicht über die Behörden lösen lässt.

«Du solltest es nicht nehmen», redet sie der Kleinen zu, «es schadet dir.»

«Alle sagen, es sei unschädlich, solange man nicht fixt.»

«Unsinn», wehrt Mater Ambrosia resolut ab und meint dann wieder eindringlich und begütigend: «Du solltest es wirklich nicht nehmen!»

«Es macht mich glücklich.»

«Kannst du nicht auch anders glücklich sein, mein Kind?»

Inzwischen haben sie die ersten Häuser Salzburgs erreicht und die näher rückende Zollstation lässt jede Erörterung wieder auf den Boden der Praxis zurückkehren.

«Was nun?», fragt das Mädchen und hält das Päckchen auf der geöffneten Handfläche.

Mater Ambrosia überlegt einen Augenblick, dann fühlt sie die Wärme ihrer Herzensgüte und lächelt: «Wenn du mir versprichst, nichts mehr davon zu nehmen und das Geld deiner Mutter abzuliefern –»

Das Mädchen riskiert einen braven Augenaufschlag, um gleich züchtig die Lider wieder zu senken.

«Also?»

Die Kleine nickt schüchtern, und Mater Ambrosia atmet

auf. Jetzt heißt es rasch handeln, ehe einer das Abteil betritt. Flugs nimmt sie dem Mädchen das Päckchen aus der Hand, hebt erst den Oberrock, gräbt dann in den beiden Unterröcken nach, schiebt die Hand bis zum Bauch und lässt das Päckchen verschwinden.

«Einmal ist keinmal», sagt sie verschmitzt, streicht die Röcke glatt und lehnt sich in den Sitz zurück.

Es sind katholische Zollbeamte, zwei fesche Jungmänner in Uniform, die das Abteil betreten und gar kein Interesse daran haben, den schmalen Pappkoffer der ehrwürdigen Mutter zu durchsuchen.

«Die Kleine gehört zu mir», sagt Mater Ambrosia und hält die Augen gesenkt.

Als die beiden das Abteil wieder verlassen haben, sucht die Hand des Mädchens nach der von Mater Ambrosia, als suchte es Schutz in der warmen weichen Höhlung der Klosterfrau. Gerührt greift Mater Ambrosia zu.

«Solche Aufregungen machen müde», sagt sie und schließt die Augen, «aber ich sehe ein», murmelt sie, während sie in einen ihrer Träume hinüberpendelt, «ich sehe ein, dass Geld heutzutage nötig ist, um ein anständiger Mensch zu sein. Kind Gottes», seufzt sie noch einmal auf, «was wissen wir schon vom Leben?»

7

Wer es sich leisten kann, verbringt den Sommer irgendwo, nur nicht in der Stadt. Es ist die Zeit, in der die Rollläden an vielen Fenstern der Mietskasernen heruntergelassen sind und die Vorgärten der Villen still liegen wie in ein Koma versunken. Die ersten Rosen verblühen, und die tränenden Herzen trocknen aus. Nur noch vereinzelt spielen Kinder auf den fantasielos aufgebauten Spielplätzen im Glacis und in den Grünanlagen am Fluss.

Dagegen sind der Residenzgarten und die Weinstuben mit Fremden aufgefüllt. Amerikaner und Engländer, die geschichtsträchtigen Boden suchen. So lässt der letzte und heißeste Sommermonat diese Stadt zum Museum werden, rückt sie ganz nahe an eine Vorstellung von tödlicher Vergänglichkeit.

Die Luftfeuchtigkeit hat zugenommen, und es ist, als wölbte sich eine gläserne Glocke über den Kessel, die den aufweichenden Asphalt, die hitzeflimmernden Häuser und die verbrannten Gärten unerbittlich von der Außenwelt abschließt. Seltsam, dass überhaupt noch Menschen in diese Stadt hineinfinden, dass die Züge an den staubigen Bahnsteigen noch ein- und abfahren.

Die Bewegungen der Menschen sind verlangsamt, ihr Atem flach und alles mühsam und träge geworden. Jede spontane Regung erstickt in der Angst, vom Gewölbe der Glaskuppel tausendfach und unerträglich verstärkt zurückgeworfen zu werden.

Ein Leben in der Agonie.

Diejenigen, die ihre Stadt kennen und ihr nicht entfliehen konnten, warten auf eines der Sommergewitter, die sich, über

Tage hinweg vom Kessel angesogen, so heftig entladen, dass die Glasglocke aufgesprengt und weggeschwemmt und eine aufatmende Klärung gebracht wird.

Selbst die Kinder, die sonst unberührt von klimatischen Bedingungen scheinen, haben ihre Rollschuhe im Hausflur abgestellt und sitzen erschöpft auf den kalten Steinstufen.

Brigitte, die seit der Geburt Katrins immer wieder unter zermürbenden, migräneartigen Kopfschmerzen leidet, hat sich ins Schlafzimmer zurückgezogen, hat alle Fenster und Türen geöffnet und nasse Bettlaken vor die Fensterhöhlen gehängt. Die kühle Zugluft bringt Erleichterung.

Brigitte liegt ganz still und gerade ausgestreckt auf dem Laken, wartet auf ein Abflauen der hämmernden Schmerzen in der linken Kopfhälfte und weiß, dass dann alles wieder für vierzehn Tage gut sein wird. Vierzehn Tage Galgenfrist, bis wieder vorausgehende Depressionen, abgelöst von Kreislaufschwäche und Herzbeschwerden und dann diese Schmerzen einsetzen.

Mit Michaels Hilfe hat sie gelernt, sich selbst zu beobachten, das zu erforschen, was sie so selbstverständlich als eine Einheit ihrer Person hingenommen hat. Aber in diesem Stadium ist aller Wille zur Auflehnung niedergeschlagen, gilt es nur noch geduldig abzuwarten.

Ab und zu öffnet sie die Augen, sieht dann die Zimmerdecke und die Stuckverzierung am oberen Rand der Wand und dort, wo die Lampe hängt. Sie liebt diese Altbauwohnung mit ihren hohen Räumen, weitläufig und kühl im Sommer, auch wenn sie sich im Winter nur schwer aufheizen lässt, und Küche und Bad genauso wie die bewunderte Stuckverzierung zur Jahrhundertwende entstanden sind. Die Wohnung ist billig und genau das, was sie und Michael sich als gemeinsamen Unterschlupf vorgestellt haben, als sie heirateten. Sie lieben den alten Parkettfußboden, der mit jedem Schritt knarrt, die hohen schmalen Bogenfenster und auch die unverputzten elektrischen Leitungen, die an den Wänden entlanglaufen.

Ihre Einrichtung ist einfach, auf das Nötigste beschränkt und bunt zusammengewürfelt aus dem Nachlass von Michaels Großmutter. Keine Stilmöbel. Gesichtslose, alte Nussbaumkästen, so solide verarbeitet, dass sie noch jede folgende Generation überleben werden.

Brigitte wundert sich, dass es unten auf der Straße so still geworden ist. Vorhin hörte sie noch das monotone Geräusch der Rollschuhe in der Hofeinfahrt. Jetzt ist alles ruhig.

Eine einschläfernde Stille, der sie sich nicht widersetzt.

Als Michael nach Hause kommt, ist es schon nach acht Uhr, und die Dämmerung hat eingesetzt.

Brigitte erwacht davon, dass sie seine Stimme draußen im Flur hört. Sie klingt hart und gepresst. Er schreit die Kinder an, und sie weiß sofort, dass er damit beruflichen Ärger abreagiert. In solchen Augenblicken möchte sie ihn rückhaltlos hassen, dann, wenn er wie ein gefangenes Tier wirkt, das zu lange grausam gequält wurde, um auch nur noch einen Anflug von Gutartigkeit zeigen zu können.

Dann ist er nicht mehr der Michael mit den großen zärtlichen Händen und dem ungeheuren Liebesbedürfnis eines Kindes, das sich schutzlos dem aussetzt, dem es vertraut. Dann ist er auch nicht mehr jener unbeirrbare Partner, klug und geduldig, dessen tiefste Schicht seines Ichs mit der ihren so sehr übereinstimmt. Dann ist nichts mehr vorhanden von seinem Wesen, das immer bereit schien, auf die Verzweiflung anderer einzugehen und einen Ausweg für sie zu finden.

Dann ist er das, was sie aus ihm gemacht haben.

Es ist wie ein Ausbruch, Auflehnung eines tödlich Verwundeten, eine nackte Hilflosigkeit, die unerwartet und zusammengeballt alle jene grausamen und besitzergreifenden Eigenschaften Amelies in Michael hochschwemmt, gegen die er sich eine Kindheit lang zu verteidigen hatte.

Wenn es vorbei ist, wird er still und zärtlich werden, niedergeschlagen und bemüht, alle Scherben wieder zusammenzusetzen. Aber auch Brigitte kann in solchen Augenblicken ihre Gefühlswelt nicht mehr organisieren, ist einem Hass ausgeliefert, den er in ihr aufbrechen lässt, als öffnete sich ein schlafender Vulkan. Was sie rasend macht ist, zusehen zu müssen, wie dieser Mann alle seine Fähigkeiten zur Analyse jeder Form von Unterdrückung verliert und dazu übergeht, selbst Schwächere zu unterdrücken.

Als er die Tür zum Schlafzimmer öffnet, weiß sie, dass er nun in seiner Unbeherrschtheit die ganze Arroganz seiner Familientradition gegen sie ausspielen wird.

Er steht in der Tür, die senkrechten Linien seines Gesichts vertieft, die aufgeworfenen Lippen zusammengepresst und sagt: «Was soll der Unsinn mit den Betttüchern vor den Fenstern? Das sieht aus wie bei kleinen Leuten!»

Brigitte schweigt. Es ist sinnlos, ihn jetzt noch ansprechen zu wollen. Aber er will ihren Widerstand, um ihn brechen zu können.

«Redest du nicht mit mir?»

«Es ist doch sinnlos», antwortet Brigitte und fürchtet sich vor einem neuen Aufsteigen seiner unmäßigen Wut.

Aber dann reagiert er unvermutet anders, wird still und verbittert und schließt die Tür wieder.

Ihre Kopfschmerzen haben nachgelassen. Sie wird aufstehen und nach den Kindern sehen.

Michael sitzt im Wohnzimmer vor dem Fernsehapparat. Die Kinder sind in ihrem Zimmer und damit beschäftigt, die Nachthemden anzuziehen.

«Habt ihr schon was gegessen?»

Sie geht in die Küche, das Abendessen vorzubereiten.

Nachdem die Kinder in ihren Betten liegen, bringt sie auch Michael einige belegte Brote und setzt sich neben ihn. Eine Weile schweigen beide. Dann streckt er, noch immer ohne etwas zu sagen, seine Hand nach ihr aus. Eine Geste der Versöhnung, die sie beide nie zum Ritual werden lassen möchten.

«Was ist?», fragt sie. «Worüber hast du dich geärgert?»

Noch schweigt er, versucht die letzten Schranken der Beschämung, die er sich selbst zufügte, niederzureißen.

«Es ist aus», sagt er dann; «Martin verkauft.»

Trotz aller Bemühungen konnten sie vor zwölf Tagen nur einen Teil der Bäckerzeitschrift in den Lieferwagen laden. Den Rest der Auflage lieferten sie einen Tag später nach. Martin rief den Auftraggeber an und versuchte, ihre Schwierigkeiten zu erklären. Er hoffte auf Verständnis. Als aber die Manuskripte für die nächste Ausgabe überfällig waren, fuhren sie hinüber in die Pressestelle der Bäckerinnung. Die Sekretärin fertigte sie ab, beschied sie mit einer fristlosen Kündigung, da sie den Termin nicht eingehalten hätten.

Inzwischen überließ Martin nun doch seinen Wagen Christian und traf häufiger mit ihm zusammen. Heute fuhren sie gemeinsam nach Frankfurt, und als Martin in die Druckerei zurückkehrte, wies er Michaels Fragen zurück.

«Wir sind dann rüber in die Kneipe gegangen. Er wollte ausweichen. Aber ich habe ihn festgenagelt. Er sagte, es täte ihm alles sehr leid, meinetwegen, aber er wird mit Christian zusammengehen und die Druckerei aufgeben.»

«Kann er das denn so einfach?», fragt Brigitte. «Ich meine, ihr habt doch einen Partnerschaftsvertrag. Ihr müsst euch doch einig sein, oder nicht?»

«Natürlich hab ich ein Vorkaufsrecht auf seine Anteile, aber wo soll ich zehntausend Mark aufbringen? Und dann sind da noch an die fünftausend Mark Schulden, die müsste ich mit übernehmen.»

«Meinst du nicht, dass dir dein Bruder in diesem Fall nicht doch einmal helfen könnte?»

«Ach was», sagt Michael heftig, «du kennst seinen letzten Brief. Außerdem habe ich heute trotzdem mit ihm telefoniert. Da ist nichts zu holen. Auch bei anderen nicht. Ich hab's versucht. Bin alle unsre Freunde angegangen, aber wenn's dir dreckig geht, hört die Freundschaft auf. Ganz zum Schluss ist mir der alte Kirst noch eingefallen, ich dachte, wenn ich den bei seiner Lyrik packe. Aber da war nichts zu packen. Der weiß, wo er Geschäfte machen kann und wo nicht.»

«Und wenn du doch einen Bankkredit aufnimmst?»

Michael wehrt ab: «So weit bin ich noch Realist, wenn ich sonst auch nur spinnöse Ideen habe. Den Bankkredit würde ich nicht überstehen, rein finanziell. Das ginge schief. Und dann säßen wir noch tiefer drin.»

«Und Martin lässt sich nicht mehr umstimmen? Die Sache mit den Autos ist doch nicht ungefährlich?»

«Martin wittert das ganz große Geld. Vielleicht liegt er sogar richtig, und nur ich bin der Dumme.»

Es ist die nackte Existenzangst, die sie beide spüren. Sie haben es schon oft durchgerechnet, haben die Posten der Lebenshaltungskosten summiert, die dreihundert Mark für Miete, die sechshundert fürs Essen und andere Kleinigkeiten, das Telefon, Strom und Gas, die Kinderkleider und manchmal auch etwas für Brigitte oder Michael, die zweihundert Mark für die Krankenkasse. Das sind einfach dreizehnhundert Mark, die sie im Monat brauchen. Und da ist nicht mal Kino dabei oder Theater oder Schnaps. Das ist nichts als bloße Existenz für zwei Erwachsene und zwei Kinder.

«Und dann?», fragt Brigitte und fühlt, wie sie beide müde und verzweifelt werden.

«Noch zwei bis drei Monate», meint Michael, «wird sich das hinziehen. So lange dauert es, bis wir alle Aufträge ausgeführt und alle ausstehenden Forderungen eingetrieben haben. Wenn die Maschinen verkauft und die Schulden bezahlt sind, bleiben vielleicht noch sechstausend übrig. Viertausend für Martin, zweitausend für mich.» Das sind eineinhalb Monate Galgenfrist, die ihnen bleiben.

Arbeitslosenunterstützung kann Michael nicht beziehen, da er freier Unternehmer und kein Drucker im Arbeitsverhältnis war.

«Irgendwie werden wir es schon schaffen», versucht Brigitte ihn zu trösten. «Ich kann ja auch wieder arbeiten gehen.»

Es wird nicht einfach für sie sein, eine Arbeit zu finden. Kurz vor dem Abitur ging sie mit einem Eklat von der Klosterschule ab, um Michael zu heiraten und Katrin zur Welt zu bringen. Außer dem Realgymnasium hat sie keine Ausbildung, arbeitete am Anfang ihrer Ehe als Hilfsarbeiterin und fand dann einen Job im Büro der Theatergemeinde dieser Stadt.

«Vielleicht nehmen die mich wieder?», meint sie und: «Gemeinsam werden wir das Kind schon schaukeln.»

Es ist die einzige Hilfe, die sie Michael anbieten kann. Sie tut es ohne jede Koketterie, aus dem Bewusstsein ihrer Partnerschaft heraus.

8

Amelie schreibt ihrer Schwester Olga:

Meine liebe Olga,
inzwischen haben wir Stockholm erreicht, und Friedrichs Vortrag im indologischen Seminar der Universität von Stockholm war sehr beeindruckend und erfolgreich! Du kannst Dir nicht vorstellen, wie schön Stockholm ist. Es hat nur einen Haken: Schweden ist noch teurer als Deutschland! Die Preise klettern und klettern. Es ist furchtbar mit anzusehen.
Wohin das am Ende führen soll, wissen wohl nur Herr Bundeskanzler Brandt und seine superklugen Minister! Mit einem guten Programm der Sparsamkeit muss die Bundesregierung vorangehen. Wer mehr ausgibt, als er hat, ist ein Lump in meinen Augen.
Hast Du Friedrich inzwischen wieder einmal gesehen? Leider hören wir immer nur sehr wenig von ihm, da er als erfolgreicher Geschäftsmann sehr angespannt ist. Und stell Dir vor: Neulich schrieb uns Professor Baumgart – Du kennst ihn und hast ja die Affäre mit Ruth verfolgt –, er schrieb, er habe Friedrich mit einer jungen Dame im Frankfurter Hof gesehen. Wir waren empört! Schließlich ist es doch sein Sohn, der Ruth nach der Affäre geheiratet hat. Trotz alledem haben wir versucht, die alte Freundschaft mit Professor Baumgart nicht aufzugeben. Friedrich schätzt ihn als Wissenschaftler sehr. Aber: Wie kann er so etwas schreiben!
Immerhin scheint die junge Dame aus der besseren Gesellschaft zu stammen. Ein kleiner Trost.
Vielleicht kannst Du Dich einmal ein bisschen um Friedrich kümmern, wenn Du ihn siehst? Und grüße auch Michael von uns.

Für heute grüßt Dich ganz herzlich aus der schönen Stadt Stockholm

                              Deine Schwester Amelie

Stockholm, den 10. 8. 72

9

Als Mater Ambrosia mit Mädchen, Hasch und Pappkoffer im Bahnhof einfuhr und wenig später vorsichtig die halsbrecherischen Stufen des Waggons hinunterstieg, sah sie sich unvermutet Onkel Egon gegenüber.

Onkel Egon trug Schwarz. Ganz schwarz, bis auf einen weißen Schal.

«Bei dieser Hitze?», fragte sie ihn ohne Begrüßung.

«Was will ich machen?», antwortete er. «Wenn mein ehemaliger Oberstleutnant das Zeitliche gesegnet hat.» Dabei betrachtete er interessiert das junge Mädchen. Die Kleine gab sich ganz schüchtern, und er gab ihr die Hand.

«Hübsches Ding», sagte er.

Seine Schwester drohte: «Lass die Finger davon!»

«Aber, wie werd ich denn!» Onkel Egon lachte. «In Gegenwart der ehrwürdigen Mutter.»

Dann trug er ihr den Koffer über den Bahnsteig, und sie trug noch immer das Päckchen unter den Röcken, das nun von der Haut des Unterbauches richtig aufgewärmt war.

«Auf wen wartest du eigentlich?», fragte sie ihn.

«Nicht auf die Leiche», meinte er. «Auf einen Kriegskameraden. Wir machen ein gutes Leichenbegräbnis.»

Als sie die Schalterhalle erreichten, drückte er ihr den Koffer in die Hand, sah auf die Bahnhofsuhr und sagte: «Wird Zeit für mich. Hast du nicht Lust, mit auf den Waldfriedhof zu kommen? Du kennst ihn. Es war der alte Teichler.»

Und während Onkel Egon zurück zum heißen Bahnsteig geht, wenden sich Mater Ambrosia und das Mädchen den Toiletten zu. Zweimal für Damen mit Händewaschen.

Hinter der Kabinentür hört die Klofrau das Röckerascheln

der Nonne, und unter den Trennwänden wird ein Päckchen über die grauen Kachelfliesen geschoben.

Beim Hochziehen der Unterhosen sinniert die Klosterfrau: Der alte Teichler ist tot. Sicher die Hitze. Eigentlich sollte man ihm die letzte Ehre geben.

Über der Stadt ziehen sich die ersten Gewitterwolken zusammen. Die Beerdigung ist eine gute Sache. Alle die alten Kameraden sind angereist. Alles, was noch Beine hat, und wenn es auch nur Holzbeine sind.

Das war eine schöne Zeit! In den Schützengräben und Unterständen. Da waren sie noch Kerle. Lauter alte Männer in Schwarz. Einige in Uniform. Höhere Dienstgrade der Bundeswehr. Solche, die gleich wieder da waren, als das Vaterland rief, als es galt, in Verteidigungsstellung zu gehen.

Deutschland in der Neutralität? Unausdenkbar. Nichts als Schwäche. Und Schlappschwänze sind sie alle nicht. Deshalb haben sie sich auch hier versammelt wie bei einem Klassentreffen mit militärischen Ehren.

Ein Zeremoniell dem Toten, für die Überlebenden inszeniert. Sogar ein Musikkorps ist angetreten. Bläser und Schlagzeug. Und während sie die Leiche zum offenen Grab begleiten, schlagen sie Pauken und Trommeln. Das klingt so schön dumpf.

Dazu die Fahnen. Wimpel für den Nationalstolz. Maskottchen für den Staat im Staate. Erkennungsmarken für Bürger und solche in Uniform. Eine schöne Leich.

Heute spielen sie nicht den Präsentiermarsch, den Parade- oder Avanciermarsch, sie spielen keinen Reitermarsch und auch keinen Lockmarsch. Sie trauern. Das gehört sich so.

Auch, wenn sie in ihren Uniformen oder in den dunklen Mänteln schwitzen. Was kann der Teichler dafür, dass er im Hochsommer starb?

«Da ist einer aus unserer Mitte gegangen», sagt der Pfarrer.

Ein Kamerad spricht vom Kameraden. Von Männerfreundschaft ist die Rede und von der Soldatenzeit. Die Ehre des Krieges. Und Ehre, wem Ehre gebührt.

Ein Held wird fürs Vaterland aufgebaut.

Ein schöner Schwindel.

Die Sonne sticht ihnen auf die unbehüteten Glatzen, und Onkel Egon denkt, eine Beerdigung bei Regen wäre besser.

Er taxiert Hälse. Stellt sich vor, der Oberstleutnant läge ohne Kopf im Sarg und hinge später als Schrumpfkopf an der Esszimmerwand.

Nicht schlecht, die Idee. Onkel Egon wischt sich mit einem weißen Taschentuch den Schweiß von der Stirn.

Als wieder einer zu reden anfängt, so, als könne der da drinnen noch zuhören, wendet sich Olga, die neben ihrem Mann im dezenten Schwarz steht, mit Hut und Schleier, ihm zu und flüstert: «Der Teichler stammt aus einer gepflegten Familie, nicht wahr? Sein Vater war doch General!»

Onkel Egon aber sieht Köpfe rollen. Das muss an dieser unverantwortlichen Hitze liegen. Hier sind Köpfe versammelt, und sie sollten seinem Zugriff nicht entzogen werden.

Manche Köpfe, das erläutert er immer wieder, zeigen ihr wahres Gesicht erst in geschrumpftem Zustand. Sein Lieblingsthema auf Partys, wenn er sich den Damen zu nähern versucht. Dabei hat er es gar nicht auf die Köpfe der ältlichen Ehemänner abgesehen.

Schade, dass er sich mit Schrumpfköpfen erst in den Sechzigerjahren zu beschäftigen begann. Da ist ihm unersetzbares Material entgangen. Eigentlich waren die Schützengräben wie geschaffen für sein extravagantes Hobby.

Nun ist auch der alte Teichler hinüber. Ein angesehener Mann, der heute alle Kampfgefährten wieder zusammenführt. Sogar Baumgart ist angereist. Salopp wie immer. Den Germanisten sieht man ihm nicht an. Wer hätte vor dreißig Jahren gedacht, dass aus dem Germanistikstudenten mal mehr würde. Damals verstand er von allem etwas. Besonders von Autos und Frauen.

Das waren noch Zeiten. Onkel Egon, sein Schwager Born und der Baumgart zusammen in einem Bataillon. Und dann die widerspenstigen Polenmädchen.

Sie haben ihren Spaß gehabt.

Und als alles vorüber war, einschließlich der lästigen Entnazifizierung, sind sie aufgestiegen mit Phönix aus der Asche. Nur Martha hat sich zur Mater Ambrosia bekehrt, obwohl Baumgart seinerzeit bereit war, sie mit seiner Manneskraft in die Freuden eines Frauenlebens einzuführen. So betrachtet, gibt es keine andere Erklärung, als dass sie in einem Anfall von Schizophrenie gehandelt haben muss.

Als die Ersten eine Handvoll Erde ins Loch werfen, kommt sie mit wehendem Schleier und schwankenden Röcken über den Kiesweg gelaufen. Dem alten Teichler die Ehre zu geben.

Baumgart lächelt ihr zu.

Da hat sie das Gefühl, nackt zwischen den Toten zu sein, und verfällt augenblicklich in die verhaltene Gangart einer gezügelten Stute. Wie früher möchte sie sich jetzt das Haar aus der Stirn streichen, aber da ist kein Haar mehr auf ihrem Schädel unter der Haube, das sich bändigen ließe.

Ihr Gewissen wird unruhig, weil sie nicht weiß, ob sie damit gerechnet hat, Baumgart hier anzutreffen, und züchtig stellt sie sich neben ihren Bruder.

«Na, altes Mädchen?», sagt Onkel Egon und wartet, bis die Reihe an ihn kommt, Erde nachzuwerfen.

Wenn das Zeremoniell zu Ende ist, werden sie sich noch ein wenig zusammensetzen. Die Männer. Männlichkeit unter sich. Ein wenig werden sie noch vom alten Teichler reden, dann aber über sich selbst. Und das flaue Gefühl im Magen, das aufkommt, wenn sie an die vergangenen dreißig Jahre denken und an das, was jetzt mit ihnen los ist, werden sie einfach mit einem Klaren wegspülen. Eine klare Sache bei Kümmel und Korn.

Aber ehe sie sich in Bewegung setzen, schenken sie der Witwe noch einen Händedruck, mechanisch und trostlos. Und langsam lösen sich die Gruppen und Grüppchen der Trauernden zwischen den Gräbern auf.

Als sie dann mit eingerollten Fahnen die Kneipe erreichen, vermisst Baumgart seine alte Freundin Mater Ambrosia. Die Kirche hat sie aus dem Verkehr gezogen. Das lässt sie nicht ungern geschehen. Sie schwärmt zwar noch immer fürs Militär. Aber, was ist das heute schon? Doch nur noch ein Haufen von Bürgern in Uniform. Da fehlt der rechte Schmiss, der Glaube an den heiligen Krieg. Die wären fähig und würden sogar Nonnen an die Russen verkaufen.

Onkel Egon lacht. Er lacht ordentlich aus der Brust und fängt schon wieder an, über Schrumpfköpfe zu reden. Diesmal mumifiziert er seine Schwester.

Es geht hoch her, und die Lautstärke nimmt ständig zu, weil die Männer sich was zu erzählen haben. Da ist keiner, der es wagen würde, diese Verbrüderung über einer Leiche zu zerstören. Sie haben einige Tische im Gastzimmer aneinandergestellt, und Onkel Egon sitzt neben Baumgart.

Wie damals, als sie noch Kampfgefährten waren, haben sie auch diesmal Fotos in der Tasche. Heute in der gut gefüllten Brieftasche. Bilder von der Frau und den Kindern. Farbaufnahmen glücklicher Familien. Glatte Gesichter und ein gewissenhaftes Lächeln für die Kamera.

Von der Erinnerung an eine widerspenstige kleine Polin, die später Teichlers Freundin und noch später von Teichlers Adjutanten zur Eheschließung auf den Hof einer Papierfabrik geführt wurde, weil Teichler ihrer hartnäckigen Treue überdrüssig war, kommt Onkel Egon auf Kreislaufkrankheiten zu sprechen.

Baumgart, der überzeugt davon ist, an irgendeiner todbringenden Krankheit zu leiden, schildert Symptome, die Onkel Egon wieder verwirft.

«Du bist nicht krank», sagt er, «höchstens eingebildet.»

«Und die Herzbeklemmungen, die Atembeschwerden, die Schlaflosigkeit und die Nervosität?» Baumgart fasst sich mit der flachen Hand auf die Brust, dorthin, wo er meint, dass sein Herz schlägt.

«Wechseljahre, mein Lieber.» Onkel Egon lächelt liebenswürdig. «Wenn du natürlich deine Potenz überstrapazierst, sind diese Erschöpfungszustände leicht zu erklären. Nicht so viel vögeln», sagt Onkel Egon. «Ich habe mich auch umgestellt.»

Und dann ist er wieder bei seinem Hobby. Leitet von dort über zur Strafrechtsreform, die ihm eigentlich doch in die Hände arbeiten sollte, und lässt Baumgart zuhören.

Dieser Baumgart ist doch ein ganz anderer Typ als der Schwager Born. Den Wissenschaftler sieht ihm keiner an. Da ist Leichtlebigkeit und der Versuch, weltmännisch zu wirken, gleichzeitig auch sensibel und intelligent. Männer soll Intelligenz nichts schaden.

Bei Frauen sei das etwas anderes, meint Onkel Egon. «Hast du eigentlich Schwierigkeiten mit deinen Studenten?», erkundigt er sich beiläufig.

«Bis jetzt noch nicht», antwortet Baumgart. «Sie haben mich noch nicht durchschaut und denken, ich sei auf ihrer Seite.»

Er lacht.

«Gut», sagt Onkel Egon, «gut!»

Dabei nimmt er einen ordentlichen Zug aus dem langen schlanken Bierglas.

«Vielleicht kommt das dicke Ende noch nach, aber bis jetzt klappt alles. Mit den Assistenten, zum Beispiel, komme ich gut aus. Da gibt es keine Differenzen. Die schreiben mir brav die Gutachten, die ich dann unter meinem Namen weitergebe.»

Selbstverständlich kassiere er auch das volle Honorar dafür. Baumgart fühlt sich so richtig wohl.

In seiner Wohnung hängen keine Perser an den Wänden. Da ist alles modern eingerichtet. Schwedenmöbel. Teures Holz. Moderne Grafiken an den weißen Wänden. Alles sehr hell und lebensfroh. Seine Studenten sollen sich wohl bei ihm fühlen und seinen guten Wohngeschmack loben.

«Und was macht dein Interesse für Autos?»

«Da hat sich wenig geändert. Ich interessiere mich jetzt sogar geschäftlich dafür.»

«Geschäftlich?»

«Nun», erklärt Baumgart und führt eine großzügige Handbewegung aus, «mein Sohn handelt neben seinem Studium mit Gebrauchtwagen. Das Faible dafür hat er von mir. Die Leidenschaft für gute Wagen. Und da bin ich erst vor Kurzem mit ins Geschäft eingestiegen.»

«Söhne müsste man haben», seufzt Onkel Egon.

Söhne, nicht Töchter.

Baumgart klopft ihm beruhigend auf die Schulter und meint jovial: «Kann eben nicht jeder.»

Dann fährt er fort: «Natürlich hab ich dem Jungen ein paar wertvolle Tipps gegeben, ein bisschen Startkapital und meine guten Beziehungen. Erinnerst du dich noch an den Türken?»

«An welchen Türken?»

«Als wir damals die Griechenlandtour machten und einen Abstecher rüber in die Türkei.»

Jetzt erinnert sich Onkel Egon. Das war ein Urlaub! Männerurlaub. Abenteuer und Frische. Ohne Frauen. Ohne die eigenen, versteht sich.

Baumgart erzählt, dass da ein Türke war. Autohändler, der damals den alten VW wieder zusammenbastelte.

«Erinnerst du dich?»

Onkel Egon bestätigt, obwohl in seinem Gedächtnis nichts davon hängen geblieben ist.

Baumgart war inzwischen noch zweimal in der Türkei. «Faszinierendes Land», schwärmt er. «So viel Armut auf einem Haufen hast du nicht gesehen. Wir sind befreundet», sagt er und meint sich und den Autohändler. Das hilft jetzt seinem Sohn. «Wir sind echte Kompagnons geworden.» Davon darf Frau Baumgart zwar nichts wissen, aber Baumgart legt mehr Wert auf seinen Sohn, sagt er. Er schnippt mit Daumen und Zeigefinger: «Das ist eine tolle Sache. Da steckt eine Menge Geld drin!»

«Na ja», meint Onkel Egon, der sich eigentlich weniger für Autos interessiert, fügt dann begütigend hinzu: «Wenn ich an meinen Schwager denke. Ein Unterschied wie Tag und Nacht liegt zwischen dir und ihm.»

«Nicht alle Professoren sind grau», meint Baumgart.

«Aber jeder hat seinen Tick.»

10

Tote Sonntagsstadt. Asphaltcity. Ausgestorbene Straßen. Erloschene Bürohochhäuser. Betongräber. Glas und Stahl. Frankfurt.

Agonie einer Gebrauchsstadt, wenn die Börse geschlossen ist. Als habe es dem Kapital für einige Stunden die Sprache verschlagen. Millionenstadt. Tödlicher Auswurf einer pestkranken Generation, wenn die Nutten schlafen und das Elend beischläft: Wand an Wand im Mausoleum der Wirtschaftskapitäne.

Feiste Leichen, die Montagmorgen wieder auferstehen, abgerichtet zur Jagd. Dressierte Kettenhunde. Vorsicht, scharf. Und immer diese Angst im Nacken, den Fressnapf an andere abgeben zu müssen.

Nur noch vereinzelt fährt ein Auto die mehrspurigen Citystraßen entlang und überquert stille Kreuzungen.

Auf dem Rhein-Main-Flughafen starten und landen die Maschinen unentwegt.

Als Michael die Autobahn am Airport passierte, schwebte ein Jumbo-Jet ein.

Passagiere für ein Massengrab.

Michael hasst diese Stadt.

Zwei Stunden bis Frankfurt, wenn er Glück hat und sein alter Opel noch hundert Stundenkilometer macht. Ein vibrierender Blechnapf. Er kennt das: die Illusion von Laubwäldern am Fahrbahnrand. Dann die Stadt.

Als Martin und er noch Aufträge für die Druckerei suchten, war er zu Baumgart gefahren, hatte ihn als Freund der Familie angesprochen: «Hätten Sie nicht eine Festschrift für uns übrig?»

Baumgart gab sich zuerst reserviert: «Was ist mit Ihrem Vater? Kann der nicht was für Sie tun?»

«Der hält sich raus», erklärte Michael. «Der sagt, das ginge ihn nichts an. Er könne nicht innerhalb der Familie Universitätsaufträge vergeben. Das sei undenkbar.»

Dann tranken sie Frankenwein zusammen, und Michael sagte unentwegt und der Etikette entsprechend Professor Baumgart zu Baumgart. Nach dem zweiten Bocksbeutel meinte Baumgart: «Sagen Sie doch Peter zu mir. Schließlich habe ich Sie gekannt, da waren Sie noch so klein.»

Rotzlümmel, sagte er und meint die Kindheit Michaels.

Michael willigte ein, ließ aber sein Ziel nicht aus den Augen. Taxierte den Mann. Verabscheute ihn. Ein Protz mit Hahnenkamm. Einer, der fähig ist, die Hose vorn auszustopfen, um mehr herzuzeigen als vorhanden ist.

Aber es zahlte sich aus, Peter zu ihm zu sagen, denn nun fand sich der fünfundsechzigste Geburtstag eines anderen Philologen, dem eine Festschrift zugedacht war. Replik auf das, was einer glaubt, geleistet zu haben.

Daraus wurde ein Auftrag. Einer jener Aufträge, die, mühsam eingehandelt, jetzt noch aufgearbeitet werden müssen. Terminarbeit, und Martin lässt sich immer seltener in der Baracke blicken. Oft steht Michael allein am Heidelberger Zylinder und stellt letzte Aufträge fertig.

Martin ist voll im Türkengeschäft.

«Du bist doch derjenige, der die Dinge gewissenhaft zu Ende bringt», lacht Martin, wenn Michael aufzubegehren versucht, und klopft ihm wie einem ungefährlichen Idioten herzhaft auf die Schulter. «Dann mach mal.»

In solchen Augenblicken würde Michael gerne zurückschlagen. Sport war schon immer seine Stärke. Abiturfach mit Note eins. Riesenwelle und exakte Körperhaltung an den Ringen,

Turmspringen, Salto und kerzengerades Eintauchen ins Wasserbecken mit erfolgreichem Kalkül.

Aber seitdem Martin die Baracke im Stich gelassen hat, stimmt auch hier die Endkalkulation nicht mehr. Aufträge können nicht pünktlich abgeliefert werden, und die Mahnbriefe häufen sich. Aus Mahnbriefen werden Anwaltsdrohungen, und das Konto bleibt kontinuierlich leer.

Wenn die Post morgens eintrifft, zögert Michael das Öffnen der Briefe von Stunde zu Stunde hinaus. Er fürchtet die Zahlungsfristen von zehn Tagen auf schönem, glattem Papier.

Gestern der zweite Zahlungsbefehl. Wenig später der Gerichtsvollzieher. Ein Mann in den Fünfzigern, korrekter Anzug, weißer Hemdkragen. Unbeirrbar. Und er hatte Glück, weil er Michael mit den letzten vierzig Mark in der Hosentasche zahlungskräftig antraf. Michael möchte ausbrechen. Alles zurücklassen.

Da ist keiner, mit dem er reden kann.

Nicht mal Brigitte, die jeden Abend bemüht ist, Beruhigung zu verbreiten, und die er gestern Nachmittag im Schlafzimmer ertappte, wie sie mit untergeschlagenen Beinen auf dem Bett saß und Stellenangebote ankreuzte.

«Was machst du da?», fragte er.

«Irgendwoher muss ja wohl Geld kommen», sagte sie und fuhr mit dem Zeigefinger die Kleinanzeigen entlang.

«Das ist doch Unsinn», sagte er.

«Wieso Unsinn?»

Das nimmt er ihr nicht ab. Diese stille Geduld und die Selbstverständlichkeit, mit der sie einen Job sucht.

Wenn sie es ernst meinte, könnte sie ihn überrumpeln, könnte ihn überrollen mit rollenvertauschter Selbstständigkeit. Das wäre nicht gut. Berufliche Probleme muss er allein lösen, so hat er es gelernt. Wie kann sie nur immer diese unerhörte Ruhe ausstrahlen?

«Du weißt ja gar nicht, worum es geht!», sagt er.

«Natürlich weiß ich es», antwortet sie. «Aber nur dazusitzen und sich aufzuregen, hat auch keinen Sinn. Das ist verschwendete Energie. Da hilft nur eins, nämlich, etwas zu tun.»

Und dann prescht sie vor. Lautlos und unbeirrbar wie der Gerichtsvollzieher. Schätzt Möglichkeiten ab und schreibt Bewerbungsbriefe. Halbtagsjobs. Oder drei Tage in der Woche.

«Du wirst dich dann etwas um die Kinder kümmern müssen», meint sie. Als ob er sich nicht schon genügend um sie kümmerte! Der Weg ist doch anders vorgeschrieben.

Er braucht kein Mitleid. Schon gar nicht von einer Frau.

Aber er hat Angst. Nackte Existenzangst.

Alles, was er bisher anfasste, ging schief.

Als er damals mit seinem Verlag am Ende war, fand er Martin.

Und Brigitte sagt: «Bis jetzt hat sich noch immer ein Ausweg gefunden.» Sie scheint nicht zu begreifen, dass ihn jeder Ausweg, jede Hilfslösung dieser Probleme nur noch tiefer in seine Angst zu versagen hineintreibt.

Morgen wird er mit Martin sprechen müssen. Morgen treffen erneut Mahnschreiben ein. Irgendwie müssen sie die Schulden abdecken und die Außenstände eintreiben.

Es muss eine Chance geben, dieser Treibjagd zu entkommen.

Deshalb fuhr er auch heute selbst nach Frankfurt. Bis Mitternacht war er in der Druckerei damit beschäftigt, die letzten Exemplare der Festschrift zu leimen und zu schneiden. Gegen neun verließ er den Barackenhof. Der Wagen wollte nicht anspringen, röhrte und bockte.

Natürlich kann der Wagen irgendwo auf der Strecke liegen bleiben. Ein unumgängliches Risiko.

Auf der Autobahn geriet er in dichten Ausflugsverkehr. Familien mit Kindern auf der Suche nach Laubwäldern und Landgasthöfen. Erst als er sich Frankfurt näherte, leerte sich die Fahrbahn, und er fuhr ungehindert in die Stadt ein, musste sie durchqueren und über das Bethanienkrankenhaus die Seckbacher Landstraße erreichen. «Wir erwarten Sie gegen elf», hatte die Frau des Philologen am Telefon gesagt, «Zentgrafenstraße, direkt am Friedhof.»

Das ist die Zeit, die Sonntagsbesuche zulässt.

Als er kurz vor elf die Siedlung erreichte, stellte er den Motor ab und rauchte noch eine Zigarette, drehte das Radio auf, sah auf die Uhr und wartete die höflichen fünf Minuten ab, von denen er schon als Kind gelernt hat, dass sie fürs Ansehen der Person wichtig sind.

Er wird diesen Besuch ohnehin mit einem Verstoß gegen die Spielregeln seiner Klasse absolvieren, wenn er mit der Festschrift auch die Rechnung präsentiert. Und nicht nur präsentiert, sondern auch noch beglichen haben möchte.

Als er zehn Minuten später die Wohnung betreten hatte, schrieb der Philologe mit Verwunderung einen Scheck aus, und seine Frau, eine dieser Professorenfrauen mit vier Kindern und einem schwarzen Haardutt auf dem Hinterkopf, ging auf Distanz und verweigerte das obligate Likörchen aus der Glasvitrine.

Nun durchquerte Michael zum zweiten Mal die tote City und entschließt sich, Friedrich zu besuchen. Er telefoniert vom Bahnhof aus und erreicht den Bruder im Büro.

«Wie wär's», sagt er, «ich bin grade in Frankfurt. Könnten wir nicht zusammen essen gehen?»

«Ich hab zu tun», wehrt Friedrich ab.

«Nicht doch», sagt Michael, «ich will nichts von dir. Ich dachte nur, wir könnten einfach mal wieder zusammensitzen.»

Friedrich zögert.

Dann scheint er sich zu entschließen: «Also gut, komm rüber. Ich hab zwar noch eine wichtige Besprechung, aber du wirst ja wohl warten können.»

Als Michael das vierzehnte Stockwerk und Friedrichs Direktionssuite erreicht, kommt er sich schäbig vor in seiner alten Wildlederjacke und den ausgebeulten Cordhosen. Die Herren hier sind alle in dunkle Anzüge gekleidet, weil sie Geschäftliches besprechen.

Und Geschäftemachen ist immer eine feierliche Angelegenheit.

«Hallo», sagt Michael und versucht, seine Verlegenheit zu überspielen. «Komm ich gerade recht zum Stehkonvent?»

Der tadelnde Blick Friedrichs trifft ihn nicht unvorbereitet.

«Mein Bruder», sagt Friedrich zu den drei Herren, und zu Michael: «Setz dich doch bitte einen Augenblick.»

Also setzt sich Michael in einen der Polstersessel am Fenster. Dorthin, wo Friedrichs Besucher im Allgemeinen hinverwiesen werden.

Friedrich wendet ihm den Rücken zu und beugt sich mit seinen Mitarbeitern über die Papiere auf dem Schreibtisch.

Er ist immer noch groß und schlank, der große Bruder, stellt Michael fest, das Haar so blond wie eh und je. Vielleicht eine Spur zu hell.

Der Anzug maßgeschneidert. Teurer Stoff.

Wie sicher er sich bewegt.

Da sind wieder diese Minderwertigkeitskomplexe, die Michael so gern verdrängt. Dieses Wissen, dass er sich in Gegenwart des Bruders nicht wohlfühlt in seiner Haut. Dass er denkt, die Haut des Bruders wäre besser, auch, wenn dem die Haare an der Stirn schon ausfallen und der Bauch täglich an Gewicht zunimmt.

Michael wird nervös und spürt wieder dieses ungeheure Unbehagen, das ihn dem eigenen Zwiespalt aussetzt, weil er sich beschämen lässt, obwohl er sich nicht beschämen lassen will. Das macht ihn unruhig.

«Meine Herren», hört er den Bruder sagen, und es ist immer noch diese weiche, nachgiebige Stimme, die Michael so oft im Werben um die Zuneigung der Mutter ausgestochen hat. Immer noch der gleiche Goldjunge.

Es geht um Elektronik-Schäfer. Eine neue Firma für die Born-Versicherungen. Kurz vor dem Konkurs aufgekauft. Dreihundert Arbeiter. Hundertundfünfzig Angestellte.

«Ich glaube, die Angelegenheit ist jetzt klar», sagt Friedrich.

«Wir rationalisieren um hundert Arbeiter und fünfundsiebzig Angestellte. Die neuen Maschinen treffen morgen ein. Bitte, organisieren Sie das. Ist der Personalchef verständigt?»

«Sie werden Ärger bekommen», versucht einer der Herren zu warnen.

«Den schlucken wir», antwortet Friedrich. «Die Kündigungsschreiben liegen vor, und Sie sorgen dafür, dass sie morgen zur Post gehen. Einschreiben.»

Dann wendet er sich an seinen PR-Manager Schneider: «Sie bereiten alle Verteidigungsmaßnahmen für die ersten Angriffe vor. Natürlich wird es wieder heißen, ich sei unsozial, weil ich die alten Arbeiter rausschmeiße. Machen Sie den Leuten klar, dass ich grundsätzlich niemanden beschäftige, der über fünfundvierzig ist. Privaten Leistungsabfall können wir uns nicht leisten. Schließlich wollen wir Profit und kein Wohlfahrtsunternehmen machen.»

Schneider nickt und wirkt nicht gerade fröhlich.

«Die Leute bekommen eine anständige Entschädigung. Damit ist meine Pflicht erledigt.»

«Was machen wir mit dem alten Schäfer? Sie wissen, dass wir ihm laut Vertrag nicht kündigen können.»

Friedrich lächelt liebenswürdig und verbindlich: «Das Übliche, meine Herren, Sibirientaktik. Suchen Sie ihm ein kleines Hinterzimmer und verfrachten Sie ihn dorthin samt Schreibtisch. Isolieren Sie ihn. Er wird zu keinen Besprechungen mehr eingeladen, bekommt keine Arbeitsunterlagen mehr und später auch keine Post mehr. Kein Vorzimmer. Keine Sekretärin. Mal sehen, wie lange der Alte das aushält. Er wird von selbst seinen Hut nehmen, und wir sind das Problem los.»

Die Herren lachen beifällig. Keiner von ihnen ist über vierzig. Wenn sie Glück haben, liegen noch fünf oder sechs Berufsjahre vor ihnen, bis Friedrich Born sie kaltstellen lässt.

«Also, meine Herren», sagt er, «das wär's für heute. Ich wünsche Ihnen noch einen schönen Sonntag.»

Dann wendet er sich Michael zu: «Nun, was gibt's?»

«Wollten wir nicht essen gehen?»

«Tut mir leid, mein Lieber, aber ich bin schon um halb zwei zum Essen verabredet.»

Friedrich räumt beiläufig die Papiere auf seinem Schreibtisch zusammen.

«Schade», sagt Michael, «aber du hast doch sicher was zu trinken im Haus?»

«Bier?»

«Kognak wäre mir lieber.»

Friedrich zuckt die Schultern, geht dann zum Barfach im Einbauschrank neben der Fensterwand und nimmt eine Flasche Kognak und ein Glas heraus.

«Trinkst du nicht mit?», fragt Michael.

«Das weißt du doch», antwortet Friedrich.

Alkohol, das haben sie beide gelernt, wird nur zu festlichen Gelegenheiten getrunken. Wein zur Kultivierung der Gefühle. Michael versucht, von allem Möglichen zu reden, nicht gerade vom Wetter, aber eben doch von Ähnlichem. Von der Regierungskrise, zum Beispiel, und von zwiespältigen Parteigängern.

Friedrich meint: «Schlecht wär's nicht, wenn die sozialliberale Koalition in die Brüche ginge.»

Michael verteidigt: «Die haben doch jetzt nur am Hals, was zwanzig Jahre lang versäumt wurde.»

Das interessiert Friedrich nicht. Er ist konservativ. Das ist sein gutes Recht, sagt er und fragt dann direkt: «Also, was willst du? Du kannst mir doch nicht weismachen, dass du einfach so mal hier vorbeikommst.»

«Warum nicht?»

«Du willst doch immer was.»

«Nun», meint Michael und dreht das Kognakglas zwischen beiden Händen, «wenn du schon so fragst, wie wär's mit einem Job für mich?»

Friedrich lächelt: «Sag nur, du bist schon wieder pleitegegangen?»

«Das weißt du längst!»

«Wie stellst du dir das vor?» Friedrich lehnt an der Schreibtischkante und lächelt noch immer. «Wo sollte ich dich denn unterbringen? Was hast du vorzuweisen?»

Michael lässt ihn reden.

«Ein bisschen Germanistik an der Uni», zählt Friedrich auf, «Ausbildung zum Zeitungsredakteur und dann Verlag Marke Eigenbau und Druckerei. Schreibst du eigentlich noch immer solche komischen Gedichte?»

«Du solltest mal was für deine Haare tun», sagt Michael unvermittelt. «Die fallen aus.»

Irritiert greift Friedrich zur Stirn.

«Birkenhaarwasser hilft da auch nicht», meint Michael.

Friedrich kontert: «Ich hab kein Interesse daran, aus Mitleid jemanden einzustellen. Du musst schon allein zurechtkommen. Schließlich hab ich's auch geschafft.»

«Geschenkt», sagt Michael. Er stellt das Kognakglas auf den Tisch zurück und steht auf.

Friedrich scheint erleichtert darüber, dass Michael gehen will: «Nichts für ungut», sagt er noch, «aber du begreifst sicher, dass ich dich unmöglich bei mir einstellen kann. Du verstehst doch weder etwas von Versicherungen noch von Elektronik.»

«Zerbrich dir nicht den Kopf», antwortet Michael, «es wäre schade drum.»

Als Michael gegangen ist, ist Friedrich wieder der Alte. Keine Spur von Unsicherheit. Er wirkt sicher, charmant und verbindlich. Ein Goldjunge, dieser Geschäftsmensch.

11

Mater Ambrosia schreibt an Friedrich Born jun.:

*Mein lieber Friedrich,
wir haben es alle sehr bedauert, dass Du nicht zur Beerdigung von Oberstleutnant Teichler kommen konntest. Es war eine schöne Beisetzung.
Lediglich die Hitze war beinahe unerträglich, und Dein guter Onkel Egon konnte es wieder einmal nicht lassen, von seinem Hobby zu sprechen. (Wenn es nach ihm ginge, würden wir alle kopflos zur letzten Ruhe gebettet – ein entsetzlicher Gedanke, wenn ich an das Jüngste Gericht denke: Wir müssten dann alle mit Schrumpfköpfen ins ewige Leben eingehen!)
Inzwischen hat sich nun endlich das lang ersehnte Gewitter über der Stadt entladen. Ein Segen des Himmels. Du kannst Dir nicht vorstellen, wie wir gerade in den letzten Wochen unter dieser Hitze gelitten haben! Die Luft war so stickig geworden, dass wir in der Siedlung nicht einmal mehr die Fenster öffnen konnten, da es draußen heißer war als in den Zimmern. So lebten die Menschen nur noch in den feuchten, kühlen Zimmern, fünf und mehr Personen auf zwölf Quadratmetern zusammengepfercht.
Das ist auch der Grund, warum ich Dir heute wieder einmal schreibe, mein lieber Junge.
Erinnerst Du Dich noch, was für schöne Tage wir gemeinsam verlebten, wenn Deine Eltern verreist waren? Du warst immer liebenswürdig und hilfsbereit und konntest niemandem etwas zuleide tun! Gib auch diesmal Deinem Herzen einen Stoß!
Gib von Deinem Glück auch anderen etwas ab – so, wie Du als Kind alle glücklich gemacht hast, die um Dich herum waren!*

Ich möchte Dir nicht vom Dank des Himmels schreiben, weil ich weiß, dass Du davon nicht viel hältst, aber gerade bei der Beerdigung des alten Teichler ging mir wieder ein Gedanke durch den Kopf, der vielleicht auch Dich treffen könnte: Der Gedanke daran, was wir eigentlich von unserem Leben wissen. So vieles liegt im Dunkel, nicht nur der Anfang und das Ende. Denke einmal darüber nach, mein Junge, wenn Dir zwischen Deinen Geschäften ein wenig Zeit bleibt!
Für heute wünscht Dir alles Gute und trotzdem den Segen Gottes

Deine Tante Martha
Mater Ambrosia

Ende August 1971

III

Kopfjäger und jagdbares Wild

1

Amelie schreibt an ihren Sohn Michael nach Berlin:

10. Nov. 1971

Mein lieber Michael,
soeben habe ich die Stellenanzeigen der «Frankfurter Allgemeinen» durchgesehen. Ein Angebot – es ist rot angestrichen – sieht mir sehr verlockend aus.
Ich lege Dir eine Briefmarke über DM –,40 bei, damit Du gleich von Berlin aus auf diese Anzeige schreiben kannst.
Wir bekamen von Frau Wolf aus Frankfurt (sie und ihr Mann sind Freunde von Deinem Onkel Egon, und ihr Mann wurde lange Zeit von ihm behandelt) die Todesanzeige von ihrem Mann. Herr Wolf wurde von einem Auto angefahren bzw. überfahren, als er von einer Vorlesung von der Universität nach Hause ging. Wir sind alle sehr traurig darüber. Vielleicht kannst Du einen Kondolenzbrief schreiben?
Tausend herzliche Grüße, mit einem Daumenhalten für Dich und mit allen guten Wünschen sind wir

Deine Mami und Dein Papi

PS: Wir stellen uns mit unseren neuen Visitenkarten vor. Gefällt Dir die Form? Unsere alten Karten sind leider aufgebraucht. Wir warten sehnlichst auf einen ausführlichen Bericht!

2

Fuchsjagd in Great Britain. Ein Heidenspaß. Ungeheures Vergnügen im Land der Krone und der Queen. Privileg der besseren Gesellschaft.

Wer will da zurückstehen, wenn es ums Töten geht?

Bisher nur ein Spaß für Insulaner, jetzt auch den Geldkapitänen vom Kontinent zugänglich gemacht. Die SSI lud ein, und Friedrich kam.

Mit «Sporting Service International» überflog er den Kanal, ließ sich Ross und Reiterkappe stellen und zahlte pro Tag fünfhundert Mark. Beide sind ihr Geld wert: Friedrich und die Jagd. Es geht um Kopf und Schwanz. Das ließ er sich nicht entgehen.

Während sich der alte Born in solchen Fällen noch der SA anschließen konnte, musste sich der junge an ein Hannoveraner Gestüt halten. Seine Freundin aus bester Familie stellte die Stute und brachte ihm das Aufsitzen bei. Alles andere erledigte ein Reitlehrer.

Friedrich vermisste zwar die Geborgenheit einer straff durchorganisierten Reitertruppe und stellte wieder einmal fest, wie ungünstig die jetzige Regierung für das Unternehmertum schlechthin sei, war aber gelehrig und vor allem ein eleganter Reiter zum Entzücken der rostbraunen Hannoveranerin.

Sie war eine echte Dame und blieb das auch, als sein Hinterteil schon wundgescheuert war. Mit ihr konnte er sich sehen lassen. Und so zahlte er ohne zu zögern und nahm sie mit in die englische Jagdlandschaft.

Flaches Land vor den Toren Londons. Aufgeweichte Erde. Stellenweise gefroren. Weiden und Wiesen, die ihnen kein Bauer verwehren wird. So ist hier die Tradition.

Der scharlachrote Rock der britischen Fuchsjäger, so schreibt «Sporting Service International» in einer Werbebroschüre, ist in der ganzen Welt als eines der Symbole des britischen «way of life» bekannt.

Friedrich freut sich wie ein Kind auf diesen Tag der Jagd. Er liebt diese Konvention des Tötens von ganzem Herzen. Diese Lust des Jägers, diese ungeheuerliche Vitalität, die im Frankfurter Hochhaus immer kultiviert werden muss. Das ist das Leben, das er sucht.

Englisches Frühstück im Morgengrauen. Wenn die Sonne gerade aufgeht und Nebel noch über den Wiesen hängt. Die Schatten breiter Bäume. Blattloses Geäst. Und weiter hinten Waldrand. Der Fuchs geht um. Irgendwo ist er auf Nahrungssuche, und Friedrich wird ihn aufscheuchen.

Das Gekläff der Hundemeute wird vom Nebel gedämpft. Aufschlagen von Hufen und das Jagdhorn vorne an der Spitze.

Eine ehrbare Jagdgesellschaft.

Friedrich spürt Freude in der Magengrube, ein leichtes Fiebern, aber kein wundes Hinterteil mehr. Das Pferd unter ihm stampft den Acker irgendeines Bauern. Die Wintersaat wird aufgerissen und in breiter Spur vernichtet.

Der Nebel klebt feucht auf der Haut. Und irgendwo der Fuchs.

Dann haben die Hunde seine Fährte aufgenommen, hetzen voran und hinterher die Reiter. Quer durch ein Waldstück und hinaus auf freie Fläche. Hier muss er zu erlegen sein. Ein Mordsspaß!

Als endlich Wind aufkommt und den Nebel zerreißt, sehen sie ihn weit voraus, treiben die Pferde an und spüren selbst den Schweiß auf der Haut.

Einer gegen die Übermacht. Das macht fröhlich. Das ist das Leben. Mensch sein auf der Höhe des Erfolgs. Nicht der Fuchs.

Aber dann versteht es der Fuchs zu entkommen, jagt voller Todesangst zurück in den Bau, die Rotte der Hunde und Jäger hinter sich.

Friedrich hört das Jagdhorn, empörtes Kläffen der Hunde, Rufe von der Hannoveranerin neben ihm, die ihm den Hinweis auf ein parkartiges Waldstück gibt. Dort haben sich alle vor dem Fuchsloch versammelt.

Fair Play? Damit wäre die Jagd zu Ende.

Aber hier geht es um die Beute. Hier geht es um den Preis. Und so werden zwei Hunde in den Bau hineingetrieben, während die Jäger warten.

Es ist der Kampf unter der Erde, den der Fuchs verliert. Und als ihn die Hunde herausziehen, das Fell von Bisswunden aufgerissen, fängt Friedrich an zu lachen. Er lacht auch noch, als die Meute über das Tier herfällt und es zerfleischt.

Er verstummt erst, nachdem die Freundin aus bester Familie neben ihm sagt: «Keiner hat etwas dagegen, dass du dich freust, mein Liebling. Wir freuen uns alle, weil es ihn erwischt hat. Aber es ist gegen die Regel, seine Gefühle so öffentlich zu zeigen. Das musst du verstehen.» Und er versteht es.

Den Schein wahren. Immer in Ordnung sein. Alles ist in Ordnung. Paradiesisch. Way of life.

Zerfetztes Fleisch, wo einmal ein Fuchs war.

Mensch sein und nicht der Fuchs.

Ein Heidenspaß für die, die es sich leisten können. Die Fuchsjagd im Königreich. Davon träumt Friedrich. Ein angenehmer Traum im Bürohochhaus, geborgen in der Sicherheit seiner Direktionssuite. Und er kann es sich leisten, Träume zu realisieren. Während er noch der Fuchsjagd nachhängt, die Schwanztrophäe sinnvoll und symbolisch an der Wand hinter seinem Schreibtisch, steigt er auch schon wieder voll ein ins Geschäft.

Ein Werbefotograf, einer von der cleveren Sorte, brachte ihn auf die Idee, eine Werbeagentur zu übernehmen. Exklusives Fotoatelier mit Industrieaufträgen. Eine Sache, die für Friedrich ganz neu ist und seine Fantasie anregt, die seinem ausgeprägten Bedürfnis nach Abwechslung entgegenkommt.

Wunschtraum von der Poesie der Werbung.

Ein glücklicher Zufall, dass die Steuerfahndung den Alfa-Leuten auf den Leib rückte und gravierende Unregelmäßigkeiten und Steuerhinterziehung feststellte. Selbst die in die Schweiz verschobenen Rücklagen konnten die präsentierte Rechnung nicht mehr decken. Hinzu kam, dass die Alfa-Werbung als Betrieb nicht jene Größe aufweisen kann, die Steuerschulden beinahe wieder hinfällig macht. Der Vorteil von Konzernen.

Und da griff Friedrich ein, deckte ab und kaufte auf.

Eine runde Sache.

Nun jagt er auch hier die Füchse aus dem Bau, unterschreibt Entlassungen und Neueinstellungen. Erwirbt Fotomodelle und Fotografen, organisiert straff durch und schafft mit neuen Werbeideen eine interessante Basis für die großindustrielle Kundschaft. Waschmittel und Haarkosmetik, Autos, Zigaretten und Alkohol, Stahl und Kohle und die chemische Industrie sollen angeworben werden.

Ein weites Feld liegt vor ihm.

Sein Traum aber sind die Politiker. Aufgemacht wie rich-choice-tobacco. Gewissenhaft und zielstrebig, wie Friedrich nun einmal ist, treu seinem Erfolg, beginnt er damit an der Basis, gestützt vom glücklichen Zufall einer anstehenden Kommunalwahl.

Da baut er einen CDU-Mann ganz groß auf. Ein Bild von einem Mann. Ein Mannsbild. Ein todsicherer Tipp für den Wähler. Die ganz große Masche.

Und was ein Kommunalpolitiker werden kann, kann sicher auch mal in den Landtag einziehen.

Den, den Friedrich aufbaut, kennt er aus dem Lions Club. Und wenn die erste Zielmarke, einen Politiker in die Kommune geworben zu haben, durchlaufen ist, wird er sich wieder aus dem Atelier zurückziehen und die Geschäfte einem jungen agilen Geschäftsführer überlassen. Bis dahin aber gibt er sich völlig aus, pendelt zwischen Born-Hochhaus und Born-Werbeatelier hin und her.

So macht ihn das Geschäftemachen fröhlich. Persönliches Engagement, persönlicher Fronteinsatz und ein unbestrittener Erfolg, wenn die Jagd zu Ende ist.

Währenddessen fährt Michael in seinem klapprigen alten Wagen nach Berlin. Ehe er einen festen Job in irgendeinem Betrieb annimmt, möchte er noch eine letzte Chance nutzen, oder das, was er dafür hält. Er denkt an Hannes Baumgart.

Noch sträubt sich Michael dagegen, seine Selbstständigkeit aufzugeben und abhängig zu werden von der Vierzig-Stunden-Woche und der Produktion eines Konzerns.

Die Autobahn ist schwarz vor Nässe. Es regnet. Unaufhörlicher grauer Novemberregen. Klebriges Laub und leere Bäume. Vielleicht ist es gerade diese Jahreszeit, die ihn davor zurückschrecken lässt, auf jene Zeitungsannoncen zu antworten, die ihm seine Mutter so eifrig zusteckt, mit dem Hinweis, dass in der «Frankfurter Allgemeinen» nur seriöse Inserenten nach Arbeitskräften suchen.

Denn die FAZ, das ist doch eine solide Zeitung, behauptet Amelie.

Michael stellt sich vor, wie die Leute morgens aus dem Haus zur Arbeit gehen, und es ist noch dunkel. Wie sie abends zurückkommen, und es ist schon wieder dunkel. Dazwischen liegt die Zeit der Fabrikhallen, der Bürohäuser, der stickigen Luft und der Neonbeleuchtung. Ein Leben im Bunker. Isoliert vom Tagleben, das nicht mehr existiert, oder nur in den Erzählungen der Hausfrauen.

Ein Dunkelleben.

Als Michael die Stadt erreicht, ist er müde und nervös. Sieben Stunden Fahrt mit dem Wagen liegen hinter ihm. Von der City aus versucht er Hannes anzurufen, erreicht ihn auch, aber Hannes sagt: «Tut mir leid, wir können dich nicht unterbringen.» Er nennt ihm eine billige Pension. Berliner Altbauwohnung. Plüsch und Stuck. Ein riesiger Kachelofen im sogenannten Berliner Zimmer, das er durchqueren muss, um in einen der rückwärtigen Räume zu gelangen, zu den ehemaligen Dienstbotenkammern.

Blick auf den Innenhof. Farblose Fassaden. Aschentonnen und Wäscheplatz und eine Handvoll Wiese. Ein einziger magerer Baum. Schwindsüchtig. Fenster an Fenster. Küchendünste und Toilettengerüche. Aber nur vierzehn Mark mit Frühstück.

Das Telefon ist draußen im Treppenhaus. Michael ruft noch einmal an: «Könnten wir uns nicht heute Abend sehen? Ich muss morgen wieder zurück.»

Hannes zögert. Sie haben sich lange nicht mehr gesehen. Im Hintergrund hört Michael ein Kind schreien. Das muss der kleine Friedrich sein.

«Wie geht es Ruth?»

«Sie arbeitet jetzt als Verkäuferin. Das macht ihr Spaß», antwortet Hannes.

«Und das Kind?»

Tagsüber haben sie es im Kinderladen untergebracht, heute Abend hat Hannes es zur Betreuung. Eigentlich könnte er gar nicht weg.

«Wann kommt Ruth denn wieder?»

«Sie ist auf einer Versammlung des Frauen-Forums. Das kann spät werden.»

«Könnte ich nicht zu dir kommen?»

Hannes wehrt ab. Nennt eine Kneipe und meint, Michael solle dort erst einmal etwas essen. Er käme nach, sobald der Kleine eingeschlafen sei.

Michael sagt zu.

Es ist eine billige Kneipe. Früher mal Künstlerkneipe. Alte Aquarelle hängen an den Wänden. Teilweise angegilbt und Fliegendreck auf den Gläsern.

Michael isst eine Erbsensuppe mit Speck. Dann raucht er eine Zigarette nach der anderen, bis Hannes endlich eintrifft. Er sieht noch genauso aus wie vor vierzehn Jahren, als sie beide kurz vor dem Abitur standen. Schmaler Achtzehnjähriger, mager, bartlos und unterentwickelt, mit einer Stimme, der man den Stimmbruch noch anhört.

Jetzt ist er Anfang dreißig und um keinen Tag gealtert.

Er entschuldigt sich nicht für sein spätes Kommen, hält auch keine Erklärung bereit, sondern fragt sofort: «Was ist los? Hast du geschäftlich in Berlin zu tun?»

«Ich wollte mit dir reden», antwortet Michael.

«Mit mir?» Hannes zieht sich vorsichtig zurück: «Worum geht es denn? Ich bin momentan mit politischer Basisarbeit voll ausgelastet. Dazu die Arbeit im Schriftstellerverband – Gewerkschaftsbeitritt und so, da muss noch einiges in andere Bahnen gelenkt werden.»

Michael lässt sich nicht in Verlegenheit bringen, erzählt von der Druckerei und der Notwendigkeit, jetzt irgendwie wieder zu Geld zu kommen, aber so, dass auch ein Sinn dahintersteckt. «Ich kann mich nicht einfach irgendwo acht Stunden am Tag in einen Betrieb reinsperren lassen, nur weil mein Rollenspiel als Familienvater und Mann mir das vorschreibt.»

«Andere tun das auch», sagt Hannes, um nicht darauf eingehen zu müssen.

Michael weiß, dass Hannes in einem Verlagskollektiv arbeitet. «Wie sieht es in Berlin aus?», fragt er. «Du weißt doch, dass ich einen eigenen kleinen Verlag habe. Der wirft nichts ab. Aber ich könnte zum Beispiel lektorieren, und von Druckerarbeit versteh ich auch was.»

Michael erinnert sich, dass sie kurze Zeit einmal Freunde waren. Damals gingen sie noch zur Schule, und Hannes gab eine Literaturzeitschrift heraus. Michael beteiligte sich, bis er selbst die Konkurrenz auf die Beine stellte.

Eine todernste Sache, damals.

Kurz vor dem Abitur geriet Hannes in eine depressive Phase. Sie telefonierten oft miteinander. Hannes verlobte sich mit einer Schwarzhaarigen, und Michael ging mit einer Blonden. Beide machten sie Lyrik.

Da gab es was zu telefonieren.

Michael grinst. Er hört Hannes irgendetwas mit seiner schmalen Jungenstimme sagen, hört ihn aber am Telefon, hört ihn sagen, dass Lyrik keinen Sinn mehr habe und Sex auch nicht. «Ich lass mich kastrieren», sagt Hannes, «wenn ich erst mal einundzwanzig bin.»

Das war seine Rebellion. Jetzt bläst er zur Revolution. Systematische Untergrundarbeit. Und der schmale Hannes, flankiert von ausgewachsenen Enddreißigern, immer vorne dran.

«Das nenn ich Kompensationsarbeit», meint Michael.

Hannes sagt: «Tut mir leid. Die Zeiten sind vorbei. Alte Freundschaft in Ehren. Aber du bist politisch nicht der richtige Mann für uns. Du bist nicht links genug.»

«Erst die Genossen, dann die Freunde.»

«Freunde lassen sich auswechseln. Das musst du verstehen. Die Basisarbeit ist wichtig.»

Michael betrachtet nachdenklich das bartlose Kindergesicht. Was Ruth wohl an ihm findet?

«Wenn da gar keine Möglichkeiten mehr vorhanden sind –»

Hannes will nicht. Jetzt sagt er es ganz klar. Er hat kein Interesse daran, Michael zu helfen.

Da ist eine Feindschaft zwischen ihnen, die Michael nicht erklären kann, da sind die Hemmungen, die ebenjene Erinnerung an eine ehemalige Freundschaft mit sich bringen. Ein Tabu.

«Ich hätte Ruth gern gesehen», sagt Michael.

«Ich glaube nicht», antwortet Hannes, «dass Ruth großen Wert darauf legt, mit einem aus eurer Familie zusammenzukommen.»

«Das ist doch Unsinn», sagt Michael, «zu Weihnachten wird sie bestimmt wieder bei den Eltern sein, schon wegen des Jungen. Den gibt Friedrich doch nicht her.»

«Ich wäre sowieso dafür», sagt Hannes, «sie würde den Jungen zum Vater geben. Dann wäre sie ihre Vergangenheit los. Aber es fällt ihr noch schwer, sich von ihm zu lösen. Da sind noch konventionelle Vorstellungen, die sie überwinden muss. Sie muss sich über sich selbst klar werden.»

Hannes spricht engagiert, nicht mehr zurückhaltend ironisch. Er scheint sich für Ruth entschieden zu haben, und seine Wangen laufen rot an wie bei einem eifrigen kleinen Jungen.

So sieht er auch auf Versammlungen aus. Michael erinnert sich. Er hat ihn einmal in Frankfurt gesehen. Hannes ist hochrot, wenn er das Mikrofon erobert, aber er geht immer wieder zum Mikrofon, besessen von dem Gedanken, den er an den Mann bringen will. Blödsinnig, denkt Michael, sich auf eine Chance einzulassen, die gar keine war. Und: Den Letzten beißen die Hunde.

3

Michael schreibt an die Firma Hettlage, in der Anlage einen Smoking, den Amelie für ihn einkaufte:

Sehr geehrte Herren,
folgende Änderungen bitte ich vorzunehmen: Verengung des Hosenbundes auf 83 cm, Änderung des Abstandes von Schulter zu Schulter auf 49,5 cm.
An der Länge der Hosenbeine sind keine Änderungen vorzunehmen.
Ich würde mich freuen, wenn diese Veränderungen in den nächsten Tagen vorgenommen werden könnten.
Hochachtungsvoll
                                                            Michael Born

22. II. 71

4

Das Fest der Liebe und der Völlerei steht nicht mehr vor der Tür. Weihnachten ist ausgebrochen.

Vater und Söhne im Smoking. Amelie im Himmelblauen und am Klavier. Der Baum in Silber. Unten die großen Kugeln und oben die kleinen und viel, viel Lametta.

Silber im Schrank und Silber am Baum. Seit Jahren schon keine Edeltanne mehr, trotzdem aber edel.

Ein trautes Heim.

Über ganz Westdeutschland liegt jetzt der Geruch von fetten Gänsen aus Polen. Die Spitzenklasse aber ist schon auf Truthahn umgestiegen. Auch Amelie.

Fast sieht es aus wie Liebe, was sie heute im Musikzimmer praktizieren. Lautere Freude und Überschwang der Herzen, wenn sie mit fingerndem Geschick Geschenke auspacken und sich dankbar abküssen.

Wie reizend.

Selig, selig, selig.

Die Armen.

Für Katrin und Corinna Puppenzeug, ein Buch zur Bildung und aparte Kleidchen. Für den Jungen die Technik aus dem Baukasten.

So gehört es sich.

Für Michael den Smoking, an dem Amelies Augenmaß mit ihrer Wunschvorstellung von der Figur des Sohnes kollidierte, und für Friedrich eine Schweizer Armbanduhr, auch, wenn er schon eine hat. Den Schwiegertöchtern sind Fischbesteck und Bettwäsche zugedacht. Die Wäsche mit eingesticktem Monogramm.

Auch für Ruth.

Da wird sich nichts ändern. Solange Amelie gegen die Scheidung ist, versammelt sich die Familie zu ihren Festen so, als sei alles noch so schön wie früher.

Tiefkühltechnik.

Eingefrorenes Glück.

Vor dem Gebrauch nicht aufzutauen, da sonst das Aroma verloren geht.

Und immer wieder ein deutsches Weihnachtslied. Kerzenschimmer und der Geruch von Spritzgebackenem.

Später ein stilvolles Abendessen am weiß gedeckten Tisch. Die letzten Stummel am Adventskranz brennen ab, und der alte Born würzt die Konversation mit ausgefallenen Zitaten aus Antike und Klassik.

Eine schöne Zeit, die Weihnachtszeit.

Und immer der gleiche Trubel, wenn dann die Kinder kurz vor Mitternacht prügelnd übereinander herfallen und nicht mehr nur artig, nett und niedlich sind. Wenn ihnen die Übermüdung alle Hemmungen nimmt und sie endlich von diesem Überdruck vorgespielter Liebenswürdigkeit befreit sind.

Dann nimmt Amelie den kleinen Friedrich schützend in die Arme, um ihn zu Bett zu bringen, während Brigitte die beiden Mädchen zu beruhigen versucht.

Dann aber Beethoven.

Und noch später die Banalitäten der Familie. Wenn Amelie sich ostentativ neben Brigitte auf die Couch setzt und nicht von Berlin sprechen will, weil Ruth von dort mit dem Jungen anreiste und weil nicht existiert, was nicht existieren darf. Dafür möchte sie noch einmal den Dank hören für Michaels Smoking.

Oder Friedrich, der neben Ruth sitzt und nicht mit ihr spricht.

Aber es ist die Liebe, die sie heute zusammenführt.

«Wie ist das nun», fragt Amelie ihren jüngsten Sohn, «hast du schon eine Stellung in Aussicht?»

Michael zögert, und Friedrich wendet sich dem Vater zu.

«Aber du musst doch etwas finden», meint Amelie eindringlich.

Michael besänftigt sie mit der Schilderung seiner Bemühungen.

Amelie lässt nicht locker: «Sag doch selbst, Brigitte, ein Mann muss eine ordentliche Arbeit haben. Schließlich hat er Familie.»

Brigitte lächelt vorsichtig. Sie hasst dieses Rollenspiel. «Weißt du», antwortet sie schließlich, «es fällt ihm schwer, irgendeinen Job anzunehmen.»

«Natürlich soll er nicht irgendeinen Job annehmen. Als intelligenter Mann braucht er eine Position. Schließlich ist er ein Born. Seht euch euren Vater an. Er hat es auch schwer gehabt. Vor allem nach dem Zusammenbruch. Trotzdem haben wir es geschafft. Arbeiten müsst ihr, hart arbeiten. Ohne das geht es nicht. Und eine tüchtige Frau ist da viel wert. Sehr viel, damit ihr Mann Karriere machen kann.»

«Zum Karrieremachen», schaltet Michael sich ein, «fehlt mir der richtige Ehrgeiz.»

Amelie überhört diesen Einwurf. «Der berufliche Erfolg eines Mannes steht und fällt mit seiner Frau», sagt sie und wirft einen bedauernden Blick auf Ruth.

Aber Friedrich kommt doch trotzdem gut voran!

Und der Junge?

Das ist Amelies größte Sorge. Der Enkel könnte der Familie verloren gehen.

«Wann denkst du daran, den Jungen zu dir zu holen?», fragt sie Friedrich.

Ruth, die bisher schweigend und ein wenig blass in der

Runde um den silbernen Kerzenleuchter gesessen hat, horcht auf.

Friedrich schüttelt den Kopf und meint: «Der Junge ist noch zu klein. Er würde die Trennung von der Mutter nicht verkraften.»

«Ach was», sagt Amelie und macht eine heftige Handbewegung, dass die Goldreifen am Arm klappern, «du hättest ihn sehen sollen, als Ruth ihn mir heute Morgen brachte. Der Junge war richtig verwahrlost. Und das habe ich Ruth auch gesagt. So kann ein Junge nicht herumlaufen. Die Haare bis auf die Schultern und schwarze Fingernägel. Ich bin erst mal zum Friseur mit ihm gegangen, obwohl ich noch genügend mit den Vorbereitungen für heute Abend zu tun gehabt hätte.»

«So schlimm war es nicht», entgegnete Ruth, und ihre Stimme ist die eines trotzigen Kindes, das in die Enge getrieben wird.

«Das war nicht schlimm?» Amelie ist entrüstet, das Gesicht hochrot, weil der Blutdruck steigt. «Du kannst den Jungen doch nicht so rumlaufen lassen!»

«Warum nicht?», fragt Ruth. «Er ist glücklich.»

«Ich bitte dich! Das Glück der Kinder bestimmen die Eltern! Er sah aus wie ein Straßenjunge. Und das sag ich dir, mein lieber Friedrich, wenn du da nicht bald etwas unternimmst, gleitet dir der Junge ganz aus der Hand.»

Was seinen Sohn anbelangt, nimmt Friedrich eine seltsam nachgiebige Haltung ein. Er liebt den Jungen und weiß, wie leicht ein Kind in diesem Alter zu verletzen ist. Deshalb hat er ihn ihr auch mit nach Berlin gegeben, obwohl das Vormundschaftsgericht ihm das Sorgerecht übertragen hat. Das war damals seine Bedingung zur Einwilligung in die Scheidung. Ruth musste offiziell auf den Jungen verzichten.

Amelie lässt nicht locker, und so erklärt sich Friedrich bereit, den Jungen wenigstens für die Zeit bis Mitte Januar bei seiner Mutter zu belassen.

Ruth wird morgen wieder abreisen.

Später treffen sich Ruth und Brigitte in der Küche, um das Geschirr abzuwaschen.

Sie hatten sich schon immer wenig zu sagen. Sie sind zu verschieden. Brigitte ist vital, mit einem ausgeprägten Willen zur selbstständigen Persönlichkeit, intelligent und einen ganz anderen Lebensweg gegangen als Ruth.

Während Brigitte noch aufs Gymnasium ging, saß Ruth schon im Großraumbüro von Siemens als Stenotypistin. Und als Friedrich sie wie alle anderen Siemens-Mädchen zurücklassen wollte, erpresste sie ihn mit einem Selbstmordversuch.

Kurz vor der Hochzeit lernten sich Brigitte und Ruth kennen. Ruth wirkte hilflos, labil und bereit, sich einem Mann unterzuordnen. Sie war das, was Brigitte als Weibchen bezeichnet, das, was sie verurteilt. Sie weiß nicht, was in der Ehe der beiden vorgegangen ist. Sie kennt nur Szenenausschnitte aus der Zeit, als sie noch häufiger zusammenkamen. Ruth in Tränen aufgelöst, hässliche Streitereien, weil Friedrich zu wenig Zeit für seine Frau hatte.

Dann tauchte Hannes auf. Sie lernten ihn bei Tante Olga kennen. Er präsentierte eine junge Lyrikerin.

Ruth las damals noch Goethe, um Bildungsgut nachzuholen. Der kleine Friedrich war gerade drei Jahre alt.

Als Hannes der jungen Lyrikerin oder die junge Lyrikerin Hannes' überdrüssig war, muss eine Verbindung zwischen ihm und Ruth entstanden sein.

Vielleicht reizte ihn die Aufgabe, die typisch Weibliche zu

emanzipieren. Vielleicht war Ruth nur eine politische Spielerei für ihn.

Und jetzt versucht Ruth die Emanzipation.

Brigitte spricht mit ihr. Aber da ist nichts Eigenständiges. Da ist nur Nachbeten und Wiederkäuen von Vorformuliertem.

Brigitte versucht zu erklären. «Es ist doch dein eigenes Leben», sagt sie zwischen Gläser- und Besteckpolieren, «mit dem du fertigwerden musst. Du bist für dich verantwortlich, nicht Hannes oder ein anderer.»

Ruth begreift Brigittes Sprache nicht und findet deshalb auch keinen Zugang zu dem, was sie sagt. Ruth ist eine Frau, die die Sprache ihrer Umgebung auswendig lernt, um zu zeigen, dass sie angeblich damit umgehen kann.

«Weißt du», sagt Brigitte, «ich verstehe dich gut. Ich verstehe, dass du weggegangen bist und mit Hannes lebst, aber war das wirklich deine eigene Entscheidung? Hast du dich nicht einfach nur von einem neuen Mann faszinieren lassen?»

Ruth wehrt sich gegen diesen Vorwurf.

Brigitte argumentiert: «Warum bist du dann zu Weihnachten hierhergekommen?»

«Die wollten es so», antwortet Ruth. «Die wollten den Jungen.»

«Da hätte ich den Jungen abgeliefert und wäre wieder abgefahren», sagt Brigitte, «so leistest du diesem skurrilen Familienspiel doch nur Vorschub.»

«Nein», sagt Ruth, «es geht ihnen wirklich um die Familie.»

«In Wahrheit hängst du noch immer an Friedrich», meint Brigitte, «du hast dich noch nie selbstständig entscheiden können. Du brauchst immer einen Mann, der dich anleitet.»

Brigitte bemüht sich, aber sie findet keinen Zugang zu der Schwägerin.

Als sie ins Musikzimmer zurückkehren, hören sie schon auf dem Flur Michaels Stimme. Er schreit, wird unterbrochen von seinem Bruder, dazwischen Amelie und die beharrlich dozierende, belustigt wirkende Stimme des Vaters.

Streitgespräch zum Fest. Das Übliche.

Es geht um Politik. Politik ist Weltanschauung, und die Weltanschauungen sind grundverschieden. In solchen Augenblicken bricht sie durch, die sonst so mühsam in kultivierten Konventionen verborgene Brutalität. Nur die gute Erziehung hält die einzelnen Familienmitglieder davon zurück, Meinungsverschiedenheiten mit den Fäusten auszutragen. So praktizieren sie die Feinheiten intellektueller Bosheit. Toleranz ist ein Fremdwort.

Trotzdem – Haltung zu bewahren ist alles.

5

Auch Mater Ambrosia hat das Christfest in aller Rechtschaffenheit überstanden und den Einzug des neuen Jahres im Refektorium ihrer Glaubensgenossinnen erwartet.

Jetzt beginnt wieder ihre tägliche Arbeit in der Siedlung, einem tristen Areal ehemaliger Wehrmachtskasernen unten am Hafen. Hässliche Soldatensilos sind an beiden Flussufern hochgezogen. 1945 von den amerikanischen Panzertruppen besetzt, wurden die Gebäude auf dem linken Flussufer Mitte der Fünfzigerjahre an die Deutschen zurückgegeben. Als sich das frischgebackene Verteidigungsministerium dann entschloss, diesen Teil der Kasernen an die Stadtverwaltung abzutreten, entschieden sich die Stadtväter, daraus Häuser der öffentlichen Hand zu machen, bauten einen Komplex in Lagerhäuser um und brachten in zwei weiteren Kasernentrakten zuerst Flüchtlinge, später sozial schwache Familien unter.

Seitdem wurde nichts mehr renoviert.

In den engen Räumen wächst der Schimmel die Wände hinauf, und die Ecken der Schlafzimmer sind im Winter vereist. Keine Badezimmer und die Toiletten in verrottetem Zustand. Kalte Löcher und stinkend. Wasserhähne im Treppenhaus. Dünne Fensterscheiben, die lose in den morschen Fensterrahmen hängen, weil der Kitt schon lange abgebröckelt ist. Draußen vor den Gebäuden eine hohe Steinmauer und im Sommer wild wachsendes Gras.

Die Menschen hier haben die Gesichter von Kranken.

Keine Sonntagssiedlung. Agonie von Hoffnungen im tödlichen Auswurf einer pestkranken Gesellschaft, der das Elend beischläft. Hundert Familien und vierhundert Kinder. Drei

Sozialarbeiter für diese Kinder. Ohnmächtiger Versuch von Einzelnen zu helfen.

Und die öffentliche Hand verweigert Verantwortung. Ihre Kompetenzen sind geschickt verteilt. Da redet das Wohnungsamt von der Sozialfürsorge, die Sozialfürsorge vom Jugendamt, das Jugendamt von den Wohlfahrtseinrichtungen der Kirchen und die Kirchenämter vom Liegenschaftsamt.

Ab und zu redet auch einer von dieser Verantwortung, wenn er Stadtrat werden will, so lange, bis er Stadtrat geworden ist. Hier haben sich die Perspektiven des Lebens verschoben. Die Obdachlosensiedlung wurde zum Asyl für Einzelschicksale.

Das zu begreifen, dazu brauchte Mater Ambrosia ihre Zeit. Abgestellt als Samariterin mit dressierten Trostworten auf den Lippen, lernte sie nachzudenken.

Langsam, aber sicher wurde ihr klargemacht, dass nicht sie den Himmel zu vergeben hatte, dass das Paradies ganz woanders zu suchen sei. Dort nämlich, wohin die Ausgestoßenen zurückkehren wollen. In der Stadt.

Dort glauben sie, das Leben zu finden, das sich lohnt. Leben in einer Dreizimmerwohnung mit Küche, Bad und Balkon, zwischen Möbeln aus dem Kaufhauskatalog, abhängig vom Hauswirt und der pünktlichen Mietzahlung, die mehr als ein Drittel ihres Einkommens ausmacht.

Mater Ambrosia geht zwar noch immer in ihrer naiven Einfalt leichtfertig mit dem Segen Gottes um, aber sie bringt den Leuten nicht mehr die Bibel als einziges Buch ins Haus, sie hat sich dem zweiten Weltbestseller zugewandt, dem Versandhauskatalog. Der macht die Menschen glücklich.

Auch die Leute in der Stadt beziehen ihn. Und das Vergnügen von der Illusion ist kostenlos.

Die Nonne hat gelernt, was ihresgleichen oft abgeht: Einsicht in die Menschlichkeit. Die Liebe zu Gott, aufgebaut als blendende Theorie und hochgeschaukelt zum weihevollen Gefühl, sakramental legitimiert, fand in Mater Ambrosia doch noch zu einer praktischen Verwertung. Aus einem Gespinst sinnloser Hingabe fand sie den Weg zur handfesten Hilfe.

In den Grenzen des Gehorsams nahm sie sich die Freiheit, das Leben zu begreifen. Den Mut dazu verschafft ihr die Gläubigkeit der Ahnungslosen. Aber zum ersten Mal seit langen Jahren fürchtete sie diesmal das Fest der Liebe, entblößt als das Weihnachten der Konsumenten, dem sie ihre Schützlinge schutzlos überlassen musste, vom Mutterhaus zurückgerufen hinter die abschirmenden Mauern der Klosterkapelle.

Und als sie in den ersten Januartagen des neuen Jahres von der Omnibushaltestelle zu Fuß das Hafengelände durchquert, um zur Siedlung zu kommen, bemerkt sie mit Entsetzen, wie sich ihr geläutertes Gemüt gegen die Begegnung mit dem Elend sträubt. Sie hat Angst vor der Verzweiflung.

Da die drei Sozialarbeiter der Stadt sich vor allem um die kleineren Kinder kümmern, hat Mater Ambrosia eine Gruppe junger Mädchen in ihre Obhut übernommen.

Vierzehnjährige, die der Nonne Misstrauen und Ablehnung entgegenbringen, die keine Strohsterne und Rauschgoldengel mehr basteln, die darauf warten, von halbwüchsigen Jungen auf schweren Motorrädern abgeholt und hinausgebracht zu werden.

Dieser Januar ist mild und regnerisch. Auch heute regnet es in dünnen Wasserfäden, und Mater Ambrosia sieht seltsam aus, wie sie da von der Omnibushaltestelle die Straße zwischen den Lagerschuppen entlanggeht, in der einen Hand einen Pappkoffer, in der anderen einen voluminösen schwarzen Regenschirm, der ihre kugelige Gestalt nach oben hin abrundet.

Weil sie versucht, ihre Röcke mit der einen Hand, in der sie auch den Koffer trägt, über den Pfützen zu raffen, entblößt sie ab und zu ihre kräftigen Waden in dunklen Strümpfen und orthopädischen Schuhen.

Als sie den Durchlass in der Mauer beinahe erreicht hat, wird sie von einem Polizeiwagen überholt. Zwei Beamte sitzen hinter der Windschutzscheibe, und der eine übersieht die Wasserlache neben Mater Ambrosia, fährt munter hinein und nässt die Nonne ein.

Vergelt's Gott!

Die Siedlung wird immer wieder von der Polizei heimgesucht. Ein logischer Kreislauf für die Behörden. Wenn nachts in der Stadt Zigaretten- und andere Automaten geknackt werden, treffen morgens die Beamten im Asyl ein. Das hat sich eben so eingespielt.

Aber diesmal scheint es mehr zu sein.

Vor der einen Kaserne haben sich Leute angesammelt. Vor allem ein Pulk Kinder. Kleine Rotznasen in verwaschenen Pullovern, die Haare strähnig vom Regen.

Sie sehen Mater Ambrosia über das Gelände kommen und laufen auf sie zu. Ihre Gesichter sind voller Wichtigkeit.

Mater Ambrosia geht beharrlich weiter zum Hauseingang, einige der Kinder an ihren Rockschößen. Der Polizeiwagen ist bis an die drei Stufen zur Tür herangefahren. Jetzt steigen die Beamten aus. Mater Ambrosia erreicht den Wagen, stellt dort das Köfferchen auf die Kühlerhaube, nimmt ein reines weißes Taschentuch aus den Tiefen ihrer Rockfalten und beginnt, die Dreckspritzer sorgfältig abzuwischen.

Einen Augenblick lang sehen ihr die Beamten verlegen zu, wenden sich dann ab und gehen ins Haus.

Eine Frau mit Kleinkind auf dem Arm fängt an zu weinen. Mater Ambrosia sieht von ihrem Rock hoch: «Was ist passiert?»

«Der Junge hat sich aufgehängt.»

Plötzlich fällt alle Behäbigkeit von der Nonne ab. Sie klappt den großen Regenschirm zusammen, fasst den Koffer und drängt sich zwischen den Leuten hindurch ins Haus.

Dort stehen andere auf den Treppenabsätzen, ans Geländer gelehnt oder in Gruppen vor den Zimmertüren, und jeder möchte ihr etwas sagen. Aber sie hört nicht hin, steigt schnell und atemlos bis unters Dach, dorthin, wohin auch die Beamten gestiegen sind. Die Tür zum Wäschespeicher steht offen. Es riecht faulig, weil das Dach schon lange den Regen durchlässt und die Holzbalken zu modern beginnen.

Einer schneidet ihn gerade ab.

Er war fünfzehn und hieß Robert. Sie haben ihn immer Bobby gerufen. Das passte zu ihm.

Sie spürt, wie die Verzweiflung in ihr hochkommt. Das Elend, das sie hinausschreien möchte. Aber keiner hört ihr zu. Da hat sich ein Kind erhängt, und nun warten sie auf den Polizeiarzt.

Er hat es ganz banal getan. Nicht dramatisch mit Schlaftabletten oder Pflanzenschutzmitteln, hat sich nicht die Pulsadern aufgeschnitten oder ist vom Dach gesprungen. Er ist ganz einfach hier auf den Speicher gegangen, ohne Zuschauer, ohne Mitwisser, ohne Applaus und ohne die Möglichkeit, am Ende doch noch gerettet zu werden.

Er hat den Strick genommen, wie ihn einfache Leute als Tötungsinstrument nehmen, im Hinterkopf die Erinnerung an Hinrichtungen, und hat ein Ende mit sich, der Welt und dem Leben gemacht. So einfach geht das.

Er sieht entsetzlich aus.

Sie wollten ihn heute abholen und wieder zurückbringen in eines der Fürsorgeheime. Schwer erziehbar. Kriminelle Neigungen, hieß es.

Er muss Angst gehabt haben.

Seine Mutter gab ihn freiwillig in die Erziehung der öffentlichen Hand. Ihr Argument war: Im Heim kriegt er kostenlos zu essen. Hier habe sie genügend Mäuler zu stopfen.

Jetzt wird er überhaupt nichts mehr kosten.

Mater Ambrosia organisiert Pfarrer und Letzte Ölung, wenn der Pfarrer mitmacht, und versucht dann, die Mutter zu trösten und die Geschwister.

Da ist auch seine Schwester, die dralle Vierzehnjährige, die Mater Ambrosia im letzten Sommer aus Wien zurückholte. Sie macht ein Gesicht, als hätte jemand sie zu Tode erschreckt.

«Was ist mit dir, Kind?», fragt Mater Ambrosia.

Das Mädchen schüttelt den Kopf.

Es hat seinen Bruder verloren und kann ihn nicht mehr begreifen. Sie begreift das Leben nicht und auch nicht den Tod. Sie begreift nur, wie die Nonne den Arm um sie legt, dass der Schleier über die Schulter zurückfällt, und wie die fröstelnde Haut davon warm wird.

Das feuchte Zimmer riecht nach Rotkraut. Das Mittagessen ist fertig. Aber das Mädchen lehnt ab, etwas zu essen.

Dabei kocht es sich so gut auf dem neuen Herd, bedauert die Mutter und ist stolz auf die drei Elektroplatten, die die Tochter ihr geschenkt hat.

«Sie ist ein gutes Kind», versichert die Mutter, «sie würde so etwas nie tun.»

Mater Ambrosia nimmt das Mädchen mit hinaus. Führt das Kind, das nun gar nicht mehr wie eine kleine Frau wirkt, hinunter in die ehemalige Schreibstube der Soldaten. Dort hat sie für die Mädchen einen Hobbyraum eingerichtet, bunte Poster an den grauen Wänden. «Du musst weinen», sagt sie, «du musst dein Entsetzen mitteilen, deinen Schmerz hinausschreien!»

«Sie haben ihn zu Tode gehetzt, wie Wild zu Tode gehetzt.»

Das Mädchen erzählt von einer Illustrierten. Fängt an, von Farbfotos zu reden. Von einem tödlich erschöpften Fuchs. Die Hunde fetzten ihm das Fleisch von den Rippen. Die Knochen waren ganz weiß.

Mater Ambrosia sagt: «So darfst du das nicht sehen. Trotzdem», sagt sie, «hast du recht. Dein Bruder hat keinen Ausweg mehr gesehen. Er meinte, an die Wand gedrückt zu sein, und er war nicht der Typ, der sich dann wehrt und anfängt zu beißen. Er musste aufgeben.»

Das Mädchen nickt und fängt jetzt an zu weinen.

«Weißt du», sagt die Nonne und spricht zu dem Kind wie zu einer Erwachsenen. «Er hat sein Leben aufgegeben, ohne zu wissen, was er da eigentlich aufgab.»

«Was geben wir schon auf?», fragt das Mädchen.

«Das Einzige, was ihr wirklich besitzt, euer Leben.»

«Ist das was wert?», fragt die Vierzehnjährige und nimmt das Taschentuch der Klosterfrau, um sich hineinzuschnäuzen.

«Sobald du glücklich bist, ist es so viel wert, wie es nur wert sein kann.»

Mater Ambrosia spricht nicht vom Schicksal, das Gott auferlegt, sagt nichts von den Freuden des Schmerzes, nichts vom Nutzen, sein Kreuz auf sich zu nehmen. Diese Sprüche hat sie lange schon abgelegt, weil sie hier nicht zu gebrauchen sind, weil sie den Leuten nicht weiterhelfen und sie nur noch mehr in die Enge treiben.

Mater Ambrosia sagt: «Du hast es schon besser als deine Mutter, weil du aus deinem Leben noch etwas machen kannst. Du bist noch jung genug, um die Möglichkeiten, von hier fortzukommen, noch ausnutzen zu können. Du musst nur wollen. Was wissen wir schon von unserem Leben», sagt sie. «Wir sehen immer nur die Ausschnitte, die wir gerade leben. Das rollt wie ein Film in Zeitlupe ab, und der langsame Ablauf dessen, was wir gerade erleben, macht uns nervös und hält uns in Spannung auf das, was noch kommt.»

Sie spürt, dass sie dem Mädchen aus seiner Angst heraushelfen muss. Aus dieser panischen Angst, zu leben und zu Tode gehetzt zu werden wie jagdbares Wild.

6

Brigitte erhält den Brief einer Schulfreundin:

München, den 8. 1. 1972

Liebe Brigitte, lieber Michael,
mit den Adventsgrüßen und dem Buchgeschenk habt Ihr uns eine große Freude bereitet. Leider kommt unser herzlicher Dank an Euch sehr spät. Wir hoffen, Ihr habt Verständnis dafür – es lag an dem Trubel der Weihnachtsvorbereitungen. Ihr habt sicher auch im Kreise Eurer Familie einige festliche und frohe Stunden verlebt. Verbringt man diese Weihnachtstage mit Menschen, die einem verbunden sind, so vergeht die Zeit sehr schnell. Leider ist dieses Glück nicht allen vergönnt, denn selbst an diesem Heiligen Abend gibt es keine Gerechtigkeit. Leider verbringen viele Kinder und Erwachsene dieses Fest in Einsamkeit und Trauer.
Eine ähnliche Tragik wird in dem Buch angesprochen, das Ihr uns schicktet. Es ist wirklich eine Schande, dass diese Leute so leben müssen. Für mich ist die Thematik des Buches sehr interessant, ich kann mir jedoch kein Urteil darüber erlauben, da ich mich kaum mit diesem Thema beschäftigt habe. Sind für solche gescheiterten Menschen nicht die Sozialämter zuständig?
Abschließend möchte ich Euch nachträglich noch ein gutes neues Jahr wünschen. Vielleicht kommt Ihr uns einmal besuchen? Wir haben unsere Wohnung jetzt ganz schick eingerichtet!

Herzlich
Eure
Irene und Karl

7

Zum fünfzehnten Januar hat Michael einen neuen Arbeitsplatz. Er hat einen Job angenommen, von dem er überzeugt ist, dass er mit einem Misserfolg enden wird.

Aber sie redeten alle von der Verantwortung für die Familie, von seinen Verpflichtungen als Mann, und er selbst sagte es sich auch.

Jetzt arbeitet er in der Einkaufsabteilung einer Großdruckerei als einer unter vielen Sachbearbeitern. Monatsgehalt achtzehnhundert Mark.

Morgens, wenn es noch dunkel ist, fährt er an seinen Arbeitsplatz und kehrt abends, wenn es schon wieder dunkel ist, nach Hause zurück. Aber mit dem aufsteigenden Jahr sollen auch die Tage wieder länger werden und die Vierzigstundenwochen nicht mehr so mühsam sein.

Er sitzt in einem großräumigen Büro voller Schreibtische. Auf den Schreibtischen die Maschinen und an den Wänden die Rollschränke. Neonbeleuchtung und Milchglasscheiben.

Abgeschirmt von der Außenwelt.

Da er die Ausführung von Aufträgen überwachen soll, kommt er oft unten in den Druckereihallen mit den Arbeitern zusammen. Bald hat er zu den Arbeitern schneller und einen besseren Kontakt gefunden als zu den Kollegen im Büro. Und als sie entdecken, dass Michaels Aufträge von den Arbeitern korrekter erledigt werden, wenden sie sich endgültig von ihm ab. Michael wird zum Außenseiter, und der Kreis beginnt sich zu schließen.

So dauert es nicht lange, bis er auch in der Kantine mittags nicht mehr in der für die Angestellten reservierten Raumhälfte, sondern drüben an den Tischen der Arbeiter sitzt.

Besonders gut versteht er sich mit dem Meister jener Abteilung, die die Werbeprospekte für die Supermärkte druckt. Für diese Werbeprospekte ist Michael hauptsächlich zuständig. Hähnchen im Sonderangebot oder Haarspray, Gulasch und Butter.

Der Meister ist ein bulliger blonder Typ. Ehemals Schweizer, aber schon lange eingedeutscht. Anfang der Fünfzigerjahre versuchte er sich einen eigenen Betrieb aufzubauen und scheiterte an der ersten Konjunkturabschwächung Mitte der Sechzigerjahre. Seitdem arbeitet er hier. Hat sich systematisch hochgearbeitet und ist am Ende seiner Karriere angelangt. Meister, mehr geht nicht.

Ende Januar wird ihnen ein neuer Drucker zugeteilt. Jetzt sind sie endlich zu zehnt, und so viele müssen sie auch an den drei großen Maschinen im Schichtbetrieb sein.

Der Neue ist noch keine zwei Tage bei ihnen, als sie auch schon einiges von ihm wissen. Er ist ehrgeizig. Macht einen Abendlehrgang für Hersteller mit, will überwechseln ins Angestelltenverhältnis und hatte in seinem früheren Betrieb Schwierigkeiten.

Das macht neugierig und gleichzeitig misstrauisch.

«Der Neue soll sich für einen gekündigten Kollegen eingesetzt haben», erzählt der Meister, als Michael ihn danach fragt. «Und dabei ist er selbst gefeuert worden und hat lange Zeit keine Arbeit mehr gefunden.»

Das imponiert ihnen. Trotzdem bleibt das Misstrauen, weil er einen Abendlehrgang mitmacht.

Und als die Frau eines Kollegen schwer an Krebs erkrankt und die Behandlungskosten von der Kasse nur noch teilweise übernommen werden, weil ihr Mann sie in eine von den Kassen nicht anerkannte Privatklinik als hoffnungslosen Fall hat einliefern lassen, entschließt sich die Gruppe zu einer Sammelaktion im Betrieb.

Sie besprechen das beim Mittagessen in der Kantine. Michael sitzt mit ihnen am Tisch.

Wahrscheinlich will der Meister nur die Bereitschaft des Neuen auf die Probe stellen, aber seine Frage klingt ernsthaft. Er fragt, ob der Neue nicht die Durchführung der Sammelaktion übernehmen will.

Der zögert, meint, er sei noch nicht lange genug in der Firma, um so was organisieren zu können. Damit würde er nur unangenehm auffallen.

Michael versucht abzulenken und fragt: «Wie wär's mit einer Zigarette?»

«Ja, gern.»

Einer der Jungen geht zum Angriff über: «Sie wollen sich ja nur aus allem raushalten, weil Sie wissen, dass Sie bald nicht mehr zu uns Arbeitern gehören!»

«Unsinn», verteidigt sich der Neue. «Wenn ich's wirklich schaffe, ich meine, wenn ich den Kurs gemacht habe und Angestellter bin, dann sag ich doch nicht, ich bin Angestellter und du bist Arbeiter, mit dir will ich nichts zu tun haben.»

Trotzdem sträubt er sich und verweist auf seine schlechten Erfahrungen.

Deshalb fragt der Meister spöttisch: «Sie haben sich doch nicht unterkriegen lassen?»

Der Neue schweigt.

Also lassen sie ihn laufen, werden ihn auch in Zukunft schneiden, wenn es um Aktionen geht.

Und Aktionen, wie sie es nennen, machen sie in diesem Betrieb gern. Das liegt an den Arbeitern. Da gibt es einen alten Stamm, Kollegen, die seit Jahren miteinander befreundet sind, und einige Junge, die viel von Solidarität halten, sich außer für Fußball auch noch für die Belange ihrer Klasse interessieren.

Als Michael sich nun anbietet, die Sammlung zu organisieren, ist damit zum ersten Mal auch ein Angestellter mit in diese Solidarität eingeschlossen.

Sie nehmen sein Angebot zwar an, als sei es ganz selbstverständlich, wenn sie aber dann von der Kantine wieder hinunter in die Halle gehen, werden sie über ihn reden. Sie werden seine Haltung anerkennen, auch, wenn einige immer noch gegen ihn hetzen und sagen, er wolle sich nur lieb Kind machen, weil er mit den eigenen Kollegen nicht zurechtkäme, nicht bereit sei, sich unterzuordnen und anzupassen und den braven Bürohengst zu spielen.

«Er reißt das Maul zu weit auf», sagt der Meister. «Das kann ihn noch mal den Kopf kosten. Aber wie soll überhaupt was verändert werden, wenn alle nur immer den Mund halten? Der ist nicht von der Sorte, die den Mund hält.»

Das sagt auch Friedrich, als sie sich zufällig am ersten Wochenende im Februar bei den Eltern treffen. Friedrich ist dort, weil Ruth ihm geschrieben hat, sie möchte den Jungen nun doch an ihn abgeben. Jetzt will Friedrich seine Mutter dazu überreden, den Jungen zu nehmen.

Aber Amelie lehnt ab. Sie scheut den Klotz am Bein. Das sagt sie nicht, sie formuliert es anders, sie sagt: «Ich muss für euren Vater da sein.»

Dann lenkt sie geschickt vom unangenehmen Thema ab und fragt Michael nach seiner Arbeit aus. Er antwortet vorsichtig und zurückhaltend.

Der Bruder hört zu und meint: «In jeder Firma ist irgendwas faul. Aber du mokierst dich, wo alle anderen schweigen. Das bringt dich doch nicht weiter!»

Er wird sich für den Sohn ein Kindermädchen in den Bungalow nehmen müssen.

Hannes hat Ruth also doch noch überredet, bemerkt Michael und grinst. «Wie gehen die Geschäfte, Bruderherz?», fragt er und fügt hinzu: «Eigentlich sollte man dich gar nicht mehr danach fragen, die gehen immer gut. Oder hast du doch noch Ärger mit den Arbeitern von Elektronik-Schäfer bekommen? Eigentlich könntest du auch mal was für die Leute tun, die für dich arbeiten.»

«Immerhin zahle ich für sie alle Sozialabgaben», antwortet Friedrich.

Amelie legt dem jüngsten Sohn die Hand auf den Unterarm. Die beschwörende Geste der Familie.

Noch sieht es so aus, als wolle sich Michael nur einen Spaß mit dem Bruder erlauben, aber der aggressive Unterton in seiner Stimme ist schon nicht mehr zu überhören.

«Aber da könnte heute einer kommen», sagt er, «und dir 'ne halbe Million anbieten, damit du was für die Arbeiter tust, du würdest ablehnen, hab ich recht?»

«Die Klappe aufreißen», sagt Friedrich, «das kannst du!»

«Ach was», entgegnet Michael, «da müssten schon mehrere Millionen für dich rausspringen. Sonst wär's nicht lukrativ!»

Friedrich lehnt es jetzt ab, überhaupt noch auf den Bruder einzugehen. Stattdessen berichtet er lieber von Erfolgen. Das sichert sein Terrain ab und hat ihn schon immer vom Bruder abstechen lassen.

Nächsten Sonntag werden die Stadtbürger wählen. Ein neuer Oberbürgermeister steht zur Wahl an.

«Dr. Hartmann hat gute Chancen», behauptet Friedrich.

Er muss es wissen. Sein Werbeatelier hat Dr. Hartmann aufgebaut als cleveren Endvierziger, Pfeife im Mund, ein perfekter Kölnischwasser-Mann, Rüttgers Club und Stahlkonzerne im Rücken. Ein Mann, der sagen kann: Drei Dinge braucht der Mann.

Dr. Hartmann ist als ansässiger Rechtsanwalt in der örtlichen Parteigruppe nach oben gestiegen und hat seinen Wahlhelfer Friedrich Born in einem der Frankfurter Lions Clubs kennengelernt.

Jetzt steht er kurz vor der Abrundung seiner Karriere. Ein Spitzenmann. Ein Klasse-Mann der städtischen Bürgergesellschaft. Topfit und zupackend, bis die Schlacht gewonnen und der Stuhl sicher ist.

Bisher hatten die Borns noch wenig mit ihm zu tun. Ihm war der Zugang zur Spitze der Universitätshierarchie verwehrt und den Borns der Eintritt in die Stadtgeschäfte.

Wenn er aber nun die Wahl mit Friedrichs Hilfe gewinnt, wird Amelie alles daransetzen, dieses Versäumnis nachzuholen.

Augenblicklich hängen die Plakate der Alfa-Werbung überall in der Stadt. Eine Hartmann-Invasion hat stattgefunden. Und überall, wenn auch nur klein gedruckt, der Name Born.

Born und die Politik, das arbeitet Hand in Hand. Das verspricht Zukunft.

Ihre Wahlkampfparole ist eine vieldeutige Mehrzweckparole. Eine, die es Hartmann erlaubt, für den Umweltschutz und die Müllabfuhr, aber auch gegen Parteigegner und rote Unruhestifter aufzutreten.

«Habt ihr auch an die Siedlung gedacht?», fragt Michael.

Friedrich überlegt, muss nachdenken, was der Bruder wohl meint, erinnert sich dann an Streifzüge zur Siedlung am Hafen aus der Schulzeit und meint: «Das ist doch in der Parole auch drin. Wir halten unsere Stadt sauber.»

Michael zweifelt.

Aber Friedrich bekräftigt seine Ansicht, sagt, dass Hartmann in einer Wahlversammlung vor den Bürgern des an den Hafen angrenzenden Stadtviertels davon gesprochen habe, in der Siedlung menschenwürdigere Verhältnisse zu schaffen, sobald er nur Oberbürgermeister sei. «Solche Versicherungen sind doch sehr wichtig», erläutert Friedrich, «weil sich die Bürger vor den Leuten aus der nahen Siedlung fürchten.»

Die Siedlung sei ein Geschwür, das jederzeit aufbrechen kann. Ein gefährlicher Eiterherd sozial Unzufriedener.

«Und wenn er es geschafft hat, ist alles erledigt, für dich und für Dr. Hartmann», meint Michael.

«Aber nein!» Friedrich wehrt großzügig ab. «Da existieren schon Vorstellungen. Ich werde Dr. Hartmann helfen, den Freizeitwert unserer Stadt zu erhöhen. Ich habe da bestimmte Pläne für eine große Tennisplatzanlage und einen exklusiven Reitstall.»

Michael lacht: «Doch wieder nur eine Sache für deine Freunde!»

«Nein», verteidigt sich Friedrich, «für den, der Tennis spielen und reiten kann.»

«Das kommt doch aufs selbe raus!»

«Wieso?», fragt Amelie; «das kann doch jeder lernen!»

Sie öffnet eine große Pralinenschachtel und bietet an. Damenkonfekt für die Söhne.

«Übrigens», sagt Friedrich, «das wird dich vielleicht interessieren: Man hat mir einen hiesigen Kinderbuchverlag zum Kauf angeboten.»

Michael betrachtet den Bruder abwartend. Friedrich führt ein Stück süßes Konfekt zwischen die Lippen.

«Und?», fragt Michael.

«Ich habe natürlich abgelehnt», erklärt Friedrich. «Damit sind keine Geschäfte zu machen.»

«Du übersiehst nur eins», sagt Michael, «in dieser Branche steckt Imagepflege.»

Friedrich zeigt sich an diesem Argument interessiert: «Keine schlechte Idee.»

«Wenn du in Kultur machst», fügt Michael hinzu, «hast du ein ausgezeichnetes Alibi. Das macht dich in den Augen der Öffentlichkeit sympathischer.»

Das leuchtet Friedrich ein. Er sieht eine Möglichkeit, aus dem Dilemma der täglichen Angriffe auf ihn als Unternehmer herauszufinden.

Michael grinst: «Da kannst du eine Menge Arbeiter entlassen. Du hast ja Kultur.»

Friedrich wäre bereit, das Problem mit dem Bruder durchzusprechen. Aber Michael möchte gehen. Brigitte erwartet ihn. Sie war heute Nachmittag mit den Kindern im Städtischen Hallenbad und wollte gegen fünf Uhr zurück sein.

Als Michael zu Hause eintrifft, hat sie die Kinder schon vor den Fernsehapparat gesetzt und hockt selbst in der Küche über der Sammelliste.

Sie war von Anfang an dazu bereit gewesen, Michael in dieser Aktion zu unterstützen, und ist nun damit beschäftigt, die einzelnen Einträge mit dem vorhandenen Geldbetrag zu vergleichen, die Endabrechnung durchzuführen.

Dreitausend Mark hat Michael von den Kollegen zusammengetragen. Ein beachtlicher Betrag, der nun in Geldstücken und kleinen Scheinen auf dem Küchentisch liegt.

Brigitte hat alles sortiert, geordnet und in kleinen Häufchen aufgestapelt, hat die handgeschriebene Sammelliste in die Schreibmaschine übertragen, zusammengezählt und vergleicht gerade die Endsumme auf dem Papier mit der Summe des Geldes auf dem Tisch. Ihr Engagement für seinen Einsatz gibt Michael das Gefühl von Sicherheit und Rückhalt.

Sie blickt hoch, als er unter der Küchentür steht und lächelt ihm zu: «Es stimmt haargenau», sagt sie, «auf den Pfennig genau dreitausendeinundzwanzig Mark dreißig.»

«Ganz ordentlich», sagt Michael. «Ich hätte nicht gedacht, dass so viel zusammenkommt.»

«Wie war's bei den Eltern?», erkundigt sie sich.

Michael macht eine wegwerfende Handbewegung. «Friedrich war auch da.»

«Hast du eigentlich den Eindruck, mit dieser Sammelaktion unangenehm im Betrieb aufgefallen zu sein?», möchte Brigitte wissen.

Michael zuckt die Achseln: «Ich kümmere mich nicht darum. Kann schon sein.»

«Ich meine», sagt Brigitte, «dass sie Angst bekommen, dass sie denken, du würdest nur Unruhe stiften.»

Sie beginnt, das Geld in einen Schuhkarton zu verpacken. «Am Montag bring ich's zur Bank und lass es in große Scheine umtauschen.» Michael hilft ihr, den Karton zu verschnüren.

«Weißt du», sagt sie, «ich würde sehr gern wieder mal ins Kino gehen. Da läuft jetzt ein guter Film von Andy Warhol im Royal. Hättest du Lust?»

Michael stellt sich seinen Abend aber anders vor. Erst Krimi und dann Western, bequem vom Sessel aus. Früher ist er oft ins Kino gegangen. Seit sie den Fernseher haben, ist er träge geworden. Brigitte drängt ihn: «Die Kinder können auch gut mal allein ins Bett gehen.»

Zuerst fällt ihm die Entscheidung schwer. Dann macht sich sein Egoismus stark, und dann setzt er sich durch; und sie bleiben zu Hause.

Brigitte ist gewohnt nachzugeben. Am Anfang ihrer Ehe war das fast selbstverständlich. In letzter Zeit aber beobachtet sie an sich selbst voll Verwunderung die ersten Ansätze zur Auflehnung. Sie kann das nicht erklären, sie weiß nur, dass sie sich im Augenblick noch davor fürchtet, sich gegen die Interessen Michaels durchzusetzen.

Das macht sie unsicher.

8

Onkel Egon hat seiner Olga zu Weihnachten einen Schrumpfkopf geschenkt. Einen niedlichen, kleinen, vertrockneten Menschenkopf.

Als er ihr das sorgfältig mit einer lila Schleife umwundene Päckchen unter dem Weihnachtsbaum in die Hände drückte, bemerkte er: «Eine kleine Aufmerksamkeit für dich, die mir ein ehemaliger Patient ermöglichte.»

Das machte Olga neugierig. Sie knotete die Schleife auf, nahm den Deckel von einer alten Konfektschachtel und sah den Kopf. In Watte verpackt.

Sie konnte einen kleinen Aufschrei nicht unterdrücken.

«Aber meine Liebe!» Onkel Egon beruhigte sie tätschelnd.

Tante Olga war entrüstet. Schon allein deshalb, weil sie den Kopf zu kennen glaubte.

Sie beginnt, sich vor Egon zu fürchten.

Ist das nicht Herr Wolf gewesen? Ein Autounfall. Olga erinnerte sich. Im November. Immerhin geht er auf diese Weise der Welt nicht verloren. Er war ein fähiger Kopf.

Dieses Weihnachten war wirklich eine schöne Bescherung.

Tante Olga seufzte und ergab sich in ihr Schicksal und in das Schicksal der Schrumpfköpfe.

Nicht auszudenken, wenn Egon wirklich etwas damit zu tun hätte! Wenn das nicht nur ein Scherz wäre. Aber der Kopf sieht doch aus, überlegte Tante Olga, als käme er aus Borneo. Ein Dajakkopf.

Onkel Egon schwieg.

Köpfe verändern ihr Aussehen im geschrumpften Zustand.

Seine Tochter, eine handfeste junge Frau mit Mann und zwei

Kindern, beruhigte die Mutter: «Lass ihn mal. So was musst du nicht ernst nehmen.»

Als Tante Olga dann aber den Truthahn auftrug, für den sie sich entschieden hatte, weil die Aufwartefrau von fetten polnischen Gänsen schwärmte, verlangte Egon plötzlich nach Hirn in Soße. Und seitdem blieb er bei diesem Verlangen.

Das sind nun schon zwei Monate.

Täglich Hirn in Soße oder Leber oder Herz oder Nieren. Alle diese köstlichen Innereien. Onkel Egon entwickelt geradezu einen Heißhunger. Ein unstillbares Verlangen.

Tante Olga gab zunächst nach, dann versuchte sie es mit gutem Zureden. Zuerst in der Küche, später aber, nachdem Egon in der Küche angefangen hatte, sinnlose Argumente gegen Olga herauszubrüllen, ging sie mit ihm ins Wohnzimmer und ans Werk.

Abends. Bei Beethoven und Bach. Einmal auch mit dem Liebestraum. Aber Liszt hat ihn noch nie angesprochen, geschweige denn besänftigt. Das bringt ihn nur noch weiter gegen sie auf.

Und da sie jeden Konflikt als unkultiviert empfindet und sie doch darauf angewiesen ist, dass Egon ihr wohlwollend die lästigen Kleinarbeiten bei ihren Kulturveranstaltungen abnimmt, entschließt sie sich nachzugeben.

Und so trägt sie seit acht Wochen für Egon Innereien und Hirn auf den Tisch. Dabei beobachtet sie ihn argwöhnisch. Lauert auf Anzeichen der Veränderung, fürchtet eine Seelenkrankheit und beginnt eine vorbeugende Therapie mit deutschem Kulturgut für Egon. Solange sie ihm das Hirn richtig zubereitet, schickt er sich geduldig in alle ihre Versuche.

Erste Anzeichen einer Geistesverwirrung glaubt Tante Olga festzustellen, als er Anfang Februar auf das Polizeirevier ihres Stadtviertels geht und sich ein Fahndungsplakat der Baader-

Meinhof-Bande erbittet, das ihm auch bereitwillig ausgehändigt wird.

Dagegen wäre eigentlich vonseiten Tante Olgas nichts einzuwenden gewesen, schließlich hingen diese Plakate auch neben den Kassen der Supermärkte und in Sparkassen, und die Köpfe derjenigen, die gefasst waren, waren mit Kugelschreiber ausgekreuzt.

Aber Onkel Egon treibt es weiter. Er befestigt das Fahndungsplakat inmitten seiner aufgehängten Schrumpfköpfe an der Wand im Renaissance-Esszimmer.

Das empfindet Tante Olga als ausgesprochen geschmacklos. Sie entfernt das Köpfeplakat, und Onkel Egon reagiert mit einem Tobsuchtsanfall.

Er befestigt ein neues, kreuzt die Gesichter der gefassten Bandenmitglieder mit rotem Filzstift durch und beginnt, Zeichnungen der Köpfe auf einem Reißbrett anzufertigen, entwirft für jeden einzelnen Kopf ein eigenes Schrumpfkopfverfahren, dem Kopftypus angepasst.

Er träumt davon, mit den Leuten für innere Sicherheit zusammenzuarbeiten und die Gruppe junger Leute, die den Frieden der Republik stören, mithilfe seiner Methoden von der Bildfläche verschwinden zu lassen.

Ihre Köpfe aber blieben der Nachwelt erhalten. Als Kunstwerk.

Tante Olga bemüht sich weiterhin, ihn davon abzubringen, und lädt eine junge Geigerin für einen Abend ein. Sie spielt hinreißend. Mit viel Gefühl. Ein sanftes Geschöpf. Mitte zwanzig und voller Sensibilität.

Onkel Egon sagt, das gefiele ihm.

Und für diesen Abend vergisst er, an den Innenminister zu schreiben. Vielleicht hatte er das auch gar nicht ernsthaft vor. Vielleicht spielte er nur mit dem Gedanken, Olga einmal tödlich zu erschrecken. Vielleicht amüsierten ihn ihre Bemühungen.

An diesem Abend zeigt er sich für Kultur empfänglich und scheint auf den rechten Weg zurückgekehrt.

Ab und zu spricht er von ihrem Hals.

Das empfindet sie als Schmeichelei. Er könnte es so meinen.

Eine Woche später aber kommt er erregt aus Frankfurt zurück, wo er ein Wochenende auf einem Ärztesymposion für Kreislaufkrankheiten verbracht hat, und behauptet unbeirrbar, Andreas Baader entdeckt zu haben. Den Kopf der Bande.

Nun kann ihn auch Tante Olga nicht mehr zurückhalten.

Er packt seinen Erste-Hilfe-Koffer zusammen, legt in die Reisetasche drei frische Oberhemden und eine Krawatte und vergisst auch nicht den elektrischen Rasierapparat.

Tante Olga gibt sich redlich Mühe, ihn zurückzuhalten. Sagt, dass sie ihn dringend heute Abend braucht, für die Stühle, den Imbiss und den Büchertisch. Als das nicht anschlägt, verspricht sie ihm sogar, wieder ein gemeinsames Schlafzimmer einzurichten.

So sehr fürchtet sie um den Verstand ihres erfolgreichen Mannes. Aber der lässt sich nicht mehr einfangen. Der hat das Jagdhorn blasen hören und leistet wie ein vorzüglich abgerichteter Spürhund Folge.

Mit Skalpell, Pipette und Spritzenbesteck will er das Wild erlegen. Das wird ein Spaß werden!

So bleibt Tante Olga nichts anderes übrig, als ihm zu den Oberhemden auch noch frische Unterwäsche und das Ersatzgebiss einzupacken, für den Fall, dass er sich durch einen dummen Zufall die Zähne seiner Prothese ausbeißt.

Sie war ihm immer eine gute Frau gewesen.

Onkel Egon drückt ihr einen Kuss auf die Stirn, sagt, wie er es seit fünfundzwanzig Jahren sagt: «Sei schön artig, solange ich weg bin!» Und setzt sich in den orangefarbenen RO 80, den er sich in der Garage hält.

Olga ruft in ihrer Sorge um den Verstand des Mannes Freunde in Frankfurt an. Zuerst Baumgart.

Baumgart lacht nur und meint, vielleicht stecke ein junges Mädchen dahinter, und Tante Olga erinnert sich an die junge Geigerin, die aus Frankfurt kam. Das könnte ein Trost sein.

«Stellen Sie sich vor», sagt sie zu Baumgart, «diese Marotte meines Mannes käme an die Öffentlichkeit. Ich würde den Skandal nicht überleben. Immerhin ist er hier in der Stadt ein angesehener Spezialist. Er könnte auf einen Schlag alle seine Patienten verlieren.»

Baumgart beruhigt sie und sagt: «Gnädige Frau!» Sagt: «Sie müssen uns Männern doch auch ein wenig Männerfreiheit lassen!» Und versichert, er werde sie einmal besuchen, wenn er wieder in der Stadt sei.

Dann ruft sie Friedrich an, lässt sich von seiner Sekretärin verbinden.

«Dein Onkel ist in Frankfurt», sagt sie.

Friedrich erzählt, er habe während des Symposions einmal mit Onkel Egon zu Abend gegessen.

Tante Olga schildert die Sachlage und erhofft sich Friedrich als Verbündeten. Zu ihrer Verwunderung aber reagiert er anders.

«Warum nicht?», sagt er. «Diese Leute gefährden den Rechtsstaat. Da ist jeder Bürger aufgefordert, an der Jagd teilzunehmen.»

«Ja sicher», antwortet Tante Olga, «aber muss das gerade dein Onkel Egon sein?»

«Wir haben alle eine Verpflichtung», sagt Friedrich, «und wenn es ihm doch Freude macht!» Jetzt lacht auch er. «Du hast doch nicht etwa Angst, er würde ihnen tatsächlich die Köpfe abschneiden?»

Tante Olga schweigt verschämt.

«Er ist doch ein ganz manierlicher Mensch», sagt Friedrich, «Onkel Egon würde so etwas nie tun!»

Tante Olga lässt sich anscheinend beruhigen. Aber da sitzt so eine seltsame Angst in der Magengrube. Die Angst vor der Katastrophe, die sie noch nicht genau umreißen kann.

Deshalb greift sie noch einmal zum Telefon und ruft Amelie an. Mit der Schwester lässt sich offener reden. So unter Frauen. Ehefrauen unter sich.

Amelie behauptet, ihr Friedrich leide unter Herzverfettung. Sie schickt ihn jetzt zum Gerontologen. «Vielleicht solltest du das mit deinem Egon auch tun!»

«So alt ist Egon doch noch gar nicht!», protestiert Olga.

Seit ihrer Jungmädchenzeit liegen die beiden Schwestern in einer heimlichen Fehde um die Streitfrage, wer von ihnen nun den besseren Mann besitzt. Amelie bekam den Professor und Olga den Arzt.

Professor ist besser, beharrte Amelie.

Olga versteifte sich auf ihren Spezialisten.

«Wir leben nur noch Diät», sagt Amelie, «darauf solltest du auch achten. Wenn man mal ein bestimmtes Alter erreicht hat, muss man sich eben etwas einschränken.»

Olga erzählt von den Innereien.

Amelie ekelt sich, sagt, dass Fleisch generell schädlich sei. Davon käme die Gicht. Ob Egon zur Gicht neige?

Olga hat noch nichts davon bemerkt.

«Ich tippe auf Herzverfettung», sagt Amelie, ganz bestimmt. «Oder fortschreitende Verkalkung. Dein Egon raucht zu viel. Das sollte er sich abgewöhnen.» Den Schrumpfkopf zu Weihnachten fand Amelie ohnehin bodenlos geschmacklos.

Jetzt geraten die Schwestern in Streit, würden sich am liebsten in die Haare fahren, wäre nicht das Telefon im Wege.

Nur in einem sind sie sich einig, darin, dass die Männer auf den rechten Weg geführt werden müssen und immer einer starken Hand bedürfen, um in der Spur zu bleiben.

Seitdem Amelie vor einem halben Jahr nach vierzig Fahrstunden doch den Führerschein gemacht hat, behauptet sie, ihren Mann so in der Hand zu haben wie ihren Wagen, auch, wenn sie ab und zu versucht, mit angezogener Handbremse loszufahren.

«Apropos Auto», sagt sie zu Olga. «Den flüchtigen Fahrer, der Professor Wolf totgefahren hat, hat man noch immer nicht erwischt. In der Zeitung stand damals, einer hätte ein orangefarbenes Auto gesehen, und weiter sind die Ermittlungen bisher nicht gediehen. Die arme Frau Wolf! Sie tut mir von Herzen leid. Dir auch?»

9

Nicht nur Friedrichs, auch Professor Baumgarts Geschäfte lassen sich gut an. Ende März hat sein Sohn Christian schon 20 Gebrauchtwagen erfolgreich in die Türkei verschoben.

Baumgart fragt nicht und schließt die Augen, wenn er Geld zählt. Das ist so seine Art.

Die größere Rücklage fürs Alter.

Wer alt wird und noch immer nichts hat, ist selber schuld.

Die Naturgewalt der freien Marktwirtschaft.

Nicht jeder schafft es, fett geworden und Zigarre im Mund, auszusehen wie Schweinchen Schlaus Wirtschaftsminister. Gerade deshalb bleibt es ein Spiel ohne Grenzen, ausgetragen nach den liebenswerten Spielregeln von Stress und Angst. Wer verliert, braucht für den Spott nicht zu sorgen.

Und Baumgart ist bemüht, den Schaden zu vermeiden.

Als er Anfang April mit einem Streik seiner Studenten konfrontiert wird, beweist er sich als der Mann, der sich nicht ernsthaft in politische Auseinandersetzungen hineinziehen lässt. Reagiert auf seine Weise und ergreift die günstige Gelegenheit, seine Semesterferien unvermutet zu verlängern.

Gemeinsam mit einer verständnisvollen weiblichen Bibliothekarsseele wird er einige Tage ungestörten Urlaub bei Freunden in Österreich verbringen.

Sie sind jüdisch, und Baumgart schätzt jüdische Freunde, seitdem der Krieg verloren und die Judenfrage nicht endgültig gelöst wurde. Er pflegt diese Kontakte mit dem bemühten Hinweis, er sei noch sehr jung und unerfahren gewesen, als er seinerzeit kleine Artikel gegen das Judentum schrieb. Er habe unter Zwang geschrieben. Schließlich sei damals keiner Herr seiner eigenen Entscheidungen gewesen.

Und eigentlich war er im Herzen immer ein Mann des 20. Juli.

So versteht er es, beinahe glaubwürdig zu wirken.

Deshalb ist er auf dem Bauernhof in der Nähe Salzburgs auch herzlich willkommen. Er wird nicht länger als eine Woche dort bleiben.

Das Einzige, was ihn in diesen Tagen wirklich beunruhigt, ist die Tatsache, dass auch seine Assistenten streiken und er nun seine Gutachten selbst schreiben muss.

«Früher», erzählt er seiner Begleiterin, «habe ich solche Dinge einfach um Mitternacht bei einer Flasche Wein hingerotzt.» Er sagt bewusst: Hingerotzt. Das ist seine Sprache, die zeigen soll, wie jung er sich noch fühlt. Und er sagt, er habe keine Angst vor Provokation.

Als sie am Bahnhof von Salzburg eintrafen, begann es wieder zu schneien. Die letzten Märztage waren sehr warm gewesen, aber zum Wochenende schlug das Wetter um.

Baumgart hatte mit dem Frühling gerechnet.

Jetzt wirkte er missmutig und deprimiert. Da half auch die Bibliothekarin nichts, und auch nicht der Freund, der sie am Bahnhof mit dem Wagen abholte, um sie nach Petting zu bringen, einem kleinen Dorf am Rande des Fremdenverkehrs.

Das alte Bauernhaus, das der Freund dort vor einigen Jahren kaufte, als er in seiner Eigenschaft als Primaballerina der deutschsprachigen Literaturkritik zuerst einen bundesrepublikanischen Kritikerpreis und notgedrungen nachziehend auch einen des österreichischen Staates als Österreicher zuerteilt bekam, steht nahe am See auf einer kleinen Anhöhe.

An Tagen wie heute macht es einen tristen und verwahrlosten Eindruck. Das Jahr ist noch zu früh und der wild wachsende Wein an der Hauswand noch unbelaubt. So sind überall die Löcher im herabgebröckelten Putz zu erkennen. Alles ist noch kahl, auch die massiven alten Obstbäume hinten im Garten.

Schon während der Fahrt nach Petting sprach Baumgart davon, dass es wohl recht schwierig sei, mit den Dorfleuten auszukommen. Einmal sei da seiner Meinung nach die Schranke zwischen Landbevölkerung und zugezogenen Intellektuellen zu überwinden, zum anderen aber doch auch die immer noch versteckt vorhandenen Ressentiments gegenüber den Juden.

«Wie kommt ihr denn zurecht?», fragt er, «habt ihr ernsthafte Schwierigkeiten?»

Der Freund, der angestrengt durch die Windschutzscheibe auf die schneenasse Fahrbahn blickte, zuckte die Achseln. «Eigentlich gut. Ich habe von diesen Vorurteilen, die du anscheinend hegst, nichts bemerkt.»

«Du vielleicht nicht», antwortete Baumgart, «dir sieht man den Juden gar nicht an. Aber wie ist es mit Esther? Sie ist doch eine ausgesprochen schöne Jüdin.»

«Esther hat wenig Kontakt mit den Leuten.»

Die junge Seele von Bibliothekarin, die hinter Baumgart auf dem Rücksitz verstaut worden war, schien von der Art und Weise, in der ihr Professor mit einem angesehenen jüdischen Literaturkritiker über Juden sprach, unangenehm berührt. Deshalb begann sie von Salzburg zu reden. Plauderte harmlos über Karajan und fühlte sich erst wieder wohl, als die beiden Männer darauf eingingen.

Es gibt auch noch österreichische Schriftsteller, über die sich reden lässt, und so legte sie sich für den weiteren Verlauf ihres Besuches einen ganzen Katalog von Themen zurecht.

Zum Beispiel auch Festspiele.

Oder die österreichische Küche. Da lässt sich viel Kultur rausholen.

Esther empfängt sie sehr herzlich. Innen wirkt das Haus wohnlich, vor allem das Wohnzimmer. Siebzig Quadratmeter ehemaliger Stall. Hier unter der Gewölbedecke und zwischen den vielen Büchern glaubt sich die kleine Bibliothekarin geborgen. Esther sieht für sie tatsächlich jüdisch aus und lächelt so liebenswürdig.

Und da ist noch ein junger Mann. Esthers Sohn. Anfang zwanzig. Der sieht aus wie eine Bibelillustration. Oder aus dem Katechismus: Jesus Maria, ist der schön!

Noch liebenswürdiger als Esther.

Und abends vor dem Kaminfeuer wirkt er geradezu übermenschlich! Was muss das für ein Mann sein, wenn man ihn hat. Das ist auch der Grund, warum sich Baumgart abends vorsorglich zwischen diese Christusfigur und sein Seelchen setzt.

«Dich hat ein Streik der Studenten zu uns verschlagen?», fragt Esther und lächelt wieder.

Sie scheint überhaupt immer nur zu lächeln.

Baumgart nennt das die angenehmste weibliche Eigenschaft an einer Frau, die ihn jedes Mal dazu anregt, Schwierigkeiten seiner Ehe zu schildern.

Esther ist eine gute Zuhörerin.

Und er trinkt gerne. Also schenkt sie ihm unermüdlich den Kremser nach, während er berichtet.

«Was machen eigentlich deine drei Söhne?», will der Freund wissen. Baumgart erzählt ausnahmslos von Christian.

Als Esther ihn nach Hannes fragt, winkt er ab. Zu Hannes hat er kaum Kontakt.

«An den Jungen bin ich nie rangekommen», sagt er, «der war immer schwierig, verschlossen und wohl auch etwas hysterisch.»

«Die Buchreihe, die er in seinem Berliner Verlagskollektiv herausgibt, ist aber nicht schlecht», meint der Freund.

«Spielerei», wehrt Baumgart ab.

«Wieso hysterisch?», erkundigt sich Esther.

«Überspannt», sagt Baumgart. «Woher sonst könntest du seine augenblicklichen politischen Ambitionen ableiten?»

Esther lächelt, aber die Bibliothekarin scheint plötzlich aus einem Trancezustand vor dem Kaminfeuer und aus überirdischen Betrachtungen aufgewacht und widerspricht. Sie erzählt davon, dass sie und eine Gruppe anderer junger Bibliothekare in Verbindung mit Germanistikstudenten planen, Literatur und ihre Autoren in Frankfurts Gefängniszellen zu bringen, dabei sei vor allem an Autoren aus Hannes Baumgarts Verlagskollektiv gedacht.

«Was springt dabei raus?», fragt Baumgart.

«Was soll dabei rausspringen?»

«Im Übrigen», meint Baumgart, der sich nicht engagieren lässt, «was hat Literatur mit Politik zu tun?»

«Aber mein Lieber», lacht der Freund, «da musst du noch eine Menge lernen. Tempora mutantur. Was du momentan produzierst, ist verstaubte Germanistenweisheit.»

Aber er wird sich nicht mit Baumgart streiten. Das wäre nutzlose Energieverschwendung. Keiner würde seine Position aufgeben. Dafür trinken sie zusammen. Das ist erträglicher.

Auch Baumgart verlässt das unsicher gewordene Terrain und erzählt: «Ich werde den Universitätsdienst so bald wie möglich quittieren.»

Davon spricht er schon seit beinahe einem Jahr und befragt alle Freunde um ihre Meinung.

«Ich bin krank», sagt Baumgart. «Herz und Kreislauf, Nerven, und auch die Leber ist nicht mehr das, was sie früher war.»

Er wird versuchen, über ein ärztliches Attest in den vorgezogenen Ruhestand zu treten.

Er sagt, er wolle endlich mal leben.

Wenn seine Freunde daran zweifeln, dass sein Vorhaben so einfach durchzuführen sei, meint er, das sei das wenigste. Wesentlich mehr Sorgen bereite ihm die andauernde Geldentwertung. Damit würde seine Pension immer wertloser.

«Jetzt bekomme ich dreitausendzweihundert», sagt er. «Das klingt gut. Vor fünf Jahren waren es tausend weniger. Aber da waren die zweitausendzweihundert mehr wert als mein heutiges Gehalt.»

Davor hat er Angst.

Aber er hat auch Angst, mit seinem Ausscheiden aus dem Universitätsdienst von der Bildfläche zu verschwinden, als Stimme eines angesehenen Germanisten kein Gewicht mehr zu haben.

Das würde seine Eitelkeit empfindlich treffen.

Deshalb möchte er vorbauen und fragt den Freund: «Wenn ich nun nach Salzburg zöge, in deine Nähe, meinst du, das hätte Sinn?»

«Salzburg?» Der Freund ist verwundert.

«Ich meine», erläutert Baumgart: «Du kennst doch eine Menge einflussreicher Leute. Ich könnte vielleicht als wissenschaftlicher Herausgeber oder Lektor arbeiten. Nebenher, selbstverständlich.»

Der Freund geht in Verteidigungsstellung: Salzburg sei da denkbar ungeeignet. Baumgart solle nach München gehen. Selbstverständlich könne der Freund ihm dort die eine oder andere Verbindung schaffen. Ganz unverbindlich. Aber man könne es versuchen.

«Wie ist es mit Rezensionen?», fragt Baumgart. «Ich könnte auch Buchkritiken schreiben.»

«Natürlich kannst du das.»

Während Baumgart nun mit dem Freund die Möglichkeiten einer nebenberuflichen Tätigkeit nach der Pensionierung durchspielt, zieht sich Esther in die Küche zurück, um das Abendessen vorzubereiten, und ihr schweigsam-schöner Sohn vertieft sich in die Ansichten einer schüchternen Bibliothekarin.

Als Esther mit einer Platte belegter Brote zurückkommt, fragt Baumgart gerade in aller Unschuld eines redlichen Germanisten: «Meinst du, es würde mir schaden, wenn ich ab und zu eine Buchkritik für die ‹Welt des Buches› schreibe?»

«Hast du denn ein Angebot?»

Baumgart hat es.

«Das kommt auf deine politische Einstellung an», sagt der Freund. «Um die Politik im Literaturbereich kommst du nicht herum. Du musst selbst wissen, ob du für rechtsorientierte Blätter schreibst oder nicht. Aber jetzt wollen wir erst einmal etwas essen.»

Sie setzen sich um die belegten Brote und beginnen zu kauen.

Aber Baumgart ist noch nicht am Ende. «Da ist noch die Zeitschrift», erläutert er unbeirrt zwischen Zervelatwurst und Edamer Käse. Ein Germanistenblättchen, für das Baumgart seit zehn Jahren als Herausgeber zeichnet. Jetzt hat er sich erneut mit der Finanzierung übernommen und sucht wieder einmal Geldgeber. Doch damit kann ihm der Freund nicht dienen. Wenn sich von zwei Kritikerpreisen auch ein altes abbruchreifes Bauernhaus anzahlen lässt, so lässt sich doch keineswegs noch zusätzlich eine Zeitschrift davon finanzieren.

Deshalb weist der Freund freundlich auf die Brote hin. Sie essen, trinken, und der Wein macht Baumgart fröhlich, weil sauer lustig macht.

So wird er wieder zum charmanten Freund voller Klatschgeschichten aus dem Frankfurter Universitätsleben.

Als sie sich entschließen, zu Bett zu gehen, ist er ganz der

Alte, liebenswürdig und heiter, ein Bewunderer jüdischer Schönheit. Für Esther hat er eine Schwäche.

Ehe er sich mit seiner Begleiterin ins Gästezimmer zurückzieht, in dem auch manchmal der große Literaturkritiker mit einem jungen Nachwuchsautor nächtigt, verabschiedet er sich von Esther mit einem zärtlichen Handkuss vor der ehelichen Schlafzimmertür.

Jetzt lächeln nur noch ihre Augen. Über den gebeugten Rücken Baumgarts hinweg sieht sie ihren Sohn und das Mädchen, das der Freund mitgebracht hat.

Am nächsten Morgen gibt es keinen Schnee mehr. Die Sonne scheint. Nur noch ein kühler Wind. Und der See ist ganz grün.

Sie frühstücken mit Blick auf Obstbäume und See. Sitzen hinter dem großen Terrassenfenster, und die geschlossenen Glasscheiben schützen sie gegen den Wind.

Draußen fängt der Frühling an.

Nur Esthers Sohn fehlt noch, als sie den schwarzen Kaffee einschenkt.

Baumgart erkundigt sich nach ihm, und Esther lächelt wieder. Dann sieht er ihn den Hügel heruntergehen, den Arm um ein kräftiges Mädchen gelegt.

Ein idyllischer Morgen.

Esther sagt: «Die Tochter vom Großbauern.»

Und ihr Mann lacht. «Er ist unser Mittelsmann zur Dorfbevölkerung», erläutert er den beiden Gästen.

Baumgart sieht nicht den Freund, sondern Esther fragend an. Aber sie antwortet nicht.

«Er beschläft die Töchter aller einflussreichen Familien in Petting», sagt der Freund. «Das hat uns Ansehen eingebracht.»

Er ist sehr potent, Esthers Sohn.

«Dem Aussehen nach», meint Baumgart, «schlägt er ganz nach seiner Mutter.»

Ganz nach Esther.

So schön wie Esther und so jüdisch.

Einen Augenblick lang hören sie auf zu frühstücken, sitzen nur hinter der Glasscheibe und sehen den Hügel hinunter zum See. Baumgart kann sich nicht zügeln. «So schön jüdisch», sagt er. Aber alles bleibt friedlich.

Überhaupt ist das ein friedlicher Morgen.

Die Sonne scheint. Gegen Mittag lässt der Wind nach, und auch Baumgart wagt sich vor dem Essen noch ein wenig hinaus, schlendert zum Seeufer, den Arm um seine Seele von Bibliothekarin gelegt, und behauptet, glücklich zu sein.

Als sie zurückkehren, ist ein Telegramm für Baumgart eingetroffen. Christian telegrafiert. Ein Fahrer ist ausgefallen. Kreislaufkollaps auf der Salzburger Autobahn. Baumgart soll sich um einen Ersatzfahrer bemühen, damit der Wagen rechtzeitig über die türkische Grenze kommt.

Baumgart ist etwas ratlos. In dieser Weise hat er sich bisher noch nicht um die Geschäfte des Sohnes gekümmert.

Da bietet sich Esthers Sohn an, obwohl Esther ihn zurückhalten möchte: «Ich könnte den Wagen heute Abend noch holen», sagt er, «und morgen früh losfahren.»

Baumgart beruhigt Esther, indem er ihr vorsichtig den Arm um die Schulter legt: «Keine Angst», sagt er, «meine Geschäfte sind legal, dem Jungen kann nichts passieren.»

Dann nimmt er das Angebot dankend an.

Und als der Wagen abends vor der Tür des Freundes steht, freut er sich über den orangefarbenen RO 80, der aussieht, als sei er funkelnagelneu. Selbst die Beule am vorderen rechten Kotflügel, die von einer Kollision mit einem Fußgänger stammte, hat Christian wunderbar verschwinden lassen.

Esthers Sohn meint zwar, die Bremsbeläge müssten erneuert werden, aber davon versteht Baumgart nichts.

Bis lang über Mitternacht hinaus sitzen sie noch beisammen, und nur einmal kommt der Freund auf das teure Auto zu sprechen: «Das muss doch ein lukratives Geschäft sein?»

«Christian versteht eben was von Autos und von Frauen.»

«Dann verstehe ich aber deine Bemühungen hinsichtlich eines Lektorats nicht», sagt der Freund.

Das lässt Baumgart nicht gelten.

Schließlich ist er Professor für Germanistik. Da geht es ums Ansehen. «Prestige, mein Lieber.»

Esther findet das alles sehr verwirrend. Und die Kleine, die Baumgart mitgebracht hat, ist beim Anblick des Wagens noch stiller geworden.

Heute Abend hat sie nur mit Esthers Sohn gesprochen, der sich berichten lässt, wie sie Literatur in Gefängnisse bringen will. Ein harmonischer Abend.

Vertrautes Kaminfeuer und beim Zubettgehen wieder ein liebevoller Handkuss für Esther.

Baumgart fühlt sich so richtig wohl.

Ganz auf der Höhe.

Jetzt könnte er auch noch ein Gutachten «hinrotzen» oder eine Buchkritik.

Stattdessen geht er mit seiner Freundin ins Doppelbett. Nichts kann ihn heute Nacht beunruhigen. So schläft er tief und fest neben dem Mädchen ein.

Als er am nächsten Morgen aufwacht, ist das Bett an seiner Seite leer. Und als er Esther nach dem Mädchen fragt, lächelt sie. «Sie sind zusammen weggefahren», sagt sie, «Richtung Türkei.» Das Mädchen und der schöne Sohn.

«Warum bist du so unruhig?», fragt Esther und schenkt ihm

heißen schwarzen Kaffee ein. «Du hast doch selbst gesagt, dass es ganz ungefährlich sei.»

Draußen hinter den schützenden Glasscheiben scheint wieder die Sonne, und der See ist so grün.

Alles ist friedlich.

Die Vögel singen, wie es sich gehört.

10

Professor Baumgart schreibt an Tante Olga:

Frankfurt, den 20. 4. 1972

Sehr verehrte, gnädige Frau,
wie Sie sicherlich wissen, bin ich ein großer Verehrer Ihres Hauses und habe, sooft es mir meine Zeit erlaubte, mit großem Vergnügen an Ihren Veranstaltungen teilgenommen.
Bei einer dieser Gelegenheiten lernte ich auch den Mäzen Ihrer Gruppe, Herrn Karl Kirst, kennen.
Vermute ich richtig, wenn ich annehme, dass Sie, verehrte gnädige Frau, in einem sehr guten Kontakt zu ihm stehen? Wenn das so ist, hätte ich eine große Bitte an Sie (die Sie bitte als einen Beweis meines Vertrauens ansehen möchten): Könnten Sie mir die nähere Bekanntschaft mit Herrn Kirst an einem der nächsten Literaturabende vermitteln? Ich hätte ihm, so glaube ich, einen interessanten Vorschlag betreffs der von mir redigierten Zeitschrift zu machen, für die er m. E. der geeignete Mann ist, da er sowohl über lyrisches Feingefühl und literarische Ambitionen als auch über die genügende Finanzkraft verfügt. (Sie werden mich sicherlich verstehen –)
Vielleicht könnten Sie mich einmal anrufen? Ich würde mich darüber freuen, wie ich mich immer über einen Anruf von Ihnen freue!
Mit ergebenen Grüßen, auch an den lieben Herrn Gemahl,

Ihr
Peter Baumgart

11

Natürlich war Friedrich auch einmal Pfadfinder. Einer mit Lagerfeuer, Liedern und guten Taten.

An apple a day. –

Jetzt ist er ein Löwe. Einer von den Lions. Eine Großkatze.

Liberty, Intelligence, Our Nation's Safety: Freiheit, Intelligenz und die Sicherheit unserer Nation sind auf sein Panier geschrieben.

Nicht die Eigenschaft des Raubtiers, sondern die Stärke des Löwen soll ausschlaggebend sein.

Jorge Bird, Präsident der «Lions International», formulierte das einmal so: «Siehst du z. B. eine Bananenschale auf dem Trottoir, denkst du: Tu das Ding weg, bevor jemand ausrutscht.»

Das gehört zum täglichen anständigen Verhalten.

Seitdem ist Friedrich anständig geworden und hebt regelmäßig Bananenschalen auf. Überall dort, wohin ihn seine Geschäftsreisen bringen.

Bananen-Friedrich müsste er in Gangsterkreisen genannt werden.

Aber Friedrich ist kein Gangster.

Friedrich ist nur ein erfolgreicher Geschäftsmann.

Und ein Lion, der sich seiner Verpflichtung als Bürger seiner Nation, seinem Lande und seiner Gemeinde gegenüber bewusst bleibt und ihnen in Wort, Haltung und Tat eine unerschütterliche Treue hält.

Zum Beispiel dann, wenn er Bananenschalen aufhebt. Dazu verpflichten ihn die ethischen Grundsätze der Lions-Club-Mitglieder.

Diese Grundsätze verlangen auch, Erfolge zu suchen und

jeden angemessenen Lohn oder Nutzen zu fordern, als etwas, das ihm zu Recht gebührt.

Er gehört auf keinen Fall zu jenen, die schnöde an den Wurzeln der Nation nagen. Auf Friedrich lässt sich bauen. Wenn auch nicht gerade im sozialen Wohnungsbau.

Aber nicht nur die Sicherheit der Nation und das Aufheben von Bananenschalen sind für den Löwen wichtig.

Friedrich ist ein freier und intelligenter Mann.

Intelligent genug, um zu wissen, dass die Grundidee der Lionsbewegung der Kampf gegen Herzenskälte und Ichbezogenheit ist.

Und frei genug, um sich mit einer naiven Ignoranz des Selbstschutzes darüber hinwegzusetzen, solange keiner zusieht.

Im Club ist Friedrich ein angesehener Mann. Hier bewegt er sich im Freiwildgehege Gleichgesinnter. Gepflegt, gefüttert, abgeschirmt.

Unverletzbar und integer.

In der Domäne ungebrochener Herzen.

Deshalb nimmt Friedrich auch regelmäßig an allen Clubabenden teil, begrüßt Freunde und die «Activities», die guten Taten. Wäre er nach dem Zweiten Weltkrieg ein amerikanischer Löwe gewesen, hätte er ebenfalls Carepakete geschickt. Auch wenn er heute für Mater Ambrosias Siedlung nichts übrig hat. Schließlich fällt dort unten am Fluss kein Napalm auf unschuldige Frauen und Kinder.

Darin macht Friedrich feine Unterschiede. Und seine Freunde tun es auch.

Auf der einen Seite das unverschuldete Unglück, auf der anderen das selbst gewählte Elend.

Dann gibt es noch den Unterschied zwischen amerikanischen und kommunistischen Bomben.

Das ist wie mit der Bananenschale: Wer darauf ausrutscht,

kann nichts dafür. Das hält Friedrich und seinen Bananentick aufrecht.

Er kennt einen anderen erfolgreichen Jungunternehmer, der lässt sich von seiner Sekretärin montags immer eine Wochenration weißer Radiergummis kaufen. Die zerschneidet er dann mit einem scharfen kleinen Rasiermesser in hauchdünne Scheiben. Dabei denkt er immer an die feine, weiße Haut seiner Mutter, einer Rothaarigen, die frühzeitig an Tuberkulose starb.

Friedrich dagegen denkt an die Herzenskälte, die er nun doch einmal überwinden sollte, wenn er eine braunfleckige Bananenschale sieht. Meistens sind diese Dinge schmutzig und stinken. Friedrich wäscht sich jedes Mal die Hände, wenn er von der Straße ins Haus kommt.

Das hat er so gelernt.

Sauberkeit ist Trumpf.

Er wechselt auch täglich seine Unterhosen. Aber das steht nicht im Lions-Programm und an diesem Clubabend auch nicht zur Debatte.

Freunde aus Frankreich sind eingetroffen. Lions aus der Provence.

Französische Löwen. Kleine Apothekerlöwen, Löwen der Juristerei und der Supermarktbesitzer, ein Professorenlöwe, ein Fabrikantenlöwe und einer in Soutane. Alle sind sie mit ihren Weibchen angereist, bis auf den Priester. Der hält es mit dem Zölibat, sagt er.

Nachmittags trafen sie ein. Abends treffen sie sich im Clublokal. Wimpel werden ausgetauscht und Gastgeschenke präsentiert.

Man ist fröhlich und unter sich. Oder gerade deshalb fröhlich.

Auf jeden Fall heiter und kulturbeflissen.

Morgen stehen ein Besuch im Völkerkundemuseum und ein Besuch im Zoo auf dem Programm, Besichtigung der Paulskirche und der gemeinsame Besuch einer Opernaufführung.

Und weil die französischen Gäste den Fabrikantenlöwen zu ihrem Sprecher gewählt haben, wurde Friedrich als Gleichgesinnter zum gastgebenden Betreuer ausersehen.

Da Friedrich aber kein Französisch und der Franzose kein Deutsch spricht, hat Friedrich den Dr. Hartmann als Dolmetscher dazugebeten.

Seitdem er den Politiker erfolgreich auf den Stuhl des Oberbürgermeisters katapultiert hat, sind die beiden enge Freunde. Da wäscht eine Hand die andere.

Zurzeit ist Hartmann bemüht, dem Freund für seinen geplanten Reitstall und den anvisierten Tennisplatz stadteigene Grundstücke billig zu besorgen.

Friedrich wird Hartmann dafür bei der Gründung eines neuen Lions-Club in seiner Stadt behilflich sein. Eine echte Lions-Tat.

Nach der Begrüßungsansprache, die Frankfurts Oberbürgermeister als tätiger Lion sorgfältig vorbereitet und exzellent vorgetragen hat, ist der französische Löwe an der Reihe, der mit dem Fabrikbesitzerskopf. Er berichtet vom Clubleben in der Provence, von Kultur und guten Taten, vom Dank für die freundliche Einladung.

Von fester Freundschaft ist die Rede. Von tiefer Treue. Jetzt sind sie mitten in der Völkerverständigung. Der Wein ist gut, das Essen auch und die Stimmung friedlich.

In solchen Augenblicken ist das Leben für Friedrich voller Erfüllung. Dann ist er so glücklich, wie er glücklich ist, wenn er gute Geschäfte abschließt.

Dann fühlt er sich geborgen, abgeschirmt von der schleichenden Lebensangst, die ihn immer häufiger anfällt, zuweilen sogar dann, wenn er nur die Autobahn entlangfährt. Die er sich nicht erklären kann, weil er doch jemand ist, den man allein schon wegen seiner Leistungen lieben müsste.

In diesen Clubaugenblicken vergisst er die kleinlichen Animositäten, die ihm immer häufiger entgegenschlagen, wenn er sich zu Rationalisierungsmaßnahmen entschließt oder gegen die Mitbestimmung der Arbeitnehmer votiert, weil er sagt, er, der Unternehmer, sei für alles verantwortlich. Das sei wie in einer großen Familie. Er sei der Mann. Und der Mann sei das Haupt.

Das sage schon die Bibel. Und die Bibel hat recht.

Als dann der französische Fabrikantenlöwe von der Gefahr kommunistischer Infiltration in französischen Betrieben spricht, fühlt sich Friedrich bestätigt, weiß, dass er hier auf Sympathien und Gesinnungskumpane stößt, und baut alle Zweifel an seiner eigenen Rede ab, die ihn heute Vormittag noch geplagt haben.

Auf Wunsch der französischen Gäste wurde Friedrich nicht nur dazu bestimmt, aus dem deutschen Clubleben zu plaudern, sondern auch aus seinem Leben als erfolgreicher Jungunternehmer einer wirtschaftlich wieder erstarkten Bundesrepublik.

Während Friedrich also mit fester Stimme ansetzt, macht Dr. Hartmann erste Aufzeichnungen für die Übersetzung. Friedrich spricht in kurzen Absätzen, die Hartmann das Dolmetschen erleichtern. Sie machen beide den Eindruck, gut eingespielt zu sein, so, als arbeiteten sie schon jahrelang an gemeinsamen Projekten.

Nach einem Abriss des Clublebens ist die Rede von Friedrichs raschem Aufstieg, von seiner glücklichen Hand und von der Born-Versicherungs-AG.

Diesen Namen sollen die Besucher mit in die Provence zurücknehmen.

Aber da ist auch die Rede von Schwierigkeiten, die Sympathie der Öffentlichkeit zu erringen. Von den Anfeindungen der Presse ist die Rede. Friedrich scheut sich nicht, Namen zu nennen. Sagt «SPIEGEL» und sagt «STERN» und hält die Übeltäter in der Hand, nur leider nicht unter Kontrolle, wie er jovial scherzt.

Als einer der Besucher zum Aufstieg Friedrichs sagt, das klinge alles sehr simpel, antwortet Friedrich: «Aber das ist es doch auch! Jeder hat die Möglichkeit, das zu werden, was ich bin. Das hat nichts mit besonderer Klugheit zu tun, das ist einfach ein Talent fürs Geldmachen. Es ist so einfach wie vieles im täglichen Leben. Etwa so, wie man das Licht ausmacht, wenn man zu Bett geht. Jeder kann es, wenn er nur weiß wie.»

Hartmann gibt Friedrich Formulierungshilfe, erläutert, dass Friedrich Born eben ein Beispiel freien Unternehmertums in der Bundesrepublik sei.

«Sehen Sie», sagt Friedrich, «ich lehne es ab, mich als Kapitalisten zu bezeichnen. Das ist bei uns bereits zu einem Schimpfwort geworden. Ja, ich wäre sogar für den Kommunismus, wenn er in der Praxis zu verwirklichen wäre. Aber das ist er nicht. Das hat schon das Christentum gezeigt. Oder nehmen Sie den Sozialismus. Er ist für mich von allen Ideologien die schlimmste, weil er die Freiheit des Einzelnen zerstört und die Leute dazu bringt, unzufrieden zu sein. Da wird alles auf niedrigstem Niveau gleichgemacht, während wir hier versuchen, die Leute dazu anzuregen, das höchste Niveau anzustreben. Sozialismus», sagt Friedrich und ist unbemerkt von sich selbst zum eigenen Glaubensbekenntnis übergegangen: «Sozialismus ist die Religion von den sauren Trauben.»

Wer kennt nicht die Fabel vom Fuchs?

Aber nun besinnt er sich wieder auf seine Löwenexistenz: «Wie Sie alle, fühle auch ich mich den Grundsätzen des Lionismus verpflichtet», sagt er. «Ich helfe jedem, der unglücklich ist. Zum Beispiel den Alten, den Krüppeln oder den Schwachsinnigen. Für diese Menschen müssen wir aktiv werden. Aber Leute, die im Vollbesitz ihrer geistigen und körperlichen Kräfte sind, sollen für sich selbst sorgen. Ich als Arbeitgeber ermögliche ihnen ihr täglich Brot und ein Dach über dem Kopf, jene zwei Dinge, die der Mensch braucht, um Mensch zu sein. Aber für alles andere sind sie selbst verantwortlich. Das müssen sie sich schon selbst erarbeiten. Ihnen mehr zu geben, dazu bin ich nicht verpflichtet. Das ist meine Einstellung.»

Vielleicht hat Friedrich in dieser Ausführung ein wenig zu viel Herzenskälte gezeigt, er zaudert, denn der Applaus seiner Freunde hält sich in gemäßigten Grenzen. Und Hartmann, der gute Geist Friedrichs, spürt die Nähe des Fettnäpfchens und springt ein, fügt gewandt und im öffentlichen Auftreten sicher hinzu: «Man könnte über Friedrich Born sagen, er habe sich ein großes Unternehmen nur aus Habgier, Profitsucht und Eitelkeit aufgebaut. Aber damit würde man ihm großes Unrecht tun. Unser Freund Friedrich Born verfolgt nur ein Ziel: das Ziel, freies Unternehmertum in unserem Gesellschaftssystem zu fördern.»

Damit hat Dr. Hartmann die leichte Unruhe im Löwenzwinger niedergehalten und bewiesen, was ein rechter Dompteur ist.

Friedrich hat wieder freie Bahn, lässt nun nach diesem unbedeutenden Fehltritt jedoch sein altes Konzept fallen und berichtet stattdessen, treuherzig auf die Freundschaft unter Großkatzen bauend, von seinen persönlichen Schwierigkeiten, von den Anfeindungen, die ihn als Unternehmer immer wieder treffen und verwunden.

Nicht die Eigenschaft des Raubtieres, sondern die Kraft des

Löwen soll in diesem Kreis ausschlaggebend sein. Und wenn ein Löwe verwundet ist, soll ihm geholfen werden.

«Vielen von Ihnen wird es draußen in Ihrem Lande ähnlich ergehen wie mir», sagt Friedrich, «ich glaube, dass wir diesem Gesetz der Attacken nicht einmal entfliehen können. Wir sind ihnen schutzlos preisgegeben, weil uns die Leute für etwas Besseres halten, greifen sie uns an. Sie sehen, dass wir ganz hoch hinaufgekommen sind, und warten nur darauf, dass wir abstürzen. Darauf warten sie geradezu gierig, weil sie es selbst nicht geschafft haben. Ich persönlich fürchte mich nicht vor dem Absturz. Mich beunruhigt nur der Hass der einfachen Leute. Dieser Hass verdirbt mir jeden Spaß. So habe ich in den letzten sechs Monaten regelrecht eine Krise durchgemacht, weil ich bemerkte, wie die Freude an der Arbeit zu schwinden begann. Manchmal frage ich mich, wie das die Politiker schaffen, die in noch stärkerem Maß diesen Angriffen und Verunglimpfungen ausgesetzt sind.» Dr. Hartmann übersetzt, lächelt und meint: «Vielleicht sollten Sie das einmal selbst erproben, lieber Freund? Kapital und Politik haben schon immer eine gute Ehe geführt.»

«Darüber habe ich ebenfalls nachgedacht», antwortet Friedrich, «aber, lieber Freund, ich bin mehr daran interessiert, über die Politik hinaus Nützliches zu tun. Vielleicht klingt das arrogant, aber ich möchte gern etwas sozial Nützliches tun.» Als Hartmann diese Antwort, voller Stolz darüber, dass sie einen sozial eingestellten Jungunternehmer vorzuweisen haben, übersetzt, greift der Priester ein. Er spricht ein wenig Deutsch, das er in deutscher Gefangenschaft gelernt hat, und fragt: «Mais, cher ami, Sie werden sich doch nicht entmutigen lassen?» Jeder Mensch, der sich durch seine Fähigkeiten aus der Masse heraushebe, sei den Angriffen aus der Masse ausgesetzt. Ob er sich denn in seiner Persönlichkeit gefährdet sähe?

«O nein», wehrt Friedrich energisch ab. «Ich bin ehrgeizig und angriffslustig wie bisher, aber ich brauche neue Ziele, auf die ich hinarbeiten kann, die ich unbedingt erreichen will. So etwas wie einen Zwang der Wünsche. Sehen Sie, die einfachen Leute arbeiten auch auf solche Wünsche hin, ob das nun eine neue Waschmaschine oder Mallorca ist. Sie sind ganz verrückt danach, sich diese Wünsche zu erfüllen. Das ist der Motor ihres Lebens. Aber ich habe alle meine Wünsche so schnell verwirklichen können, dass ich mir nun neue Wünsche selbst schaffen muss. Das ist so: Meine Bedürfnisse sind gedeckt, und nun muss ich neue Bedürfnisse aufstöbern, damit das Leben wieder Spannung bekommt.»

Noch während Friedrich das sagt, merkt er, wie er gerade in diesem Augenblick seinen unerklärlichen Depressionen auf die Spur kommt.

Aber hier vor den Freunden möchte er sich nicht entblößen. Und so schließt er seinen Vortrag mit jenem Ende, das er sich schon vormittags in seinen Notizen gesetzt hat.

Begeisterungsfähig, energisch und den Grundsätzen der Lions-Vereinigung entsprechend, erklärt er: «Einen Haufen Geld gemacht zu haben, ist für mich nicht das Ende. Ich möchte damit etwas tun. Vielleicht werde ich der Friedensbewegung auf dieser Welt helfen oder gegen die Kinderlähmung kämpfen. Ich weiß es noch nicht genau. Ich weiß nur eines: Geld zu machen, macht Spaß, aber es ist witzlos, wenn man nicht die Macht nutzt, die das Geld einem bringt.»

Nach diesem erfolgreichen Abschluss gegenseitiger Reden sitzen die kleinen und großen Löwen noch gemütlich bei rotem und weißem Beaujolais beisammen.

Friedrich wird verschiedentlich von den Franzosen angesprochen, findet Anerkennung und Sympathie, schwimmt geradezu in Freundschaft, die ihm so offensichtlich entgegengebracht wird, und glaubt sich frei von all den Fesseln, die ihm sein derangiertes seelisches Gleichgewicht manchmal auferlegt.

Es ist schon nach Mitternacht, als die ersten Gäste aufbrechen und Friedrich endlich einmal auch ein ruhiges Gespräch mit dem Freund aus der Politik führen kann.

«Was macht unser Grundstück?», fragt Friedrich.

«Ein wenig Zeit müssen Sie mir noch lassen», antwortet Dr. Hartmann. «Ich muss mich da erst noch der Loyalität einiger Stadträte versichern, aber das kann nicht mehr lange dauern.»

Darauf baut Friedrich.

«Davon abgesehen», sagt Dr. Hartmann, «hätte ich ein interessantes Projekt für Sie. Eine Großdruckerei.»

«Druckerei?» Friedrich steht solchen Angeboten skeptisch gegenüber.

«Ich weiß», sagt Dr. Hartmann, «Sie haben seinerzeit auch den Verlag ausgeschlagen, aber diesmal würde es sich lohnen.»

«Steht sie zum Verkauf?»

«Das nicht, nein. Der Besitzer möchte sich zurückziehen. Ein Erbe ist nicht vorhanden, und das Lebenswerk soll nicht aufgegeben werden.»

Noch zögert Friedrich.

Hartmann stößt nach: «Ich möchte Sie nicht drängen.»

Friedrichs Interesse ist erwacht. Er sagt zu, die Druckerei einmal zu besichtigen und mit dem Besitzer zu sprechen.

«Es wäre doch schön», meint Dr. Hartmann, «wenn eine Ihrer erfolgreichen Unternehmungen auch in Ihrer Heimatstadt angesiedelt wäre.»

12

Um elf Uhr vormittags wurde die Kleine aus der Siedlung auf die Selbstmörderintensivstation der Universitätsklinik gebracht. Mater Ambrosia war dabei. Sie hatte das Mädchen mit den aufgeschnittenen Pulsadern gefunden. Unten im sogenannten Hobbyraum.

Es war Mitte April und der Tod des Bruders vor einem Vierteljahr schon beinahe vergessen.

Der Arzt von der Ambulanz meinte: «Horrortrip.»

Aber sie fanden kein Rauschgift im Blut.

Das war dem Arzt unbegreiflich.

«Warum hast du es dann getan?», fragte er.

Das Mädchen war voll Blut.

Sie hatte die Papierschere genommen und nicht lange überlegt. Plötzlich hatte sie alles satt. Das war schon, seitdem sich der Bruder aufgehängt hatte. Aber auf einmal war die Verzweiflung unbezwingbar geworden.

Erst hat sie im Hobbyraum gesessen und einfach geheult, sagt sie. Dann hat sie die Plakate heruntergerissen und einen Stuhl zertrümmert, und dann war da die Papierschere.

Als sie die Haut durchstach, war das, als sei sie durch einen straff gespannten Stoff gestoßen. Etwa wie durch Blusenstoff. Schmerz war keiner da.

Der kommt erst, als sie abbinden, einen Druckverband anlegen und auf den Arzt warten, der nähen soll.

Heute ist Sonntag, und sonntags braucht der Arzt länger, denn das ist der Tag des Herrn.

Dann ist er da und beginnt, ohne örtliche Betäubung zu nähen. Jetzt spürt sie den Schmerz und jammert.

Die Nonne haben sie hinausgeschickt. Sie soll auf dem

Flur warten. Sie hört die Kleine jammern. Aber die Tür zum Behandlungszimmer ist geschlossen.

Als sie in den Hobbyraum kam, um einen Notizzettel zu suchen, sah sie das Mädchen und begriff sofort.

Die Vierzehnjährige saß auf einem Stuhl am Fenster. Auf dem Boden lagen die zerfetzten Plakate und Überreste eines anderen Stuhles. Sie ließ die Arme seitlich herunterhängen. Der Rock war voller Blut und unten auf dem Fußboden schon eine Blutlache.

Mater Ambrosia lief ins Treppenhaus zurück und wies ein Mädchen an, die Klinik und einen Sanitätswagen zu verständigen, dann erst ging sie auf die Kleine am Fenster zu.

Die saß einfach da, blass und mit weit geöffneten Augen.

Ganz ruhig fragte die Nonne: «Hörst du mich?»

Das Mädchen nickte. Von der Nonne ging Beruhigung aus, und das tat wohl.

Vielleicht hatte sie nur darauf gewartet, dass Mater Ambrosia noch rechtzeitig hereinkam. Vielleicht hatte ihr der endgültige Mut des Bruders gefehlt.

Eigentlich ist das Mädchen ein Mensch, der anfängt, sich freizubeißen, wenn er in die Enge getrieben wird.

Mater Ambrosia holte einen Stuhl und legte die Beine des Mädchens darauf, dann nahm sie den blutverschmierten Arm, hielt ihn mit einer Hand hoch und drückte mit der anderen Hand die Schlagader in der Achselhöhle ab.

Das Mädchen wollte etwas sagen.

Es klang wie eine trotzige Rechtfertigung.

«Nicht sprechen, Kind Gottes», sagte Mater Ambrosia. «Wir werden noch genügend Zeit haben, über alles zu reden, genügend Zeit.» Während sie das sagte, spürte sie die Angst vor dem Tod. Sie wusste nicht, ob es eine Angst war, die sich von dem Mädchen auf sie übertrug, oder ob diese Angst in ihr selbst lag. Es war wie eine schwere Dunkelheit. Als sollten sie beide in einer zähflüssigen Masse ertrinken.

Und der Ambulanzwagen ließ auf sich warten.

Das ist doch ein Notfall.

Das muss doch schneller gehen.

Da muss doch gerettet werden.

Je mehr Zeit verstrich, desto stärker empfand Mater Ambrosia die Verzweiflung, die aufsteigt, wenn eine Tür endgültig zugeschlagen wird.

Jetzt öffnet eine junge Schwester die Tür des Behandlungszimmers. Das Mädchen wird auf einer Krankenbahre hinausgefahren. Sie haben ihr ein weißes Nachthemd übergezogen und den Arm bandagiert.

Mater Ambrosia geht auf die Bahre zu, legt dem Kind ihre Hand beruhigend auf die Stirn und sieht den Arzt fragend an. Der zuckt die Schultern und sagt: «Wir müssen sie noch hier behalten. Sie muss unter Beobachtung bleiben. Der Blutverlust ist sehr hoch. Wir müssen eine Transfusion machen.»

Sie lassen den beiden keine Zeit für einen Abschied, schieben das Mädchen in den Aufzug und schließen die Klapptüren.

Niedergeschlagen kehrt Mater Ambrosia in die Siedlung zurück.

«Was ist mit dem Mädel?», fragt die Mutter.

«Sie wird durchkommen», antwortet Mater Ambrosia. «Sie wird durchkommen. Sie schafft es.»

Aber sie möchte wissen, warum das Mädchen es getan hat.

Die Mutter weiß keine Erklärung.

Mater Ambrosia fragt Gleichaltrige. Sie schütteln den Kopf. Einer von den Jungen, die abends mit dem Motorrad auf die Mädchen warten, meint, sie sei schon die ganzen letzten Wochen so komisch gewesen.

«Die hatte einen Tick. Die redete immer davon, dass das Leben nichts wert sei. Die hat so klug dahergeredet. Und wir waren ihr auch nicht mehr fein genug. Die wollte sogar in die Stadt auf die Sprachenschule gehen, aber die Mutter war dagegen. Die musste ja durchdrehen.»

Jetzt erinnert sich auch die Mutter: «Das Mädel hat immer was davon gefaselt, dass es was Ordentliches lernen müsste, wenn es mal hier aus der Siedlung rauskommen wollte. Ich hab gesagt, das soll sie sich mal aus dem Kopf schlagen und lieber 'ne gute Partie machen. Mädchen sind zum Heiraten da.»

Als Mater Ambrosia am nächsten Nachmittag das Mädchen in der Universitätsklinik besuchen geht, sieht sie selbst, dass alle diese Frauen auf der Selbstmörderintensivstation behandelt werden, als seien sie durchgedreht.

Da gibt es weder Haarnadeln noch Nagelfeilen für die Delinquentinnen. Die Fenster sind nur mit einem Vierkantschlüssel zu öffnen und die Neonröhren an der Decke vergittert.

Die Luft ist stickig.

Fünfzehn Betten in einem Raum von vierzig Quadratmetern.

Das Mädchen liegt apathisch auf dem Rücken, regungslos, weil es an einer Tropfinfusion hängt. Jedes Verrutschen der Nadel macht einen neuen Einstich nötig.

Die Schwestern sind robust. Abgehärtet gegen das Elend und den Schmerz hier.

Wenn eine der Frauen klagt, heißt es, sie hätte es doch gut hier. Und: Sie hätte es ja nicht tun müssen. Jede ist selbst schuld.

Keine kann Mitleid erwarten.

Eine der Frauen haben sie ans Bett gefesselt. Sie hat heute Nacht versucht, sich gegen die Unmenschlichkeit dieser Station aufzulehnen.

Erst haben sie sie festgebunden, berichtet das Mädchen, dann haben sie ihr eine Spritze gegeben, und dann wurde sie still.

Sie sind alle vollgepumpt mit Psychopharmaka. Und nachts werden die Türen zur Station verschlossen wie in einem Gefängnis.

Das Mädchen ist noch schwach, und sein Gesicht glänzt vom Schweiß. Es ist am ganzen Körper nass.

Mater Ambrosia sieht das und will Abhilfe schaffen. Geht hinaus auf den grauen Flur und versucht, eine Schwester zu finden. Da der Flur leer ist, klopft sie an der Tür zur Teeküche. Eine Schwesternschülerin kommt heraus. Mater Ambrosia bittet um ein frisches Nachthemd für das Kind und um ein Handtuch. «Ich mache das schon selbst», sagt sie, «wenn Sie mir nur die Sachen geben.»

Die Schwesternschülerin sieht die Klosterfrau zweifelnd an, verweist sie dann zur Stationsschwester, die ihr Zimmer am Ende des Flurs hat.

Geduldig klopft Mater Ambrosia auch dort an. Die Tür steht halb offen, und die Stationsschwester, eine dralle Enddreißigerin, blond und resolut, telefoniert gerade. Vorsichtig stößt Mater Ambrosia die Tür ein wenig weiter auf. Die Stationsschwester erkennt, dass eine Nonne da unter der Tür steht, macht eine ärgerliche Körperdrehung, entschließt sich dann aber doch, das Telefonat zu beenden und die Ordensschwester zu fragen: «Ja, bitte?»

Mater Ambrosia sagt, dass das Mädchen sich erkälten würde, wenn es so nass liegen bliebe.

«Ach was», wehrt die Stationsschwester ab.

Aber Mater Ambrosia beharrt auf ihrer Ansicht, und weil sie nicht nachgibt, kommt die Stationsschwester mit in den Krankensaal.

Als die Nonne meint, das sei nicht nötig, sie könne das Mädchen auch umziehen, sie habe Krankenpflege gelernt, lacht die junge Frau ein wenig abfällig und antwortet: «Das können Sie nicht. Schließlich hängt die Patientin an einer Infusion. Aber wir wollen mal sehen.»

Und während sie nebeneinander den Flur hinuntergehen, sagt sie ärgerlich: «Immer das Gleiche. Erst drehen sie durch, und dann stellen sie auch noch Ansprüche!»

Das Mädchen hat Angst in den Augen, als Mater Ambrosia mit der Stationsschwester den Saal betritt.

«Das Kind ist völlig durchgeschwitzt», sagt Mater Ambrosia. Die Stationsschwester steht dicht neben dem Bett und beginnt zu schnüffeln: «Wonach riecht es denn hier?»

«Schweiß», sagt Mater Ambrosia.

«Ach was, Schweiß!»

Mit einem schnellen Handgriff zieht sie das Oberbett weg, dann deutet sie auf das verfleckte und verwühlte Nachthemd, das bis zum Bauch hochgerutscht ist. «Hab ich's mir doch gedacht!»

Das Mädchen ist mitten in der schönsten Menstruation.

Das Mädchen schämt sich, und Mater Ambrosia versucht, die Decke wieder über den Körper zu ziehen, die Stationsschwester hält sie jedoch zurück und herrscht das Mädchen an: «Das musst du doch melden! Sind wir hier vielleicht in einem Schweinestall?»

Die übrigen Patientinnen verfolgen diesen Auftritt mit neugierigem Interesse. So etwas bringt Abwechslung.

Diesmal hat es eine andere getroffen.

Das Mädchen hat die Nässe von Schweiß und die Feuchtigkeit des Blutes zwischen den Beinen nicht unterscheiden können.

Mater Ambrosia will erklären.

Die Stationsschwester lässt sich von ihrem Schweinestall nicht abbringen.

Ein Saustall sei das hier. Lauter Verrückte.

«Erst werden sie gemeingefährlich, dann fangen sie an, nach Mama und Papa zu jammern. Und wenn wir nicht aufpassen», sagt die Stationsschwester, «gehen sie uns drauf, weil sie es hier noch mal probieren. Dabei haben sie's hier wirklich gut, geradezu paradiesisch: keine Probleme, keine Pflichten und trotzdem regelmäßig was zu essen.»

Das Mädchen liegt noch immer aufgedeckt da und zittert. Ein Bündel Elend. Verzweifelte Scham.

Wenn sie Glück hat, wird sie nach fünf Tagen entlassen, weil ihr Bett für die Nächste gebraucht wird.

Tägliche Selbstmordversuche.

Wo es doch auf dieser Welt gar keinen Grund gibt, sich umzubringen.

Wo doch alles so schön in Ordnung ist.

Wo doch jeder das haben kann, was er haben will.

Wo vom leichten Genuss die Rede ist. Von der Erfüllung aller Wünsche. Von der Befriedigung aller Bedürfnisse.

Das Leben soll schön sein wie Barfußlaufen im Sand oder der Duft der großen weiten Welt.

Als Mater Ambrosia an diesem Abend spät einschläft, beginnt sie schon im Halbschlaf zu träumen. Sie sieht das Mädchen in Wien unter der Hofgartenplatane die Haschischzigarette rauchen. Und das Mädchen sagt: «Gibt es überhaupt eine Chance zu überleben?»

Dann der Zollbeamte. Das Hasch auf der Haut des Unterbauches. Das könnte Sünde sein.

«Heutzutage», sagt Mater Ambrosia, «braucht man Geld, um ein anständiger Mensch zu sein. Das sehe ich ein.»

Und das Kind ist glücklich.

Das ist der Traum vom Glück: Mater Ambrosia geht hinauf auf den modrigen Speicher des Siedlungshauses. Sie hat einen Strick in der Hand. Einen guten, starken Strick, deutsche Wertarbeit noch aus der Vorkriegszeit. Daraus macht sie eine Schlinge, befestigt das Ende am Dachsparren, holt einige Obstkisten aus einer Ecke, stapelt sie und steigt hinauf. Dann steckt sie den Kopf durch die Schlinge und stößt die Kisten unter ihren Füßen weg. Der Strick schnürt ihr die Luft ab, presst ihr Augen und Zunge heraus. Verzweifelt beginnt sie zu strampeln, will schreien, hat aber keine Stimme mehr und keinen Atem. Die Nonnenhaube verrutscht, und der rasierte Schädel liegt kahl.

Das ist Todsünde.

Gott hatte sie zum Leben bestimmt. Warum kann sie die Läuterung nicht bestehen? Durchhalten müsste sie bis zum Ende.

Mit dem Tod soll das Leben erst schön werden.

Warum diese Angst vor den kleinen Quälereien des Lebens?

Als sie noch ein junges Mädchen war, gab es auch die Hoffnung auf das Leben, weil sie vom Leben nichts wusste.

Und als sie genug vom Leben wusste, um alle Hoffnung fahren zu lassen, flüchtete sie vom Wissen in die dumpfe Geborgenheit des Glaubens.

Das ist Häresie.

Und jetzt röchelt sie. Aufgehängt an einem Strick. Ängstigt sich zu Tode.

Und plötzlich ist Onkel Egon da. Der Bruder ist auf den Dachboden gekommen. Er grinst und will ihren Kopf kassieren. Schneidet ab und schrumpft ein.

Keiner klagt den Bruder an. Keiner verklagt den Schrecken, die kleinen, aber häufigen Ungeheuerlichkeiten des Lebens.

Die Leute schweigen.
Das ist das Paradies.
Gläsern und kalt.
Und da gibt es gar keinen Grund, sich umzubringen. Da ist alles schön, weil es schön zu sein hat.
Glas ist schön. Erst, wenn es einer zerbricht, können sie sich mit den Scherben die Pulsadern aufschneiden.
Es ist gut so. Wie es ist.

13

Schreiben der Polizeibehörde Frankfurts an Professor Baumgart:

Herrn
Prof. Dr. Peter Baumgart
6000 Frankfurt / Main
Cretzschmarstr. 3

Frankfurt / M, 20. 4. 72
Sehr geehrter Herr!
Sie werden gebeten – innerhalb einer Woche zu einem Ihnen günstigen Zeitpunkt –
am 25. 4. 72 in der Zeit zwischen 07–13 u. ab 19 Uhr oder
am 29. 4. 72 in der Zeit zwischen 07–13 u. ab 19 Uhr
bei der o. a. Polizeidienststelle vorzusprechen und außer dieser Vorladung folgende Unterlagen mitzubringen:
Personalausweis und Kfz-Papiere mit Führerschein.
Grund der Vorladung:
Vernehmung wegen Verdachts der Unfallflucht.
Diese Vorladung soll Ihnen die persönliche Vorsprache von Polizeibeamten ersparen und im Übrigen einer schnellen Erledigung der Angelegenheit dienen.
Falls Sie diesem Ersuchen nicht Folge leisten können, werden Sie gebeten, dies schriftlich oder fernmündlich mitzuteilen.

Hochachtungsvoll
Pfitzner, PHW

14

Als Michael davon erfährt, dass Friedrich wegen der Übernahme der Großdruckerei, unterstützt von Dr. Hartmann, verhandelt, kann er sich eines unguten Gefühls nicht erwehren.

Brigitte reagiert ganz anders. Sie ist euphorisch.

«Stell dir vor», sagt sie, «dein Bruder übernimmt tatsächlich den Betrieb, dann könntest du doch aufsteigen.»

Michael ist skeptisch.

«Aber, warum nicht?», beharrt Brigitte. «Schließlich verstehst du doch was von der Branche. Außerdem ist er dein Bruder. Und es wäre nur logisch, wenn er dir die Geschäftsleitung zum Beispiel übertragen würde!»

«Bisher hat Friedrich immer nur Personal abgebaut und seine eigenen Leute eingesetzt», antwortet Michael, «warum sollte es diesmal anders laufen.»

«Entschuldige», sagt Brigitte, «ihr seid doch Brüder. Und dann macht ihr doch immer so sehr auf Familie, auf tadellose Familie. Na, wir werden ja sehen», meint Brigitte.

«Du warst schon immer von einem blinden Optimismus besessen», sagt Michael.

Brigitte lacht. Sie ist in den letzten Monaten selbstsicherer geworden, unabhängiger.

Wenn sie heute Abend Lust hätte, ins Kino zu gehen, würde sie auch ohne Michael gehen. Sie hat ihre stillschweigende Unterordnung aufgekündigt. Und Michael beobachtet diese Veränderung mit Verwunderung, aber auch mit leichtem Unbehagen.

Als sie ihn damals bei jener Unterschriftenaktion zugunsten einer Kollegenfrau unterstützte, freute er sich darüber, sagte, das sei eben echte Kameradschaft.

Wenig später nahm sie ihm lästige Kleinarbeiten seines Verlages ab, denn der Verlag sollte trotz seiner Arbeit um den Brötchenerwerb erhalten bleiben. Michael selbst war müde, wenn er nach Hause kam. Also begann sie, Briefe und Rechnungen zu schreiben, erledigte die spärlichen Buchhandelsbestellungen und schickte Manuskripte zurück, die Michael als indiskutabel aussortiert hatte.

Diese Zusammenarbeit vertiefte ihre Bindung, machte sie zu wirklichen Partnern, gleichzeitig bestand Brigitte aber darauf, auch als gleichwertige Partnerin in dem kleinen Verlagsgeschäft anerkannt zu werden.

Sie begnügte sich nicht mehr nur mit der Rolle einer untergeordneten Aushilfskraft, begann, eigene Entscheidungen zu treffen, und forderte damit erste Auseinandersetzungen heraus.

Michael fürchtete, dass sie ihm über den Kopf wachsen könnte, wie er das bezeichnete, und ärgerte sich gleichzeitig über seine Furcht. Schließlich hatte er schon immer für die Selbstständigkeit der Frau plädiert, hatte davon gesprochen, dass die Frau sich vor der ihr zugeteilten Rolle frei machen und zu einem persönlichkeitsbestimmenden Selbstwertgefühl finden müsse: dass die Frau sich loslöst aus dem Käfig der männlichen Vorherrschaft, dass sie begreift, nicht mehr nur Objekt zu sein.

Hart und mit Verachtung hat er von Frauen geredet, die aus diesem jahrhundertealten Rollenspiel Vorteile zielen, nur weil der Weg der scheinbaren Unterwerfung einfacher zu begehen ist.

Nun war Brigitte so weit, sich freizuschwimmen, und er begriff, dass er immer gehofft hatte, sie sei Nichtschwimmerin.

Eine paradoxe Situation: Jetzt konnte sie schwimmen, und

er fühlte sich verletzt in seiner männlichen Dominanz. Er lag im Widerstreit mit Theorie und Praxis.

Er blieb selbst ein Gefangener des Rollenspiels. Manchmal, wenn sie darüber sprachen, wenn sie versuchten, sich gemeinsam diesen Problemen zu stellen und gegen sie anzukämpfen, verfiel Michael sogar in den dozierenden überheblichen Ton seines Vaters.

Das machte Brigitte wütend, ließ sie aggressiv werden und ihn verletzen.

Und Michael, der schon immer gegen jede Form der Kritik empfindlich war und jeden Angriff mit einer scharfen Attacke abwehrte, schlug zurück. Sprach von weiblicher Hysterie und von der Vernachlässigung hausfraulicher Pflichten. Brachte die Kinder ins Spiel und die männlichen Ansichten über weibliche Kindererziehung.

Da waren wieder die alten Floskeln.

Die erniedrigenden Worte, die nie aussterben.

Das Brandzeichen, das ihnen von Geburt an aufgedrückt ist.

Wenn sie dann erschöpft nach Mitternacht schlafen gingen, spürten sie beide diese sinnlose Verzweiflung. Sahen die Sinnlosigkeit der Zerstörung.

Aber schon die nächste selbstständige Entscheidung Brigittes oder ihre nächste empfindliche Reaktion auf einen sicherlich unbeabsichtigten Versuch zur Bevormundung von seiner Seite brachte sie beide an den gleichen teuflischen Ausgangspunkt zurück.

Und da es nicht so sehr der private Bereich, sondern eher die Zusammenarbeit im Verlag war, die diese Auseinandersetzungen auslöste, entschloss sich Brigitte Anfang April, von diesem Karussell abzuspringen, dessen unaufhaltsame Drehbewegung sie auch mit vereinten Kräften nicht bremsen konnten.

Sie nahm einen Halbtagsjob an. Ließ sich wieder bei der Theatergemeinde einstellen. Arbeitete für sechshundert Mark im Monat von morgens um acht bis mittags um zwölf. Saß am Telefon und nahm Kartenbestellungen entgegen.

Sie hatte sich dazu entschlossen, ohne Michael etwas davon zu sagen.

Als er nach ihrem ersten Arbeitstag abends nach Hause kam, konfrontierte sie ihn mit vollendeten Tatsachen.

Michael schwieg zuerst.

Brigitte brachte die Kinder zu Bett und setzte sich dann zu Michael.

Nach einer Weile sagte er: «Ich versteh dich nicht.»

Brigitte legte ihm die Hand auf den Arm, versuchte, seine Verärgerung beiseitezuschieben, und meinte: «Es ist doch besser so.»

«Was soll besser sein, wenn du außer Haus arbeiten gehst?»

«Am Anfang», erklärte Brigitte, «war das sehr schön für dich und für mich, mit dir zusammenzuarbeiten. Aber dann gab es doch beinahe nur noch Ärger. Ich glaube, wir waren mitten in der schönsten Eheneurose.»

Michael sagte: «Wenn du dich an meine Anweisungen gehalten hättest!»

«Aber das ist doch gerade unser Problem», antwortete Brigitte, «wir treiben uns selbst nur immer tiefer in einen Zwiespalt hinein. Du verlangst zu Recht, dass ich mich an deine Anweisungen hätte halten sollen. Aber sieh mal, gerade davon möchte ich mich doch frei machen, von diesem blinden Befolgen von Anweisungen. Und dass ich mich davon frei machen soll, darin sind wir doch einer Meinung.»

«Meinst du denn», argumentierte Michael, «dass du dort in der Theatergemeinde etwas anderes tust, als dich an Anweisungen zu halten?»

«Natürlich nicht», gab Brigitte zu, «das ist mir schon klar. Aber das ist doch etwas anderes.»

«Abhängigkeit ist Abhängigkeit.»

«Wenn ich für dich arbeite, Michael, verquicke ich zwei Abhängigkeiten miteinander, die berufliche und die private, und da ich mich momentan gegen beide Abhängigkeiten aufzulehnen versuche, wird die Situation unerträglich.»

«Du hättest mir nur vorher etwas davon sagen sollen», lenkte Michael ein.

Brigitte war glücklich. Sie glaubte, dass er nun wieder jener unbeirrbare Partner war, klug und geduldig und bereit, auf die Schwierigkeiten anderer einzugehen, um gemeinsam einen Ausweg zu suchen. Sie griff nach seinen großen Händen.

Aber Michael war weniger glücklich. Er zeigte sich zwar bereit, ihre Argumentation anzuerkennen, musste jedoch noch immer sein Unbehagen an dieser überraschenden Energie seiner Frau unterdrücken.

Diesmal glückte es, und Michael sagte nicht: ‹Du hast es nicht nötig, arbeiten zu gehen, ich verdiene doch genug.›

Anfangs belastet sie die Arbeit von acht bis zwölf Uhr. Sie kennt den Arbeitsrhythmus schon, hier hat sich nichts verändert, trotzdem sind die dauernden Telefonate zermürbend.

Dazu der Haushalt und die Kinder. Michael hilft wenig. Sie verlangt es auch nicht, da er selbst acht Stunden täglich eingespannt ist.

Nach zwei Wochen ist Brigitte so erschöpft, dass sie den Wecker morgens um sechs nicht mehr rasseln hört und den telefonischen Weckdienst beauftragt.

Sie wird unruhig und nervös, reizbar und müde. Sie ertappt sich dabei, dass sie zu Bekannten nicht mehr auf Wiedersehen, sondern auf Wiederhören sagt. Das erschreckt sie.

Aber ihre Beziehung zu Michael ist ruhiger geworden,

nicht mehr von Auseinandersetzungen um eine Vorherrschaft belastet.

Auch in seiner Firma hat sich Michael recht gut eingelebt. Die Arbeiter akzeptieren ihn, und das Misstrauen ihm gegenüber als Angestelltem scheint abgebaut.

Lediglich zu den Kollegen im Büro kann er kaum Kontakt finden, und die verlorene Selbstständigkeit bedrückt ihn nach wie vor.

Als er dann Ende April mit der Nachricht nach Hause kommt, Friedrich verhandle wegen der Übernahme des Betriebes, hat er auch noch eine andere, für ihn selbst überraschende Neuigkeit: «Stell dir vor», sagt er, um vom Thema der Brüderlichkeit abzulenken, die ihm sein Bruder nach Brigittes Meinung mit Übernahme der Firma zukommen lassen müsste: «Stell dir vor, die Drucker haben durchgesetzt, dass ich zur Betriebsratswahl aufgestellt werde. Ich hab erst heute davon erfahren. Der Betriebsratsvorsitzende Hanke hat mich nach Arbeitsschluss abgefangen und gefragt, ob ich was dagegen hätte.»

Brigitte freut sich über dieses Angebot. Sie meint, Michael könnte sich endlich einmal bestätigt fühlen. Vielleicht wäre das der erste Schritt weg von allen Misserfolgen.

«Und», fragt sie, «was hast du gesagt?»

«Ich will es mir überlegen.»

«Aber warum denn? Du wärst doch dafür geeignet.»

«Ich weiß nicht», antwortet Michael, «ich müsste mich dann tatsächlich total für die Belange der Arbeitnehmer einsetzen und mich damit auch für meinen Job engagieren. Du weißt doch, dass ich die Arbeit dort eigentlich immer nur als eine Übergangslösung angesehen habe. Wenn ich nun in den Betriebsrat einsteige, könnte ich nicht mehr so einfach ausbrechen.»

«Ich würde annehmen», rät Brigitte, «ich glaube, es wäre wichtig für dich selbst, für dein Selbstvertrauen.»

«Außerdem», sagt Michael, «ist das doch wieder mal so eine ganz verrückte Sache, in die ich da reinrutsche: als Angestellter von den Arbeitern zur Betriebsratswahl aufgestellt. Davon abgesehen, dass das ohnehin schiefgeht, wenn Friedrich den Betrieb übernimmt. Einfach verrückt das Ganze!»

«Aber da ist doch noch nichts entschieden?»

«Wenn mein Bruder verhandelt, hat er schon entschieden.»

«Na und? Du wirst dich doch gegen ihn durchsetzen können! Er kann es sich nicht leisten, dich abzuwürgen. Das würde seinem Ansehen schaden, oder nicht?»

«Der Herrgott erhalte dir deinen Kinderglauben», sagt Michael nicht unfreundlich.

15

Als die Jagd auf Andreas Baader gescheitert war, verzichtete Onkel Egon auch auf sein obligates Hirn in Soße.

Tante Olga war sehr erleichtert. Onkel Egon schien sich in die alte Ordnung wieder einzufügen.

Er gab auch Leber und Nieren auf, erbat nur eines: donnerstags frische Putenherzen.

Donnerstag ist sein freier Tag. Da hält er auch keine Sprechstunde nach Vereinbarung ab. Deshalb legt Tante Olga ihre Kulturveranstaltungen meistens auf Donnerstag.

Aber die Putenherzen gönnte sie ihm gern. Schließlich befand er sich auf dem Weg der Besserung, und sein Tick schien zu schrumpfen. Tante Olga verstand diesen Verzicht auf Innereien als Heilung, nicht als Resignation.

Damit musste sich Onkel Egon zufriedengeben.

Er fand sich ab.

Und sie wurde mit einem lindgrünen, überaus jugendlichen Frühjahrskostüm abgefunden.

Es ist Anfang Mai und manchmal schon so warm, dass sie abends auf der Terrasse sitzen können.

Das ist angenehm.

Es ist auch die Zeit, in der Tante Olgas Veranstaltungen spärlicher besucht werden. Die Leute erinnern sich in diesen Wochen an Maibowle und andere Dinge aus der Zeit vor dem Altwerden und vergessen die mühsam kultivierte Kultur.

Deshalb entschließt sich Tante Olga jedes Jahr im Mai wieder einmal zu einem Abend mit Karl Kirst, dem Gönner, dessen lyrische Ambitionen befriedigt werden müssen, damit seine Spenderhand trotz Gichtanfällen geöffnet bleibt.

Einen Mäzen bei Laune halten, nennt sie das. Wenn die wichtigsten Leute bei der Maibowle sitzen, fällt der lyrische Sektkeller nicht allzu offensichtlich aus dem Rahmen.

Man bleibt unter sich.

Ein Versehen für die intimeren Freunde.

Andererseits dürfen aber auch nicht zu viele Stühle in Tante Olgas Heiligtum unbesetzt bleiben, das würde ihrem Ansehen und ihrer Spendefreudigkeit schaden.

Also wird die Familie zitiert.

Der alte Friedrich Born ist ohnehin gerne bereit zu kommen, hat er doch eine lyrische Ader, von der Amelie zwar nicht viel hält, die sie aber in solchen Situationen nicht einschränken möchte, um der Schwester einen Gefallen zu tun.

Tante Olga hat auch Friedrich in Frankfurt angerufen und ihn zum Gedicht gebeten. Als er meinte, er sei an diesem Abend schon verabredet, erweiterte sie ihre Einladung kurzerhand auch auf seine Freundin, die Hannoveraner Stute, wie sie und Amelie das Mädchen nennen.

Friedrich nahm dankend an, kommt aber nun doch ohne Begleitung. Er hält nichts davon, zu früh familiär zu werden, auch wenn die junge Dame aus gutem Hause stammt. Sie könnte Amelie ohne Weiteres das Wasser reichen, nur bezweifelt Friedrich, ob Amelie sich auch das Wasser reichen lassen möchte. Das kompliziert solche Verhältnisse.

Brigitte und Michael treffen kurz vor Beginn der Lesung ein. Sie absolvieren ihre Mai-Pflichten und bringen Katrin mit.

Das ist ganz neu.

Tante Olga blickt die kleine Großnichte verwirrt an, sagt dann: «Das ist aber schön, dass du kommst!»

Katrin errötet. Sie kennt sich nicht aus zwischen den Augen der Tante Olga und dem, was sie sagt. Für ein Kind ist dieser Unterschied noch unbegreiflich.

Olga geht heute in Lindgrün, und der ungebrochene Lyriker vorne auf dem Hausaltar wirkt ganz unscheinbar im Dunkelblauen.

Das wird bestimmt ein entzückender Abend.

Baumgart ist ebenfalls geladen. Tante Olga will ihm heute die fördernde Bekanntschaft mit Karl Kirst beschaffen. Als es aber bereits halb neun und Baumgart immer noch nicht eingetroffen ist, lässt Tante Olga zum Angriff blasen.

Der Dichter sei gerne bereit, erläutert sie, die im Esszimmer ausliegenden Bücher nach der Lesung zu signieren.

Verse im Selbstverlag, rot eingebunden, damit sie ins Auge springen. Auch der Dichter selbst ist nun vor Aufregung hochrot, und die Fettbeule am Hinterkopf scheint angeschwollen.

Seine Gedichte sind wirklich sehr lyrisch. Da raunt und weht es. Die Sehnsucht schwingt und das Sein. Einsamkeit, Träume und Erfüllung. Morgenrot und Nachträtsel. Tod, Dämmerung und Flügelrauschen.

Eine Landschaft, die woanders liegt.

Wenn einer der zwanzig Zuhörer sich langweilt, weil er das alles schon einmal gehört zu haben glaubt, zeigt er es nicht. Hier befinden sie sich in den unzerstörten Hallen reiner Poesie. Da gilt noch der Seelenteich als erfrischender Tümpel zur Kühlung alltäglicher Verletzungen.

Weil doch die Welt heute so prosaisch ist.

Karl Kirst blickt nach jedem Vers fragend ins Publikum, ängstlich suchend, ob da nicht doch einer sitzt, der gegen Lyrik ist.

Da meldet sich keiner. Also kann er ungehemmt lesen.

Nur Onkel Egon, der ohnehin nichts von Literatur versteht und der ganz hinten neben der Tür platziert ist, beginnt mit starr geöffneten Augen von Hirn in Soße und anderen Schlemmereien zu träumen. Das bringt Lebenskraft.

Am liebsten wäre er ein Dajak, aber noch vor dem Verbot der Kopfjagd.

Er träumt von der Zeit im Zweiten Weltkrieg, als die Kopfjäger aus Borneo zur Kopfjagd auf die Japaner angesetzt wurden. War das eine schöne Zeit!

Die gute alte Zeit!

Da machte das Leben noch Spaß.

Onkel Egon treibt Ketzerei auf seinem Stuhl, während vorn auf dem Hausaltar vom sanften Abendwind die Rede ist und von der Vergänglichkeit der Zeit.

Mit offenen Augen hat sich Onkel Egon in seine Jagdgründe zurückgezogen.

Wenn es ihm ums Töten geht, stört ihn die Lyrik nicht. Er liebt die Konversation des Tötens von ganzem Herzen. Er sehnt sich nach der freigelassenen Lust des Jagens, nach dieser ungeheuerlichen Vitalität, die er als Arzt mit dem hippokratischen Eid doch immer wieder kultivieren und unterdrücken muss. Er spürt Freude in der Magengrube, ein leichtes Fiebern und ein Zucken in den Fingern.

Nein, das ist nicht die Gicht.

Er ist ein rechter Mann.

Das ist gut so.

Aber sie haben ihm den Mordsspaß vergällt. Wochen nach Weihnachten wollten sie ihm auf die Spur gekommen sein und den orangefarbenen RO 80 als Unfallwagen identifizieren. Da half nur rasches Handeln und die Freundschaft zum alten Baumgart.

Plötzlich war Onkel Egon einer gegen eine Übermacht.

Als wollten sie ihn hetzen.

Er lässt sich nicht stellen.

Und wer will einen präparierten Kopf zu Weihnachten schon noch erkennen können?

Trotzdem hat er Angst, den Kampf zu verlieren. Dass ihn die Hunde herausziehen, ihm die Haut aufbeißen und das Fleisch von den Knochen nagen. Ein Heidenspaß für die, die ihn jagen.

Die Erinnerung wird ungemütlich, und Onkel Egon hat das drängende Bedürfnis, Olgas Heiligtum zwischen Morgenröte und Flügelrauschen zu verlassen. Aber des guten Tons wegen ist er den Versen schnöde ausgeliefert. Die Luft scheint schwül zu sein. Er denkt an die Hitze im letzten Sommer.

Dann entdeckt er Katrins Hals. Sie trägt ein reizendes Sommerkleid, halsfern ausgeschnitten.

Sie ist ein süßes Kind.

Ganz nach seinem Geschmack.

Als die Lesung zu Ende ist, hört er zu, wie sie von Benn reden und von Kierkegaard, von der Besinnung auf das Eigentliche, von der Bindung an Tradition und Christentum. Das alles nehmen Karl Kirst und seine Zuhörer für sich in Anspruch. Er sieht sie reden. Sie lächeln alle, den Mund breitgezogen wie wohlerzogene Menschen.

Er sieht Olga und Brigitte auf einem Tablett Getränke servieren.

Olga kommt auf ihn zu und sagt: «Baumgart ist immer noch nicht da. Er wollte ganz sicher kommen. Ob ich mal anrufe?» Friedrich hat sich zu seinen Eltern gesellt. Der Vater rezitiert gerade Antikes, abgerundete Alexandriner.

Michael geht zu ihnen hinüber, ein Glas Orangensaft in der Hand. «Stimmt es», fragt er den Bruder, «dass du die Druckerei übernehmen wirst?»

Amelie bremst ab: «Aber doch nicht heute Abend, mein lieber Michael. Sag mal», fährt sie fort, «ist Katrin nicht noch zu jung, um heute hier anwesend zu sein? Sie versteht doch gar nichts davon.»

«Es kann ihr auf keinen Fall schaden», antwortet Michael,

«vielleicht ist es sogar ganz gut, wenn sie frühzeitig diesen Popanz kennenlernt.»

«Aber Michael!»

«Was heißt Popanz?», sagt der alte Born. «Ich würde sagen, dieser Abend wird das Kind positiv formen. Ihm erstes Verständnis für die Poesie vermitteln.»

Karl Kirst stößt zu ihnen, Michael möchte sich entfernen.

Aber der zierliche alte Sektkellerer hält ihn am Arm fest: «Ich wollte auch einmal mit Ihnen sprechen, Michael», sagt er.

Friedrich begrüßt den väterlichen Freund, der ihm einmal auf die Beine geholfen hat, mit großer Herzlichkeit.

«Na, mein Junge», fragt Kirst. «Wie gehen die Geschäfte?»

Amelie sagt ganz stolz: «Unser Sohn ist immer erfolgreich.»

«Ja», sinniert Kirst, der gern über sich selbst spricht, «das Geschäftsleben ist wie ein Raubtierkäfig, und da bietet mir mein Talent einfach einen wohltuenden Ausweg.»

«Das Geschäftsleben», sagt Michael, «ist für mich nur eine andere Form von tierischem Verhalten.»

«Nun, ganz so drastisch würde ich das nicht sagen.»

Der alte Born vermittelt: «Michael ist wieder mal in einer Sturm-und-Drang-Phase.»

Onkel Egon mischt sich ein und meint: «Der Junge hat gar nicht so unrecht. Wir kämpfen alle ums Überleben.»

«Wo ist eigentlich Olga?», will Amelie von ihm wissen und blickt sich suchend um. Da ist nur noch Brigitte, die Getränke serviert.

«Das Geschäftsleben ist nun mal aggressiv», sagt der alte Born, «daran kannst selbst du nichts ändern.»

Michael engagiert sich, spricht lauter, ungebührlich laut: «Was heißt das: Ist nun mal so. Du kannst dich doch nicht einfach auf diese Floskel zurückziehen.»

«Ich finde Aggressivität gesund», sagt Friedrich.

«Man muss auch einen Ausgleich haben», beharrt Karl Kirst. «Hast du dich schon einmal mit Gottfried Benn beschäftigt, mein Junge?»

«Was nutzt ihm Benn, wenn er mit dem Erfolg nicht fertig wird», wirft Onkel Egon ein.

Das macht nun auch Amelie streitlustig: «Was soll das heißen?»

«Ach was», sagt Friedrich, «es sind die Leute, die mit meinem Erfolg nicht fertigwerden, nicht ich. Die Leute sagen: ‹Das ist der Born, der hat mehr als drei Millionen gemacht!› Das beeindruckt sie. Und dabei zeigen sie mit dem Finger auf mich.»

«Das beeindruckt mich auch», meint Onkel Egon.

«Aber du solltest dich davon nicht beeindrucken lassen. Ich mache doch nichts anderes als ein Spiel. Zugegebenerweise ein Spiel, hinter dem viel Absicht und Kalkül steckt. Aber eben ein Spiel. Und das einzig Aufregende und Befriedigende daran ist nur, dass ich es tatsächlich bin, der es spielt. Nicht mehr nur ein Brettspiel. Tatsachen, lieber Onkel Egon, Tatsachen.»

«Monopoly», wirft Michael ein.

«Ähnlich wie die Fuchsjagd?», erkundigt sich Onkel Egon.

«O ja, unser Sohn war in England zur Jagd», bestätigt Amelie. «Habt ihr den Fuchs zu Tode gehetzt?»

«Ein großartiges Erlebnis», erzählt Friedrich. «Das war ein Spaß. Die Hunde haben ihn regelrecht auseinandergenommen.»

«Isst du eigentlich immer noch Hirn in Soße?», fragt Amelie Onkel Egon, und Karl Kirst wendet sich an Michael: «Wenn ich richtig informiert bin, so haben Sie doch einen eigenen kleinen Verlag?»

Michael bestätigt.

«Hätten Sie nicht Lust, meine neuesten Gedichte zu verlegen? Ein kleines Bändchen. Sicher haben Sie gute Verbindung zur Presse und zum Buchhandel. Ich würde auch die Druckkosten übernehmen. Also kein geschäftliches Risiko für Sie und für mich endlich ein echter Verlag.»

Michael ist überrascht und zögert.

Der alte kleine Mann mit der Fettbeule auf der kahlen Kopfstelle träumt vom späten Ruhm.

«Sie können es sich selbstverständlich überlegen», sagt Karl Kirst, «ich rufe Sie gelegentlich einmal an.»

Jetzt kommt auch Tante Olga wieder herein. Sie ist aufgeregt und scheint vor Neuigkeiten beinahe aus dem Lindgrünen zu platzen.

Sie nimmt die Schwester am Arm beiseite: «Stell dir vor», berichtet sie, «den Baumgart haben sie heute in die psychiatrische Abteilung der Universitätsklinik eingeliefert.»

«Mein Gott, wie unpassend, gerade heute!», sagt Amelie.

«Ich habe mit seiner Frau gesprochen: Totaler Nervenzusammenbruch. Er hat sie sogar geschlagen. Stell dir das vor!»

«Wie reizend», sagt Onkel Egon zur gleichen Zeit und nimmt Katrin an der Hand, um ihr die Schrumpfköpfe im Esszimmer zu zeigen.

«Sie mussten ihm Beruhigungsmittel geben, und eine Entziehungskur wird er auch machen müssen. Wusstest du, dass er trinkt?»

«Wie schade, dass er heute Abend nicht kommen konnte.»

Brigitte hat inzwischen das Tablett mit den Getränken auf eines der kleinen Tischchen gestellt und sagt zu Michael: «Ich werde mal lieber nach Katrin sehen. Sie muss nach Hause gebracht werden.»

Als sie das Esszimmer betritt, sind Onkel Egon und das Kind alleine dort. Er hat den Arm um ihre Schultern gelegt.

16

Esther schreibt an ihren Freund Peter Baumgart:

Lieber Freund,
nur ganz kurz eine erfreuliche Nachricht für Dich und für uns: Unser Sohn und seine kleine Freundin sind wohlbehalten aus der Türkei hier eingetroffen. Glücklicherweise haben sich die Behörden dort von der Unschuld der beiden überzeugen lassen. Die türkischen Gefängnisse müssen entsetzlich sein. Um unseren Sohn brauchst Du Dir keine Sorgen zu machen, er hat eine gute Konstitution, aber der Kleinen scheinen die acht Wochen Haft sehr zugesetzt zu haben. Vielleicht kannst Du Dich ein wenig um sie kümmern, wenn sie Ende des Monats nach Frankfurt zurückkehrt?

In alter Freundschaft

Deine
Esther

Petting, 2. 6. 72

17

Mitte Mai ist es so weit: Friedrich hat die Großdruckerei übernommen und erhält gleichzeitig vom Stadtrat zwei städtische Grundstücke für Tennisplatz und Reitanlage unter dem amtlichen Schätzpreis zugeschlagen.

Die Übernahme der Druckerei vollzog sich sehr schnell. So, wie Friedrich es üblicherweise handhabt: Wenn er sich einmal entschieden hat, dann handelt er.

Die Belegschaft weiß, wer ihr neuer Besitzer ist, obwohl sie ihn nur einmal gesehen hat, als er den Betrieb besichtigte. Dabei traf er Michael unten in der Halle an einer der Druckmaschinen.

Er blickte seinen Bruder kurz an und nickte flüchtig.

Der Meister bemerkte den Gruß und fragte Michael: «Kennt der dich?»

Michael zuckte mit den Schultern und antwortete: «Tut mir leid, aber wir sind verwandt.»

«Mensch», sagt der Meister. «Dann hast du ja jetzt direkt Chancen!»

Nach der Übernahme lief alles so ab, wie Michael es befürchtet hatte. Schon am Tag der Vertragsunterzeichnung trafen Rationalisierungsfachleute ein. Fünf junge Männer, die jeden Arbeitsplatz abfragten, die Zeit der Handgriffe mit der Stoppuhr abnahmen, unermüdlich Notizen machten und selbst die Aktenschränke inspizierten. Es ging ihnen um die amerikanische Zeitmessungsmethode, um den ersten Schritt zur Arbeitsrationalisierung.

Es geht um den Profit.

Aber nicht um den Profit des Arbeitnehmers. Er bekommt von Friedrich sein täglich Brot und das Dach über dem Kopf.

Für den Rest soll er selbst sorgen.

Etwa im Akkord.

An sich ist das Prinzip dieser Rationalisierungsmaßnahmen nach einem ganz einfachen System gestaltet. Es baut darauf auf, dass jede von Hand ausgeführte Arbeit in Grundbewegungen zerlegt werden kann. Grundbewegungen sind: strecken, schwenken, greifen, einpassen. Dafür wurden Zeitmaßnahmen geschaffen.

Begründet auf eine solche Messung anhand der Zeitmaßeinheiten, hat Friedrich zum Beispiel in seinen Spielzeug- und pharmazeutischen Fabriken die Akkordbänder schneller einstellen lassen.

Jetzt bleibt den Frauen, die dort in der Mehrzahl arbeiten, keine Zeit mehr zum unnützen Kopfwenden, etwa zur Nachbarin hin.

Auch der Gang zur Toilette ist in Zeitmaßeinheiten eingeteilt. Wer eine schwache Blase hat, kommt da nicht mit.

Wer nicht mitkommt, wird eliminiert.

Nach diesem Prinzip begannen nun also auch die fünf Abgesandten Friedrichs, die Arbeit in der neuerworbenen Druckerei tabellarisch zu organisieren.

Sie analysierten die Grundbewegungen zur Durchführung einer Arbeit und teilten jeder Bewegung einen bestimmten Zeitwert zu. Dieser Zeitwert lag jedoch häufig weit unter der Zeit, die tatsächlich dafür benötigt wurde.

Mancher Arbeiter begriff, was da vor sich ging. Vor allem die Jungen hatten bereits von dieser amerikanischen Methode gehört und wussten, was auf sie zukam.

In Zukunft würden sie in der gleichen Zeit wesentlich mehr leisten müssen.

Was sie nicht wussten und was innerhalb dieser ersten Woche im Hintergrund geschah, war die Anschaffung moderner Maschinen, die teilweise vollautomatisch die Arbeit übernehmen konnten.

Gleichzeitig wurden ein neuer Personalchef und ein geschäftsführender Direktor eingesetzt, und die ersten Gerüchte von Kündigungen sickerten durch.

Die Gerüchte verstärkten sich und auch die Angst der Belegschaft. Noch hoffte jeder, es würde nur den anderen treffen. Vierzehn Tage später wurde bekannt, wen es getroffen hatte: vor allem die älteren Arbeitnehmer, ob Arbeiter oder Angestellte. Neunundvierzig Entlassungen waren gegen den Protest des Betriebsrates ausgesprochen.

Aus der Angst wurde panikartige Furcht.

Der Meister erinnerte sich, dass Michael gesagt hatte: ‹Wir sind verwandt.›

Also müsste aus Michael doch herauszubekommen sein, wie das alles weitergehen sollte, vielleicht sogar, wen die nächste Kündigung trifft.

Immer mehr Arbeiter sprachen von einem wilden Streik, obwohl sich der Betriebsrat solchen Forderungen noch hartnäckig widersetzte.

Als sie wieder einmal beim Mittagessen in der Kantine zusammensitzen, fragt der Meister: «Weißt du, was eigentlich vorgeht?»

«Nein», antwortet Michael, «aber ich kann's mir vorstellen, bisher haben in allen Betrieben, die mein Bruder übernommen hat, Entlassungen stattgefunden. Er hat deswegen mächtig Schwierigkeiten mit den Gewerkschaften bekommen, aber bisher konnten die ihm nichts anhaben.»

«Dein Bruder?», fragt einer von den anderen, die mit am Tisch sitzen verwundert. «Dann könntest du doch Einfluss auf ihn nehmen.»

Sie wollen alle ihren Arbeitsplatz behalten.

Es wird schwierig für Michael, ihnen seine Hilflosigkeit klarzumachen.

Einer sagt: «Wenn er doch dein Bruder ist!»

Wie war das doch mit der Brüderlichkeit?

Das ist anders.

«Wir haben eine einzige Chance», sagt Michael. «Wenn wir gemeinsam etwas unternehmen.»

«Du denkst an Streik?»

«Nein», antwortet Michael, «ein wilder Streik hätte nur Aussperrung und fristlose Entlassungen zur Folge. Aber wir könnten eine Protestaktion starten, für die, denen gekündigt wurde. Wir geben eine Solidaritätserklärung aller Betriebsangehörigen ab. Vielleicht ändert mein Bruder seine Absichten, wenn er einer geschlossenen Front gegenübersteht. Vielleicht bekommt er endlich einmal Angst.»

Das leuchtet ein.

«Wer soll das organisieren?»

«Der, der es tut, riskiert seinen Kopf.»

Michael sagt: «Ich würde es machen.»

«Gegen den eigenen Bruder?»

«Was hast du schon für ein Interesse daran», sagt einer der Kollegen, einer der erst Anfang zwanzig ist. «Dein Job ist dir doch sicher. Was gehen wir dich schon an.»

«Außerdem», wirft der Meister ein, «was die da oben beschlossen haben, lässt sich doch nicht mehr ändern.»

«Was willst du erreichen, die Rückgängigmachung der Kündigungen?»

«Vielleicht auch das», sagt Michael. «Vor allem aber einen Warnschuss abgeben.»

Er entwirft einen Plan. Zuerst wird er mit dem Betriebsratsvorsitzenden sprechen, um von dort Unterstützung einzuholen.

«Dann», erläutert Michael, «müssen wir in jeder Abteilung einen Verbindungsmann finden, der die Unterschriften einsammelt.»

Sein Vorschlag wird akzeptiert. Und bis zum Arbeitsschluss der ersten Schicht in der Druckerei hat sich Michaels Aktion bereits im gesamten Betrieb herumgesprochen.

Eine Solidaritätseuphorie scheint ausgebrochen.

Die Angst lässt nach, und jeder ist davon überzeugt, dass sie sich alle einig sind.

Als auch für die Angestellten um siebzehn Uhr Arbeitsschluss ist, trifft sich Michael mit dem Betriebsratsvorsitzenden Hanke. Sie kennen sich etwas näher, seitdem Michael sich vor vierzehn Tagen nun doch zur Betriebsratswahl hat aufstellen lassen. Inzwischen hat Hanke schon von den verwandtschaftlichen Beziehungen Michaels zum neuen Firmeninhaber erfahren.

«Was ist», fragt Hanke. «Wollen Sie Ihre Kandidatur nun doch wieder zurückziehen?»

«Nein», antwortet Michael, «ich habe mich ja erst nach Übernahme des Betriebs aufstellen lassen. Das hat seine Gründe.»

Dann berichtet er von der geplanten Solidaritätsaktion.

Hanke weiß schon davon und sichert die volle Unterstützung des Betriebsrats zu. Er werde zwar die Angelegenheit noch mit den anderen Betriebsratsmitgliedern besprechen müssen, aber er sähe kein Hindernis, im Gegenteil: «Wir haben vergeblich gegen die Kündigungen protestiert.»

Brigittes erste Frage ist: «Für so etwas wäre doch der Betriebsrat zuständig?»

«Es war meine Idee», sagt Michael.

«Du exponierst dich.»

Das weiß Michael.

«Baust du etwa doch darauf, dass Friedrich dich nicht rausschmeißt?»

«Ich weiß es wirklich nicht», antwortet Michael.

Brigitte sagt nicht, dass sie ihn nicht verstünde. Michael muss so handeln.

Er ergreift immer wieder die Partei der Schwächeren und verliert oft dabei.

Davor fürchtet sie sich auch diesmal.

«Weißt du», meint sie nur, «die ganze Sache könnte dir von deinen Kollegen aus der Druckerei auch als Arroganz ausgelegt werden. Die könnten sagen: Das ist eine private Angelegenheit zwischen den Brüdern Born. Und sie könnten dir vorwerfen, dass du deine Überlegenheit über den großen Bruder beweisen willst und dafür die Solidarität der Arbeiter ausnutzt.»

«Vielleicht», überlegt sie, «ist das auch der tiefere Grund dafür, dass du diese Aktion leitest? Hast du darüber schon einmal nachgedacht? Vielleicht müsstest du dir darüber klar werden, ob es wirklich nur die Belange der Belegschaft sind, die dich antreiben, oder ob da nicht doch ein privater Rivalitätskampf dahintersteckt.»

Michael ist verblüfft und empfindet Brigittes Überlegungen als Angriff: «Warum fällst du mir in den Rücken?»

«Aber ich falle dir doch gar nicht in den Rücken!»

«Natürlich tust du das, wenn du so etwas sagst!»

«Du verstehst mich falsch. Wirklich, Michael, das ist ein Missverständnis. So habe ich's nicht gemeint.»

«Ach was!» Michael zieht sich zurück, vergräbt sich in verletztem Selbstbewusstsein und schaltet um auf einen Fernsehkrimi.

Als Brigitte schon zu Bett gegangen ist, entwirft er den Text der Unterschriftenliste.

Gegen Mitternacht ruft er Hanke an und liest ihm den Entwurf vor: eine Warnung an Friedrich, eine Drohung mit dem Solidaritätswillen aller Betriebsangehöriger.

Hanke gibt noch einige Formulierungshilfen, schwächt etwas ab und ist dann damit einverstanden, dass Michael gleich die nötigen Kopien anfertigt.

Das Kopiergerät steht im Wohnzimmer auf dem Tisch, der einmal ein Esstisch war. Jetzt liegt er voller Papier.

Seitdem Michael und Martin sich getrennt haben, verwandelt sich dieses Wohnzimmer langsam, aber stetig in die papierene Wüstenei einer Verlagsauslieferung.

Am nächsten Morgen bespricht Michael unten in der Halle mit dem Meister die weiteren Schritte. Sie werden die Listen mittags in der Kantine an die Verbindungsleute weitergeben.

«Sind denn alle informiert?», will Michael wissen.

Der Meister lacht: «Das hat sich rumgesprochen wie eine Katastrophe.»

«Und?», fragt Michael.

«Die meisten wollen mitmachen; bis jetzt kann ja noch jeder mit einer Entlassung rechnen. Das hält sie zusammen. Übrigens», berichtet der Meister, «gestern nach der Schicht hat mich noch eine von den Sekretärinnen angesprochen. Komisches Mädel. Sie meinte, da käme ein Haufen Arbeit auf dich zu, und sie wär gern bereit zu helfen, wenn du wolltest.»

«Kennst du sie?»

«Nur vom Sehen.»

«Hilfe könnte ich schon brauchen», meint Michael.

«Ach so», sagt der Meister, «ich hab ihr nämlich gesagt, das würde schon deine Frau machen.»

«Das klappt diesmal nicht», sagt Michael, denkt an die gestrige Auseinandersetzung mit Brigitte und ist entschlossen, sie diesmal nicht miteinzubeziehen.

Als sie mittags die Listen austeilen, kommt die Sekretärin auf ihn zu. Eine schmale, kleine Person Anfang zwanzig, die recht selbstbewusst wirkt.

«Ich bin Monika Rabe», stellt sie sich vor.

Sie sagt auch gleich, dass sie das sei, was man eine alleinstehende Mutter nenne. Sie habe ein Kind, aber keinen Mann dazu. Das Kind wollte sie, den Mann nicht.

«Also, total emanzipiert?» Michael lacht. Er greift ihr Hilfsangebot dankbar auf und bittet sie, sich doch mit an den Tisch zu setzen. «Sie engagieren sich wohl sehr rasch?», fragt er.

«Es kommt darauf an, wofür», antwortet sie. In ihrem Stadtviertel leitet sie gerade eine Bürgerinitiative: «Wir wollen erreichen, dass endlich ein ordentlicher Spielplatz für die Kinder gebaut wird.»

«Was sucht denn eine Frau dabei?», will einer der Kollegen wissen. «Das ist doch nichts für euch.»

«Eine Emanzipierte.»

Das sagen sie abfällig.

Aber der Meister macht sich stark für sie: «Ich finde das ganz prima, dass Sie dem Michael helfen wollen!» Monika Rabe sagt, sie habe im Arbeitsrecht nachgelesen. Das Ganze sei recht geschickt abgekartet.

Michael ist ebenfalls informiert, aber die anderen sind noch gar nicht auf die Idee gekommen, die Taktik ihres neuen Chefs auch einmal in rechtlicher Hinsicht zu betrachten. Erst nachdem die junge Frau den Anstoß dazu gegeben hat, werden sie neugierig.

«Das ist ganz einfach», erklärt Monika Rabe: «Die Betriebsleitung hat genau neunundvierzig Leute entlassen.»

«Komische Zahl.»

«Gar nicht komisch. Genau kalkuliert. Wie viel Leute sind in der Firma beschäftigt?»

Einer schätzt: «Fünfhundert?»

«Genau fünfhundertundzwei», sagt Michael. «Und sobald er fünfzig Leuten davon innerhalb von vier Wochen kündigt, müsste er das als Massenentlassung dem Arbeitsamt melden. Also entlässt er neunundvierzig.»

«Und wenn die vier Wochen um sind, kommt das nächste Stück vom Kuchen dran.»

«So nimmt er uns ein Stück nach dem anderen heraus und hofft, dass wir uns das gefallen lassen. Schließlich trifft es nur die älteren Arbeitnehmer. Und wer will schon was dagegen sagen, wenn einer seinen Betrieb rationalisiert und verjüngt. Schließlich ist es sein Betrieb. Da kann er machen, was er will, solange er in den gesetzlichen Grenzen bleibt, und die sind weit genug für ihn abgesteckt.»

«Da hat er sich aber bei uns verrechnet», sagt der Meister und ist stolz auf die Solidarität seiner Leute.

«Hoffentlich halten alle durch», meint Michael nur.

Als er abends die Druckerei verlässt, ist seine Aktion voll im Gange. Einige Listen wurden schon an ihn zurückgestellt. Hundertfünfzig haben unterschrieben. Die anderen werden es morgen tun. Friedrich wird bereits informiert sein. Vielleicht ruft er an.

Und während Michael nach Hause fährt, wird er sich klar darüber, dass er auf die Auseinandersetzung mit dem Bruder hofft.

18

Die erste Juniwoche ist schon sommerlich warm. Bis in den späten Abend hinein fahren die Mütter ihre Kinder im Kinderwagen durch die Grünanlagen im Glacis.

Es riecht nach frischem Gras.

Amelie Born hat die Fenster im Musikzimmer weit geöffnet. Sie haben zu Abend gegessen und Beethoven gehört. Nun sitzen sie noch ein wenig zusammen.

Heute ist Donnerstag, und mittags waren Michael und Brigitte zum Essen da. Ein kurzes Essen, da Michael nur eine Stunde Mittagspause zur Verfügung hat.

Morgen Nachmittag erwartet Amelie einige Damen zum Tee. Professoren- und Dozentenfrauen, die sich regelmäßig einmal im Monat treffen. Diese Einladungen gehen reihum.

Der Juni gehört Amelie. Sie hat die Torte beim Bäcker schon bestellt. Auch über Gesprächsthemen hat sie nachgedacht. Sie legt Wert darauf, diese Nachmittage intelligent zu gestalten.

«Wie wäre es mit Literatur?», regte Olga während eines Telefongesprächs an, und Amelie griff es begeistert auf. Sie liest gerade Fontanes «Wanderungen durch die Mark Brandenburg».

Damit ließe sich der Damentee ganz vorzüglich servieren.

Ihrem Mann sagt sie, das sei ihre Idee.

Er hat wenig Lust, schon heute Abend über Fontane zu sprechen, lieber legt er eine neue Platte auf: Anneliese Rothenberger. Er liebt diese Stimme.

Und weil der Abend so mild ist, beginnt Amelie trotz des Gesangs vom Urlaub zu reden.

Erinnert an Stockholm im vergangenen Jahr.

«Schade», sagt sie, «dass du für diesen Sommer keine Einladung hast. Letztes Jahr konnten wir deinen Vortrag so schön mit dem Urlaub verbinden.»

Als ihre Unterhaltungsversuche ihn aber nicht von den Opern- und Operettenarien abbringen, geht sie kurz entschlossen hinüber ins Arbeitszimmer, in das sie sich von Anfang an auch einen eigenen Schreibtisch gestellt hat, und nimmt aus der untersten Schublade einige Reiseprospekte. Dann breitet sie die bunte Hochglanzwerbung auf dem Glastisch im Musikzimmer aus.

Badeferien oder Bildungsurlaub?

Amelie ist immer für Bildung.

«Wenn wir verreisen», sagt sie, «brauche ich ein neues Kleid.»

Sie betrachtet die Vierfarbenfotos von Strand und Urlaub. Sie hätte Lust, die wohlgeordneten Dias der letzten fünfzehn Jahre aus dem Schrank zu holen und die belichtete Freude von Kindern, Enkeln und Landschaften zu betrachten. Amelie lächelt immer, wenn sie fotografiert wird, und zeigt ihre schönen Zähne.

«Wie wäre es mit Griechenland?», fragt sie. «Professor Spieß war mit seiner Familie letztes Jahr dort. Frau Spieß war ganz begeistert.»

Erinnerungen an Kreta oder die Akropolis.

Friedrich Born hält seit seiner Zeit auf dem humanistischen Gymnasium daran fest, dass das Maß aller Dinge der Mensch sei. Auch Michael und sein Bruder wurden humanistisch gebildet. Und dem kleinen Friedrich soll es nicht erspart bleiben. Nur Mädchen brauchen so etwas nicht.

Amelie sagt Griechenland und denkt an die junge Königin im Exil. Während der alte Born noch immer Anneliese hört, beschäftigt sich Amelie mit Annemarie.

Sie liest regelmäßig die «Frau im Spiegel». Wenn Michael sie deswegen angreift, sagt sie, sie kaufe die Zeitschrift nur wegen des Kreuzworträtsels.

Manchmal fällt ihr auch ein Bericht über griechische Gefängnisse in die Hände. Dann sagt Amelie, das sei alles schrecklich. Aber ihr Mann bestärkt sie darin, Augenzeugenberichte über Folterungen abzulehnen.

Das sei alles übertrieben.

«Ich befasse mich nicht mit politischen Wirren in meinem Reiseland», sagt Friedrich Born, und Amelie stimmt ihm zu.

In diesen Dingen sind sie sich einig.

Das macht das Leben heiter.

So, wie sie sich auch in der Auseinandersetzung der Brüder einig sind. Friedrich rief seine Eltern noch am gleichen Abend an, an dem Michael die Listen vorbereitete. Sie waren gerade aus dem Seminar zurückgekehrt und hungrig. Aber dann fanden sie Zeit, beim Abendessen darüber zu sprechen.

Born warnte: «Misch dich da nicht ein. Lass das die Kinder untereinander austragen.»

«Michael muss doch zur Vernunft gebracht werden», beharrte Amelie. Sie war empört, weil Michael die Gefahr eines Zerwürfnisses innerhalb der Familie heraufbeschwor.

«Natürlich», sagt sie, «hat Friedrich recht, wenn er behauptet, er könne sich nicht um die privaten Schwierigkeiten seiner Arbeiter kümmern. Wenn er den Betrieb auf gesunde Beine stellen will, muss er einige entlassen. Aber er ist doch nicht dafür verantwortlich, wenn die älteren Arbeiter und Angestellten nicht sofort eine neue Stellung finden.»

Das sind Dinge, mit denen sich Professor Born nicht belasten möchte.

Amelie erzählt: «Friedrich sagte mir, dass die Gewerkschaften von ihm verlangen, dass er die Arbeitsplätze garantiere.»

«Und was sagt Friedrich dazu?», erkundigt sich Professor Born, während er in ein Brot mit Quark und Zwiebeln beißt.

«Friedrich sagt ganz richtig: Er kann keine Arbeitsplätze garantieren. Wie sollte er das auch bei dem Risiko, das er heute als selbstständiger Unternehmer trägt! Er sagt, er könne nicht mal seinen eigenen Job garantieren.»

«Der Junge macht das schon richtig.» Born ist mit der Strategie seines Sohnes zufrieden. «Er ist nun mal in der Position eines Generals», erläutert er Amelie, die das Wort General gerne hört. «Ein General weiß ganz genau, dass einige Leute umkommen werden, wenn er sie in die Schlacht schickt. Aber er vertraut auch darauf, dass er Tausenden das Leben rettet, wenn er ein paar Hundert verliert. So ist das nun mal, und daran hält sich Friedrich klugerweise.»

Damit war für Born das Thema beendet. Auch beim Mittagessen wurde mit keinem Wort davon gesprochen. Das wäre unpassend gewesen und hätte nur die Harmonie gestört.

Und heute Abend möchte Amelie diese unerfreuliche Sache vergessen, sie möchte nach Griechenland fahren, und langsam kommt auch Anneliese Rothenberger auf ihrer Langspielplatte zu einem Ende. Professor Born ist Amelies Vorschlag nicht abgeneigt. In Griechenland ließen sich Badeferien und Bildungsurlaub miteinander verbinden.

Amelie lächelt. Sie schiebt ihm die Prospekte zu, und er betrachtet sie wohlwollend. «Drei Wochen?», fragt sie. «Es wird himmlisch. Wir könnten im August fahren und bis in den September hinein bleiben.»

Sie wird dann die Koffer und den Proviant einpacken. Bananen und Brote, die der Professor eigenhändig mit sauren Gurken belegt, hart gekochte Eier und Orangen. Darin ist Amelie gewissenhaft.

Zum Bahnhof nehmen sie ein Taxi, weil sie so viele Koffer

haben. Und die Koffer geben sie nicht auf, weil sie gestohlen werden könnten.

Das ist auch ein Prinzip, das Amelie nur von den Fluggesellschaften durchbrechen lässt.

Als Friedrich Born die Anneliese Rothenberger wieder in die Plattenhülle schiebt und sich noch einmal neben Amelie in den Sessel setzt, streicht sie ihm zärtlich über den Kopf.

Sie freut sich auf Griechenland.

Dann sagt sie unvermutet: «Deine Haare, Friedrich!» Dabei berührt sie mit dem Zeigefinger die kahle Kopfstelle.

Das mag der Professor gar nicht gern.

19

Michael hält die fristlose Entlassung in der Hand. Friedrich reagierte rasch und hart.

Damals die Sache mit dem Wassereimer und den Stromstößen. Und Friedrichs Triumph. Michael erinnert sich. Noch einmal sieht er für den Bruchteil einer Sekunde, die er braucht, um die Hand über den Geldstücken zu schließen, die feindseligen Augen des Bruders, der intensiv den Transformator bearbeitet und die Stromstöße in rascher Folge ausschickt. Dann hat er die Niederlage wettgemacht und den Bruder übertroffen.

Friedrichs Anruf an dem Abend, als Michael die ersten Unterschriften nach Hause gebracht hatte, war sehr kurz, aber klar gewesen. Er forderte den Bruder auf, die Aktion abzublasen.

Michael fragte: «Hast du Angst?»

Da legte der Bruder auf.

Die Entlassung Michaels wurde jedoch hinausgeschoben, bis alle Unterschriftenlisten der Betriebsleitung vorlagen.

Einen Tag später traf die Kündigung mit der Post ein.

Brigitte erwartete ihn schon mit dem Brief. Sie hatte ihn geöffnet. «Was nun?», fragte sie und wirkte hilflos und deprimiert. «Du hast doch damit gerechnet», sagte sie.

«Mit einer Kündigung ja, aber nicht mit einer fristlosen Entlassung.»

Das bedeutet: Er wird nur die Hälfte des Juni-Gehaltes bekommen.

Und es bedeutet: keine Arbeitslosenunterstützung, da er noch keine sechs Monate in der Druckerei angestellt ist.

Nachdem er die erste Benommenheit überwunden hat, ruft er Hanke an, dann andere Kollegen. «Es wird sich ein Ausweg finden lassen», sagt er zu Brigitte. «Sie werden mir helfen.»

Im Fernsehen läuft ein Ausscheidungsspiel um die Fußballweltmeisterschaft. Das will keiner von den Angerufenen versäumen.

Nur Monika Rabe ist zu einem längeren Telefonat bereit.

Brigitte steht neben Michael und hört seinen Gesprächen geduldig zu. Er hat ihr von dieser Sekretärin erzählt. Aber nur flüchtig, so, wie er überhaupt wenig über die Aktion berichtet hat, seitdem sie am ersten Abend ihre Vermutung über einen brüderlichen Rivalitätskampf ausgesprochen hatte.

Michael verabredet sich mit Monika Rabe für den nächsten Morgen, noch vor Beginn der Arbeit.

«Vielleicht trinken wir eine Tasse Kaffee zusammen?», fragt er.

«Was wollte sie denn?», erkundigt sich Brigitte. «Ihr habt lange miteinander gesprochen.»

«Sie sagt, es gäbe vielleicht noch eine Möglichkeit, wenn sich alle geschlossen hinter mich stellen.»

«Und wenn sie dich nun alle im Stich lassen?»

Brigitte hat Angst. Eine entsetzliche Angst vor dem Ende dieser Woche und der Niederlage Michaels.

Am nächsten Morgen sprechen viele in der Firma von Michaels Entlassung.

«Die sind eben hart», sagt Monika Rabe bei einer Tasse Kaffee in einem Espresso gegenüber den Druckereigebäuden. «Die schmeißen Sie raus, ehe Sie im Betriebsrat sind.»

Der Meister fragt, als Michael ihm einen Auftrag für Hähnchen im Sonderangebot bringt: «Die müssen doch irgendeinen Grund angegeben haben?»

«Schlechte Arbeitsleistung», antwortet Michael.

Er hat das Kündigungsschreiben mitgebracht. Mittags in der Kantine geht es von Hand zu Hand. Der Meister liest laut vor: «Obwohl wir Ihnen genügend Gelegenheit und Möglichkeit gegeben haben, sich in Ihre Tätigkeit einzuarbeiten, ist es Ihnen nicht gelungen, den Mindestanforderungen, die ein Betrieb an seine Mitarbeiter stellen muss, auch nur annähernd gerecht zu werden.»

«Das soll wohl ein Witz sein?», fragt einer der jungen Drucker.

«Leider nicht», antwortet Michael.

Sachbearbeiter der Einkaufsabteilung. Werbewochen der Supermärkte. Ein leichter Job. Kölnischwasser und Seife, Suppenfleisch mit und ohne Bein und Butter aus Restbeständen.

Das riecht nach Hausfrauen und weißer Wäsche.

Da war einfach nichts falsch zu machen.

«Das ist doch so», erkundigt sich der Meister, «die hätten dich nicht rauswerfen können, wenn du schon im Betriebsrat gewesen wärst, oder?»

«Richtig», sagt Monika Rabe. «Betriebsratsmitglieder können nur in Ausnahmefällen entlassen werden.»

Die Wahl steht für Montag nächster Woche an.

«Will der Hanke was für dich unternehmen?», fragt der Meister.

Hanke hat sich heute Morgen bei Michael dafür entschuldigt, dass er gestern Abend keine Zeit hatte, auf seine Probleme einzugehen, und versprochen, sofort etwas zu unternehmen.

«Er wollte heute Mittag in die Kantine kommen», sagt Michael.

Nach dem kurzen Gespräch mit Hanke auf dem Flur des Bürotraktes war Michael hinunter in die Druckerei gegangen, die billigen Hähnchen aus Holland unterm Arm, während Hanke die anderen Sachbearbeiter befragte, Michaels Kollegen. Er musste einen Anhaltspunkt finden, um die schlechte Arbeitsleistung, den Grund der fristlosen Entlassung, entkräften zu können.

Aber keiner der Kollegen im Büro sagt: Der Born hat gut gearbeitet. Sie weichen aus. Sie sagen, das sei eine Angelegenheit der Brüder Born. Wer sich da einmische, könne sich die Finger verbrennen. Sie sagen, die Sache sei ihnen zu heiß, und sie hätten überhaupt keine Meinung dazu.

Trotzdem wird Hanke in seiner Eigenschaft als Betriebsratsvorsitzender bei der Firmenleitung Einspruch gegen diese Kündigung erheben. Das ist seine Aufgabe.

Während sie in der Kantine zum Gulasch mit Bandnudeln noch aufgeregt über die Angelegenheit reden, stößt Hanke endlich zu ihnen und zieht sich einen Stuhl neben Michael.

«Haben Sie etwas erreicht?», fragt Michael.

Hanke schüttelt den Kopf: «Bisher negativ. Aber ich hab heut Nachmittag einen Termin beim Personalchef in Ihrer Angelegenheit.»

«Da hauen Sie aber mal auf den Putz», sagt der Meister. «Wir können alle bestätigen, dass der Michael gut gearbeitet hat.»

«Das nutzt ihm gar nichts, wenn seine Kollegen aus dem Büro nicht der gleichen Meinung sind», gibt Hanke zu bedenken. «Im Übrigen würde ich Ihnen raten, mit der Sache vors Arbeitsgericht zu gehn. Sie haben da eine Frist von drei Wochen.»

«Also ziemlich aussichtslos», sagt Michael.

Die Stimmung am Tisch ist gedrückt.

Da macht Monika Rabe einen Vorschlag: «Warum versuchen wir's nicht noch mal mit der gleichen Taktik?» Der Meister versteht als Erster: «Eine Unterschriftenaktion für die Wiedereinstellung Michaels?»

Hanke überlegt einen Augenblick: «Warum nicht?»

Monika Rabe hat schon einen Text entworfen: Die unterzeichneten Kolleginnen und Kollegen fordern die sofortige Rückgängigmachung der Kündigung unseres Betriebsratskandidaten Michael Born.

«Wir müssen rasch handeln», sagt Monika Rabe. «Ich werde den Text gleich in die Maschine schreiben und mit einigen Kopien in Umlauf setzen. Wir werden sicher eine Menge Unterschriften kriegen, davon bin ich überzeugt.»

Hanke hat sich einen Termin beim Personalchef geben lassen. Der ist ein glatter junger Mann. Mitte dreißig. Weißer Hemdkragen. Gescheiteltes Haar und eine bunte Krawatte. Jeder kann ihm ansehen, wie jung und tüchtig er ist.

Vor fünf Jahren besuchte er noch die Universität: Betriebswirtschaft. Mit dem Studium etwas verspätet, aber engagiert im AStA. In München war er dabei gewesen, als sie das Buchgewerbehaus der «BILD»-Zeitung stürmten. Erwischen ließ er sich aber nicht. Zwei Jahre später heiratete er, und Notstandsgesetze interessierten nicht mehr. Er war dreißig geworden und begriff, dass er eigentlich nur Karriere machen wollte.

Die macht er nun.

Eine Beruhigung für alle Väter: Die Zeit der Revolution ging vorbei, er zog willig die Scheuklappen an, ließ sich die Trense anlegen und wurde ein rechtschaffener Zirkusgaul.

Er ist satt geworden und unerschütterlich in seinem Glauben an die vorgeschriebene Ordnung.

Ein Mann mit Position.

«Bitte, setzen Sie sich doch», sagt er zu Hanke und weist auf den Besucherstuhl gegenüber seinem Schreibtisch.

Hanke setzt sich und beginnt, die Affäre Michael Born zu erläutern. Der Personalchef spielt mit dem Kugelschreiber. Lässt die Mine rein- und rausspringen. Ein ekelhaftes Geräusch.

«Auch wenn ich Personalchef bin, Herr Hanke», sagt er. «Was soll ich tun? Die Firmenleitung hat von vornherein Anweisung gegeben, eine Rückgängigmachung abzulehnen.»

Die Unsicherheit Hankes, die er von Anfang an in dieser

Angelegenheit spürte, verstärkt sich. Er ist befangen, weil er sich davor fürchtet, in eine persönliche Auseinandersetzung der Brüder hineingezogen zu werden.

Außerdem ist er nicht mehr der Jüngste. Er geht auf die fünfundvierzig zu. Das könnte ihm jetzt zum Verhängnis werden.

Trotzdem ist er in diesem Augenblick noch bemüht, seine Befürchtungen beiseitezuschieben, nur seine Pflicht als Betriebsratsmitglied zu tun und argumentiert deshalb: «Die Kollegen haben für den jungen Born eine Unterschriftenaktion gestartet. Immerhin sind heute Nachmittag allein schon fünfundsiebzig Unterschriften geleistet worden. Hier, ich kann Ihnen die Listen vorlegen.»

Hanke zieht zwei voll unterzeichnete Listen aus seiner Aktentasche.

Der Personalchef lacht: «Schon wieder! Das wird hier langsam zu einer Seuche. Die Betriebsleitung wird noch Lachkrämpfe bekommen.» Dann wird er ernst: «Das ist doch keine Kinderei mehr, lieber Kollege Hanke, das ist doch krankhaft. Außerdem», sagt er und schlägt ein Bein über das andere, «Sie kennen unser Problem: Wir haben die Firma erst seit Kurzem übernommen, und ich gebe gern zu, dass der Kontakt zwischen Firmenleitung und Belegschaft – wie soll ich sagen – etwas persönlicher sein könnte. Aber arbeitsrechtlich können Sie unserer Entscheidung im Fall Born nichts anhaben. Die ist hieb- und stichfest. Dafür hat die Firmenleitung schon gesorgt. Im Übrigen», sagt er und wippt mit dem Fuß, «im Übrigen würde ich Ihnen, lieber Kollege, raten, sich nicht zu sehr in diese Sache einzumischen. Sie könnten in Schwierigkeiten kommen. Hier geht es nicht mehr nur um eine banale Auseinandersetzung zwischen Arbeitnehmer und Arbeitgeber.»

Hanke spürt, wie er schwitzt. Sein Hemd ist schon ganz nass.

Der Personalchef stößt nach: «Sie werden sich doch nicht etwa persönlich für den jungen Born engagieren?»

Hanke zögert mit einer Antwort.

Der junge Mann ihm gegenüber lächelt freundlich: «Wenn ich recht informiert bin, haben Sie sogar die Aktion unterstützt?»

Hanke versucht noch einmal, gegen den Strom anzuschwimmen, in den er hineingestoßen wurde, sucht zum Ufer zurückzukehren, dorthin, wo er vor Kurzem noch festen Boden unter den Füßen hatte und sich seiner Standfestigkeit sicher war: «Es ist meine Pflicht als Betriebsratsvorsitzender», sagt er, «gegen diese Entlassungen seit Übernahme der Firma zu protestieren. Immerhin kommen sie nahe an eine Massenentlassung heran.»

«Rädelsführer kann sich keine Firma leisten. Da gibt es auch ganz bestimmte Richtlinien aus dem Arbeitsrecht, das wissen Sie doch», meint der Personalchef und beobachtet belustigt die Schwimmversuche des Betriebsratsvorsitzenden, der ihn an einen Ertrinkenden erinnert, dem er im letzten Sommer in Kärnten vom sicheren Strand aus zugesehen hat. «Rädelsführer schädigen den Produktionsablauf. Außerdem kann der junge Born ja vors Arbeitsgericht gehen, warum nicht?»

«Das wird er auch!»

«Unterschätzen Sie da nicht ein wenig den Einfluss der Firmenleitung, mein lieber Kollege Hanke?»

Hanke schweigt. Das, was er sagen möchte, kann er nicht sagen, ohne seinen Kopf zu riskieren.

Er hätte sagen können, dass Friedrich Born ohnehin genügend Ärger mit den Gewerkschaften habe, seine Geschäftsmethoden seien unbeliebt und er sei bekannt wie ein bunter Hund in der Branche.

Aber Hanke schweigt und lässt sich willig vom Personalchef zum Abschied die Hand schütteln.

20

Brigitte schreibt einen Brief an ihre Schulfreundin Irene:

Liebe Irene,
dieser Brief ist nur für Dich, und bitte, antworte mir rasch. Ich bin in großen Schwierigkeiten. Bei uns läuft momentan alles schief. Michael ist fristlos entlassen, und ich weiß nicht, wie das alles weitergehen soll.
Ich bin ziemlich am Ende. Aber damit kann ich Michael jetzt nicht auch noch kommen.
Meine Bitte: Kannst Du mir die Adresse der «Aktion 218» in München beschaffen?
Hier ist alles katholisch, und da gibt es so etwas nicht.
Ich muss jetzt ganz schnell handeln, ehe es zu spät ist.
Bitte, sei so lieb und schreibe rasch, oder rufe mich an.
Herzlichst
Deine
Brigitte

10. 6. 72

21

Morgen wird Michael zum letzten Mal in die Druckerei fahren. Die Geschäftsleitung hat ihm drei Tage Zeit gelassen, seinen Arbeitsplatz ordentlich zu übergeben.

Es sind genau fünf Monate, die er in diesem Großraumbüro voller Schreibtische verbracht hat, bei Neonbeleuchtung und hinter Milchglasscheiben, abgeschirmt von der Außenwelt.

Er hat diesen Job immer gehasst. Aber er hat ihn getan, weil es von ihm verlangt wurde, hat sich der Rollenzuteilung unterworfen.

Seine Mutter hatte ihn frühzeitig davon überzeugt, dass er ein Mann war. Und als Gebrauchsanweisung legte sie die Bestimmung des Mannes in einer geordneten Gesellschaft gleich bei.

An diesem Abend sitzen sie wie immer zu zweit im Wohnzimmer, hinter sich die papierne Wüstenei des Verlages und zwischen all den Papieren das Telefon.

Heute sind die Rechnungen für Satz- und Klischeekosten der beiden Bücher, die er zur sogenannten Frühjahrsproduktion der bundesdeutschen Verlage herausgebracht hat, eingetroffen, und er weiß noch nicht, wovon er sie bezahlen soll.

Wenn er Glück hat, wirft dieser Verlag dreihundert Mark im Monat ab. Aber auch das ist nicht sicher. Davon kann er die Familie nicht ernähren.

Er wird sich auf jeden Fall einen neuen Job suchen müssen. Aber Urlaubsgeld müsste ihm noch zustehen. Er muss mit Friedrich reden. Das wird sich nicht vermeiden lassen.

Brigitte sagt: «Heute läuft ein Western. Willst du ihn sehen?» Sie sagt: «Ich habe dir Wurstsalat gemacht.»

Er mag Wurstsalat.

Mit diesen Kleinigkeiten möchte sie ihn aus seiner Depression lösen, möchte ihn zu sich herüberziehen. Er wartet auf einen Bescheid von Hanke. Hanke hat heute mit der Betriebsleitung gesprochen. Er wollte anrufen.

Brigitte hofft, dass er jetzt, da er so hilflos ist, wieder in ihre vertraute Beziehung zurückkehrt. Sie versucht, seine Hand zu greifen. Vielleicht Zärtlichkeit.

Aber Michael wehrt ab.

Als es neun Uhr ist und Hanke immer noch nicht angerufen hat, geht Michael an den Apparat. Hankes Frau meldet sich, und es dauert eine Weile, bis Hanke ans Telefon kommt.

«Was ist?», fragt Michael.

Hanke zögert, dann muss er wohl antworten: «Kein Erfolg. Die sind stur. Nicht mal die hundertfünfzig Unterschriften haben etwas erreicht.»

Brigitte sieht, wie sich die senkrechten Linien in Michaels Gesicht vertiefen, wie er die aufgeworfenen Lippen zusammenpresst, so, dass er seiner Mutter ähnlich wird, die die brutale Härte ihrer Züge mit einem strahlenden Lächeln und Lippenrot überspielt.

Brigitte geht zu ihm hin und legt ihre Hand in seinen Nacken. Das mag er gern.

«Was soll ich tun?», fragt er Hanke.

Hanke antwortet: «Könnten Sie nicht mit Ihrem Bruder reden?»

Langsam wird Hanke der Boden unter den Füßen zu heiß.

«Das wird aussichtslos sein», sagt Michael.

Einen Augenblick lang sagt keiner von beiden etwas, dann fängt Hanke etwas stockend an: «Es gäbe noch eine Möglichkeit, aber ich bitte Sie, niemandem davon zu erzählen, dass ich Ihnen diesen Tipp gegeben habe.»

«Was für einen Tipp?»

«Ich könnte Ihnen einen Treff mit Leuten der Sozialistischen Deutschen Arbeiterjugend verschaffen. Ich kenne da einige. Die arbeiten mit Studenten von der Universität zusammen. Vielleicht könnten Sie mit denen an die Öffentlichkeit gehen, wenn Ihnen so viel an dieser Affäre liegt.» Das ist alles, was Hanke anzubieten hat.

Als Michael den Hörer auflegt, fragt Brigitte: «Was ist?»

«Aus ist es», sagt Michael. «Ich habe verloren. Hanke sagt zwar, ich sollte es mal mit der SDAJ versuchen, aber ich bin mir da noch nicht schlüssig.»

«Also ein Kampf bis aufs Messer», sagt Brigitte und fügt nachdenklich hinzu: «Wenn du nun aber versuchen würdest, dich mit Friedrich zu arrangieren?»

Während er noch überlegt, ob er dieses Eingeständnis seiner Niederlage geben soll, klingelt das Telefon, und Michael hebt ab. Es ist Ruth.

«Du willst sicher Brigitte sprechen?», fragt Michael.

Sie sagt: Nein, sie wolle mit ihm reden. Sie habe gerade mit Friedrich telefoniert wegen des Jungen und dabei von der Sache erfahren. «Was wirst du jetzt unternehmen?», fragt sie ihn.

«Ich überlege noch», antwortet Michael. «Auf jeden Fall Arbeitsgericht. Vielleicht aber auch Öffentlichkeit.»

«Was wird deine Familie dazu sagen, wenn du diese Geschichte an die Öffentlichkeit zerrst?»

Das ist der Punkt, der auch Michael zögern lässt.

«Schließlich hat doch jeder von eurer Familie eine Position zu verlieren. Du würdest ihnen schaden und nicht nur Friedrich treffen. Das ist doch ein Teufelskreis, in dem du drinsteckst.»

Das Brandzeichen Familie.

Das ist es, was Michael hemmt. Diese Tradition, Ungeheuerlichkeiten so lange barmherzig abzudecken, solange sie nicht an die Öffentlichkeit dringen, das ist tief in ihm verwurzelt.

«Ich wollte dir nur sagen», beendet Ruth ihr Telefongespräch, «ich stehe auf deiner Seite, wenn es zum Familienkrach kommt. Und von Hannes soll ich dir schöne Grüße ausrichten, er sagt, du sollst kämpferisch agieren. Und meint, wenn du schon Mitglied bei der DKP wärst, könnte er einiges für dich organisieren.»

«Danke», sagt Michael. «Grüß ihn auch schön.»

Es wird ein Abend der Anrufe.

Da sitzt Michael in diesem engen Wohnzimmer unter der hohen stuckverzierten Decke, vor einer Schüssel Wurstsalat und dem toten Fernseher, im Rücken Staub und Papier. Isoliert von der Außenwelt. Sich selbst, seinem Zorn und seiner Depression überlassen.

Und immer Brigitte in der Nähe, die versucht, Kontakt zu ihm zu finden, die von den Kindern redet oder ihn irgendwo anfasst, am Nacken, am Arm oder an der Hand.

Draußen hat der Sommer begonnen, aber die Fenster sind geschlossen.

Als Brigitte noch einmal den Western im Fernsehprogramm erwähnt, sagt Michael: «Lass mich in Ruhe!»

Dann entschließt er sich doch, Friedrich anzurufen.

Ehe er den Hörer abheben kann, klingelt das Telefon, und Monika Rabe will ihn sprechen.

Sie habe Hanke angerufen und davon erfahren. Sie hat auch schon mit dem Meister geredet: «Er wird Sie sicher auch gleich anrufen.» Sie spricht von Empörung und davon, dass ein Ausweg gefunden werden müsste. Sie sei auf seiner Seite. Darauf könne er sich verlassen. Sie hat Mitgefühl in der Stimme und Bedauern.

Kaum legt Michael den Hörer auf, ruft auch der Meister an.

«Siehst du», sagt Michael zu Brigitte, «sie lassen mich doch nicht im Stich.»

Auch der Meister redet von dem Ausweg, der gefunden werden müsste, aber er weiß keinen. Ob Michael nicht doch einmal mit seinem Bruder sprechen sollte? Schließlich seien sie doch Brüder. Das muss doch noch nicht endgültig sein, was Hanke heute als Bescheid bekommen hat. Sicher gäbe es da noch eine Lösung. Auch der Meister hat Mitgefühl in der Stimme und Bedauern. Michael dankt für all die gut gemeinten Worte.

Er war schon immer ein höflicher junger Mann. Einer mit einer guten Kinderstube.

Da er annimmt, dass Friedrich in der Stadt ist, ruft er im Bungalow an. Friedrich hebt selbst ab.

«Ach, du bist es?», fragt er.

«Störe ich?»

«Einen Augenblick», sagt Friedrich, «ich will nur den Plattenspieler leiser stellen.»

Auch er hört gern Beethoven. Oder Mozart. Im Köchelverzeichnis kennt er sich aus wie sein Vater.

«Du möchtest mit mir reden?», fragt er.

Michael setzt dazu an, aber Friedrich sagt, er habe mit allem schon seit vier Wochen nichts mehr zu tun. Ihm gehöre zwar der Betrieb, aber persönlich sei er in der Firma nicht engagiert. Das mache die Firmenleitung, die er eingesetzt habe. Die sei in ihren Entscheidungen völlig unabhängig von ihm.

«Das kannst du mir doch nicht erzählen», sagt Michael und unterdrückt die erste aggressive Reaktion auf die Argumente des Bruders. «Das ist doch Unsinn», sagt er.

«Aber ich bitte dich», entgegnet Friedrich, «glaubst du wirklich, ich hätte die Zeit, in jeden meiner Betriebe persönlich einzugreifen? Ich muss einfach Verantwortung delegieren.

Schließlich bin ich kein Übermensch. Und hier habe ich das schon vor vier Wochen getan. Das Kündigungsschreiben ist auch nicht von mir unterzeichnet. Hast du dich schon mal mit dem Personalchef wegen deiner Probleme unterhalten? Vielleicht kann er etwas tun.»

Michael fängt an zu schreien. Seine Stimme ist laut, aggressiv und gepresst, als sei ihm der Atem abgeschnürt: «Das kannst du mit mir nicht machen!»

Friedrich bleibt ganz ruhig: «Wenn ich es dir doch sage. Es tut mir wirklich leid. Aber du bist doch selbst schuld an der ganzen Misere. So verhält man sich einfach nicht als Arbeitnehmer.»

Michael droht damit, an die Öffentlichkeit zu gehen, schreit: «So leicht kommst du mir nicht davon, so leicht nicht. Ich lass mich von dir doch nicht als Trottel verkaufen.»

Diesmal hängt Michael ein.

Er ist erregt, zittert und presst den Atem stoßweise aus.

Brigitte zündet ihm eine Zigarette an. Sie fragt nicht. Er würde nur erneut losbrüllen. Jetzt steht er unter Zwang. Jetzt ist er das, was sie aus ihm gemacht haben.

Es ist wie ein Ausbruch, die Auflehnung eines Menschen, der sich von aller Unterdrückung befreien möchte. Ein Ausbruch, der unerwartet und zusammengeballt Michaels ganze unduldsame Härte aufwirft, wenn er beginnt, sich brutal zu verteidigen, wie ein gefangenes Tier, das zu lange grausam gequält wurde, um auch nur noch einen Anflug von Gutartigkeit zeigen zu können.

Brigitte verhält sich still.

Als das Telefon noch einmal klingelt, hebt sie ab. Es ist Amelie. Sie will nicht mit Brigitte reden. Sie will Michael.

Brigitte sieht, wie er sich weigern will, aber gegen die Mutter kommt er nicht auf. Das war schon immer ein sinnloses

Unterfangen. Also lässt er es gar nicht erst auf eine Auseinandersetzung ankommen und nimmt den Hörer.

Während Amelie spricht, wird ihm die Atmosphäre dieses Abends bewusst. Als sei er auf eine Isolierstation geraten. Seine einzige Verbindung zur Außenwelt ist das Telefon. Diese Verbindung ist vage und unverbindlich. Es redet sich leichter am Telefon.

Morgen sehen die Gesichter anders aus.

Eine Landschaft ohne Anhaltspunkte, leer gefegt und ohne Leben.

Amelies Stimme klingt erregt. Wenn sie erregt ist, spricht sie sehr schnell.

Friedrich hat sie angerufen. Dann hat sie mit Ruth telefoniert, weil die den Jungen für vierzehn Tage nach Berlin holen wollte. Ruth habe Friedrich sehr bedrängt.

Ruth habe ihr gesagt, er wolle eventuell mit den Studenten etwas unternehmen. Amelie sagt: «Was willst du denn mit den Studenten? Lass die Finger davon! Die sollen lieber studieren, statt Krawall zu machen. Und du solltest endlich lernen, deine Arbeit zu tun und sonst nichts. Jetzt sitzt du auf der Straße mit Frau und zwei Kindern.»

Michael sagt: «Das letzte Wort ist noch nicht gesprochen.» Er redet vom Arbeitsgericht.

Amelie sagt: «Das macht die Sache nur noch schlimmer.»

Sie sagt, er solle sich das aus dem Kopf schlagen. Er habe einen Fehler gemacht und nicht Friedrich. «Er ist doch dein Bruder», sagt sie, und: «Das kannst du uns doch nicht antun! Friedrich hat ohnehin schon genügend Schwierigkeiten. Heute», berichtet Amelie, «hat der Stadtrat gegen Dr. Hartmann beschlossen, die Grundstückspreise für den Tennisplatz und die Reitanlage doch zu erhöhen. Friedrich ist ganz niedergeschlagen.»

Michael solle an die Familie denken.

An seinen Vater soll er denken.

«Schließlich hat dein Vater als Gelehrter seinen guten Ruf in dieser Stadt zu verlieren.» Das sei nun einmal so in einer Kleinstadt. Professor Spieß hätte auch schon von der Sache gehört und sei sehr neugierig. «Unternimm nichts unüberlegt, was dir später nur leidtut. Du musst alles genau überlegen. Du musst auch an uns denken. Du hättest Beamter werden sollen wie dein Vater. Da hätte dir nichts passieren können.»

Michael sagt, er wolle zu seinem Recht kommen.

«Du hast doch unrecht», beharrt Amelie. «Du bist einfach im Unrecht, mein lieber Sohn. Du hättest dich nicht so sehr exponieren dürfen. Du musst dein Temperament zügeln, das ist dir schon immer schwergefallen. Wenn ich nur daran denke, wie jähzornig du als Kind warst.»

«Mein Gott», sagt Michael, «lass doch die alten Geschichten aus dem Spiel. Hier geht es um eine prinzipielle Auseinandersetzung zwischen Arbeitgeber und Arbeitnehmer. Das ist eine sozialpolitische Angelegenheit –»

Amelie unterbricht ihn: «Du bist doch kein Roter?» Und fragt beinahe ängstlich nach: «Oder doch?»

«Nein», sagt Michael, «ich bin nur aus der Kirche ausgetreten.»

22

In nomine Patris, et Filii, et Spiritus Sancti.

Lasset uns beten: Jauchzen will ich über Jerusalem und über Mein Volk Mich freuen. Weder Weinen noch Wehgeschrei soll man fürder dort hören. Nicht umsonst sollen sich mühen Meine Erwählten, noch sollen sie Kinder haben zum Untergang; denn sie sind ein Geschlecht, gesegnet vom Herrn, samt ihren Enkeln.

Zur Feier der Messe des heiligen Bonifatius ist Mater Ambrosia mit ihren Glaubensschwestern in die kleine Klosterkapelle eingekehrt.

Sie feiert dort jeden Morgen um sechs die heilige Messe, meist stille Messen, die ein alter dicker Pater hält.

Heute ist Bonifatius an der Reihe, ein Liebling der Mutter Oberin. Deshalb hat sich eine der Novizinnen an die Hausorgel gesetzt, und die anderen haben ihre Gesangbücher unter den Bänken vorgezogen.

Mater Ambrosia singt gerne, und ihre kräftige Stimme kommt im niedrigen Gewölbe der Klosterkapelle zur Geltung. Als sie den Kanon mit dem Gedächtnis der Kirche beginnen und mit dem Gedächtnis der Lebenden weiterführen, betet Mater Ambrosia auch für Baumgart.

Ein Gebet kann nicht Sünde sein, auch wenn sie diesen Mann einmal begehrt hat.

Und was war er doch für ein Mann, er, der jetzt gebrochen und enttäuscht vom lauten Weltgetriebe in einem Sanatorium wieder zu sich selbst finden soll.

Seit sie davon erfahren hat, versucht Mater Ambrosia von der Mutter Oberin eine Besuchserlaubnis zu erhalten, die ihr jedoch hartnäckig verweigert wird.

Mater Ambrosia, heißt es, gehe ohnehin viel zu sehr in ihrer Arbeit auf. In ihrem sozialfürsorgerischen Einsatz gegen das Elend in der Siedlung befasse sie sich zu sehr mit weltlichen Dingen und sei auf dem besten Wege, darüber ihre geistliche Bestimmung zu vernachlässigen. Die Mutter Oberin soll sogar schon erwogen haben, Mater Ambrosia für einige Zeit wieder ganz in die Mauern des Klosters zurückzuholen.

Davon weiß Mater Ambrosia, lässt sich jedoch nicht abschrecken, weiter für Peter Baumgart zu beten und zu bitten. «Diesem Manne», sagt sie, «muss geholfen werden, auch wenn er durch eigenes Verschulden so tief gesunken ist.»

Außer seiner Frau wusste keiner, dass er trank. Wenn er in Gesellschaft trank, fiel nur die Schnelligkeit auf, mit der er ein Glas leerte. Selbst hoher Alkoholgehalt im Blut ließ ihn nie betrunken scheinen. Seine Unterhaltung wurde immer amüsanter.

Ohne Erlaubnis der Mutter Oberin und mit ihrem persönlichen Taschengeld hat Mater Ambrosia von einer öffentlichen Telefonzelle aus Baumgarts Frau angerufen.

«Der behandelnde Arzt sagt», berichtete Frau Baumgart, «dass er schon lange an einer depressiven Lebensangst gelitten haben muss. Davon hat er jedoch nie etwas erzählt. So, wie er auch nie etwas von seinen Geschäften mit Christian gesagt hat. Er muss sich heimlich mit seinem Sohn getroffen haben. Ich habe Christian nicht mehr gesehen, seit er volljährig geworden war. Dann ist da noch die Geschichte mit der Polizeibehörde.»

«Polizeibehörde?» Mater Ambrosia war schockiert. «Was hat ein Professor der Germanistik mit der Polizei zu tun?»

Frau Baumgart war selbst mehr als verwirrt. «Ich blicke noch nicht ganz durch», antwortete sie. «Fest steht, dass es sich um ein Autogeschäft handelt.»

Christians Gebrauchtwagenhandel mit der Türkei flog auf, als Esthers Sohn und die kleine Bibliothekarin an der Grenze verhaftet wurden. Das Pärchen und der teure Wagen müssen den Zollbeamten suspekt erschienen sein. Sie hielten die beiden fest und fragten bei der Frankfurter Polizeibehörde an, ob der Wagen vielleicht gesucht werde.

«Gott sei Dank», sagt Frau Baumgart, «war der Wagen wenigstens nicht gestohlen! Aber der Polizei stieß die Beschreibung des orangefarbenen RO 80 mit dem reparierten Kotflügel auf. So einen Wagen suchten die schon seit Anfang November vergangenen Jahres. Damals war ein Kollege meines Mannes, Professor Wolf, tödlich überfahren worden, und der Fahrer hatte Unfallflucht begangen.»

«Wie schrecklich!», sagte Mater Ambrosia. «War das denn der Unfallwagen?»

«Die Polizei ist überzeugt davon. Und weil Peter als Fahrzeughalter eingetragen war, wurde ihm eine Vorladung wegen Verdachts der Unfallflucht zugeschickt. Die muss er einfach ignoriert haben. Anscheinend sind noch weitere Aufforderungen an ihn ergangen und zuletzt ein Haftbefehl, da hat er durchgedreht. Einfach lächerlich.»

Frau Baumgart hatte ihn zur Rede stellen wollen, weil sie entdeckte, dass er zu seiner ersten Frau noch Kontakt hielt.

«Wir haben deswegen oft Auseinandersetzungen gehabt», gab sie zu, «aber diesmal reagierte er empfindlich, hatte gleich Schaum vor dem Mund und rollte sich beißend in den Teppich. Deshalb ließ ich ihn abholen und in die Behandlung des Chefarztes geben, den wir gut kennen. Peter wurde in der Universitätsklinik vorzüglich versorgt. Erst machte ich sie dort auf seinen Hang zum Alkohol aufmerksam, dann kam die Autogeschichte ans Licht.»

Mater Ambrosia wollte es nun genau wissen, auch wenn

das Telefongespräch teuer wurde: «Hat er denn den Professor Wolf totgefahren oder nicht?»

So genau weiß das Frau Baumgart auch nicht.

«Ich habe nur herausgefunden, dass Christian den Wagen erst nach dem Unfall kaufte.»

«Dann muss es der frühere Besitzer gewesen sein», bemerkte Mater Ambrosia mit kriminalistischer Schläue. «Lässt sich der nicht feststellen?»

«Natürlich lässt er sich», antwortete Frau Baumgart. «Das ist auch schon geschehen. Der Wagen wurde von Ihrem Bruder übernommen.»

«Von Egon?»

Eine Woche nach der Einlieferung in die psychiatrische Abteilung der Frankfurter Universitätsklinik haben sie Baumgart in ein Sanatorium geschickt. Dort liegt er vorerst isoliert, nicht vernehmungsfähig und auch noch nicht in der Lage, Briefe zu schreiben. Er wird abgeschirmt vom Leben.

Und er war so lebenslustig, denkt Mater Ambrosia:

Und gedenke, Herr, deiner Diener Peter Baumgart und Egon, betet sie: Und aller Umstehenden, deren Glauben und Opfergesinnung du kennst.

Nun setzt die Novizin zum Orgelspiel an.

Eine Singmesse ist doch etwas Schönes.

Als würden die dicken feuchten Mauern des Klosters von den kräftigen Frauenstimmen aufgewärmt, der Geruch jahrhundertealten Moders hinausgeblasen. Danach geht Mater Ambrosia jedes Mal erfrischt an ihre Arbeit.

Gewöhnlich nimmt sie den Bus hinaus zum Hafengelände, heute kehrt sie noch einmal in ihre Zelle zurück. Sie ist für neun Uhr mit dem Oberbürgermeister verabredet.

Dr. Hartmann konnte ihre Bitte um eine Unterredung in

einer Stadt, deren Stadtbild von Kirchen und klösterlichen Passanten geprägt ist, nicht abschlagen.

Mater Ambrosia bürstet ihren schwarzen Rock und setzt die Haube zurecht, ehe sie an der Pfortenschwester vorbei aus dem kühlen Kloster auf die helle heiße Straße tritt.

Gegenüber dem Kloster, im Roxy-Filmtheater, spielen sie «Blutjunge Verführerinnen». Mater Ambrosia geht mit raschen Schritten und gesenkten Blicks daran vorbei.

Der Oberbürgermeister hat sein Amtszimmer im obersten Stockwerk des Rathauses und einen umfassend herrlichen Blick über die Dächer und an den Glockentürmen der Stadt entlang bis zu den Weinbergen der Südhänge.

Unter ihm liegt der enge Talkessel. Hier oben aber weht ein frischer Wind.

Mit Entsetzen stellt Mater Ambrosia fest, dass es in diesem Rathaus nur die Möglichkeit des Treppensteigens oder der Benutzung eines Paternosters gibt. Unwillkürlich faltet sie die Hände vor der Brust: Vater unser, der du bist im Himmel!

Aber sie will nur in den sechsten Stock.

Zögernd steht sie vor den auf- und abwärts gleitenden Kabinen und ist damit beschäftigt, die Chancen abzuwägen, die sie hat, heil in den Paternoster einzusteigen. Dann entschließt sie sich, das rechte Bein als Sprungbein zu nutzen, mit der linken Hand die Röcke zu raffen, starr auf die Fußbodenschwelle zu den rollenden Kabinen zu blicken und in dem Augenblick einen weit gestreckten Sprung zu wagen, in dem die Schwelle des Aufzugs von der Fußbodenschwelle noch etwa zwei Zentimeter entfernt ist, damit die ehrwürdige Mutter nicht unwürdig stolpert.

Es dauert zwei Stockwerke, bis sich ihre Aufregung wieder gelegt hat. Vier weitere Etagen fährt sie dann in stoischer Ruhe aufwärts, fatal ins Schicksal ergeben.

Im sechsten Stock aber bleibt ihr dann keine andere Wahl, als rechtzeitig wieder auszusteigen, wenn sie nicht in den Speicher transportiert werden möchte. Sie war zwar immer schon neugierig zu erfahren, wie ein Paternoster an der Umkehrstation funktioniert, aber ihr fehlt der Mut für einen Selbstversuch.

Dr. Hartmann erwartet sie schon. Er hat die Verbindungstür zum Sekretariat geöffnet und kommt ihr mit ausgestreckten Händen und sehr freundlich entgegen. Beinahe zu freundlich.

Misstrauisch setzt sich Mater Ambrosia auf den Rand eines der hochgepolsterten Sessel in der Besucherecke.

Es geht ihr um die Siedlung.

«Wir haben jetzt innerhalb eines halben Jahres zwei Selbstmordversuche von Kindern miterleben müssen», sagt Mater Ambrosia. «Gott sei Dank konnte das zweite Kind gerettet werden. Aber die Zustände dort sind unhaltbar geworden.»

Dr. Hartmann weiß von dem Jungen, der sich erhängte. «Ein bedauerlicher Vorfall, noch vor meinem Amtsantritt.»

«Das hat mit Ihrem Amtsantritt überhaupt nichts zu tun», wird er von Mater Ambrosia belehrt. «Das hängt mit der Situation dort zusammen.»

«Ich habe mich informiert», sagt Dr. Hartmann und zündet sich eine Zigarette an. «Eine Zigarette darf ich Ihnen wahrscheinlich nicht anbieten, ehrwürdige Mutter?»

Mater Ambrosia schüttelt den Kopf. «Ich bin hier, damit Sie endlich einmal die Sache in die Hand nehmen.» Sie erinnert ihn an eine seiner Wahlversammlungen, auf der er versprochen habe, in dieser Siedlung menschenwürdigere Verhältnisse zu schaffen. «Seitdem ist nichts geschehen», stellt sie entschlossen fest.

«Aber, ich bitte Sie, in so kurzer Zeit! Was kann man da schon erreichen?»

Mater Ambrosia berichtet von den drei Sozialarbeitern für vierhundert Kinder. «Fünfzig davon fallen unter meine Obhut», sagt sie. «Mädchen zwischen zwölf und sechzehn. Die übrigen dreihundertundfünfzig teilen sich auf Ihre Leute auf.»

«Ein miserabler Zustand», seufzt der Oberbürgermeister. «Sagen Sie, was soll ich tun?»

Mater Ambrosia sieht ihn zweifelnd an: «Das müssten Sie doch wissen!»

«Ich verlasse mich ganz auf Sie», entgegnet Dr. Hartmann und streift die Asche von seiner Zigarette. «Ich glaube, Sie haben den besten Überblick. Machen Sie Vorschläge, ehrwürdige Mutter, und ich werde sie prüfen lassen.»

«Da gäbe es eine Menge», setzt Mater Ambrosia an, als die Tür vorsichtig geöffnet wird und die Sekretärin ihren Kopf durch den Türspalt steckt.

«Was ist?», fragt Dr. Hartmann.

Die Sekretärin kommt herein und beugt sich über ihren Chef: «Herr Born hat gerade angerufen. Sie möchten bitte möglichst gleich zurückrufen.»

«Gibt es etwas Neues?»

Die Sekretärin vermutet, dass Herr Born nun mit den Konditionen einverstanden sei, die ihm für die beiden Grundstücke geboten werden könnten.

«Danke», sagt Dr. Hartmann. «Ich werde das gleich erledigen.» Zu Mater Ambrosia gewandt entschuldigt er sich: «Es handelt sich um eine wichtige Angelegenheit für unsere Stadt. Sicherlich haben Sie schon von Friedrich Born gehört?»

Mater Ambrosia lächelt begütigend: «Den hatte ich unter meinen Fittichen, als er noch ein kleiner Junge war. Er ist nämlich beinahe ein Neffe von mir.»

«Wie interessant», sagt Dr. Hartmann. «Von diesen familiären Beziehungen war ich noch gar nicht unterrichtet.»

«Er war ein liebenswertes Kind», erzählt Mater Ambrosia. «Aber zu Weihnachten hat er im letzten Jahr nicht mehr als fünfhundert Mark für die Siedlung gegeben, und das auch erst, nachdem ich ihn mehrmals zur Hilfe gedrängt habe. Wissen Sie, was fünfhundert Mark da wert sind? Fast nichts. Ein Tropfen auf den heißen Stein. Davon konnten wir gerade den Bedürftigsten einige dringend notwendige Dinge anschaffen.»

«Wie bedauerlich», sagt Dr. Hartmann. «Sie wollten mir doch einige Vorschläge unterbreiten?»

Mater Ambrosia spricht vom Kindergarten für die Jüngsten, von der Hortbetreuung für Schulkinder, von einem Jugendzentrum und einem Lernzentrum, um den Kindern Chancengleichheit zu geben, und von heilpädagogischen Kursen für milieugeschädigte Jugendliche.

«Das alles kostet sehr viel Geld», erwägt Dr. Hartmann. «Es wird schwierig sein, für diese Aufgaben geeignete Leute zu finden. Sie können sich ja gar nicht vorstellen, wie schwer es heutzutage ist, gute Sozialarbeiter in den städtischen Dienst zu holen.»

«Das ist Ihre Aufgabe.» Mater Ambrosia lächelt. «Sie müssen etwas für die Siedlung tun, Herr Oberbürgermeister, Sie haben ein Amt, und Sie haben eine Pflicht.»

«Mein Gott», sagt Dr. Hartmann, «man hat so viele Pflichten als erster Bürger der Stadt. Außerdem habe ich mich informiert», sagt er: «Für die Siedlung bin ich gar nicht in erster Linie zuständig.»

Er zählt auf: Fürsorge, Jugendamt, Liegenschaftsamt, Wohnungsamt und Wohlfahrtseinrichtungen der Kirchen.

«Ich bin gar nicht der richtige Mann.»

Mater Ambrosia widerspricht: «Sie sind der Einzige, der diesen ewigen Kompetenzschiebereien endlich einmal ein

Ende setzen könnte. Sie sind Oberbürgermeister, und Sie sollten sich dafür einsetzen, dass etwas geschieht.»

Dr. Hartmann ist von der Energie dieser Nonne unangenehm berührt. «Ehrwürdige Mutter», bittet er, «könnten Sie nicht alle Ihre Vorschläge einmal schriftlich fixieren? Ich werde sie dann gerne dem Stadtrat vorlegen.»

«Genügt es nicht, mit Ihnen gesprochen zu haben?»

Dr. Hartmann hat seine Zigarette bis zum Mundstück geraucht und drückt nun den angesengten Filter im Aschenbecher aus.

Er erhebt sich und sagt: «Seien Sie mir nicht böse, aber meine Zeit ist knapp bemessen.»

Auch Mater Ambrosia verlässt den Sesselrand. «Gut», sagt sie, «ich werde alles schriftlich vorlegen. Morgen haben Sie meinen Brief.»

Dr. Hartmann seufzt erleichtert auf: «Ich danke Ihnen. Mit Gottes Hilfe werden wir sehen, was sich machen lässt.»

23

Die Stadt ist unruhig geworden. Ihre Bürger sind verschreckt. Die Roten gehen um. So schreiben es die Zeitungen.

Zum ersten Mal kommt ein Arbeitskampf in die Öffentlichkeit.

Glücklicherweise wird nicht mehr von Streik gesprochen, aber eine Demonstration wurde beantragt und auch genehmigt.

Manche Bürger fragen sich, was denn da für Leute im Amt für Öffentliche Ordnung sitzen, die so etwas genehmigen. Eine berechtigte Frage, die auch von einer der beiden Tageszeitungen, der katholischeren, aufgegriffen wird.

Ruhe und Ordnung sind in Gefahr. Solchen Umtrieben muss rechtzeitig ein Riegel vorgeschoben werden. Die jungen Leute gehören in Arbeitslager. Die sind heutzutage alle viel zu gut ernährt und haben deshalb zu viel Energien.

Die Tagesblätter warnen ihre Leser: Zum ersten Mal wird heute zwischen acht und zehn Uhr eine Demonstration vor der Großdruckerei Heilmann & Born stattfinden, die der bekannte Industrielle Friedrich Born vor einigen Wochen übernommen hat. Radikale Gruppen aus Studentenkreisen und die SDAJ wollen, wie sie sich dem «Frankenecho» gegenüber äußerten, gegen die «kapitalistischen Ausbeutermethoden des Friedrich Born» protestieren.

Oberbürgermeister Dr. Hartmann erklärte gegenüber der Presse: Er bedaure die geplante Protestaktion, weil sie aus Kenntnis der Sachlage unbegründet sei. Mit einem derartigen Vorgehen werde in den Ausbau des Unternehmens unangemessen negativ eingegriffen. Dieser Wirbel störe naturgemäß die Dispositionen der Firma. Die Bürger werden aufgefordert, sich von der Demonstration fernzuhalten, es könne zu tumultartigen Auswüchsen kommen. Diese jungen Leute seien unberechenbar.

Friedrich Born hat sich für vierzehn Tage auf der «Hanseatic» nach Israel, mit Ziel Jerusalem, eingeschifft und gibt vor, diese Reise schon lange geplant zu haben.

Amelie Born hat bis auf Weiteres das donnerstägliche Mittagessen abgeblasen.

Und Michael zögert, an der Demonstration teilzunehmen. Die Art und Weise, wie mit seiner Person agitiert wird, macht ihn unsicher. Er kann sich des fatalen Eindrucks nicht erwehren, nur noch ein Vorwand zu sein. Eine Karte im Klassenkampf, die stechen soll.

Skurrile Situation: einer aus derselben Familie, angetreten zum Bruderzwist. Eine beinahe närrische Symbolik, aufgefrischt aus dem Schlagwortverzeichnis arbeitskämpferischer Konvention.

Nur noch eine Figur im Brettspiel um den König, nicht ohne die Komik brüderlicher Auseinandersetzungen. So steht Michael am Rande der Demonstration.

Die Sonne scheint. Und wenn die Sonne scheint, wirkt diese Stadt unheimlich friedlich.

Wie aus dem Ei gepellt oder aus einem Fremdenverkehrsprospekt. Hier lässt es sich leben.

Ohne Weiteres.

Wäre die Demonstration eine blumenreiche Fronleichnamsprozession, würde sie sich lückenlos in diesen heiteren Frühsommertag einpassen. Aber es fehlen die weiß gekleideten Mädchen, die artig Blumen streuen. Es fehlen die Lobgesänge.

Stattdessen bringen Sprechchöre einen Misston in die Harmonie der Gemeinde.

Missratene Bürgersöhne.

Ausgeburt des ewigen Feindes.

«Kommunistische Infiltration», behauptet Dr. Hartmann, ohne etwas beweisen zu wollen.

Eine stille Stadt gerät über fünfzig Demonstranten in Aufruhr. Sie ziehen mit der roten Fahne der Sozialistischen Deutschen Arbeiterjugend und drei Transparenten vor dem verschlossenen Werkstor der Großdruckerei auf.

Keiner der Betriebsangehörigen lässt sich blicken.

Ein Kordon blauer Stadtpolizisten schützt den Zugang zum Tor. In den Seitenstraßen stehen die Einsatz- und Mannschaftswagen der Polizei. Die Stadt hat eine Hundertschaft aufgeboten.

Tote solle es jedoch nicht geben, hat Dr. Hartmann privat geäußert. Sie sollen nur schnell und sicher zuschlagen.

Momentan schirmen sie lediglich die Neugierigen ab, die sich auf der anderen Straßenseite gesammelt haben. Bürger, die sehen wollen, wie die Roten kommen.

Michael steht im Abseits, gegenüber der Firma an eine Hauswand der Deutschen Bank gelehnt.

Er war einer der Letzten, die auf dem Marktplatz zwischen Blumen- und Gemüseständen zur Sammlung eintrafen, und zog in der hintersten Reihe mit über die Kaiserstraße zum Bahnhofsgelände und von dort zur Friedensstraße, fünfhundert Meter weiter am Flusskai.

Vorne trugen sie Transparente: FRIEDRICH BORN WILL MIT PRESSIONEN SEINE ARBEITER ENTLOHNEN.

Als sie den Gebäudekomplex der Druckerei erreichten, stand die Polizei schon bereit.

Während die Reihen der Demonstranten dichter aufschlossen, um nicht zersprengt zu werden, wurde Michael mit einigen anderen abgedrängt. Zwei Polizisten drückten Michael an die Hauswand. Der eine klein und schlank, der andere groß und breit. Michael wollte ausweichen, aber der stärkere von den beiden hielt ihn an der Schulter fest und sagte: «Nu mach mal nicht so 'n Zirkus.»

Der andere sagte: «Den hab ich doch schon mal wo gesehn. Moment mal», überlegte er. «Ist das nicht der Bruder, der für das ganze Schlamassel verantwortlich ist?»

«Schönes Früchtchen», sagte der Dicke.

«Da haben wir einen guten Fang gemacht.»

Dann stellte sich der Dicke so vor Michael auf, dass er von der Deutschen Bank nicht mehr wegkam.

Inzwischen haben sich die übrigen Demonstranten vor dem Werkstor gesammelt. Einer hat ein Megafon dabei. «Die Entlassung des Kollegen Michael Born», sagt er, «soll ein Schlag gegen euch alle sein. Die Ausbeutermethoden des Kapitalisten Friedrich Born sind bekannt. Für ihn gilt nur die Maxime des Profits. Seinen Arbeitsplatz behält nur, wer sich den Forderungen der Betriebsleitung beugt. Wenn ihr nicht noch länger Willkür und Unterdrückung ausgesetzt werden wollt, dann müsst ihr euch solidarisieren. Wenn ihr nicht auch in Zukunft wie unmündige Kinder behandelt werden wollt, dann müsst ihr euch jetzt zur Wehr setzen. Ihr müsst handeln! Wir, junge Arbeiter, Schüler und Studenten, stehen heute vor eurem Werkstor, um mit euch gemeinsam gegen die Missstände zu protestieren, die hier in diesem Betrieb erst auftraten, nachdem die Firma vom mächtigsten Mann der Stadt gekauft worden war. Ihr alle kennt die Missstände:

Geschickt getarnte Massenentlassungen.

Wer alt ist, wird gefeuert.

Einführung amerikanischer Zeitmessungsmethoden.

Mehr Stress und Leistung für gleichen Lohn.

Einflussnahme auf die Betriebsratswahl.

Rationalisierungsmaßnahmen, die euch alle arbeitslos machen können.

Kolleginnen und Kollegen, das dürfen wir uns nicht gefallen lassen. Dagegen hat sich euer Kollege Michael Born stark gemacht. Dafür wurde er fristlos entlassen.

Das ist ein Schlag gegen euch alle.

Ihr solltet lernen, wer Herr im Hause ist.

Ihr solltet lernen: Betriebsrat wird nur, wer der Betriebsleitung genehm ist. Seinen Arbeitsplatz behält nur, wer sich den Forderungen der Kapitalisten beugt.

Der Kollege Michael Born hat euch nicht im Stich gelassen, nun lasst ihr ihn auch nicht im Stich:

Solidarisiert euch!

Der Fall Born ist euer Fall.

Werft die Flugblätter nicht weg, die wir euch geben. Lest sie und überlegt, ob ihr nicht handeln sollt.

Erst, wenn ihr euch solidarisiert, seid ihr stark!»

Aber da ist kein einziger Betriebsangehöriger, der die Flugblätter in Empfang nehmen könnte. Fenster und Werkstor bleiben verschlossen. Eine tödliche Ruhe liegt über dem Gebäudekomplex der Druckerei. Der Student am Megafon weiß nicht weiter. Keiner hat mit dieser Situation gerechnet.

Unter den Demonstranten kommt Unruhe auf.

Der Polizeikordon vor dem Werkstor schließt sich noch enger.

Ein junges Mädchen von der SDAJ beginnt, die Flugblätter an die umstehenden Passanten und Polizisten zu verteilen. In der Druckerei bleibt alles ruhig. Als sei heute niemand zur Arbeit erschienen, als stünden alle Maschinen still.

Auch die Bürger verhalten sich unbewegt.

Die Flugblätter liegen auf dem Trottoir.

Der Polizist, der vor Michael steht, grinst.

Unwirkliche Szene.

Einen Augenblick lang scheint die Menschenmasse wie unter einer Glasglocke erstarrt. Kein Zeichen von Leben mehr.

Dann rückt die Absperrkette der Polizei schweigend vor. Die Bürger ziehen nach. Der Kreis der Demonstranten schließt sich enger.

Michael bleibt an der Hauswand zurück. Er sieht, wie sich die Menschen vorschieben, unbeirrbar, wie zu nächtlicher Lynchjustiz.

Einer der Demonstranten ruft: «Wo ist Michael? Michael soll reden!»

Michael macht eine Bewegung nach vorn. Auf die Demonstranten zu, da sagt der Dicke: «Schluss jetzt!»

Einer benutzt die Trillerpfeife.

Dann schlagen sie zu.

Die Glasglocke zerspringt.

Tumult und Panik brechen aus.

Jeder will entkommen. Auch Michael. Er bewegt sich an der Hauswand entlang, die Hände hinter dem Rücken auf den Stein gelegt. Er bewegt sich langsam und sieht, wie Passanten an ihm vorbeistürzen, dem Ausgang der Friedensstraße zu.

Plötzlich fasst ihn einer an der Schulter: «Sind Sie nicht Michael Born?»

Michael antwortet nicht.

«Keine Angst», sagt der junge Mann hinter ihm, der nicht älter ist als Michael. «Ich bin nicht von der Polizei. Ich bin Reporter beim ‹Frankenecho›. Und wenn Sie Michael Born sind, hätte ich gern ein paar Fragen an Sie gestellt.»

Michael nickt. Er glaubt sich in einem dieser Träume, in denen er läuft und läuft und trotzdem nicht der Gefahr entkommt.

«Gehen wir irgendwohin, wo es ruhig ist», sagt der Reporter und deutet zum Bahnhof. «Dort ist ein Espresso», sagt er.

Während sie die Straße entlang zum Bahnhof gehen, fragt er: «Haben Sie sich von der Demonstration etwas anderes erhofft?»

Michael schüttelt nur den Kopf.

Aber der Reporter ist munter und voller Eifer: «Das war doch zu erwarten. Ich meine, dass sie gleich zuschlagen.»

«Nein», sagt Michael.

Sein Begleiter lacht. «Ich denke, Sie sind in dieser Stadt aufgewachsen? Nun ja», fügt er hinzu, «vielleicht spürt man diese Atmosphäre bewusstloser Kleinbürger nicht mehr, wenn man zu lange hier gelebt hat.»

Sie erreichen das Espresso und suchen sich einen Tisch in der Nische hinter dem Ausschanktresen.

«Was trinken Sie?»

Michael reagiert noch immer nicht. Aber er nimmt eine Zigarette, die ihm angeboten wird.

«Vielleicht einen Kognak? Den könnten Sie brauchen.»

Der junge Mann zieht einen Notizblock aus der Westentasche: «Dann wollen wir mal. Ich hätte nicht gedacht, dass ich Sie noch erwische. Bisher haben wir nur Ihren Bruder und die Betriebsleitung interviewt. Jetzt sollen Sie auch mal zu Wort kommen.»

Die Bedienung bringt den Kognak für Michael und ein Bier für den Reporter.

«Prost denn», sagt er und hebt sein Bierglas.

Michael schluckt den Kognak.

«Sagen Sie mal», beginnt der Zeitungsmann, «haben Sie diese Demonstration vorbereitet?»

«Nein», antwortet Michael.

«Wer denn?»

«Die SDAJ.»

Der junge Mann lächelt. «Sie sind wohl heute nicht sehr gesprächig?»

Und während er redet, notiert er. «Wissen Sie», erläutert er, «uns interessiert eigentlich gar nicht die Vorgeschichte, die kennen wir schon von Ihrem Bruder, beziehungsweise von der Betriebsleitung. Uns interessiert die pikantere Seite an Ihrem Fall.»

Michael sieht ihn nur an.

«Ich frage mich», fährt der Reporter fort, «wie es überhaupt zu dieser verrückten Situation kommen konnte. Ich meine zu diesen Auseinandersetzungen zwischen Ihnen und Ihrem Bruder. Ich verstehe nämlich eins nicht: Wieso machen Sie auf Klassenkampf, obwohl Sie doch beide aus einer urbürgerlichen Familie stammen? Ihr Vater ist Universitätsprofessor und hält viel auf Tradition, wenn ich richtig informiert bin.»

«Das müssen Sie sich schon selbst überlegen», weist Michael ihn zurück.

«Nun, dann gehen wir die Sache anders an: Wieso waren Sie in einer Firma, die Ihrem Bruder gehört, als einer unter vielen beschäftigt? Warum hatten Sie keine Position in der Betriebsleitung?»

«Ich habe bei Heilmann schon gearbeitet, bevor der Betrieb an meinen Bruder überging.»

Der Reporter notiert. «Man hat mich informiert», sagt er dann, «dass Ihnen die Kandidatur zur Betriebsratswahl schon vor der Übernahme der Firma angetragen wurde –»

Michael unterbricht ihn: «Dann wissen Sie doch genau Bescheid.»

Aber sein Gegenüber lässt sich nicht irritieren. «Man sagte mir, Sie hätten gezögert und erst angenommen, nachdem Ihr Bruder Herr im Hause war.»

«Das ist richtig», bestätigt Michael.

«Warum?»

«Sie wissen doch ganz genau, mit welchen Methoden mein Bruder gegen die Betriebsangehörigen vorgegangen ist. Dass er so vorgehen würde, war mir klar, als er kaufte.»

Jetzt hat der eifrige Journalist das Ziel erreicht, das er anstrebte: «Nun», sagt er, «sehen wir einmal davon ab, dass Sie sich als Bruder gegen den Bruder engagierten. Aber, warum engagierten Sie sich als Angestellter für die Arbeiter? Sie hatten doch ganz offensichtlich besseren Kontakt zu den Druckern als zu den eigenen Kollegen.»

Michael schweigt. Er antwortet nicht, was erwartet wird. Sagt nichts von der Situation der Schwächeren und vom sozialen Engagement.

Der junge Mann lächelt. «Und jetzt zu meiner Kardinalfrage: Wollten Sie den Skandal? Warum haben Sie den ganzen Wirbel nicht verhindert? Sie konnten doch gar nichts anderes erreichen!»

Das letzte Wort ist noch nicht gesprochen, unterbricht ihn Michael: «Mein Fall wird vor dem Arbeitsgericht verhandelt. Der erste Termin ist für Anfang nächster Woche angesetzt.»

«Sie gehen also bis zum Letzten?»

«Ich beharre nur auf meinem Recht als Arbeitnehmer.»

Jetzt grinst der Journalist. «Sehen Sie nicht selbst, wie skurril Ihre Situation ist? Sie machen auf Arbeitskampf und suchen sich dafür gerade Ihren Bruder als Kontrahenten, erreichen aber nichts anderes als den gesellschaftlichen Skandal und kompromittieren Ihre Familie. Die Öffentlichkeit ist überzeugt davon, dass es sich hier um eine geschmacklose private Auseinandersetzung handelt, um einen Bruderzwist, den Sie dazu benutzen wollen, Ihre Ideologien und Ihren persönlichen Erfolg zu forcieren.»

24

Wer lügt, betrügt, der stiehlt bald auch und mordet kleine Kinder.

Dr. Hartmann liest diesen Spruch immer wieder gerne. Er wurde von einem emsigen Stadtbeamten für den Oberbürgermeister gemalt und hängt nun über der Blumenecke neben der Schrankwand.

Der Oberbürgermeister selbst sitzt an seinem Schreibtisch. Im Magen hat er ein flaues Gefühl und vor sich ein Funkgerät, das ihn über die Aktion in der Friedensstraße auf dem Laufenden hält.

Seine Hände sind feucht.

Die Beunruhigung der Bürger hat auf ihn übergegriffen. Das ist ganz natürlich, weil er ein guter Stadtvater ist, der sich um seine Kinder sorgt.

Dr. Hartmann hält es mit Gefühlen. Und eine solche Beunruhigung ist ein großes Gefühl.

Er liebt das.

Gefühle machen das Leben erst schön und geben ihm eine gewisse Qualität. Da ist kein Funken von Unredlichkeit. Alles ist klar und geordnet.

Alles ist tadellos.

Auch der hellgraue Anzug mit den Nadelstreifen, den Dr. Hartmann heute zum ersten Mal trägt, während er auf weitere Nachrichten aus der Friedensstraße wartet.

«Ich will keine Märtyrer», hat er dem Polizeipräsidenten gesagt.

Der leitet die Anweisung weiter: «Schnell und sicher zuschlagen.»

Da aber noch kein Schlag gefallen ist, entschließt sich

Dr. Hartmann, das Diktiergerät zu benutzen und einen Brief an Mater Ambrosia zu diktieren.

Es mache ihn ein wenig traurig, formuliert er dezent, ihr eine Absage erteilen zu müssen. Der Stadtrat sähe sich leider nicht in der Lage, ihre Vorschläge zu realisieren, da es momentan keine Möglichkeit der Finanzierung gäbe. Trotzdem hat der Oberbürgermeister einen Trost für die ehrwürdige Mutter: Die Stadt plane einen Kulturabend mit Luis Trenker, finanziert von der Stadt, veranstaltet von Olgas Künstlerinnenkreis. Luis Trenker wird ausführlich über den Berg und sich sprechen. Und er, der Oberbürgermeister, sei bereit, für einige Interessenten aus der Siedlung Eintrittskarten aus der eigenen Tasche zu zahlen.

Hartmann ist recht stolz auf diesen Vorschlag und hofft, dass viele Jugendliche einem Luis Trenker noch immer gerne zuhören.

Das ist noch echtes Abenteuer, unverfälschte Natur. Er selbst ist ein begeisterter Anhänger von Luis Trenker und hat sich schon manchen Sommer im Bergsteigen versucht.

Aus dem Funkgerät tönt die Stimme des Polizeihauptwachtmeisters: «Alles ruhig. Die Arbeiter aus der Druckerei halten sich an die Anweisungen der Betriebsleitung. Keiner lässt sich blicken.» Das Häuflein Demonstranten sei ein verlorener Haufen. Hingekleckst auf den Straßenasphalt.

Das macht den Oberbürgermeister fröhlich, und so schließt er seinen Brief an Mater Ambrosia mit herzlichen anstatt der üblichen freundlichen Grüße.

Das erleichtert sein gefühlvolles Herz.

Gegen das flaue Gefühl im Magen nimmt er ein Nervogastrol.

Sicher ist sicher.

Er denkt an Luis Trenker.

Der Berg und ich, denkt er.

Und er denkt daran, dass Friedrich Born wohl nichts Besseres tun konnte, als rechtzeitig die «Hanseatic» zu nehmen, während sein kleiner Bruder verrücktspielt.

Und er, Dr. Hartmann, wird die Stadt schon ruhig halten. Idylle ist für ihn eine Lebensbedingung. Er will eine saubere Stadt. Eine Stadt ohne Probleme. Altbewährt wieder aufgebaut.

Eine Stadt in einwandfreiem Zustand.

Hartmann baut auf keimfreie Bürger.

Gemeinsam mit den Überlebenden hat er fünfundvierzig die Leichen beiseitegeräumt und den Bombenschutt. Unversehrt von der Westfront zurückgekehrt, hat er von ganz unten wieder angefangen. Und das lässt er sich nicht kaputt machen.

Das bleibt, wie es ist, weil es sich hier leben lassen soll in einer Oase heiterer Zufriedenheit. Das Weltgetriebe soll draußen bleiben.

Diese Stadt ist eine gesunde Stadt, vom Zeitgeist noch nicht angefressen.

Und vom Fenster aus blickt er hinunter. Sie sieht aus wie eine Spielzeugstadt, denkt er, anmutig und ineinander geschachtelt, umkränzt von Weinbergen. Alte und neue Häuserzeilen, Kirchtürme, deren Dächer im Sonnenlicht aufleuchten, als wolle Gott mit erhobenem Zeigefinger zu den Bürgern sprechen.

Ehre sei Gott in der Höhe.

Und dem Bürgermeister im sechsten Stock.

Das Funkgerät reißt Dr. Hartmann aus dieser liebenswerten Erleuchtung: «Die Demonstranten werden unruhig», meldet sich der Polizeihauptwachtmeister. «Sie beginnen sich zu formieren, und wir erwarten jeden Augenblick einen tätlichen Übergriff. Ende der Durchsage.»

Trotz Tabletten ist es wieder da: das flaue Gefühl im Magen. Hartmanns Magenwände wollen sich zusammenkrampfen. Plötzlich fehlt ihm auch der Speichel im Mund.

Das beruhigende Gefühl von der Stadt aus der Spielzeugkiste hat sich in einem Nebel unbestimmbarer Furcht aufgelöst. Wenn sich die Bürger nun doch infizieren lassen, wenn es zu einem Aufstand der Demonstranten, und wenn es zu Märtyrern unter ihnen kommt?

Nicht auszudenken. Der Aufruhr in der Öffentlichkeit, wenn das geschähe.

Hartmann hat Angst vor dieser Demonstration. Er gesteht es sich ungern ein. Er fürchtet sich vor Gewalttätigkeiten. Brutalität ist gegen seine Norm. Bei ihm muss alles ruhig bleiben.

Er zwingt seine feuchten Hände flach auf die Schreibtischplatte, damit sie endlich still liegen.

Und noch eine Tablette für den sensiblen Magen.

Er fürchtet auch die Auseinandersetzung mit dem Stadtrat. Ihm wird wieder einmal Verantwortung zugeschoben. Er hört sie, die Vorwürfe aus den Reihen der eigenen Partei, wenn bei dieser Demonstration etwas schiefläuft, die Anfeindungen der Opposition und vor allem: die Schädigung seines Ansehens.

Das Hemd klebt ihm auf dem Rücken.

Und das Funkgerät meldet auch nichts mehr.

Hartmann weiß nicht, wieweit er dem Polizeipräsidenten, der den Einsatz überwacht, vertrauen kann. Der war schon vor ihm da. Der hat seine Clique, die hinter ihm steht. Hartmann ist sich zu genau bewusst, dass er seine Wahl zum Oberbürgermeister letzten Endes der Geld- und Werbekampagne Friedrichs zu verdanken hat. Das macht ihn unsicher.

Und noch immer misstrauen ihm einige Stadträte, und sogar die jungen Leute aus der eigenen Partei machen aus diesem Misstrauen keinen Hehl. Das könnte ihm gefährlich werden, auch wenn die Veteranen hinter ihm stehen und Franz Josef Strauß ihm sogar schon einmal die Hand gedrückt hat, wobei Hartmann beiläufig versicherte: Er habe Abitur.

Hartmann starrt das Funkgerät an, das keinen Ton von sich gibt. Er wird misstrauisch und fragt sich, warum der Polizeipräsident eine ganze Hundertschaft hat aufmarschieren lassen. Es war bekannt, dass sich höchstens fünfzig Demonstranten zusammenfinden würden.

Warum dieser Aufwand?

Ihn, Dr. Hartmann, wird man zur Rechenschaft ziehen. Er ist der erste Bürger dieser Stadt.

Nervös nestelt er an seiner Krawatte und lockert sie. Seit der letzten Durchsage sind nur wenige Minuten vergangen, aber mit dieser Angst im Bauch macht das Leben überhaupt keinen Spaß mehr.

Er ruft nach seiner Sekretärin, aber die ist gerade Brötchen holen.

Das macht ihn noch unruhiger.

Diese Demonstration ist ein Albtraum, der verboten werden müsste.

Und Friedrich Born vertraut dem Bürgermeister, ist fest davon überzeugt, dass die Suppe für ihn schon richtig ausgelöffelt wird. Schließlich ist er der beste Steuerzahler der Stadt.

Die Sache mit den Grundstücken hat Dr. Hartmann seinerzeit in eine ähnliche pikante Situation versetzt. Leichtfertig versprochen, stieß Hartmann im Stadtrat auf Schwierigkeiten. In solchen Angelegenheiten hatte es schon zu viel böses Blut gegeben. Die Bürger waren auf einige Grundstückschiebereien unglücklicherweise aufmerksam geworden. Das ließ sich nicht mehr so einfach arrangieren, wie es noch sein Vorgänger tun konnte.

Friedrich hatte damals nicht viel gesagt und tut es diesmal

auch nicht. Er ist es gewohnt, den Diensteifer der städtischen Behörde auf seiner Seite zu wissen.

Friedrich sagte nur: «Sie werden es schon schaffen, mein lieber Dr. Hartmann!» So, als sei der Oberbürgermeister immer noch der Rich-Choice-Tobacco-Mann vom Wahlplakat.

In Wirklichkeit ist er ein äußerst feinfühliger Mensch.

Es fällt ihm zwar manchmal schwer, über Recht und Unrecht noch einwandfrei zu urteilen, aber über den Daumen peilen kann er das jederzeit. Für Hartmann ist der richtige Weg immer der, der einen Vorteil abwirft.

Endlich meldet sich auch der Polizeihauptwachtmeister wieder: «Wir schlagen jetzt zu», sagt er.

Hartmann ist froh, dass seine Leute die Situation anscheinend überschauen können. Er überlegt, wie lange es wohl dauern wird, bis sie zugeschlagen haben.

Zehn Minuten, schätzt er, oder eine Viertelstunde. Dann ist der Spuk vorbei.

Dann kann er aufatmen. Dann braucht er keine Schreibtischplatte mehr für seine Hände.

Das freut ihn.

Auch, wenn der Ausgang noch immer ungewiss ist.

Er geht etwas gelöster wieder vom Schreibtisch zum Fenster und blickt über seine Stadt.

Bis der Anruf vom Polizeipräsidenten kommt: «Die Schlacht ist gewonnen, Herr Oberbürgermeister: zehn Verhaftungen, zwölf Leichtverletzte auf der Seite des Gegners. Keine Verluste.» Ein schöner Tag heute.

25

Professor Born schreibt an einen Kollegen der Universität Tübingen:

29. 6. 72

Lieber Kollege,
haben Sie besten Dank für Ihre Anfrage. Sie können selbstverständlich mein Literaturangebot benutzen. Die Drucke sind ausreichend gut und unvorstellbar billig (Bezahlung nach Erhalt).
Greifen Sie jetzt zu, die Inflation rast.
Gestern besuchte mich ein junger Student aus Indien, der sich hartnäckig nach Ihnen erkundigte. Seien Sie also gewarnt: Er wird Sie sicherlich in der nächsten Zeit einmal aufsuchen.
Von den Unruhen an der Tübinger Universität haben wir erfahren. Hoffentlich war Ihr Seminar davon nicht betroffen!
Bei uns ist Gott sei Dank alles ruhig. Lediglich eine kleine Demonstration in der Stadt, die glücklicherweise rasch im Sande verlaufen ist: ein Versuch jugendlicher Wirrköpfe, die bei uns keinen Nährboden finden können.
Herzlichste Grüße auch an Ihre werte Frau Gemahlin
                ergebenst Ihr
Friedrich Born

26

Als Brigitte aus München zurückkommt, sieht sie blass und erschöpft aus. Sie war übers Wochenende zu ihrer Freundin gefahren. «Ich muss dringend dorthin», hatte sie Michael gesagt. «Sie braucht meine Hilfe.»

Michael sagte etwas von Weiberkram und reagierte nicht einmal darauf, dass sie ihren kleinen Koffer im Wohnzimmer packte, so, als wollte sie seine Fragen herausfordern. Er blieb unbeteiligt in seinem Sessel sitzen, sah ihr zu und sagte nichts.

Seit der misslungenen Demonstration scheint die Krise in ihm selbst überhandgenommen zu haben. Er beteiligt sich nicht mehr an dem, was um ihn herum vorgeht.

Nur die Kinder fragten, und die kleine Corinna forderte sofort ein Pfand dafür, dass die Mutter sie für zwei Tage verlassen wollte.

Auch als Brigitte nun am Sonntagabend an der Wohnungstür klingelt, das Köfferchen auf den Treppenabsatz stellt, sind es die Kinder, die sie lautstark begrüßen.

Corinna fordert sofort die Pfandauslösung, und Katrin meint, der Papi sei noch immer traurig.

Im Wohnzimmer sitzt Michael so in seinem Sessel, wie sie ihn am Morgen zuvor verlassen hat. Im Fernsehen läuft ein Rühmann-Film.

«Gibt's was Neues?», fragt Brigitte, um überhaupt etwas zu sagen.

Michael sagt: «Nein.»

«Hast du in den Stellenangeboten vorn Wochenende schon etwas gefunden?», erkundigt sie sich.

Michael sagt: «Nein.»

Die Zeitung liegt ungelesen auf dem Couchtisch.

Dann sitzen sie beide vor dem Fernsehapparat, bis Michael unvermittelt aufsteht und sagt: «Ich bin heute Abend noch mit einigen Kollegen verabredet.»

«Wird es lange dauern?», fragt Brigitte.

Michael zuckt die Schultern: Das wüsste er nicht.

Monika Rabe hat ihn heute Vormittag angerufen: Sie, die Kollegen, seien ihm eine Erklärung für ihr Verhalten während der Demonstration schuldig. Deshalb wollten sie sich heute Abend in einem Lokal treffen. Ob er kommen könne?

Michael entschloss sich zuzusagen, obwohl ihm das alles eigentlich gleichgültig geworden war. Er wollte nicht arrogant wirken. Und Monika Rabe nannte ihm die Adresse eines Lokals, von dem er noch nie gehört hatte.

Es ist die Niederlassung eines Weinhändlers am Kaiufer, ganz in der Nähe der Siedlung. Niedrige Toreinfahrten, Gewölbe aus behauenem Stein. Feuchtigkeit und zahlreiche dunkle Hinterhöfe.

Michael erinnert sich an Streifzüge durch die Siedlung aus seiner Schulzeit. Gemeinsam mit dem Bruder durchforschte er ein Gebiet, das im Elternhaus tabu war. Jetzt geht er zögernd durch einen der niedrigen Torbogen in den ersten Hinterhof, der sich anschließt, um nach Monika Rabe zu suchen.

Im Hinterhof sind bunte Glühbirnen an eine Leine gehängt. Weinfässer liegen herum, und es riecht nach saurem Wein. Im Rückgebäude steht eine Tür offen. Drinnen brennt Licht.

Michael geht darauf zu. Er hört Zithermusik. Vorsichtig stößt er die Tür weiter auf und sieht einen Vorraum, abgetretene Steinfliesen, eine steile Treppe und rechts von der Treppe den Schankraum. Die Beleuchtung kommt von einem defekten Lüster aus der Sperrmüllabfuhr und von einer Stehlampe neben dem Zitherspieler.

Ein korpulenter Mann hantiert hinter dem Tresen, und ein junges Mädchen läuft mit weißer Schürze zwischen den Tischen umher und bedient.

Michael denkt an einen Club: ausrangierte Sofamöbel, schwere Ölgemälde an den Wänden, Spitzendeckchen auf den Tischen und eine Kerze neben der Blumenvase. In jeder Vase eine künstliche Rose.

Er ist überzeugt davon, an die falsche Adresse geraten zu sein, und wendet sich zum Gehen.

Aber der Wirt, der ihn beobachtet hat, ruft: «Bleiben Sie ruhig, junger Mann!»

Dann kommt Monika Rabe von einem der Tische auf ihn zu: «Da sind Sie ja. Ich dachte schon, Sie hätten es sich doch noch anders überlegt.» Sie führt ihn zu einem Ecktisch am Fenster. Daneben sitzt der Mann mit der Zither und kippt gerade einen Klaren.

«Hübsch hier, oder?», fragt sie.

Michael sieht sich zweifelnd um: «Seltsame Atmosphäre», sagt er.

Sie lacht: «Das Lokal ist ein Geheimtipp. Der Wirt lebt nur von Stammkundschaft. Was wollen Sie trinken?»

Das Mädchen in der weißen Schürze ist an ihren Tisch gekommen.

«Kann ich ein Bier haben?», fragt Michael.

«Sie sollten hier Wein trinken», meint Monika Rabe. «Der ist gut und billig.»

Michael besteht nicht weiter auf seinem Bier und beginnt, die Leute zu betrachten.

«Wo sind eigentlich die Kollegen?», fragt er.

Monika Rabe wird verlegen: «Ich habe den Meister und zwei seiner Leute gebeten, heute Abend hierherzukommen, und sie hatten auch zugesagt. Aber dann hat einer nach dem andern bei mir angerufen und wieder abgesagt. Ich glaube, die haben Angst.»

«Angst?»

Der an der Zither fängt wieder an zu spielen. Jetzt versucht er es mit alten Schlagern.

«Ja, Angst», sagt Monika Rabe.

Michael sagt nichts mehr, beobachtet die Menschen. Hier stimmt alles. Die alten Frauen und die ausrangierten Möbel. Stearinkerzenstummel und Spitzendeckchen aus dem Kaufhaus und der korpulente Wirt mit der Lederschürze vorm Bauch, wie sie Metzger tragen.

«Es ist so», erklärt Monika Rabe. «Als ihr die Demonstration veranstaltet habt, hat die Betriebsleitung mit harten Maßnahmen gedroht, wenn einer von uns mit euch sympathisiert. Deswegen haben wir uns alle still verhalten.»

Michael nickt. Der Zitherspieler ist am Ende. Eine von den alten Frauen spendiert ihm einen neuen Klaren. Sie sieht aus, wie auch die anderen aussehen, so, als seien sie mit dem Leben endgültig fertig. Dazwischen einige Männertypen, die zu den Frauen gehören.

Das Mädchen bringt den Wein.

«Danke, Antonia», sagt Monika Rabe. «Magst du dich nicht ein bisschen zu uns setzen?»

«Danke», sagt das Mädchen und lächelt verlegen. «Nachher. Jetzt erst Gläser spülen.»

«Sie kommt aus Spanien», erklärt Monika Rabe. «Gastarbeiterin. Seit einem Jahr in Deutschland.»

Als der Zitherspieler erneut ansetzt und es mit «Tea for Two» versucht, nimmt sich einer der Männer die Rumbakugeln, die neben der Zither auf dem Tisch liegen, und schüttelt sie im Rhythmus, während zwei alte Frauen miteinander auf dem kleinen freien Raum zwischen den Tischen tanzen.

Michael entdeckt die Wandleuchter ringsum. Einige Glühbirnen fehlen. Überall sind dunkle Papierrosen angesteckt, die Tapete im Biedermeierstil ist verblichen.

«Sie sind eine Gefahr für jeden aus dem Betrieb, der mit Ihnen Kontakt hat», sagt Monika Rabe. «Die Solidarität, die es früher mal gab, ist nicht mehr.»

Jetzt tanzen schon drei Frauenpaare miteinander.

«Also, im Stich gelassen», sagt Michael und geht zum ersten Mal auf das ein, was Monika Rabe ihm seit einer halben Stunde klarzumachen versucht.

«Sie haben Angst», sagt Monika Rabe. «Keiner will seine Existenz aufs Spiel setzen.»

«Nur ich war der Dumme», sagt Michael.

Er beobachtet, wie Monika Rabe immer wieder der einen oder anderen Frau zunickt.

«Was ist das eigentlich für ein Club hier?», will er wissen.

«Städtischer Untergrund.» Die Frau lächelt. «Nichts Politisches. Wenn Sie so wollen: Kanalisation. Menschen, die gestrandet sind. Abgesprengt vom festen Ufer soliden Bürgertums.»

Michael fragt: «Soll das eine Anspielung auf meine Situation sein?»

Monika Rabe wehrt ab: «Ich bin oft hier. Die Leute gefallen mir.»

Michael distanziert sich noch immer von dieser morbiden Atmosphäre, registriert jede Einzelheit und stößt sie wieder ab wie etwas, das nicht zu ihm gehört.

«Hatten Sie schon einen Termin beim Arbeitsgericht?», erkundigt sich Monika Rabe.

Michael verneint: «Am Dienstag», sagt er. «Aber der Jurist von der IG Druck und Papier meint, es sei ohnehin aussichtslos, da die Firma nicht mehr auf schlechte Arbeitsleistung, sondern auf Arbeitsvertragsbruch wegen Rädelsführerschaft hinauswill. Und Arbeitsvertragsbruch bedeutet in jedem Fall eine Rechtfertigung der fristlosen Entlassung. Da lässt sich nichts machen.»

«Haben Sie schon einen neuen Job?»

«Nein», sagt Michael. «Ich weiß nicht», sagt er und wird etwas lebhafter, «ob ich überhaupt noch weitermachen soll. Was hat das alles für einen Sinn?»

«Was soll das heißen? Resignation?»

«Ich hab mich gleich nach dem Rausschmiss bei zwei Verlagen beworben», berichtet Michael. «Als die meinen Namen hörten, war die Stelle schon besetzt. Hier in der Stadt ist nichts mehr zu machen. So lange nicht, bis Gras über die Sache gewachsen ist.»

«Warum gehen Sie nicht in eine andere Stadt?»

Michael zuckt die Schultern und beobachtet einen alten kleinen Mann, der ein tanzendes Frauenpärchen auseinanderbringt und sich die Größere zum Tanz nimmt. Er erreicht gerade ihren Busen. Dort steckt er auch seinen Kopf hin.

«Also doch Resignation», sagt Monika Rabe. «Da müssen Sie ganz schnell wieder rausfinden.»

«Ach was», sagt Michael.

In der Tür zum Schankraum sind zwei neue Gäste aufgetaucht. Die Frau bewegt sich mühsam am Tresen vorbei in den Raum hinein. Ihre Beine sind schwer und angeschwollen. Der Mann, der neben ihr geht, zieht das eine Bein etwas nach.

«Da ist ja Anna!», ruft Monika Rabe und winkt den beiden, sich zu ihnen zu setzen.

«Sie haben doch nichts dagegen?», wendet sie sich an Michael. «Es sind nette Leute, wirklich.»

Anna, die Klofrau, und Franz, der Chefober vom Bellevue, kommen auf den Tisch zu.

Monika Rabe ist aufgestanden, um die beiden zu begrüßen, und auch Michael erhebt sich und gibt die Hand, wie es sich gehört.

«Wieder die Gicht?», erkundigt sich Monika bei dem alten Mann.

«Rheuma», antwortet er. «Bloß Rheuma.»

«Natürlich hat er die Gicht», sagt Anna resolut. «Er hat nur 'ne Mordsangst, die könnten ihn mit Gicht im Bellevue nicht mehr brauchen.»

«Das ist Michael», stellt Monika Rabe vor.

«Du siehst nicht gerade fröhlich aus, Junge», stellt Anna fest. Monika Rabe sagt entschuldigend: «Wir sagen hier alle du zueinander.»

«Lass man», beschwichtigt Anna. «Der ist ja noch so jung. Der könnte fast mein Junge sein.»

Während sie sich setzen, erklärt Monika Rabe: «Ihr Junge ist letzten Monat ums Leben gekommen. Unfall mit dem Motorrad.»

Antonia bringt jedem einen Schoppen Wein. Auch für Michael, so, als sei das selbstverständlich.

«Was ist?», fragt Monika Rabe. «Hast du die Gläser abgespült?»

Antonia nickt.

«Dann setz dich zu uns.»

Sie rückt ein wenig näher an Michael, und das Mädchen setzt sich auf die Couchecke.

Annas Begleiter wirkt still und beinahe so, als sei er gebildet. Er betrachtet Michael, ohne etwas zu sagen.

«Nun, was ist, Junge», fragt Anna. «Du hast doch Kummer?»

Michael wird verlegen. Annas direkte Offenheit überrumpelt ihn.

«Das ist der Junge, von dem ich euch erzählt habe», erklärt

Monika Rabe, um seiner Verlegenheit zur Hilfe zu kommen, «der, den sie bei uns gefeuert haben.»

«Du bist das?», fragt Anna. «Da hast du also versucht, Revolution zu machen und bist ordentlich dabei auf die Nase gefallen. Hab ich recht?»

Monika Rabe nimmt ihn in Schutz: «So war das nun auch wieder nicht.»

Antonia fragt verwirrt: «Revolution?»

Anna lacht: «Nix Revolution.»

Antonia lächelt.

«Es war ein Arbeitskampf», versucht Michael zu erklären. «Nur leider unter falschen Vorzeichen. Ich hätte ihn nicht innerhalb der Familie führen dürfen.»

Anna meint: «Ihr könnt kämpfen, so viel ihr wollt. Die, die oben sitzen, machen doch, was sie wollen.»

«Aus dem Alter der Auflehnung kommen Sie auch noch mal raus», schaltet sich Annas Begleiter unvermittelt ein.

Michael reagiert verärgert: «Was soll das heißen?»

«Nicht doch», beschwichtigt Anna ihren Franz. «Du siehst doch, dass der Junge Kummer hat.»

Franz schüttelt ihre kleine dicke Hand von seinem Arm: «Sie sind ein netter junger Mann», sagt er. «Ich hab nichts gegen Sie. Aber mit euch Bürgersöhnen ist es doch immer das Gleiche: Ihr macht auf links, obwohl ihr noch nie was mit Arbeitern zu tun gehabt habt. Ihr habt höchstens mal mit einem Taxichauffeur geredet, der euch nach einer eurer Feten nach Hause fahren durfte.»

«Das ist Unsinn», sagt Monika Rabe. «Du weißt ganz genau, dass Michael mit den Druckern zusammengearbeitet hat. Du darfst deinen Hass auf Bürgersöhne nicht am Falschen auslassen.»

Anna fragt: «Warum sagst du nicht du zu ihm?»

Der Zitherspieler versucht, «Wheels» zu spielen. Einen Augenblick wird Michael abgelenkt. Das ist die Melodie von Brigitte. Brigitte sagt immer: «Das ist unsere Melodie.» Darauf haben sie zum ersten Mal miteinander getanzt.

Aber dann wendet er sich wieder Annas Begleiter zu. Michael fühlt sich angegriffen und möchte zurückschlagen. Der Mann wirkt so ruhig, während Michael zur Hektik neigt und etwas sagen will, was verletzt, so, wie er sich selbst verletzt fühlt. «Was machen Sie eigentlich beruflich?», fragt Michael. «Sie sehen aus wie einer von den peniblen Beamten, denen Ruhe und Ordnung am Herzen liegt.»

«Junge, Junge», sagt Anna. «Lasst das doch!»

Auch Monika Rabe versucht zu vermitteln, aber Franz ist schon am Zug: «Ihr Bürgersöhne», sagt er, «wollt nichts anderes, als gegen eure autoritären Väter revoltieren, und deshalb tut ihr das, was sie am meisten fürchten: Ihr macht einen auf links.»

«Du bist am falschen Ball», wirft Monika Rabe ein.

«Was würdet ihr machen», fährt Franz unbeirrt fort, «wenn nun wirklich eine Revolution stattfände? So eine Revolution mit allen ihren blutigen Einzelheiten? Ich hab das mitgemacht», sagt Franz. «Ich war dabei, wie sie's dreiundfünfzig in Ostberlin versucht haben. Keiner von euch würde das durchhalten.»

Jetzt begreift Michael die Erbitterung des alten Mannes. Er begreift auch, in welche Hasssituation er sich da hineinmanövriert hat: dass es die eigene Erbitterung ist, die ihn antreibt, andere zu verletzen, dass sie zumindest das gemeinsam haben. Und er versucht einzulenken: «Das tut mir leid», sagt er.

«Ich hab drüben im Gefängnis gesessen», sagt Franz. «Sie wissen nicht, was das heißt. Und es braucht Ihnen auch gar nichts leidzutun. Sie waren damals noch ein Kind. Aber heute sind Sie blind und ohne Bewusstsein für die Vergangenheit. Daran liegt es. Ihr macht auf links und schreit nach Revolution, ohne wirklich etwas zu begreifen. Für euch ist das alles nur Wunschvorstellung ohne realen Boden.»

Michael sagt: «Darüber bin ich hinaus.»

Franz zweifelt, scheint aber ebenfalls die Situation zu erkennen und bemüht sich, wieder einzulenken. «Dann wären wir ja sozusagen auf der gleichen Linie.»

«Sozusagen», antwortet Michael und lächelt noch etwas verkrampft.

«Sie müssen ihn verstehen», sagt Monika Rabe. «Es ist immer das gleiche Thema, das ihn so in Rage bringt. Er hat dreiundfünfzig aufseiten der Arbeiter gekämpft, damals war er Verwaltungsangestellter. Dann hat er fünf Jahre gesessen und wurde in den Westen abgeschoben. Das vergisst er nicht.»

«Das ist mir schon klar», sagt Michael.

«Ich habe gleich gesehen, dass du 'n guter Junge bist», meint Anna und tätschelt seinen Arm. Michael sieht sie an. Sie ist eine Frau, die viel Mütterlichkeit ausstrahlt.

«Mit der Revolution ist das so», fängt Franz noch einmal an, als wolle er sein Verhalten erklären: «Du rufst die Wölfe, dass sie für dich töten, und wunderst dich dann, wenn der Kampf zu Ende und der Feind vernichtet ist, dass sie immer weitertöten, dass du sie vom Gemetzel nicht mehr zurückhalten kannst.»

«Lass man gut sein», sagt Anna.

Antonia wird vom Wirt an den Tresen zurückgerufen.

«Lass man den Jungen erzählen», sagt Anna. «Ich glaub, der braucht wen, der ihm zuhört.»

27

Tante Olga schreibt an Michael:

Lieber Michael,
nachdem Du anscheinend nach Deinem unvernünftigen Verhalten telefonisch nicht mehr erreichbar bist – jedes Mal, wenn ich anrief, warst Du nicht zu Hause, und Brigitte sagte, sie hätte mit dem Verlag nichts mehr zu tun –, möchte ich Dich heute auf diesem Wege ansprechen.
Du hattest Karl Kirst versprochen, ein Bändchen seiner Gedichte zu veröffentlichen, wie er mir sagte, dann aber nichts mehr von Dir hören lassen.
Wie Du Dir vorstellen kannst, ist er sehr verärgert und lässt das leider auch mich spüren, da ich nun mal Deine Tante bin. Er meint, ich solle die Angelegenheit nun ins Reine bringen. Deshalb möchte ich heute herzlich bitten, Dein Versprechen, das Du gegeben hast, auch einzulösen. Das würde eigentlich schon Deine gute Erziehung von Dir verlangen.
Ich selbst würde es sehr bedauern, wenn unserer Vereinigung durch Dich Nachteile entstünden.
Es grüßt Dich herzlich, auch Brigitte und die Kinder,
Deine Tante Olga

Am 30. 6. 1972

28

Als Michael spät nach Hause kommt und noch immer an Sofaecken, Stearinkerzen und Papierrosen hinter defekten Wandleuchten denkt, schläft Brigitte schon.

Während er sich auszieht, sieht er sie an und bemerkt, dass ihr Gesicht hochrot ist, als fiebere sie. Behutsam legt er seine Hand an ihre Stirn und erschrickt.

Dann versucht er, sie aufzuwecken. Es dauert lange, bis sie wach wird und ihn verständnislos anblickt.

«Was ist los?», fragt Michael. «Du hast Fieber.»

Sie scheint einen Augenblick lang mühsam zu überlegen. «Ich habe Durst», sagt sie, und er geht hinaus, um ihr ein Glas Wasser zu bringen. Sie wirkt schwach und erschöpft, und er stützt ihren Kopf im Nacken ab und lässt sie trinken. «Bist du krank?»

Sie reagiert nur sehr langsam.

«Krank?», fragt sie zurück.

Michael sagt: «Ich gebe dir ein Aspirin.»

Als er aus dem Bad zurückkommt, sitzt sie auf dem Bettrand und zieht sich an.

«Was soll das denn nun wieder? Du gehörst ins Bett. Weißt du, wie spät es ist?»

Sie nickt. «Du musst im Krankenhaus anrufen, sofort», sagt sie: «Gynäkologische Abteilung.»

Er sieht ihre panische Angst. «Was ist los?», fragt er.

«Da ist was schiefgegangen», antwortet Brigitte, und er läuft ins Wohnzimmer, um anzurufen.

Wenige Minuten später hat er sich wieder angezogen, Brigitte auf den Rücksitz des Wagens gesetzt und fährt zur Universitätsklinik.

Er spricht nicht.

Brigittes Fieber scheint zu steigen.

Er hat Angst um sie, aber er sagt es nicht.

Er begreift, was vorgefallen ist, und lässt sie in der Klinik wortlos von einer Schwester ins Untersuchungszimmer führen. Draußen im Vorraum wartet er auf den Arzt. Und in dieser halben Stunde raucht er eine Zigarette nach der anderen.

Eine alte Schwester geht vorbei und sieht ihn missbilligend an. Sie murmelt etwas vom Duft der großen weiten Welt und vom Lungenkrebs, ehe sie hinter einer Tür verschwindet.

Dann wird Brigitte aus dem Untersuchungszimmer auf einer Krankenbahre herausgeschoben. Sie hält die Augen geschlossen. Über ihrem Kopf hängt an einem Gestell eine Tropfinfusion, die zur Vene führt. Die junge Ärztin, die den Nachtdienst versieht, nähert sich Michael: «Sind Sie Herr Born?»

Michael nickt.

«Ein Glück», sagt die Ärztin, «dass Sie Ihre Frau gerade noch rechtzeitig zu uns gebracht haben. Heute Morgen hätte sie schon tot sein können. Warum sind Sie nicht früher gekommen?»

Michael antwortet: «Ich bin erst spät nach Hause gekommen. Ich wusste von nichts.»

Er will erklären, beginnt zu schwitzen, und seine Hände zittern, und dann fragt er nur: «Wird sie durchkommen?»

«Wir hoffen es», sagt die Ärztin: «Blutvergiftung.»

«Abtreibung?», fragt Michael.

Die Ärztin blickt ihn verwundert an: «Davon wissen Sie nichts?»

«Wir waren in der letzten Zeit etwas auseinandergekommen», sagt er. «Ich meine, ich hatte beruflichen Ärger –»

Aber dann gibt er es auf. Er weiß nicht, was er dieser Frau

erklären soll. Sie sieht ihn abschätzend an: «In ein paar Stunden wäre sie tot gewesen», sagt sie. «Das geht schnell.»

Michael hat den Eindruck, die Beine rutschen unter ihm weg. Er sucht eine Wand, an die er sich lehnen kann. Schweiß am Haaransatz. Überall Nässe.

Die Ärztin fasst nach seinem Arm. «Kommen Sie», sagt sie, «ich wollte sowieso eine Tasse Kaffee trinken. Trinken Sie eine mit!»

Sie führt in ein Zimmer hinter der Notaufnahme und weist Michael an, sich erst einmal zu setzen.

Während sie die Kaffeemaschine bedient, die neben dem Waschbecken auf einem kleinen weißen Regal steht, sagt sie: «Ich habe mit Ihrer Frau gesprochen. Sie war über die Aktion 218 in Österreich bei einem Arzt.»

Michael nickt.

Sie bietet ihm eine Zigarette an, nimmt selbst eine und setzt sich ihm gegenüber auf die Liege: «Ich begreife nur nicht, warum sie Ihnen nichts davon gesagt hat. Sie war am Ende des zweiten Monats.»

Michael sagt: «Vielleicht lag das an mir. Vielleicht hatte ich zu viel Probleme.»

Sie drückt die Zigarette aus und geht zur Kaffeemaschine, zieht den Stecker aus der Steckdose und holt zwei Tassen aus dem Regal.

«Vielleicht haben Sie Glück», sagt sie. «Und es bleibt nichts nach.» Sie gießt den Kaffee in die Tassen. «Zucker?», fragt sie. «Milch?»

«Beides», antwortet Michael. «Danke», sagt er, als sie ihm seine Tasse reicht. «Welche Komplikationen kann es geben?»

«Nieren», antwortet die Ärztin. «Die Nieren können geschädigt werden, aber es muss nicht sein. Wir reinigen jetzt ihr Blut mit einer Salzlösung und leiten den Harn über einen

Katheter ab, um die Nieren freizuhalten. Sie muss viel trinken, durchspülen. Morgen machen wir die erste Auskratzung und übermorgen die zweite. Wir werden sie wohl eine Woche hierbehalten.»

Sie hat sich wieder auf die Liege gesetzt und trinkt den Kaffee in kleinen Schlucken.

«Werden Sie eine Anzeige machen?», fragt Michael.

«Daran habe ich kein Interesse», antwortet sie.

Michael beruhigt sich langsam, aber er wundert sich über die junge Frau, die sich so unvorschriftsmäßig um ihn kümmert. «Warum tun Sie das?», will er wissen.

«Das ist eine Frage der Einstellung», antwortet sie. «Wenn Sie miterlebten, wie viele Frauen bei uns wegen einer illegal vorgenommenen Schwangerschaftsunterbrechung und ihren Folgen bei uns eingeliefert werden, dann würden Sie vermutlich nicht anders handeln als ich. Manche sterben uns unter den Händen weg. Und wenn sie überleben, würden sie auch, wenn sie vor Gericht kämen, den Arzt nicht nennen. Sie werden nur noch für ihr Elend bestraft. Und Strafen bringen uns da keinen Schritt weiter. Wir müssen helfen. Sehen Sie», fährt sie fort, «wer hat schon das Geld, nach Amsterdam oder nach England zu gehen? Das ist doch eine Minderheit.»

Michael sagt: «Ich verstehe Brigitte nicht. Warum hat sie das Kind nicht ausgetragen?»

«Können Sie das wirklich nicht verstehen?», fragt die junge Frau. Sie bietet ihm noch einen Kaffee an, aber er lehnt ab. «Was sind Sie für ein Mann», sagt sie plötzlich. «Gut, Ihre Frau hätte diese Entscheidung gemeinsam mit Ihnen treffen sollen. Aber haben Sie nicht in letzter Zeit auch Ihre Entscheidungen allein getroffen, oder sehe ich das falsch? Und dann die Angst, der Ihre Frau in dieser Situation ausgesetzt war.»

«Angst?»

«Nackte Existenzangst», sagt die Ärztin. «Sie haben Ihren Job verloren, wie mir Ihre Frau sagte, und sie wusste nicht, wie sie unter diesen Umständen das Kind großziehen sollte. Außerdem hatte sie Angst davor, durch ein Baby noch einmal restlos im Haushalt angekettet zu werden.»

Sie ist erregt und greift nach der Zigarettenschachtel, aber neben der Tür leuchtet ein gelbes Blinklicht auf, und ein Summton setzt ein.

Sie steht auf. «Ich muss zur Station.»

Michael geht mit ihr hinaus. Sie gibt ihm die Hand, und er sagt: «Ich möchte Ihnen danken.»

«Schon gut», wehrt sie ab. «Wenn ich Sie so hätte stehen lassen, hätten die Kollegen der Männerstation zu tun bekommen.»

Am nächsten Morgen ruft Michael seine Mutter an, erzählt ihr, er habe Brigitte mit einem Abgang diese Nacht in die Universitätsklinik einliefern müssen. Ob er die Kinder für eine Woche zu ihr bringen könne?

Amelie sagt, das sei doch sehr unvernünftig gewesen, jetzt noch ein drittes Kind. Was sie sich denn dabei gedacht hätten? «Du in deiner Situation», argumentiert sie.

Aber sie ist bereit, Corinna und Katrin zu übernehmen.

«Der kleine Friedrich ist auch da», sagt sie. «Weil wieder einmal das Kindermädchen weggelaufen ist. Sie werden sicher schön zusammen spielen», meint sie und macht ganz auf glückliche Großmutter.

Michael kennt das: Die beaufsichtigte Eintracht der Kinder für die ersten Stunden, bis der kleine Friedrich Fußtritte austeilt und Corinna zurückschlägt, bis sie sich mit großem Geschrei prügeln. Der kleine Friedrich ist aggressiv geworden, seitdem er bei seinem Vater lebt. Er warnt nicht mehr, ehe er zuschlägt. Er schlägt. Und Amelie zieht ihm dann die Hosen runter und schlägt ebenfalls. Auf den nackten Hintern.

Eine glückliche Familie.

Nachmittags geht Michael in die Klinik. Es ist Besuchszeit. Vor dem Eingang sind Blumenstände aufgebaut, und eine Menge Menschen drängt sich durch die Glastüren, an der Rezeption vorbei, zu den Hinweisschildern nach den einzelnen Stationen.

Michael fragt nach Brigitte Born. «Auf der Gynäkologischen», sagt er.

Der alte Mann hinter der Rezeption blättert in einer Kartei.

«Heute Nacht eingeliefert», sagt Michael.

Der Mann nickt und blättert weiter. Dann meint er: «Da ist keine Zimmernummer angegeben. Am besten fragen Sie eine der Schwestern auf der Station.»

Michael läuft die endlosen, mit Linoleum ausgelegten Gänge entlang. Wie auf einem Flughafen sind die einzelnen Gebäude in dem weitläufigen Geländetrakt mit überdachten und eingeglasten Korridoren verbunden. An jeder Kreuzung Hinweisschilder zu den Stationen. Nachdem er einen grün angelegten Innenhof durchquert hat, erreicht er das Gebäude der gynäkologischen Abteilung. Es riecht nach Desinfektion und verbrauchter Luft. Im Treppenhaus stehen Frauen in Morgenmänteln und mit verwühlten Haaren. Überall Besucher. Und im Flur Krankenbetten.

Die Station ist total überfüllt.

Er fragt eine der Schwestern, die immer wieder den Gang queren, nach Brigitte.

Dann entdeckt er sie selbst. Ihr Bett ist an die Wand des Flurs gerückt. Andere Betten sind angereiht. Besucher stehen um die Betten herum.

Der Lärm ist unerträglich und die ständige Bewegung vorbeilaufender Leute.

Brigitte liegt still und flach im Bett, die Augen geöffnet. In der Infusionsflasche über ihrem Kopf steigen ständig kleine Luftblasen auf. Seitlich am Bett ist der Behälter für die Harnflüssigkeit angebracht.

Michael trägt keine Blumen, sondern Fruchtsaftflaschen unterm Arm. Sie dreht die Augen zu ihm hin. Bewegen darf sie sich nicht. Wenn die Infusionsnadel verrutscht, muss sie neu eingestochen werden.

Brigitte ist am Ende.

Sie spricht sehr langsam, erschöpft und apathisch. Michael hört ihr zu, wie sie versucht, eine Rechtfertigung zu finden.

Wenn er heulen dürfte, würde er heulen.

Aber Männer sollen nicht weinen.

Und bei allem schmerzenden Mitleid, das er empfindet, ist da auch immer noch ein Groll, verletzter Stolz, weil sie ohne ihn entschieden hat, und in Michaels Hinterkopf lässt sich der Verdacht nicht verdrängen, der nach der Vaterschaft fragt. Er wird diese Frage nicht stellen, weil er Angst vor der Antwort hat.

Er steht neben dem Bett und sieht auf sie hinunter.

Ein Bündel Elend und Hilflosigkeit.

Ausgeliefert.

Heute wurde die erste Auskratzung vorgenommen. Morgen noch einmal.

«Rede nicht so viel», sagt er. «Das ist nicht gut. Das strengt dich zu sehr an.»

Er setzt sich auf den Bettrand, behutsam, damit sie ihre Lage nicht verändert und die Infusionsnadel nicht verrutscht.

«Schön, dass du da bist», sagt sie. «Ich war so allein. Ich habe Angst.»

Und er hat diese Angst auch.

Er weiß, dass sie nicht so elend daliegen müsste, wenn dieser Eingriff legal hätte durchgeführt werden können, wenn sie in ein helles, sauberes Krankenhaus hätte gehen können zu einem Arzt, der etwas davon versteht, wenn sie sich nicht wie ein krankes Tier, das ausgestoßen wird, hätte verstecken müssen.

Sie schweigen beide, und er beobachtet die Luftblasen in der Infusionsflasche, diese Symmetrie von Perlen in klarer Flüssigkeit. Das sieht so harmlos aus, friedlich wie eine Besänftigung. Sie sind beide erschöpft. Eingekreist und schon so gut wie zur Strecke gebracht.

Das Vergnügen an der Jagd gehört denen, die jagen. Nicht ihnen.

Auch Brigitte ist jetzt an jener Jagdstation angelangt, an der es sich wohl nicht mehr lohnt, noch nach einem Fluchtweg zu suchen. Ihrer beider Situation ist nicht mehr verzweifelt, weil sie am Ende ist.

Er möchte nach Brigittes Hand greifen, aber der Widerstreit zwischen Verbitterung und Zuneigung hält ihn zurück. Er entdeckt, dass er seine eigenen Reaktionen nicht mehr steuern kann.

Diese Lähmung macht ihn wehrlos.

«Schön, dass du da bist», sagt Brigitte.

Er betrachtet die Luftblasen im Infusionsbehälter.

Der Lärm der Besucher, der Geruch von Desinfektion und verbrauchter Luft berührt ihn kaum noch.

Sie fragt nach den Kindern.

Er ist ruhig geworden wie nach einem Blattschuss.

Deshalb bemerkt er zuerst auch nicht die Unruhe, die plötzlich auf dem langen Korridor entsteht, als ein Arzt und mehrere Schwestern sehr schnell auf dem grauen Linoleum entlanglaufen, an den Krankenbetten und ihren Besuchern vorbei bis zu einer Tür, die sie hastig öffnen und wieder schließen.

Während die Tür für einen kurzen Augenblick geöffnet ist, um die Leute in den weißen Mänteln und weißen Schürzen einzulassen, hören die auf dem Flur eine Mädchenstimme. Das Mädchen schreit.

Sie will nicht sterben, schreit sie mit der Stimme einer, die schon zum Tode verurteilt ist: «Lasst mich nicht sterben.»

Sie schreit, man solle ihr doch helfen.

Sie will nicht aufgegeben sein.

Sie ist noch zu jung zum Sterben.

Sie hat das Leben noch vor sich.

Dieses Leben, das ihr einziger Besitz ist.

Für wenige Sekunden ist es still geworden, ist der Besucherlärm der organisierten Zuversicht am Krankenbett abgeflaut. Alle die, die gesund sind, schweigen peinlich berührt, so, wie sie auch betreten schweigen, wenn sich einer in bester Gesellschaft unpassend benimmt.

Dann werden neue Gesprächsthemen gesucht und gefunden.

Als sei nichts geschehen.

Brigitte sagt zu Michael: «Sie ist zu spät gekommen. Sie hat heute Morgen schon geschrien.» Eins von den Putzmädchen hat es Brigitte erzählt: Abtreibung und Blutvergiftung. Eine junge Schwester von der Kinderstation. Sie weiß, dass es zu spät ist.

«Sie ist jünger als ich», sagt Brigitte.

Michael schiebt eine Hand an ihre Hand. Er spürt die Berührung von warmer Haut. «Du wirst durchkommen», sagt er.

Brigitte nickt. «Verstehst du», sagt sie. «Man liebt das Leben erst, wenn man erfährt, dass man es verlieren kann. Vorher glaubst du einfach nicht, dass es den Tod gibt.»

Michael sagt: «Das ist so, weil wir nicht viel vom Leben wissen. Es ist für uns eine Selbstverständlichkeit, und über Selbstverständliches denken wir nicht nach. Es hat sein Gutes», sagt er. «Dann nämlich, wenn du vorzeitig aufgeben musst, dann weißt du wenigstens nicht, was du verlierst.»

«Das ist grausam», sagt Brigitte.

Als die Tür zum Krankenzimmer wieder geöffnet wird, schreit das Mädchen nicht mehr, es weint nur noch.

Ärzte und Schwestern gehen sichtlich beruhigt über den Flur dorthin zurück, woher sie gekommen sind.

Jetzt weint auch Brigitte. So, als habe sie die Angst und das Elend aufgestaut, bis es ungebändigt die Ufer übersteigt.

Michael bemüht sich, sie rechtzeitig zu beruhigen. Aber die Infusionsnadel ist schon verrutscht, die Perlen in der klaren Flüssigkeit steigen träger auf, der Rhythmus ist gestört. Ein neuer Einstich wird nötig.

29

Das Kind Katrin schreibt an Brigitte:

1. Juli 1972

Liebe Mami,
Großmama sagt, ich soll Dir einen Brief schreiben, damit Du bald wieder gesund wirst.
Leider können wir Dich nicht besuchen, weil das Besuchen im Krankenhaus für Kinder verboten ist. Das ist so wie mit dem Rasen bei Großmama hinten im Hof. Dort dürfen auch keine Kinder hin. Der ist nur für die Erwachsenen da, damit sie ihn anschauen. Vielleicht ist es gar kein echter Rasen, sondern nur einer, der so aussieht.
Auf der Straße dürfen wir auch nicht spielen, weil Großmama das nicht möchte. Sie sagt, da könne sehr schnell etwas passieren, und die Kinder, die auf der Straße spielen, seien kein Umgang für uns.
Deshalb spielen wir mit dem kleinen Friedrich. Ich bin auch sehr oft mit der Christine Spieß zusammen, die wohnt zwei Stock tiefer, und ihr Vater ist auch Professor an der Universität wie Großpapa, und sie geht aufs Gymnasium. Großmama sagt, deshalb sei sie die richtige Freundin für mich.
Gestern haben wir die Residenz besichtigt, und Großmama hat uns ein Buch gekauft, in dem alles über die Kunst dort drinsteht, weil wir davon noch gar nichts wissen, und das sei keine Bildung.
Hoffentlich bist Du bald wieder gesund. Großmama betet auch jeden Abend mit Friedrich und Corinna, weil sie das so möchte.
Ich soll Dir auch noch schreiben, dass wir am Sonntag einen

Ausflug in den Wildpark machen, weil es dort einen Hirsch gibt.
Ich freue mich sehr, wenn Du wieder zu Hause bist!
Herzliche Grüße von Großmama, Großpapa, Corinna, Friedrich und von Deiner

Katrin

IV

Vom Glück gezeichnete Köpfe

1

Onkel Egon schreibt an Friedrich Born jun.:

*Lieber Friedrich,
wie Du weißt, bin ich schon lange nicht mehr mit den herrschenden Verhältnissen einverstanden. Nicht nur, weil mir die Schrumpfkopfherstellung von Delinquentenköpfen verweigert wird, sondern auch, weil wir einer zunehmenden Sozialisierung unseres Gesellschaftssystems entgegengehen. Wir haben leider vergeblich alle unsere Hoffnungen in das Misstrauensvotum gegen den Bundeskanzler gesetzt.
Ich bin deshalb der Ansicht, mein lieber Friedrich, dass wir nun die Dinge selbst in die Hand nehmen müssen, wenn wir nicht auch bei den anstehenden Wahlen zum Bundestag eine ähnliche Enttäuschung erleben wollen.
Um das zu verhindern, habe ich mich entschlossen, einen Club zur Unterstützung der Wiederherstellung von Recht und Ordnung zu gründen.
Er heißt «Kaiserlicher-und-Königlicher-Club-Monarchie».
Dieser Club wird auf der Basis jener Gesinnung stehen, die dem Deutschen Reich unter Kaiser Wilhelm die Treue hält. Geschichtsbewusst werden wir danach fragen, wie wohl die deutsche Geschichte verlaufen wäre, wäre Kaiser Wilhelm nicht so früh verstorben.
Wäre, nur um ein Beispiel zu nennen, der hässliche schwarze Fleck auf der weißen Weste der Deutschen zu vermeiden gewesen, den die Zeit von 1914–45 hinterlassen hat?
Die Antwort des «K. u. K.-Club-Monarchie» lautet: Sicherlich, denn auf die Jahre davor können wir wirklich stolz sein!
Deshalb wollen wir versuchen, das Goldene Zeitalter des Deut-*

schen Kaiserreiches zurückzuholen! Da ich weiß, dass Deine Lebenseinstellung auf ähnlichen Gedanken basiert, möchte ich Dich, lieber Friedrich, zur Gründungsversammlung am 1. September 1972 um 20 Uhr bei mir zu Hause herzlich einladen. Zugleich möchte ich Dir die Funktion eines Vizepräsidenten antragen.
Für eine baldige verbindliche Antwort wäre ich Dir sehr dankbar.
Mit besten Grüßen unter Gleichgesinnten

Dein Onkel Egon

Samstag, den 26. 8. 1972

2

Friedrich ist ein ehrenwerter Mann. Einer, der es zu etwas gebracht hat. Der Firmen beherrscht und zum privaten Spaß Tennisplätze besitzt, einen Reitstall und Hotels. Einer, den die Lust am persönlichen Besitz befriedigt.

Ein Chef. Der für sein gutes Geld höchste Arbeitsleistung fordert. Einer, dem es Vergnügen bereitet, am Erschöpfungsgrad seiner Untergebenen ihren Einsatz zu messen. So, wie das jeder lernt, der sich unbeschadet im Geschäftsverkehr bewegen will.

Friedrich, das ist: eine Freude für jeden, der ihn ansieht. Ein ökonomisches Versprechen für das Wirtschaftsleben unseres Landes. Eine Lebensversicherung für uns alle.

Friedrich, das ist: der Segen für das freie Unternehmertum. Einer, der beweist, dass sich Profite trotz steigender Inflationsrate unbeeinträchtigt weiter erwirtschaften lassen.

Das ist: eine glückliche Zukunft.

Auch wenn sie am Leben vorbeigeht. Selbst das Leben im Einweckglas soll noch schön sein. Leben bleibt Wirklichkeit, und Wirklichkeit bleibt das Leben, ob es nun frei wuchern darf oder, fein säuberlich sterilisiert, eingelegt wird in zylindrische Gläser, fest verschlossen gegen jeden frischen Wind.

Friedrich sagt: «Was konserviert ist, hält sich länger.»

Deshalb verhandelt er im Augenblick auch mit der staatlichen Schlösserverwaltung wegen des Kaufs eines idyllischen Schlosses, das er restaurieren lassen will.

Er stellt sich vor, in einem Schloss zu wohnen. Das würde sein Bedürfnis nach Repräsentanz befriedigen. Er hält große Stücke auf die Restauration.

Nicht umsonst hat er auch heute Morgen eine Stunde im

Bad verbracht. Hat lästige Pickel sorgfältig entfernt, Falten eingecremt, den Bauchansatz und sich selbst der Waage ausgeliefert und sein Frischebewusstsein mit Körperpuder und Kölnischwasser aufpoliert.

So ein Morgen im Bad könnte ihn direkt verunsichern, wenn er nach unkontrollierbaren Schlafstunden ungeschminkt vor den Spiegel tritt. Aber eine Stunde intensiven Bemühens um sein Äußeres bringt ihm jeden Morgen von Neuem das erste tägliche Erfolgserlebnis, das so wichtig ist für den weiteren Verlauf des Tages. Das ist die absolute Genugtuung, die einer braucht, der im Rudel der Wölfe nicht untergehen will.

Friedrich liebt dieses tägliche Fitnesstraining um die Vormachtstellung seiner äußeren Erscheinung.

Seitdem Michael und Brigitte nicht mehr zum donnerstäglichen Mittagessen gebeten werden und auch keinen Wert mehr darauflegen, versucht Friedrich, soweit ihm das seine Geschäfte erlauben, diesen Platz gemeinsam mit seinem Sohn auszufüllen.

Amelie dankt es ihm damit, dass sie den Enkel häufiger in Pflege nimmt, wenn wieder einmal eines der Kindermädchen wegen Unfähigkeit entlassen wurde oder sich aus Überdruss selbst entfernte.

So pendelt der Fünfjährige, der im nächsten Monat schon sechs werden soll, in unregelmäßigen Abständen immer wieder zwischen dem väterlichen Bungalow und der großelterlichen Etagenwohnung hin und her und entwickelt unter den verschiedensten Erziehungseinflüssen ein besonders subtiles Durchsetzungsvermögen. Ein liebes Kerlchen, der Junge.

Heute gewährt sein Vater dem Kindermädchen, einer zwanzigjährigen Kindergärtnerin aus Hamburg, die das s-t besonders distinguiert ausspricht, einen freien Tag und packt den Sohn ins Auto, um in die Stadt hinunter zum Zeremoniell des Mittagessens zu fahren. Während der Fahrt ins Tal hat er wegen der Hitze alle Scheiben heruntergekurbelt und erinnert sich flüchtig an die heißen Tage des vergangenen Sommers, als diese Stadt lange auf das erlösende Gewitter wartete.

Er entsinnt sich seiner seltsamen Fahrt nach Frankfurt an einem dieser heißen Tage, als ihn zum ersten Mal ein unerklärliches Unlustgefühl um die Unsicherheit an der eigenen Person befiel.

Auch heute hat sich über dem Talkessel eine drückende Schwüle aufgebaut, unbarmherzig wie eine fest verschlossene Glasglocke. Eine feuchte Hitze, die den Atem nimmt.

Trotzdem erwartet Amelie sie mit der gewohnten Frische, liebenswürdig und fröhlich. Zwei Küsschen für den Sohn und zwei für den Enkel, der ihr keine Hand geben möchte.

«Du wirst etwas für die Erziehung deines Sohns tun müssen», bemerkt Amelie und führt das sich sträubende Kind zum Händewaschen.

Bei Tisch fragt sie Friedrich, ob er nichts mehr von Ruth gehört habe. Vielleicht, meint sie, ließe sich das doch alles wieder ordentlich arrangieren. Der Junge brauche eine Mutter.

Nein, Ruth habe nichts mehr von sich hören lassen. Ihr letztes Lebenszeichen sei eine telefonische Beschimpfung gewesen, nachdem die Demonstration Michaels so kläglich verlaufen war.

Eigentlich ist Michael gar kein Gesprächsthema mehr, wenn Friedrich mit am Tisch sitzt, aber diesmal stößt Amelie nun doch zwischen Reis und Szegediner Gulasch vor. Sie ist für gesunde Verhältnisse. Und ein Zerwürfnis innerhalb der Familie sei eine Krankheit. Die muss geheilt werden.

«Könntest du nicht etwas für deinen Bruder tun?», fragt sie.

«Er will meine Hilfe nicht», antwortet Friedrich.

«Ich würde sagen», erläutert Amelie. «Der Klügere gibt nach. Wir sollten diese ganze hässliche Geschichte vergessen und Michael noch einmal eine Chance geben. Schließlich hat er noch immer keine neue Arbeit gefunden.»

«Vielleicht will er gar keine Arbeit finden?», wirft Friedrich ein.

Amelie fragt betont verständnislos: «Was sagst du?»

Unvermittelt schaltet sich der Enkel ein: «Warum werden Schweine geschlachtet?», will er wissen.

Amelie, die gerade ein Stück Gulasch vom Schwein zwischen die Lippen schieben möchte, ist unangenehm berührt: «Damit wir was zu essen haben», antwortet sie.

«Das Schwein tut mir leid», sagt der kleine Friedrich und schiebt den Teller von sich fort.

Amelie reagiert resolut: «Du isst, was auf den Tisch kommt!»

Damit ist das Thema Michael endgültig beigelegt.

Obwohl Friedrich noch einmal zwischen Schwein und Sohn beteuert: «An mir liegt es nicht.»

Der Kleine weigert sich, von toten Tieren zu essen, und erweitert sein unpassendes Benehmen dahin gehend, dass er danach fragt, warum die Großmama die Fliegen mit einem Fliegenspray töte.

«Das muss man doch», antwortet Amelie.

Professor Born, dem das köstliche Mittagsmahl schon nicht mehr so recht schmecken möchte, versucht zu erklären: «Das ist so auf der Welt», sagt er: «Das Leben besteht darin, dass man töten muss, um leben zu können.»

«Es gibt aber Leute», beharrt der Enkel, «die essen überhaupt kein Fleisch. Das hat mir die Maike erzählt.»

«Die Maike weiß es eben nicht besser», urteilt Amelie entschieden über das neue Kindermädchen. «Schließlich kommt sie aus ganz einfachen Verhältnissen.»

«Du bist doch ein Junge!», argumentiert der Großvater.

«Jungens beschäftigen sich nicht mit so was», sagt Amelie, der das Mitleid des Enkels beinahe den Appetit verdirbt.

Mitleid ist nicht gefragt, weil Mitleid schmerzt und weil Schmerz kampfunfähig macht.

«Du musst dich durchsetzen können», entscheidet Amelie.

«Aber das Schwein kann sich auch nicht wehren», widerspricht der kleine Friedrich.

«Schluss jetzt mit dem Unsinn!»

Amelie hört ihren Sohn zum ersten Mal energisch mit dem Enkel sprechen: «Wer hat dir bloß diese Flausen in den Kopf gesetzt? Du willst doch ein großer, starker Mann werden, oder etwa nicht?»

Amelie vermutet, dass es die pure Lust zur Bosheit ist, die diesen Fünfjährigen dazu verleitet, sie alle an dem weiß gedeckten Tisch in eine solche Unordnung der Gefühle zu stoßen. Eine unangenehme Situation, das Mitleid, in dem der Enkel schwelgt. Über Mitleid spricht man nicht.

Nein, das tut man nicht. Das ist nichts als Bosheit.

Ihre Vermutung wird bestätigt, als sie nach dem Essen noch zu einem Kaffee im Musikzimmer sitzen und der kleine Friedrich plötzlich mit geschlossenen Augen über den teuren Perser torkelt.

Zuerst beachten sie ihn nicht, wie man das mit ungehorsamen Kindern tut.

Dann rennt er mit dem Kopf gegen den Konzertflügel, stößt einen Notenständer um, und nun wird der alte Born ungeduldig: «Lass das!»

«Ich bin blind», antwortet der Enkel.

Das geht zu weit. Amelie ist aufgebracht: «Das tut man nicht. Mit so was spaßt man nicht. Sei froh, dass du zwei gesunde Augen hast!»

Aber er beharrt darauf, ein armes, blindes Kind zu sein. «Ich kann nur noch hören», sagt er, «riechen und spüren. Das ist ganz komisch. Die Welt ist dunkel. Das ist eine ganz andere Welt. Das ist wie im Urwald.»

«Du warst aber noch nie im Urwald», meint sein Vater.

«Maike hat mir davon erzählt. Da gibt es Schlangen und wilde Tiere und Stechmücken, und überall kann man ganz schnell totgehen.»

Friedrich beschließt, auch dieses Mädchen trotz seiner distinguierten Aussprache zu entlassen.

Der Sohn redet unbeirrt weiter: «Ich kann euch riechen. Ihr riecht so, dass ich Angst kriege.»

Amelie springt nervös auf, und ihre Stimme ist sehr laut und sehr erregt: «Das ist die Höhe. Du gehst jetzt sofort ins Kinderzimmer. Ich will nichts mehr von dir hören, bis wir dich rufen!»

Sie nimmt den Enkel, der sich sträubt, an der Hand, und weil er konsequent die Augen geschlossen hält, hat sie ihn sich schnell greifen können und nimmt ihn nun mit in das ehemalige Zimmer der beiden Söhne, das sie für die Enkel hat frisch tapezieren lassen.

In Ruhe können sie jetzt ihren Kaffee trinken.

Amelie wirkt noch etwas echauffiert, aber sie lächelt schon wieder: «Weißt du», sagt sie ihrem Mann, «manchmal erinnert mich der kleine Friedrich an Michael. Michael war auch ein so sonderbares Kind, eigenwillig und voller verrückter Fantasien.»

Zu Friedrich sagt sie: «Diese Ähnlichkeit erschreckt mich, wenn ich sehe, was aus Michael geworden ist. Du musst dringend etwas unternehmen, damit der Junge in die richtigen Hände kommt. Diese Anwandlungen, die er immer häufiger zeigt, müssen unterbunden werden.»

Eine halbe Stunde später, nachdem sie eine angenehme

Konversation gepflegt haben, fällt ihnen die Ruhe auf. Von dem Jungen ist seltsamerweise nichts mehr zu hören. Amelie und ihr Sohn beschließen, einmal nachzusehen, was der Kleine wohl spielt.

Während sie den Flur zum Kinderzimmer entlanggehen, meint Amelie: «Im Grunde ist er ein herzensgutes Kerlchen. Er braucht nur eine feste Hand.»

Der süße Kleine hockt auf dem Perserteppich und kehrt ihnen den Rücken zu.

Neugierig gehen Mutter und Sohn an ihn heran und beugen sich über ihn.

Er hat sich aus Großmamas Nähkörbchen einige Stecknadeln besorgt und ist intensiv damit beschäftigt, eine Fleischfliege, die er offensichtlich mit der Hand gefangen hat, lebend auf dem guten Teppich aufzuspießen.

Seine kleinen Kinderfinger sind darin sehr geschickt. Während eine Nadel, die mit dem gelben Kopf, bereits den Leib des beachtlichen Tierchens am Teppich festhält, versucht der Kleine nun gerade, einen Flügel zur Seite zu ziehen, um ihn ebenfalls festzustecken.

Amelie richtet sich empört und angewidert auf. Empört deshalb, weil der Junge den Teppich ruiniert.

Der Enkel dreht seinen Kopf, den sie lockig und goldblond nennen, liebenswürdig zu ihr herum und sieht lächelnd zu ihr hinauf. Triumphierend sagt er: «Die frisst auch totes Fleisch. Und jetzt lasse ich sie ganz schön totgehen. Das kann ich nämlich. Und da hab ich auch kein Mitleid mehr, Großmama.»

Das Wort Mitleid spricht er ein wenig schwerfällig, weil es ein neues Wort ist, das er erst noch richtig lernen möchte. Und, dass er ein kluger Junge ist, davon hat ihn sein Vater schon überzeugt.

3

Der Abend an diesem Donnerstag bringt kaum Abkühlung. Nur in der Siedlungskaserne ist es kühl und feucht, weil ihre Bewohner die Fenster tagsüber verschlossen halten, um die Hitze abzuwehren.

Mater Ambrosia, die drei jungen Sozialarbeiter und ein Kaplan, der sich aus einer angrenzenden Landgemeinde jeden Abend zu ihnen gesellt, sitzen im Hobbyraum der Mädchen, um die Vorbereitungen für ein Sommerfest zu besprechen, das am Sonntag, dem siebzehnten September, mit den Kindern der Siedlung veranstaltet werden soll.

Draußen auf dem wild wuchernden Grasplatz lassen die Halbwüchsigen ihre Maschinen aufheulen. Einige Mädchen kichern. Sie stehen in Gruppen und werden von den Motorrädern umkreist.

Mater Ambrosia schwitzt. Hitze und Feuchtigkeit haben sich unter ihren Röcken gestaut. Sie hat Schwierigkeiten, genügend Atem zu schöpfen. Deshalb steht sie nun auf von dem Tisch, an dem sie Sackhüpfen und Eierlaufen vereinbaren, um das Fenster zu öffnen. Ein Schwall schwülwarmer Luft schlägt ihr von draußen entgegen. Für eine Weile sieht sie den Jugendlichen zu. Vormittags haben die Kleinkinder auf der verwahrlosten Wiese mit Konservenbüchsen voll Wasser gespielt und sich geprügelt.

Vom Treppenhaus ist Rockmusik zu hören. Einer hat das Radio laut aufgedreht.

Mater Ambrosia ist müde und erschöpft. Schon heute Morgen, als sie den Bus zum Hafen bestieg, begann sie zu schwitzen. Selbst um sieben Uhr war die Hitze schon unerträglich und quälte die gute Nonne recht unnachgiebig.

Hinzu kommen die Anfeindungen, denen sie seit einer Woche ausgesetzt ist.

Sogar die Mutter Oberin fiel ihr in den Rücken und verbot, in der ganzen Angelegenheit überhaupt noch irgendeinen Kommentar abzugeben. Mater Ambrosia musste ihr im klösterlichen Gewölbe Gehorsam zusichern und Schweigen. Sie habe sich ohnehin schon zu tief in weltliche Belange verwickeln lassen.

Beseelt von einem Hirtenbrief ihres Bischofs um den Abtreibungsparagrafen 218 im Strafgesetzbuch der Bundesrepublik, hatte sich Mater Ambrosia in ihrer Einfalt dazu verleiten lassen, anstelle einer Bastelstunde für ihre Zwölfjährigen eine Aufklärungsstunde im Hobbyraum einzuführen.

Unbeirrt ließ sie sich in die Gefolgschaft des Hirtenbriefes reißen, sprach ganz im Geiste ihres Bischofs vom Mord am Ungeborenen. Von Müttern ohne Mutterliebe. Von Gottes Geschöpfen, die es zu schützen gelte.

Statt zu handarbeiten, strickte sie gläubige Moral, verstrickte die Zwölfjährigen in den totalen Anspruch der Kirche auf das Leben, sagte: «Eure Mütter hätten euch töten können, ehe ihr zur Welt kamt.» Ihr Eifer, den Aufruf des Hirtenbriefes in die Herzen der Menschen zu pflanzen, trieb sie an und gipfelte in einer Aufforderung an die Kinder zur Demonstration.

Ein Alleingang, den sie sich im Namen der Kirche und ihrem Anliegen schuldig zu sein glaubte.

Die Mädchen zeigten sich zwar unlustig, aber wer wagte schon der gläubigen Besessenheit einer ehrwürdigen Mutter zu widersprechen? Zudem zahlte sie jedem Kind die Fahrt im Omnibus zur Stadt. Wann kamen diese Zwölfjährigen schon kostenlos in die Stadt, wenn sie nicht gerade zur Schule mussten?

Also nahmen sie das Angebot der Nonne an, erklärten sich zur Gegenleistung bereit und malten Plakate, wie sie zu einer

Demonstration gehören. So weit wusste Mater Ambrosia schon Bescheid.

In der Stadt angekommen, trugen sie ihre Plakate vor das Rathaus.

Mater Ambrosia ließ den Oberbürgermeister aus dem sechsten Stock rufen.

Hier wären Kinder, die dafür plädierten, dass Kinder nicht schutzlos den Brutalitäten ihrer verantwortungslosen Mütter ausgesetzt wurden.

Eine Demonstration, die weder angemeldet noch genehmigt war.

Noch eine Demonstration. Ein rotes Tuch für Dr. Hartmann, der erst kürzlich Michaels Eskapaden mühsam im Keim erstickt hatte.

Unvermutet fiel sie auf die Nase, die ehrwürdige Mutter, die nur nach bestem Wissen und Gewissen handelte.

Die Presse nannte es infam, Kinder in die Kampagne um den § 218 einzuspannen.

Der Oberbürgermeister sprach vom Glaubenseifer, der übers Ziel hinausgeschossen sei.

Die Mutter Oberin sagte: «Das hat unserer Sache sehr geschadet.» Und sie überbrachte ihrer untergebenen Ordensschwester die Missbilligung des Erzbischöflichen Ordinariats, das sich im Angesicht einer empörten Öffentlichkeit wohl oder übel distanzieren musste.

Die Frauen in der Siedlung begegneten ihr nach dieser Demonstration feindselig. Eine von den ganz resoluten fragte: Wie sie, die Nonne, die keine Ahnung vom Sexuellen habe, sich das wohl vorstelle? Die Zustände in der Kaserne wären noch schlimmer, wenn die Frauen jedes Kind in die Welt setzten, das ihnen die Männer machten, wenn sie besoffen nach Hause kämen.

Die Frauen sagten hässliche Worte. Sie sagten ficken, und sie sagten vögeln, und das traf die ehrwürdige Mutter verletzend in ihrer selbst gewählten Jungfräulichkeit.

Sie versicherte, dass sie das nicht meine. Sie meine nur das ungeborene Leben. Damit aber entlockte sie den Frauen nur ein mitleidiges Lachen.

Nun steht sie am geöffneten Fenster und sieht den Jungen und Mädchen zu, während hinter ihr im Raum Einzelheiten für das Sommerfest besprochen werden. Die Jungen haben die Scheinwerfer ihrer Motorräder eingeschaltet, und die hellen Kleider der Mädchen leuchten auf, wenn sie vom Licht getroffen werden.

Eine tiefe Traurigkeit über den Zustand der von Gott so liebevoll erschaffenen Welt überfällt Mater Ambrosia.

Als sich die drei Sozialarbeiter, zwei junge Männer und eine Frau, verabschieden, ist es bereits ganz dunkel geworden. Nur der Kaplan bleibt noch am Tisch zurück. Er hat die einzige Leselampe, die ihnen zur Verfügung steht, eingeschaltet. Die ersten Nachtfalter dringen durch das offene Fenster, und Mater Ambrosia schließt es deshalb.

Auch der junge Kaplan wischt sich den Schweiß von der Stirn und meint: «Das ist wieder mal eine Nacht zum Kinder Machen oder Sterben.»

Eine recht unpassende Bemerkung für einen Priester.

In seiner Landgemeinde ist er ein beliebter Kaplan. Einer von den Bauernsöhnen, die schon vor ihrer Geburt zum Gottesdienst versprochen sind, weil der Hoferbe bereits vorhanden ist.

Vor allem die Frauen lieben ihn und die jungen Leute. Deshalb sammelten sie auch für einen besonders wertvollen Messkelch, den sie ihm zu seinem Ehrentag schenkten.

Die Kirchenleitung beobachtet ihn argwöhnisch, diesen jungen Kerl, der nur lose Sprüche im Mund führt und Rockmusik in die Kirche trägt. Er könnte zu einem Sakrileg werden.

Mater Ambrosia mag ihn gern. Er hat eine gewisse Ausstrahlung und bereitet den Frauen Behagen.

«Was ist?», fragt er, als sie sich zu ihm setzt und die Arme in den weiten schwarzen Ärmeln auf die Tischplatte legt. «Sie sehen heute nicht gerade fröhlich aus, liebe Kollegin. Fühlen Sie sich nicht wohl?»

Nein, sie fühlt sich gar nicht wohl in ihrer Haut.

Einmal ganz davon abgesehen, dass diese Haut vom Schwitzen schon wundgescheuert ist.

«Noch immer betrübt über den Zustand der Welt, dem Sie abhelfen wollen?»

Er scheint es darauf abgesehen zu haben, die ehrwürdige Mutter heute Abend noch ein wenig zu foppen.

Mater Ambrosia empfindet ein leichtes Missbehagen, so, wie sie es auch empfunden hat, als Baumgart noch ein fescher Soldat war. Sie missbilligt solche Empfindungen, kann sie jedoch nicht unterdrücken.

«Sie verkennen die Tatsachen», sagt der Kaplan. «Christus würde wieder gekreuzigt, käme er noch einmal zur Welt. Das ist so. Sogar viele von uns würden sich daran beteiligen, in blindem Eifer.»

Empört wehrt Mater Ambrosia ab.

Der junge Mann lacht: «Sie müssen die Dinge sehen, wie sie sind.»

Mater Ambrosia tadelt: «Was glauben Sie wohl, was ich hier in dieser Siedlung anderes tue?»

Sie wird diesem jungen Mann gegenüber, der so viel weniger Erfahrung hat als sie, nicht zugeben, dass sie sich schon lange im Zwiespalt zwischen Klostergewölbe, Singmessen und der Realität hier in der Siedlung befindet.

Dass sie nach der Anwendbarkeit von Glaubenssätzen sucht und sie kaum findet.

Dass sie bereits einen Weg geht, der sie den ewigen Frieden im himmlischen Paradies kosten kann.

Er weiß nichts von den Anfechtungen, die sie bevorzugt nachts befallen.

Nichts von den ketzerischen Gedanken, wenn sie sich des Eindrucks nicht erwehren kann, dass Gott die Welt erschuf, um ihr dann einen Fußtritt zu geben.

Was er sieht, ist das Gesicht, das sie zur Schau stellt, als sei sie schon im Reich der Cherubim, untadelig und tüchtig. Er weiß nichts von ihren Ängsten.

Und nichts von ihrer Bereitschaft, das eigene Seelenheil und das Wohlwollen der Mutter Oberin für das weltliche Heil ihrer Schützlinge zu verspielen.

Niemand weiß etwas von ihren Träumen, wenn sie nachts frevlerisch Hand an sich selbst legt. Wenn sie sich auf dem Dachboden erhängt und geschwächt von der Vorstellung, stranguliert zu sein, wieder erwacht.

Jetzt legt er die Hand auf ihren Arm und sagt gar nicht mehr provozierend: «Ich glaube, Sie haben einen Urlaub dringend nötig. Wann waren Sie das letzte Mal in Ferien?»

Mater Ambrosia beginnt die Jahre abzuzählen und stellt fest, dass es schon drei Jahre sind, die sie ununterbrochen, Tag für Tag, bis auf die hohen Feiertage, hier in der Siedlung verbringt.

Der junge Kaplan ist ein Mann der Praxis: «Na, sehen Sie», sagt er. «Da müssen wir dringend etwas für Sie unternehmen.»

Sie lächelt zweifelnd. Die dressierte Demut ist ihr ins Gesicht geschrieben. Sie beginnt, die Papiere auf dem Tisch zusammenzuräumen und die Stühle wieder ordentlich aufzustellen.

«Wie wäre es mit Österreich?», fragt er, als er ihr dabei zur Hand geht. «In einem befreundeten Kloster?»

«O ja, Österreich!»

Sie würde gern wieder einmal mit dem Rosenkavalier fahren.

Sie löschen das Licht und verlassen gemeinsam das Siedlungsgelände, gehen nebeneinander die schlecht beleuchtete Straße hinunter zur Bushaltestelle.

Er erzählt von seiner Arbeit als Kaplan mit den jungen Leuten seiner Gemeinde.

Dann sagt er unvermittelt: «Ich weiß, dass Sie über die ganze Angelegenheit nicht mehr sprechen dürfen, trotzdem möchte ich Ihnen etwas sagen, was aus Ihrer Aktion geworden ist: Der Oberbürgermeister hat sich entschlossen, in der Siedlung kostenlos Antibabypillen auszugeben. Es fehlt nur noch jemand, der das organisiert, eine Frau, die täglich die Pille ausgibt, damit es nicht zu der bekannten Vergesslichkeitsquote kommt.»

Mater Ambrosia hat ihm zugehört, aber sie antwortet nicht.

Er zögert, während sie weitergehen, scheint sich dann jedoch entschlossen zu haben.

«Ich glaube», sagt er, «Sie wären die richtige Frau dafür. Warum übernehmen Sie nicht die Aufgabe?»

«Ich bitte Sie!», wehrt sich Mater Ambrosia.

«Es geht um die Menschen», argumentiert der junge Mann, «nicht um die päpstliche Meinung. Was weiß er in Rom von dem Elend hier? Sie kennen es, und ich kenne es. Wir kennen das schmerzende Mitleid, das so bitter nötig ist, weil der Schmerz aktiv macht. Und nur Aktivität kann hier etwas verändern.»

Sie haben die Bushaltestelle erreicht und warten auf den Bus.

Mater Ambrosias gesunder Menschenverstand bricht durch, und sie erkennt, dass er recht hat, auch wenn der von ihr geforderte Glaubensgehorsam dagegensteht.

«Ich werde niemals die Erlaubnis meines Ordens für so eine Aktion bekommen», wendet sie ein.

«Natürlich nicht», antwortet der Kaplan. «Muss Ihr Orden etwas davon wissen? Offiziell wird eine Rotkreuzschwester dazu abgestellt. Tatsächlich aber sind Sie es, die jeden Morgen um acht die Pille an die Frauen ausgibt. Dreißig Frauen haben sich dafür gemeldet. Sagen Sie, dass Sie einverstanden sind, und ich leite alles in die Wege.»

Sie haben noch zehn Minuten Zeit, bis der Bus eintrifft. Die Nacht ist schwül und feucht.

Eine beschwerliche Nacht für Mater Ambrosia.

Eine Entscheidung mehr, die den Verzicht auf ewige Glückseligkeit bedeuten kann.

Sie ist entsetzt über die Unordnung ihrer Gefühle, darüber, dass sie nicht mehr bereit ist, dieses Jammertal, wie es bezeichnet wird, ungerührt zu durchschreiten, um dann des Paradieses gewiss zu sein. Sie ist schockiert davon, dass sie sich auflehnt gegen den Glauben an die Erbsünde, gegen eine Bürde, die ihr so eindringlich aufgeladen wurde. Alle Heiligen im Himmel können ihr diese Entscheidung nicht abnehmen.

Als der Bus eintrifft, hat sie sie getroffen.

Sie sagt zu und wird diese Nacht, wie viele Nächte, schlaflos verbringen, als laste das ganze mittelalterliche Klostergewölbe auf ihrer Brust.

4

Diese Welt ist in Ordnung. Die zwischenmenschlichen Beziehungen sind heil. Es gibt keine Misere mehr, die sich nicht mit einem Werbeslogan bewältigen lässt. Also gibt es überhaupt keine Misere. Den Glücklichen gehört die Welt.

Glücklich sind die Kinder einer Generation, die sich zu den Erwählten zählen, gesegnet vom Konsum samt ihren Enkeln, bestimmt zum Untergang.

Das Goldene Zeitalter ist wieder angebrochen.

Und Michael bricht endgültig aus.

Nachdem er Brigitte aus dem Krankenhaus abholte, hatte er noch einmal einen ernsthaften Versuch unternommen, sich einzufügen und anzupassen. Er beantwortete Stellengesuche und schrieb Lebensläufe mit der Hand, mit einem Füllfederhalter.

Er war bereit, die Stadt zu verlassen, aber niemand war bereit, ihn zu nehmen.

Brigitte und er fanden endlich zu jener Übereinkunft, die jedem seine Selbstständigkeit, den Stellenwert der Persönlichkeit und der freien Entscheidung ohne aufgelasteten Rollenzwang zurückgab.

Sie hatte ihn darin bestärkt, nur noch eine Arbeit anzunehmen, die ihm Spaß machen könnte.

Sie hatten ihre Rollen ausgespielt und glaubten, damit auch den Jägern entkommen zu sein. Die Freude der Selbstbefreiung trieb sie in einen naiven Optimismus. Zuversicht hatte von ihnen Besitz ergriffen.

Aber sie selbst begriffen nicht, dass sie dem Jagdrevier nicht unbeschadet und so einfach entfliehen konnten.

Als Michael entdeckte, dass keine der stellenausschreibenden Firmen ein Interesse an einem Mann zeigte, dessen Misserfolge seinen Lebenslauf kennzeichneten, dass seine Klage vor dem Arbeitsgericht mit der Methode des Hinauszögerns von einem Termin zum nächsten ad absurdum geführt wurde und dass ihn anscheinend selbst die Gewerkschaften von der Aussichtslosigkeit, zu seinem Recht zu kommen, überzeugen wollten, da entdeckte er, dass er dem Gesetz der Unterlegenen unterworfen war, dass die eine Niederlage die nächste nach sich zieht.

Vielleicht hätte ihn diese Erkenntnis nicht zur Strecke gebracht, wenn er ein Arbeitersohn gewesen wäre, einer, der die Gewaltherrschaft des Lebens gelernt hat. Aber er war ein Bürgersohn. Einer aus dieser überzüchteten Tradition von Kulturträgern, die ihre Kinder unter der Glasglocke überkommener Vormachtstellungen aufwachsen lassen. Vormachtstellungen, die das Einüben von Kampfpraktiken unnötig machen. Als der Bürgersohn Michael aber diese Glasglocke zersprengte und dem Kampf ausgeliefert war, musste er scheitern, am eigenen Unvermögen und an fehlender Unterstützung.

Jetzt war er zur Strecke gebracht, und nichts blieb mehr übrig von der blinden Zuversicht, der er sich ausgeliefert hatte. Nur noch die Verwirrung übernommener Konventionen und der Wille, trotzdem zu überleben.

Er setzte der Jagd auf seine Weise ein Ende: Er begann, seinen Alltag zu zerstören.

Er spielte nicht mehr mit.

Nicht mehr das morgendliche Frühstück und die Kinder, die zur Schule gehen: ein Küsschen für Papi und eines für die Mami.

Nicht mehr das gemeinsame Mittagessen und die Berichte vom täglichen Leben.

Nicht mehr die festgefahrenen Stunden des Tages und der Nacht.

Nicht mehr das Ritual, eine Familie zu sein, ob glücklich oder nicht glücklich.

Brigitte lässt ihn gewähren, solange er nicht ihren eigenen Alltag, ihr eigenes Ritual stört. Sie hat die blinde Zuversicht noch nicht verloren. Sie glaubt noch daran, dass die Probleme unkompliziert sind und deshalb eine Lösung auch einfach sei. Auch wenn sie meint, ihr Rollenspiel aufgegeben zu haben, ist sie unbewusst immer noch darin verhaftet.

Es sind nur die Äußerlichkeiten, die ihr die Illusion der selbstständigen Freiheit vorspiegeln, etwa wenn sie allein ins Kino geht oder heute, an diesem heißen Tag, ohne Beanstandung vonseiten Michaels, die weißen Bettlaken nass vor die Fensteröffnungen hängen kann. Es sind nur Signale, die jedoch die Brandzeichen nicht entfernen können.

Sie bleiben Gefangene der Reaktion.

Wie Michael sich seine Loslösung vom Rollenzwang auf Kosten Brigittes nimmt, möchte Brigitte, im Grunde genommen, ihren Besitz auf den Ehemann nicht aufkündigen.

So bittet sie ihn auch an diesem Abend, sie doch einmal in seine Kneipe mitzunehmen, in die er seit etwa vier Wochen regelmäßig geht, seitdem er es aufgegeben hat, Bewerbungsschreiben in den Briefkasten zu werfen.

Um sich den Besitz des Mannes nicht nehmen zu lassen, will sie Anteil nehmen, lernt deshalb die Plüschsofas kennen und die Spitzendeckchen, die Stearinkerzen und die tanzenden alten Frauen, die sich an den ausladenden Hüften umschlungen halten. Sie lernt Antonia kennen, die Kellnerin, den Wirt in der Metzgerschürze, den Zitherspieler, Anna und ihren Chefober und auch Monika Rabe. Außerdem Leute aus der Siedlung. Solche, die für immer dort wohnen, und andere, die im

Sommer unter den Flussbrücken mit den steinernen Heiligen schlafen und sich nur im Winter einquartieren lassen, wenn noch ein Zimmer frei ist.

Anna schließt sich sofort Brigitte an. Sagt: «Rutsch mal!» Und setzt sich zu ihr auf das Sofa.

Monika Rabe tut es ihr nach. Brigitte betrachtet die Sekretärin neugierig. Da ist auch Eifersucht im Spiel und die Abneigung gegen Frauen, die es mit der Selbstverwirklichung übertreiben.

Anna sagt: «Wir wundern uns schon die ganze Zeit, wo du bleibst. Die Frau von Michael wollten wir schon lange mal kennenlernen.»

Zu Michael sagt sie: «Du hast 'ne gute Frau.»

«Ich mag dich», sagt sie zu Brigitte.

Monika Rabe sagt: «Mit Ihnen scheint Michael das große Los gezogen zu haben.»

Brigitte hat Hemmungen, sich mit Monika Rabe zu beschäftigen. Aber Anna gefällt ihr. Diese mütterlich-resolute Frau. Das bringt sie zum Reden, und für einen Augenblick vergisst sie die skurrile Szene, die sie hier umgibt und mit der sie so wenig anfangen kann.

Sie erzählt von ihrer Zuneigung zu Michael, von ihrer Angst, ihn zu verlieren.

«Ihr seid schon richtig», meint Anna, dann lässt sie sich von den beiden Töchtern erzählen und von der Wohnung. Sie selbst lebt in einer Wohnküche mit zwei Zimmern. In einer Sozialwohnung aus den Fünfzigerjahren.

«Die hab ich damals als Kriegerwitwe gekriegt», berichtet sie, «und seitdem ist da nichts modernisiert worden. Da ist noch nicht mal 'n Bad drin.»

Michael kennt die Wohnung. Er war mal dort und hat Anna die Tonbänder vom Sohn und das Tonbandgerät erklärt.

«Seitdem kann ich die Musik von mei'm Jungen hör'n», sagt Anna ganz stolz.

Antonia setzt sich zu ihnen und betrachtet Brigitte freundlich.

Monika Rabe stellt Antonia vor.

Antonia hat Mühe, den Namen Michael richtig auszusprechen. Sie lächelt entschuldigend: «Wir mögen ihn», sagt sie.

Michael hat Freunde gefunden. Freunde, die keine Ansprüche an ihn stellen. Für die er einfach vorhanden ist, mehr nicht.

Monika Rabe fragt: «Hat er Sie mit hierhergenommen?»

Brigitte verneint.

«Sie werden sich hier erst eingewöhnen müssen», meint Monika Rabe.

Brigitte bestätigt: «Das Milieu ist sehr ungewohnt.»

Michael sitzt ihr gegenüber mit Franz, dem Chefober, lässt sich zum wiederholten Mal die Geschichte des Aufstandes in Ostberlin erzählen und unterbricht Franz erst, als einer im Rollstuhl von einem jungen Mann an den Tisch geschoben wird.

Antonia rückt zu Anna und den beiden jungen Frauen auf die Couch, damit für den jungen Mann noch ein Platz vorhanden ist. Seine Arme sind von Tätowierungen übersät.

Anna begrüßt ihn herzlich.

Michael scheint den Mann im Rollstuhl schon zu kennen, ein hagerer Endfünfziger. Michael sagt: «Mensch, Hans, hast du wieder einen reingelegt?»

Hans lacht und steht plötzlich vom Rollstuhl auf, so, als ob ihm gar nichts fehle.

Es fehlt ihm auch nichts. Der Rollstuhl ist sein Beruf.

Monika Rabe klärt Brigitte auf: «Hans lässt sich von gut situiert aussehenden Passanten in seinem Rollstuhl über die Straße schieben und bittet sie dann mit gut gespielter Hilflosigkeit, ihn doch noch die Straße entlangzufahren. Dabei löst sich dann mit schöner Regelmäßigkeit ein Rad seines Stuhls, Stuhl und Hans kippen auf die Straße, und der Passant gerät in Verwirrung. Hans unterstützt das noch ein wenig, schimpft und jammert, bis ihm mit einem Geldschein für die erlittene Unbill geholfen wird. Ein einträglicher Job.»

«Davon», sagt er, «lässt sich leben.»

Michael fragt: «Warum hast du den Jungen reingelegt? Der sieht mir nicht zahlungskräftig aus.»

Der Junge mit den Tätowierungen ärgert sich: «Und ich dachte, der ist wirklich Invalide.»

«Was machst du denn momentan?», erkundigt sich Anna bei dem Jungen.

«Ich kassier beim Autoscooter auf 'm Rummelplatz.»

Anna behauptet, sie hätte ihn schon mindestens seit einem Jahr nicht mehr gesehen: «Wo haste dich denn rumgetrieben?»

«Ich war mit 'nem Magier unterwegs», berichtet der Junge. «Über die Dörfer bis rauf in den Norden. Der hat 'ne tolle Schau abgezogen, bis sie ihn eingelocht haben. Da bin ich zu den Autoscootern.»

Antonia sitzt wie Brigitte ein wenig verwundert zwischen den Leuten, zu deren Mentalität sie kaum einen Zugang findet. Sie begreifen beide nur die ursprüngliche Freude, die alle zu beherrschen scheint.

Michael sagt: «Magier? Ich dachte, so was ist ausgestorben, seitdem wir die Werbung haben! Das ist doch die echte Magie, die rituellen Handlungen des 20. Jahrhunderts: herstellen, kaufen, gebrauchen, wegwerfen und wieder herstellen.»

Franz fügt hinzu: «Panta rhei – alles ist im Fluss.»

Und Brigitte ist überrascht, so etwas von einem Chefober zu hören.

«Nee», widerspricht der Junge. «Das war einer mit Kaninchen und so. Ein ganz harmloser. Der hat sich nur an 'nem jungen Mädchen vergriffen.»

Alle lachen sehr laut und hemmungslos glücklich.

«Ein Magier der Liebe also», sagt Franz und ahmt dabei die dozierende Stimme des Gelehrten nach, ganz getragen von Kulturbewusstsein.

Aber der Junge beharrt auf haarigen Kaninchen und friedlichen Tauben: «Hühnereier konnte der sich aus dem Mund zaubern», erzählt er, «ich kann's auch. Soll ich mal?»

Natürlich soll er mal.

Der Hagere treibt ein Ei beim Wirt auf, der noch eins von der letzten Woche im Eisschrank liegen hat. Das sieht ganz frisch aus. Ist es aber nicht.

Und als der Junge das Ei tatsächlich vom Ärmel in den Mund gebracht hat und stolz den Rachen öffnet, um es herzuzeigen, klappt ihm der Hagere mit einem leichten Schlag gegen die untere Kinnlade den Mund zu, und der Junge spuckt faules Ei.

Bedauernd meint der Hagere: «Auch die Magier sind nicht mehr das, was sie früher waren.»

Und Franz sagt: «Hühnereier sind passé. Die Poesie der Magier von heute liegt in der Werbung um Waschmittel und Pfeifentabak. Werbefachleute sind die wirklichen Poeten des Industriezeitalters.»

«Und wir sind die Wölfe», wirft Michael ein.

«Wieso sind wir die Wölfe?», fragt Anna verständnislos.

«Weil wir uns auf freier Wildbahn bewegen», erklärt Michael, unberührt von jeder Poesie. «Weil wir uns nicht zu glücklichen Sklaven machen lassen, die vor lauter Glück nicht wissen, dass sie Sklaven sind.»

«Ich versteh dich nicht», sagt Brigitte.

Monika Rabe wendet ein: «Aber das ist doch ganz einfach.»

«Junge», warnt Franz, «werd nicht schon wieder politisch!»

«Nur keine Angst», beruhigt ihn Michael. «Worüber sollte ich mich beklagen? Wir leiden lediglich unter der Gesellschaft, die wir selbst produzieren.»

5

Frankfurt in den letzten Augusttagen. Asphaltcity im Spätsommer. Heiß gelaufen und ausgestorben, weil diejenigen, die es sich leisten können, die Stadt verlassen haben. Brutkessel von Agonie und Verfall. Betongräber, die sich vollgesogen haben mit Hitze.

Apathie und Siechtum.

Vielleicht war es die Apathie, die dem persönlichen Referenten Schneider Glück brachte und Friedrich dazu bewog, dem Interviewbegehren eines Journalisten nachzugeben.

Friedrich hat sich die ganze Woche über nicht so recht wohlgefühlt. Die Geschäfte machen ihm nicht mehr so recht Spaß. Er ist von einer beunruhigenden Unlust besessen, und nachts erschrecken ihn Träume, die er vergessen hat, wenn er verklebt von Angstschweiß aufwacht.

Manchmal hat er das dringende Bedürfnis, gegen irgendetwas anzuschreien. Aber er tut es nicht. Das verbietet ihm schon seine gute Kinderstube. Er ist ein ordentlicher Mensch. Er verhält es.

Auch heute, am späten Freitagnachmittag, als er von allen seinen Mitarbeitern, bis auf Schneider und die Sekretärin, verlassen ist, als er auf den Etagenflur hinaustritt, der nur noch leer und gläsern ist, und als er plötzlich eine unerklärliche panische Angst gegenüber der herrschenden Stille empfindet, möchte er schreien und tut es nicht.

Er wartet auf den Journalisten, der sich verspätet. Diese Verspätung beunruhigt Friedrich. Er vermutet einen beabsichtigten Affront, eine Missbilligung seiner Person. Sicherlich, überlegt er, hat sich Schneider da wieder von einem der linken Blätter überreden lassen.

Zehn Minuten später trifft er ein: eine Frau.

Auch Schneider ist überrascht. Die Vereinbarungen wurden brieflich getroffen, und sie hat nie mit ihrem vollen Namen unterschrieben. Eine junge Reporterin, sehr selbstsicher und lebhaft.

Eine Konfrontation für Friedrich. Er, der gewohnt ist, bei Damen auf unverbindlichen Charme umzuschalten und alles Geschäftliche aus dem Spiel zu lassen, nur noch Galanterien zu verschenken, er schafft es diesmal nicht, die rasche Wendung des Geschehens sofort in den Griff zu bekommen.

Vom Warten und von dieser Überraschung misstrauisch und nervös gemacht, fragt er sie verärgert, ehe er ihr einen Stuhl anbietet: «Sie sind doch nicht etwa geschickt worden, um mich zur Strecke zu bringen?»

Sie schüttelt den Kopf und lächelt, weil sie die Situation durchschaut: «Darf ich mich setzen?», fragt sie und nimmt auch schon Platz.

Langsam beruhigt sich Friedrich, aber die unbegreifliche Angst sitzt ihm immer noch im Nacken: «Haben Sie die Absicht, mich fertigzumachen wie Ihre Kollegen?», fragt er.

Die junge Frau versichert: «Ich habe nur ganz normale Fragen an Sie zu stellen. Und Ihr persönlicher Referent, Herr Schneider, hat mir in seinem letzten Brief doch bestätigt, dass Sie zu einem Interview bereit seien?»

Sie versucht, ihre Distanz, die sie diesem Mann gegenüber auf jeden Fall wahren will, ein wenig zu überspielen, und sagt, sie wisse, dass er ein gebranntes Kind sei, was die Presse anbelangt. Er habe wenig Sympathien gewinnen können. Ihr Blatt jedoch sei eine Frauenzeitschrift, und da brauche er kein Blatt vor den Mund zu nehmen.

«Mehr als Ihr geschäftlicher Werdegang und Ihre Erfolge interessiert unsere Leserinnen Ihr privater Bereich, das, was ein junger Mann empfindet, der so schnell ganz nach oben gekommen ist», erklärt sie und beobachtet, wie Friedrich sich versöhnlich stimmen lässt.

Er selbst hat den Eindruck, als wolle da jemand Anteil nehmen an seinen Problemen, denen er sich so hilflos ausgesetzt sieht.

Er will schon zum ersten Spurt in seine Gefühlswelt ansetzen, als sie ihn zurückhält und fragt: «Sie haben doch nichts dagegen, wenn ich nicht mitschreibe, sondern eine Bandaufzeichnung mache?»

Friedrich zögert einen Augenblick, er wird schon wieder misstrauisch, aber sie versichert: «Es dient nur zur Erinnerungsstütze, darauf haben Sie mein Wort.»

Er gibt nicht viel auf das Wort einer Frau, aber in diesem Fall auf ihr Lächeln, das ihm ganz ausnehmend gut gefällt. Also erklärt er sich zur Bandaufnahme bereit und beauftragt die Sekretärin, angesichts des bezaubernden Lächelns dieser jungen Journalistin, zwei Tassen Tee aufzubrühen.

Während sie auf den Tee warten, nestelt die Reporterin am Tonbandgerät herum, bis das Mikrofon zur Aufnahme bereit auf dem Tisch steht. Ihre Unbeholfenheit, die sie dem technischen Gerät gegenüber zeigt, macht ihn fröhlich, lässt ihn wieder männlich überlegen werden. Belustigt sieht er ihren Bemühungen zu, greift jedoch nicht ein. Erkundigt sich nach der Marke des Gerätes und beginnt zu fachsimpeln. Davon versteht er etwas.

Zu Hause im Bungalow hat er selbst eine vollständige Tonband- und Filmausrüstung. Ein Hobby, das ihm neben seinem Erfolg verblieben ist.

Als er noch verheiratet war, erzählt er, und der Sohn noch klein, haben er und seine Frau Filme über den Jungen gedreht und mit Ton unterlegt. Eine schöne Sache war das damals.

Er erinnert sich.

Dann wird der Tee auf einem verchromten Servierwagen hereingefahren, und die junge Dame fragt, ob sie beginnen kann.

Friedrich ist ganz friedlich geworden und nickt.

«Ich möchte Sie auf irgendeine typische Weise meinen Leserinnen vorstellen. Vielleicht geschieht das am besten, wenn Sie zu jenem Punkt etwas sagen», schlägt sie vor, «mit dem Sie der Öffentlichkeit bisher die größte Angriffsfläche geboten haben: in puncto Personalpolitik.» Sie lässt das Band anlaufen und wirkt wieder distanziert und ganz beruflich.

Aber Friedrich ist es zufrieden, noch einmal eine Rechtfertigung abgeben zu können. Er liebt Rechtfertigungen, weil sie ihm helfen, seine Kritikempfindlichkeit abzuschwächen.

«Ich mache das Beste aus einer Firma, wenn ich sie übernehme», sagt er. «Zuerst einmal gebe ich jungen Leuten Promotion. Lasse sie testen und setze sie dann ihren Fähigkeiten entsprechend ein. Junge Leute sind Leute unter vierzig. Das ist die Zeit, in der der Mensch seine schöpferischste und ausdauerndste Arbeitsphase hat. Deshalb sollten meiner Meinung nach auch die Löhne und Gehälter nach diesem Gesichtspunkt gestaffelt sein: Sie sollten rasch ansteigen, wenn ein Arbeitnehmer zwischen fünfundzwanzig und fünfunddreißig ist, jener Zeitspanne, in der er auch aus persönlichen Motiven das meiste Geld braucht. Dann aber sollte sein Verdienst gleich bleiben, bis er etwa fünfundvierzig ist, danach sollten Lohn oder Gehalt wieder absinken, so, wie es dem natürlichen Lebensrhythmus entspricht. Damit wären viele Probleme der Wirtschaft zu lösen und auch der Unzufriedenheit der jungen Leute beizukommen. Was die Gewerkschaften mit ihren dauernden Lohnforderungen dagegen betreiben, ist einfach idiotisch.»

Friedrich nimmt einen Schluck Tee und wartet auf die

Zustimmung der jungen Dame, die ihm gegenübersitzt. Er ist es gewohnt, dass Frauen ihm rückhaltlos zustimmen.

Sie betrachtet ihn etwas irritiert und meint dann: «Eine interessante These. Ein bisschen ungewöhnlich. Damit werden Sie wieder auf Schwierigkeiten und Gegner stoßen.»

«Ich kann es mir leisten, den Leuten die Wahrheit zu sagen», antwortet Friedrich und geht dann zur Sprechanlage seines Schreibtischs hinüber, um die Sekretärin zu fragen, ob sie nicht noch einige Kekse im Schrank aufbewahre.

Er möchte die Journalistin, die in seinen Augen auch nur eine Frau ist, auf seine Seite ziehen und beginnt deshalb mit dem Spiel von gesellschaftlichen Normen, von Tee zu Keksen, vom bezaubernden Lächeln, das er ihr bestätigt, zu seiner charmanten Männlichkeit.

Als sie sich eine Zigarette anzündet, sagt er freundlich: «Sie sollten nicht rauchen, das schadet Ihrem Teint.»

Sie lässt sich nicht verwirren. Kommt auf die alte Affäre mit Michael zu sprechen, fragt aber nicht nach Tatsachen, sondern nach Empfindungen, und Friedrich zieht endlich das Register der Gefühle. Sagt, dass er sich nach der ganzen Angelegenheit geradezu fürchte, erneut einen Betrieb zu übernehmen, der sich nur durch Rationalisierungsmaßnahmen wieder gewinnbringend machen ließe.

«Natürlich», bestätigt er, «der eigene Bruder. Das ist ein Schock, den verwindet man nicht so leicht. Da hat man plötzlich nicht nur die Öffentlichkeit, sondern auch die Familie gegen sich. Sogar die eigene Freundin fällt einem in den Rücken.»

Die Reporterin greift sofort zu: «Freundin?»

Das sei eine hässliche Geschichte. Eine unerfreuliche Angelegenheit, die ihm die vierzehn Tage auf der «Hanseatic» gründlich verdorben habe. Sie, die damenhafte Hannoveranerin aus bester Kaufmannsfamilie, habe unvermittelt beim Souper von Konzessionen an den Bruder gesprochen und vom Anstand, der eigentlich gefordert sei.

«Das wurde untragbar für mich», sagt Friedrich. «Eine Frau darf dem Mann nicht in den Rücken fallen. Nein, das darf sie nicht. Ich fühle mich im Recht», sagt Friedrich. Außerdem sei er kein Mann, der anderen was wegnähme. «Und mein Bruder ist an seiner Misere selbst schuld. Sehen Sie», ereifert er sich, «sogar die Regierung, die momentan noch das Sagen hat, ist gegen Leute wie mich. Wen wundert es dann, wenn die Stimmung draußen im Lande ebenfalls gegen uns steht? Ich habe mein Bestes getan, um zu erklären, wie ich gehandelt habe und warum ich so handeln musste, aber das scheint ohne Wirkung zu bleiben. Die Sache mit meinem Bruder hat mich tief getroffen, dessen darf ich Sie versichern. Ich liebe meinen Bruder. Und was hat es mir eingebracht? Manche haben mich wegen dieser Angelegenheit einen Bastard geschimpft. Dagegen kann ich nicht an. Das ist mir zu niedrig.»

Die junge Frau unterbricht ihn, fragt mit ganz sachlicher Stimme: «Haben Sie nicht manchmal Angst, am Leben vorbeizuleben mit all Ihrem Reichtum und Ihrer Geschäftigkeit?»

Friedrich stutzt einen Augenblick, frappiert von dieser ungebührlichen Frage und der Nüchternheit dieser Frau.

«Was verstehen Sie denn unter Leben?», fragt er zurück.

«Das Leben», antwortet sie.

Diese Frau hat für seine Begriffe zu viel Selbstbewusstsein, dem möchte er abhelfen: «Aber meine Liebe», sagt er und reicht ihr den kleinen silbernen Teller mit Keksen, den die Sekretärin während seiner Ausführungen zur Brüderlichkeit hereingebracht hat und auf dem eingraviert ist: Friedrich Born-Versicherungs-AG. «Aber meine Liebe, was will ich mehr? Mein Leben ist das eines Menschen, der wunschlos glücklich ist, besonders in Gegenwart hübscher Frauen. Sie sind das Leben!»

«Vielen Dank», kontert die Journalistin. «Solche Komplimente werden unsere Leserinnen freuen. Wollen wir noch ein wenig über das Leben philosophieren?», erkundigt sie sich und nimmt nun von den angebotenen Keksen. «Unsere Zeitschrift wird von Frauen gelesen, die sich zwischen Kochtopf und Waschmaschine oder beim Friseur langweilen, da macht sich naive Lebensphilosophie immer gut.»

Friedrich lässt sich gegen seinen Willen in den Schlagabtausch hineinziehen. Er reagiert arrogant und erkundigt sich: «Sie gehören doch nicht etwa zu den Emanzipierten?»

Emanzipierte Frauen, erklärt er, könne er nicht ausstehen. Sie seien für die menschliche Gesellschaft völlig nutzlos. Sie seien zu nichts nutze. Als Angestellte und Arbeiterinnen nicht und nicht als Freundin, geschweige denn als Ehefrau.

«Wir wollen doch über Sie sprechen», meint die Reporterin. «Männer sind für unsere Leserinnen interessant, nicht die Geschlechtsgenossinnen. Männer, die man sich wünschen kann. Männer zum Aussuchen.»

«Nicht so», wehrt Friedrich ab. «Wir suchen aus.»

«Männer, die man sich am Kiosk kaufen kann», insistiert sie.

«Quod licet Jovi, non licet bovi», bekräftigt er seinen Standort. Das ist humanistische Bildung. Das macht einem Born alle Ehre. Zitate, das sind die heiligen Kühe dieser Familie.

Die Journalistin staunt: «Latein. Das werden wir in deutscher Übersetzung bringen müssen.» Sie spielt ein Lachen ein. «Und ich dachte, Männer wie Sie seien Gezeichnete, gezeichnet vom Erfolg, der ihnen das eigentliche Leben unmöglich macht.»

Friedrich gibt zurück: «Trotzdem sind Sie mir sympathisch.»

Sie wehrt ab: «Aber nein», sagt sie. «Ich wäre zu nichts nutze.»

«Ein Mann kann das alles ändern», behauptet er und möchte die Gelegenheit haben, sie davon zu überzeugen, aber sie beharrt auf ihrem Interview, das weitergeführt werden müsse.

Von der Göttlichkeit des Mannes leitet sie geschickt über zur Göttlichkeit des Mammons.

Und Friedrich lässt sich übertölpeln.

«Ein wenig Lebensphilosophie», schlägt sie vor.

Und er lässt sie sich entlocken, sagt: «Wenn wir später einmal auf unsere Zeit zurückblicken werden, werden wir erstaunt feststellen, dass der Materialismus unser Gott war. Unser Materialismus, nicht der von Marx. Manche erkennen heute schon, dass sich die meisten Leute im Wettlauf um die Macht des Geldes oder der höchsten Position gegenseitig abwürgen. Und wenn sie dann ganz oben sind, finden sie heraus, dass sie weder geliebt noch respektiert werden. Das ist bitter. Das ist unser Leben.»

Mitfühlend erkundigt sie sich: «Gehören Sie auch dazu?»

«Ich weiß nur eines», antwortet Friedrich: «Ich bin es leid, andauernd von Leuten angegriffen zu werden, die den Tatsachen nicht ins Auge sehen können. Ich habe es satt, nicht beliebt zu sein.»

«Ein ausgezeichnetes Schlusswort», stellt die Reporterin fest und schaltet das Tonbandgerät ab. Dann beugt sie sich zu Friedrich hinüber und meint: «Ganz im Vertrauen, Herr Born, Sie scheinen in einer schönen, dicken Neurose zu stecken. Dagegen sollten Sie möglichst rasch etwas unternehmen! Das ist so richtig schön traurig», sagt sie, «dass Sie es satthaben, unbeliebt zu sein. Das wird unsere Leserinnen freuen. Viele Herzen werden Ihnen zufliegen. Sollen wir Ihnen die Leserpost zuschicken?»

Friedrich bittet darum, auch wenn er ein leichtes Unbehagen an ihrem Verhalten nicht unterdrücken kann. Er hat den fatalen Eindruck, dass die Frau ihm gegenüber das Spiel gewonnen hat.

6

Amelie schreibt an Friedrich aus Griechenland:

30. 8. 1972

Mein lieber Friedrich,
auf dieser herrlichen Insel eingetroffen, werden wir nach einem dreiwöchigen Aufenthalt sicher unvergessliche Erinnerungen mit nach Hause nehmen.
Wie herrlich ist es hier! Wir unternehmen häufig weite Spaziergänge und reiten auf den niedlichen kleinen Eseln, die es hier gibt. Dabei treibt Dein Vater wie immer Sprachstudien, und wir denken sehr häufig in Liebe an Dich und Deinen Sohn. Wie froh sind Dein Papi und ich, dass wir bisher vom Schicksal so gütig verschont blieben! Stell Dir vor, der Hotelbesitzer hier auf der Insel wurde an Kehlkopfkrebs operiert. Eine Radikaloperation wurde notwendig, da er gar nicht mehr schlucken konnte. (Er war ein starker Raucher! Wie Michael!) Zwei Kanülen verschaffen ihm jetzt Erleichterung, und es ist wohl nur noch eine Frage der Zeit, wann er sterben kann.
So greift die Zivilisation überall um sich, auch hier unter den Naturvölkern! Hoffentlich seid Ihr beide wohlauf und gesund! Denn die Gesundheit ist unser höchstes Gut.
In Liebe immer

Deine
Mami und Dein Papi

7

Onkel Egon hat alles richtig organisiert: Szepter, Baldachin, Clubwappen und Mitgliedsbeiträge. Zehn Mark monatlich kostet das königliche Vergnügen in der «Kaiserlichen-und-Königlichen-Club-Monarchie».

Die Gründungsversammlung, zu der sich auch Friedrich einfand und den Vizevorstand ablehnte, wurde noch im Esszimmer abgehalten, zwischen Renaissance und Schrumpfköpfen. Die Schrumpfköpfe empfand Onkel Egon als durchaus passend, die Renaissancemöbel weniger. Außerdem beharrte Tante Olga darauf, dass dieser Club ihre Vereinigung störe und obendrein die kostbaren Möbelbezüge abscheure.

Lauter unruhige Männer, sagt sie, das passt nicht zur künstlerischen Weiblichkeit.

Da der erste offizielle Clubabend aber schon eine Woche nach der Gründungsversammlung stattfinden sollte, musste sich Onkel Egon gewissermaßen hastig nach geeigneten Clubräumen umsehen.

Gegen Tante Olga anzurennen, grenzt an Freitod. Sie hatte ihm sogar das donnerstägliche Putenherz abgewöhnt.

Eine sagenhafte Frau.

Über den Neffen Friedrich wandte sich Onkel Egon an den Oberbürgermeister, überredete ihn, neben seiner Tätigkeit bei Lions auch noch eine Mitgliedschaft im K. u. K.-Club zu übernehmen und nachzudenken, welche Clubräume wohl geeignet wären.

Auch Tante Olga bemühte sich im eigenen Interesse, und so wurde mithilfe Dr. Hartmanns, Olgas und eines Musikprofessors von der Münchner Musikhochschule, dessen Gattin eine enge Freundin Olgas und der Kunst ist, ein Ausweg gefunden.

Oben, auf einem der Weinhügel besaß dieser Professor einen Bungalow, einen von der überraschend modernen Art. Einen, der fast nur aus Glas und Holz gebaut ist. Dieser Bungalow stand leer, seit der Professor einen Ruf nach München angenommen und seine Kapazität dort erweitert hatte. Er benutzte das Haus nur noch selten als Refugium, um sich von der heimlichen Hauptstadt mit Herz, konsumbetonter Fußgängerzone und aufsässigen Studenten zu erholen.

Darum hatte er den Bungalow schon vor einigen Monaten Dr. Hartmann und der Stadt zu einer niedrigen Miete angeboten, mit der Auflage, ein Kulturhaus daraus zu machen.

Da das Haus aber keinerlei Ähnlichkeiten mit waliserischen Bauernhäusern aufwies, war es für Veranstaltungen mit Luis Trenker und Ähnlichem denkbar ungeeignet.

Und mehr Kultur hatte die Stadt augenblicklich nicht aufzuweisen. Nur noch jene im Vierfarbendruck des Fremdenverkehrsprospektes.

Trotzdem sollte das Angebot nicht zurückgewiesen werden, und deshalb entschlossen sich die Freunde Friedrich Born und Dr. Hartmann, den Bungalow für die Lions-Dependance vorzusehen. Es fiel ihnen nicht schwer, den Musikprofessor von der Nützlichkeit einer solchen Idee zu überzeugen, da dieser selbst zu den Großkatzen gehörte.

Nun überredete Friedrich den oberbürgermeisterlichen Freund, nicht nur Lions auf den Berg zu schicken, sondern auch die Monarchen.

Er sagte: «Wenn ich selbst es auch ablehnte, dort den Vize zu machen, so muss ich doch sagen, dass mir die Idee meines Onkels durchaus sympathisch ist und wahrscheinlich auch mit der Gesinnung mancher Lionsfreunde übereinstimmt.»

Warum sollten sich Großkatzen nicht mit Königen vertragen?

Diese Argumentation leuchtete den Beteiligten ein und rettete den ersten offiziellen Clubabend.

Onkel Egon traf seine Vorbereitungen und stellte verwundert fest, dass ihm seine Schrumpfköpfe als Dekoration in diesem Unternehmen gar nicht so sehr abgingen, wie er anfänglich befürchtet hatte. Hier in dem neuen Clubraum hatte ihn seine Aufgabe total überwältigt. Darin konnte er aufgehen. Das hier war seine Bestimmung.

Die Endstation seiner Sehnsüchte war erreicht.

Sie haben ihm die Ausführung europäischer Schrumpfköpfe verboten, haben ihm sein Hirn in Soße und zuletzt die Putenherzen genommen, das Szepter aber wird er diesmal fest in der Hand behalten.

Er ist schön eingerichtet, der Clubraum. Für Löwen und Monarchen gleichermaßen erquicklich. Allerdings soll die Charterfeier der Lions erst Ende September stattfinden.

Noch ist Onkel Egon alleiniger Beherrscher der Szene.

Im ehemaligen Wohnraum des Musikfürsten ist der Flügel, den seine Hände einstmals berührten, mit einer Brokatdecke überworfen, gekrönt von einem vielarmigen silbernen Leuchter, schwer und unhandlich. Gegenüber der weit gespannten Glasfront, die vom Fußboden bis zur Decke reicht und den Blick freigibt in den städtischen Talkessel, hat Onkel Egon aus der Kasse der Mitgliedsbeiträge und aus der eigenen, die ihm die Privatpatienten so willig auffüllten, eine Bar einrichten lassen.

Friedrich und Hartmann sorgten als rührige Löwen für ihren Anteil an der Einrichtung.

Alles ist sehr exquisit geworden. Rauchtische, Sessel und Sofas. Geplüschtes, Gerafftes und Geblümtes.

Onkel Egon ist bereits um neunzehn Uhr eingetroffen, um so selbst die kaiserliche Hand anzulegen. Punkt zwanzig Uhr legt er den Defiliermarsch auf und stellt die Stereoanlage ein.

Sechzig Gäste treffen ein, empfangen von stereofonischen Marschklängen. Da ist sie wieder, die gute alte Zeit. Wer hätte sie je totsagen wollen?

Frack mit Orden, Uniform oder Smoking waren auf der Einladung vorgeschrieben, die Ehefrauen in fürstlicher Garderobe.

Da es ihnen noch an geeigneten Lakaien fehlt, hat Friedrich seinen persönlichen Referenten, Schneider, dazu ausersehen, die Gäste entsprechend zu empfangen, während Onkel Egon sich für seinen Auftritt gegen zwanzig Uhr dreißig ins ehemalige Schlafzimmer zurückgezogen hat.

Heute hängt ihm hier der Himmel voller Geigen.

Schneider blieb nichts anderes übrig, als mitzuspielen. Schließlich ist Friedrich der Boss.

Das ist wie mit Ross und Reiter.

Und Schneider wird geritten.

Nicht vom Teufel, aber von Friedrich. Fredericus rex.

Alte Bekannte treffen ein, hochgestellte Persönlichkeiten der Stadt, Stadträte und anderes, und anerkannte Geschäftsleute. Unter ihnen auch der Sektkellerer Kirst. Mit seinem Spitzbauch eines schusssicheren Jagdbesitzers ist er an dieser königlichen Idee nicht achtlos vorübergegangen.

Dr. Hartmann bringt als Clubmitgliedsanwärter den Kulturreferenten der Stadt mit, einen hochgewachsenen, feinsinnigen alten Herrn, der seinen Stuhl im städtischen Kulturreferat schon seit fünfzehn Jahren unbestritten zu halten weiß und mit Bittstellern aus Kunst und Kultur immer sehr verhalten spricht.

Sogar Baumgart trifft ein. Noch ein wenig blass und vom

Kuraufenthalt im Sanatorium sichtlich angegriffen, aber er bewegt sich wieder unter den Lebenden und bittet als Erstes um ein Glas warme Milch mit Honig.

Nur auf Professor Born und Amelie muss noch verzichtet werden. Sie haben aus Griechenland abgesagt mit dem Hinweis, dass sie selbstverständlich Clubmitglieder werden wollten, wenn sie erst wieder zu Hause eingetroffen seien.

Friedrich kommt in Begleitung seiner rotbraunen Freundin, die den Verdruss auf der «Hanseatic» nun doch vergessen wird, da Friedrich als gute Partie nicht so leichtfertig in den Wind zu schlagen ist. Und Friedrich hat sich beschwichtigen lassen.

Olga trägt Lindgrün. Nicht ganz passend zum beginnenden Herbst, aber durchaus jugendlich. Beinahe scheint sie die Königin des Festes zu sein.

Kurz vor halb neun gibt auch der Weihbischof, in Vertretung seines Vorgesetzten und von Dr. Hartmann herzlich begrüßt, dem Club die Ehre.

Dann tritt Egon auf.

Neben dem Flügel hat er sich einen brokatüberzogenen Ohrensessel unter einem schweren Baldachin aufstellen lassen, dort nimmt er Platz, um die Gäste defilieren zu lassen. Nur zur Begrüßung des Weihbischofs erhebt er sich, um als gläubiger Katholik seine Referenz zu erweisen.

Es gibt vom besten Wein und vom besten Kognak. Sekt und Orangensaft. Onkel Egon lässt sich seine Hofhaltung etwas kosten. Für das Schönste ist das Beste gerade gut genug.

Von einem jungen Redakteur des «Frankenechos» befragt, demselben, der sich auch einmal mit Michael im Bahnhofsespresso beschäftigte, sagt Onkel Egon, das Szepter fest in der Hand: «Ich will eine hübsche Sache machen, keine Politik betreiben.» Ihm ginge es nur darum, Recht und Ordnung wieder so einzuführen, wie sie zu Kaiser Wilhelms Zeiten bestanden haben.

«Wir alle», sagt er und zieht eine weit gespannte Handbewegung über die Häupter seiner Lieben hinweg, «wir alle treten für die Rehabilitation des letzten deutschen Kaisers und Königs von Preußen, Wilhelms II., ein. Sein Andenken soll in Ehren gehalten werden.»

Der Oberbürgermeister, um eine Bestätigung dieser Thesen gebeten, sagt, er fände die Angelegenheit äußerst sympathisch.

Ehre, wem Ehre gebührt.

Auch der Weihbischof lächelt still vor sich hin.

Nachdem die Getränke reichlich konsumiert und die Stimmung gelockert wurde, erhebt sich Onkel Egon aus dem Ohrensessel und bewegt sich gemessenen Schritts auf die Glasfront des Fensters zu. Von dort überblickt er die Stadt.

Baumgart, der neben den alten Freund getreten ist, übersieht nicht den gierigen Kopfjägerblick, den Egon nicht unterdrücken kann, wenn er sich vorstellt, wie viele Köpfe dort unten im Kessel noch einzuschrumpfen wären.

Der Professor für Germanistik legt die Hand auf die Schulter des ehemaligen Frontkameraden und holt ihn abrupt in die Wirklichkeit zurück: «Wir werden Ärger bekommen», sagt Baumgart. «Wegen deines alten Wagens. Die haben das Verfahren wegen Fahrerflucht immer noch nicht eingestellt und ermitteln nun wohl gegen dich, nachdem ich den Wagen erst nach dem Unfall übernommen habe.»

Onkel Egon lächelt ein wenig geistesabwesend und erkundigt sich: «Wie geht es dir, alter Freund, wieder genesen?»

«Auferstanden von den Toten», bestätigt Baumgart. «Zurückgekehrt ins Paradies der Lebenden.»

«Hast du schon von meinem köstlichen Kognak probiert?»

Baumgart bedauert: «Ich trinke nur noch heiße Milch mit Honig und esse unentwegt rotbackige Äpfel, das hilft der Konstitution.»

«Ich brauche einen Mercedes», sinnt Onkel Egon, «einen mit Stander, für die Repräsentation. Könnte das Christian nicht für mich arrangieren?»

«Durchaus denkbar», antwortet Baumgart, «aber lass uns doch erst einmal über Wichtigeres reden. Du kannst morgen schon zum Verhör geholt werden.»

Onkel Egon lenkt ab: «Ist es nicht wunderschön hier?», fragt er. «Ein gläsernes Clubhaus, eine paradiesische Residenz.»

Baumgart findet sich damit ab, dass Egon nicht ansprechbar ist, und zieht sich zu den Gästen und Frau Baumgart zurück, die ihn seit seiner Entlassung aus dem Sanatorium argwöhnisch unter Kontrolle hält. Nur seiner Gesundheit zuliebe gestattet sie gelegentliche Ausfahrten mit Christian. Sohn und Vater bestanden darauf, und Baumgart versicherte Frau Baumgart, er werde keine krummen Geschäfte mehr mit dem Sohn unternehmen. So unternehmen sie zurzeit nur Landausflüge im offenen Coupé. Am freien Busen der Natur nimmt Baumgart dort seinen Anteil vom Autogeschäft in Empfang und in beste Verwahrung.

Die Geschäfte gehen weiterhin gut, auch, wenn die Wagen nun nach Griechenland verschoben werden müssen, und Baumgart freut sich, dass er den Verdacht der Fahrerflucht so erfolgreich auf Onkel Egon abwälzen konnte. Schließlich hat er dem Freund seinerzeit nur einen Gefallen getan, als der arme Professor Wolf so unvermutet überfahren wurde. Was tut man nicht alles unter Freunden!

Ein wenig Sorge bereitet ihm nur noch Christian, in dessen Gefolge sich der grazile Martin befindet. Die beiden scheinen überhaupt nicht mehr voneinander lassen zu wollen. Martin ist zu Christian ins Apartment gezogen und schwärmt nun ebenfalls vom totalen Konsum des Massenmediums Fernsehen.

Sie lieben sich zärtlich, die beiden.

Baumgart registriert diese Wendung des Verkehrs mit Unbehagen. Er hält unerschütterlich fest an der alten Tradition, dass schnelle Wagen und schöne Frauen etwas Gemeinsames haben.

Seitdem er sich Frauen aufgrund seiner gerade ausheilenden Psychose nicht mehr im Überfluss leisten kann, sind die Ausfahrten im Sportwagen ein wohltuender Ausgleich für den Professor. Wie der Sohn, so liebt auch er die unbedenkliche Geschwindigkeit, das Geräusch eines starken Motors auf vollen Touren, diese Raserei, das Risiko bis zur Selbstvernichtung an einer Leitplanke. Diese Erregung, die Ersatz ist für jede Geliebte.

Selbst eine brav schwärmende Bibliothekarinnenseele kommt da nicht mehr mit.

Es ist jedes Mal eine neue freudige Überraschung, was in so einem Auto alles drinsteckt und in einem Professor für Germanistik.

Heute fühlt er sich gerade in der richtigen Stimmung, um dem alten Freund Egon doch noch einen Freundesdienst zu erweisen, und macht sich deshalb auf den Weg, zwängt sich zwischen sekttrinkenden Untertanen bis zum Clubkaiser hindurch. Onkel Egon hat sich wieder in seinem Ohrensessel niedergelassen.

Als Baumgart sich von hinten über die Ohrenbacken zu Onkel Egon beugt, blinzelt ihm dieser vertraulich zu und sagt: «Schön, dass du noch da bist. Auch Dr. Hartmann meint, es müsse ein weißer Mercedes sein, der Stander in der Farbe des Clubwappens gehalten. Kannst du mir einen solchen Wagen beschaffen? Selbstverständlich preiswert, unter Freunden.»

Baumgart antwortet: «Ich werde Christian fragen, ob er etwas Entsprechendes an der Hand hat.»

«Aber keinen», warnt Onkel Egon verschmitzt, «der auf der Fahndungsliste der Polizei für gestohlene Wagen steht.»

Das Stichwort Polizei lässt Baumgart auf seinen Freundschaftsdienst zurückkommen. Er spricht davon, dass es für Egon voraussichtlich ratsam sei, sich für den entsprechenden Tag des letztjährigen Novembers ein gutes Alibi zu besorgen, da ja sein damaliger RO 80 betroffen sei.

Aber Onkel Egon winkt ab: «Der gute Professor Wolf», sagt er, «er hatte so einen vortrefflichen Kopf.»

«Das war wohl sein Verhängnis», meint Baumgart und warnt vor dem Polizeihauptwachtmeister Pfitzner, von dem er verhört worden sei, gleich nach der Entlassung aus dem Sanatorium. Das sei ein ganz enorm pedantischer Polizist. Der nähme es mit Leichen sehr genau und wolle dem Unfallflüchtigen unbedingt auf die Spur kommen. Geradezu unangenehm ehrgeizig, berichtet Baumgart.

Onkel Egon grinst und sagt mit der neu gewonnenen Selbstverständlichkeit eines Potentaten: «Man sollte sie alle köpfen, mein lieber Freund, einfach köpfen.»

8

Heute wäre Michaels Geburtstag zu feiern, wenn er für eine Feier greifbar wäre. Im Sternzeichen der Jungfrau an einem dreizehnten geboren, aber gar nicht mehr jungfräulich, ist er ein Kind des Altweibersommers, wenn der Herbst bereits einsetzt und die Nächte kühler werden.

Die Hitze des Sommers hielt bis zum zweiten Septemberwochenende an. Dann entlud sich in der Nacht vom Samstag auf den Sonntag, als Onkel Egon seinen Club offiziell eröffnete, ein heftiges Gewitter über dem Talkessel. Das Gewitter, auf das die Bewohner der Stadt so lange gewartet haben, in der Hoffnung, dass es die gläserne Dunstglocke endlich zersprengt. Tags darauf wurde es kühl, und die ersten Blätter begannen sich zu färben.

Michael verließ am Samstagnachmittag die Wohnung und ist bis heute, Mittwoch, nicht zurückgekehrt.

Am Sonntagmorgen hat Brigitte im Städtischen Krankenhaus und in den Universitätskliniken angerufen, aber Michael war nicht eingeliefert worden.

Er blieb unauffindbar.

Corinna und Katrin zeigten sich den ganzen Sonntag über nervös und reizbar. Sie hängen an ihrem Vater und vermissten ihn. Brigitte sprach von einer Geschäftsreise und versuchte, die Kinder zu beruhigen.

Sie selbst war mehr als beunruhigt, als sie neben dem Telefon, zwischen all dem Papier, das Michael auf dem ehemaligen Esstisch angehäuft hat, mehrere unbezahlte Rechnungen und ultimative Mahnungen fand. Mahnungen für Klischeekosten, Satz- und Druckkosten und eine endgültige Aufforderung des Hausbesitzers, die Wohnungsmiete, die seit drei Monaten ausstünde, endlich zu bezahlen, da er sonst die Wohnung fristlos kündigen müsse.

Bisher hatte Brigitte angenommen, Michael würde zumindest die Miete aus den Einkünften des Verlages bezahlen. Aber er hatte den Verlag in den letzten Wochen aufgegeben, keine Bestellung mehr erledigt, keine Briefe beantwortet und Rechnungen neben dem Telefon abgelegt.

Sie wird sich mit dem Hausbesitzer in Verbindung setzen und erklären und entschuldigen und versichern müssen, dass er sein Geld in der nächsten Woche erhält. Auch wenn sie im Augenblick noch nicht weiß, woher sie das Geld auftreiben soll. Michaels Eltern sind noch im Urlaub, bleibt also nur noch Friedrich.

Es fällt ihr nicht leicht, sich über das Zerwürfnis der Brüder hinwegzusetzen und ihn anzurufen.

Sie erreicht ihn in Frankfurt, sagt, sie habe ein Problem, sie müsse ihn unbedingt sprechen.

Friedrich zeigt wenig Zeit für ihre Probleme, ist aber nach anfänglichem Zögern bereit, sich am folgenden Wochenende mit Brigitte zu treffen. Er sei dann ohnehin in seinem Bungalow.

Brigitte schlägt ein Café in der Innenstadt vor, und er akzeptiert.

Katrin, die sich bisher wie ihre kleine Schwester mit der Erklärung einer Geschäftsreise hat befriedigen lassen, lehnt sich am Mittwoch, dem Geburtstag des Vaters, gegen alle Erläuterungen Brigittes auf und sagt: «Papi ist nicht verreist. Er ist in der Stadt. Du musst ihn nur suchen gehen.»

Und während sie das sagt, gleicht ihre Nachdrücklichkeit der des Vaters, aber auch den energischen Vorstößen Amelies.

Und weil das Kind ihr keine Ruhe lässt, ruft Brigitte Monika Rabe an, abends, nach Büroschluss.

«Ich habe Ihren Mann zuletzt am Samstagabend gesehen», berichtet Monika Rabe, «er war in der Kneipe und blieb noch dort, als ich nach Hause ging. Michael hat resigniert», sagt sie, «das ist ein Fehler. Das kann ihn unter die Räder bringen.»

Brigitte erzählt von der Miete, von unbezahlten Rechnungen und davon, dass sie seit Wochen mit den Kindern von ihrem Halbtagsjob lebt.

«Sie müssen ihn laufen lassen», rät Monika Rabe, «lassen Sie ihn ausbrechen, das ist die einzige Chance für ihn, dass er sich noch fängt.»

Sie erwähnt, dass Michael davon gesprochen habe, in die Siedlung zu ziehen. Der Mann mit dem Rollstuhl habe ihm ein Bett angeboten, Monika Rabe zeigt sich bereit, an Brigitte Anteil zu nehmen. «Wie wäre es», schlägt sie vor, «wenn Sie ganz einfach mit der Geschichte Schluss machen und zu mir ziehen? Wir brauchen die Männer nicht», argumentiert sie, «wir kommen allein besser zurecht. Und für unsere Kinder wäre auch gesorgt, wenn wir uns dabei gegenseitig helfen.»

Das ist ein Vorschlag, den Brigitte nicht ablehnen möchte. Das wäre ein Schlag gegen Michael, dafür, dass er sich nicht darauf beschränkt hat, nur den eigenen Alltag zu zerstören.

«Überlegen Sie sich meinen Vorschlag», sagt Monika Rabe, «wenn Sie sich entschieden haben, brauchen Sie nur anzurufen.»

Brigitte dankt, möchte aber Michael noch einmal eine letzte Möglichkeit zur Rückkehr geben. So leicht gibt auch sie nicht auf, was sie einmal besessen zu haben glaubt. Sie verspricht Katrin, den Vater zu suchen, und bricht nach acht Uhr auf.

Es dunkelt, als sie das Hafengelände erreicht.

Die bunten Glühbirnen auf der Leine am Hinterhof leuchten, und in der Kneipe ist Betrieb.

Als Brigitte unter der Tür zum Schankraum steht, versucht es der Zitherspieler gerade wieder mit «Tea for Two», und dann hört sie Michael triumphierend rufen: «Die Wölfe sind wir!»

Sie geht zu ihm hinüber. Er sitzt an dem Tisch neben dem Zitherspieler. Hans sitzt in seinem Rollstuhl neben ihm und eine Menge fremder Leute, die Brigitte nicht kennt.

Anna ist dabei.

«Deine Frau ist da», sagt sie zu Michael. «Komm, setz dich», fordert sie Brigitte auf, «wir feiern seinen Geburtstag.»

«Ihr feiert wohl schon sehr lange?», erkundigt sich Brigitte und nimmt den Stuhl, den einer von den Leuten ihr hinschiebt.

Michael grinst: «Seit Samstagabend.»

Brigitte erzählt nichts davon, dass Katrin sie geschickt hat, dass Monika Rabe angerufen hat, aber sie fragt nach der Mietzahlung.

Michael wird verlegen: «Das muss ich total vergessen haben», versucht er zu erklären.

«Es hat dich nicht interessiert», sagt Brigitte. «Dich interessiert überhaupt nichts mehr, was mit unserem Leben zusammenhängt.»

«Lassen wir das doch», bittet Michael, «meine Freunde sind da. Wir wollen mit dir zusammen feiern.»

«Seltsame Freunde», sagt Brigitte.

«Ich wohne jetzt bei Hans in der Siedlung», erzählt Michael und möchte sie beschwichtigen. Er sagt: «Ich fühle mich wohl dort.»

Brigitte sagt: «Du solltest dich mit uns beschäftigen.»

«Gib die Wohnung auf», sagt er. «Zieh zu mir in die Siedlung.»

«Wie stellst du dir das vor? Das ist doch unsinnig», antwortet Brigitte. «Eine verrückte Idee. Wer dort mal gelandet ist, kommt nicht mehr weg.» Sie spricht erregt, und die Freunde Michaels, die sich eben noch mit sich selbst und ihrem eigenen Gesprächsstoff beschäftigt haben, beginnen, der Auseinandersetzung zuzuhören. Brigitte spürt, wie sie bei ihnen an Sympathie verliert.

Und Michael sieht wirklich glücklich aus. Er wirkt gelöster, fröhlicher, beinahe naiv. Auch als er nun fragt: «Weißt du, wer auch in der Siedlung ist?»

Brigitte schüttelt den Kopf.

«Tante Martha», berichtet er, «respektive Mater Ambrosia. Wir haben uns jahrelang nicht mehr gesehen, ich wusste gar nicht, dass sie dort arbeitet.»

«Dann ist die Familie ja unter sich», bemerkte Brigitte zynisch.

«Du bist unfair», sagt Michael, «sie ist als Nonne ganz patent. Jetzt will sie sogar die Pille an die Frauen verteilen.»

«Schön», meint Brigitte, «aber was ist mit uns? Du hast eine Familie.»

«Ich denke», erwidert Michael, «wir hatten uns geeinigt?»

«Aber doch nicht so.»

«Du forderst, das war nicht ausgemacht. Damit können wir nicht mehr leben.»

«Aber ich bin doch da», sagt Brigitte, «wir sind elf Jahre zusammen, und wir sind glücklich. Ich glaube nicht, dass andere so glücklich waren.»

«Ich weiß es nicht», antwortet Michael, «ich weiß es im Augenblick wirklich nicht.»

Die anderen am Tisch hören schweigend zu.

Hans steht aus seinem Rollstuhl auf und fordert Anna zum Tanz auf.

«Du musst es wissen», beharrt Brigitte, «du musst es einfach wissen.»

Michael schüttelt den Kopf.

«Was soll er denn wissen?», mischt sich ein älterer Mann ein.

Michael sagt: «Ich fange erst an.»

«Womit fängst du an?»

«Alle Erwartungen abzuschütteln. Das zu sein, was ich sein könnte.» Sie haben einen Dialog begonnen, der jede Einmischung abwehrt. Das ist eine Sache, die nur sie beide angeht, und die anderen hören zu.

«Verstehst du», erklärt er: «Frei zu sein von der täglichen Angst.»

«Die wirst du nicht los», sagt sie. «Damit bist du geboren. Damit sind wir alle zur Welt gebracht. Deswegen», sagt sie.

«Nein», sagt er, «es muss eine Möglichkeit geben.»

«Angst», sagt Brigitte, «ist einer der letzten Instinkte, die uns geblieben sind. Sie gehört zur Selbstverteidigung», fügt sie hinzu, «Erhaltung der Existenz. Wie kannst du dich anders verteidigen? Du musst auf Verteidigung vorbereitet sein.» Sie sagt: «Jeder muss sich gegen jeden verteidigen.»

Michael sagt: «Ich werde mich nicht mehr verteidigen.»

«Dann wirst du verlieren.»

«Sieh dir Anna an», argumentiert er. «Sie ist darüber hinweg. Sie ist glücklich. Da gibt es keine Angst mehr. Sie ist ganz ruhig. Sie hat die Geborgenheit, die wir suchen, in sich selbst gefunden.»

«Warum flüchtest du dich zu Anna?», fragt Brigitte.

Michael bestätigt: «Es ist eine Flucht.»

«Du bist kein Kind mehr», sagt Brigitte, «aber du versuchst, dich in eine neue Kindheit zu retten.»

«Nein», sagt er, «das ist es nicht. Du musst versuchen, mich zu verstehen», bittet er.

«Heute ist dein Geburtstag», sagt sie.

Michael sagt: «Lass mich aussteigen aus dem Spiel, das ich spielen soll.»

«Es gibt keinen Geburtstag mehr?»

«Es gibt nichts mehr, was mich noch verbinden könnte.»

«Dann bist du schon ausgebrochen.»

«Vielleicht komme ich zurück.»

«Du musst nicht zurückkommen.»

«Später.»

«Du wirst so und so dem kleinen, hässlichen Leben nicht entkommen.»

«Ich will nur eines», erklärt er: «Nicht mehr dem Gesetz der unbedingten Selbstverteidigung zu unterliegen.»

«Jeder verteidigt sich gegen jeden», sagt sie, «und das gilt auch für uns beide.»

Anna kehrt zum Tisch zurück: «Habt ihr euch gezankt?», erkundigt sie sich, «heute, am Geburtstag?»

«Warum nicht?», fragt Brigitte, «er stellt sein Leben auf den Kopf und meins dazu.»

Michael ruft nach dem Wirt und lässt sich noch einen Schoppen Wein bringen. «Du auch?», fragt er Brigitte.

Brigitte deckt die Hand über das leere Glas und lehnt ab.

«Warum», will sie von Anna wissen, «sollen wir uns nicht zanken? Wir sind nicht anders als die anderen, vielleicht noch schlimmer. Was wir seit einem Jahr treiben, ist Katz und Maus. Versteckspiel. Und nun ist es zu Ende.»

«Ach was», wehrt Anna ab, «ihr beide mögt euch doch!»

«Das steht außer Frage», antwortet Michael.

«Aber es steht schon lange nicht mehr zur Debatte», reagiert Brigitte.

«Unsinn», mischt sich Franz ein, der mit dem Hageren zum Tisch kommt. «Ihr dürft euch in so was gar nicht erst reintreiben lassen.»

«Du hast gut reden», sagt eine ältere Frau, «du warst nie verheiratet.»

Der alte Mann, der vorhin schon eine Einmischung versucht hat, bestätigt: «Das kann 'ne ganz miese Sache sein.» Die Gespräche am Tisch setzen wieder ein, als sei damit jede Auseinandersetzung beigelegt.

Ein anderer meint noch: «'ne ganz miese Sache.»

Aber Anna nimmt für Michael und Brigitte Partei: «Bei den beiden nicht», behauptet sie.

«Bei mir schon», beharrt der alte Mann. «Meine Frau sitzt grade für neun Jahre.»

«Gefängnis?», erkundigt sich Franz.

«Nee. Die hat versucht, mich umzulegen. Und vor mir hat sie schon mal ihren Mann ins Grab gebracht.»

«Da haste wohl Glück gehabt?» Anna lacht.

«Hab ich auch», strahlt der alte Mann. «Ich hab mir gedacht, was schmeckt die Suppe so komisch. Da hat sie Rattengift in die Suppe getan. Und nachdem ich sie erwischt hab dabei, hab ich immer erst vorsichtig probiert, eh ich was von ihr gegessen hab.» Er sagt das so, als sei das ganz selbstverständlich, eine ganz normale Sache.

Die am Tisch lachen.

Michael fragt: «Warum bist du nicht zur Polizei?»

«Bin ich doch», antwortet er, «aber erst, wie ich Zeit hatte, wie ich die Rente kriegte. Vorher war ich doch Straßenkehrer, da war ich immer so müde tagsüber.»

«Das gibt's doch gar nicht», sagt Brigitte.

«Warum soll's so was nicht geben?», fragt Franz zurück.

Michael fügt hinzu: «Das ist nur ein Leben, das du noch nicht kennst.»

«Da haben Sie doch ein ziemlich unsicheres Leben geführt?», erkundigt sich Brigitte bei dem alten Mann.

«Ja, junge Frau», bestätigt er, «man macht was mit. Jetzt ist's auch nicht besser. Jetzt sitzt die Alte im Knast, und ich darf ihre Kinder hüten. Fünf Stück, und alle in einem Zimmer.»

Brigitte wehrt sich dagegen zu glauben, was ihr da aufgetischt wird. «Ihr wollt mich auf den Arm nehmen», sagt sie, «nur weil ich nicht zu euch gehöre.»

«Aber Kindchen», beruhigt Anna sie. «So viel Scheußlichkeiten kann keiner erfinden.»

«Wo ist eigentlich Antonia?», fragt Brigitte. Sie vermisst das Mädchen schon die ganze Zeit und wundert sich, dass der Wirt serviert.

«Antonia ist fort», antwortet Michael.

«Wieso fort?»

«Sie hat vergessen, ihre Aufenthalts- und Arbeitsgenehmigung verlängern zu lassen. Da haben sie sie gestern abgeholt und in Abschiebehaft genommen. So macht man das hier.»

Brigitte empört sich: «Und ihr seht einfach zu?»

«Dagegen kannst du nichts unternehmen», sagt Michael, «das ist alles gesetzlich geregelt.»

Alle diese kleinen brutalen Feinheiten sind legal.

9

Herr und Frau Professor Dr. Friedrich Born schreiben einen Geburtstagsbrief an ihren Sohn Michael:

13. 9. 1972

Mein lieber Michael,
in herzlicher Liebe denken wir an Dich an Deinem Geburtstag. Zu Deiner Freude findest Du in dem Päckchen, das wir Dir von Tante Olga schicken lassen, sechs silberne Kuchengabeln von WMF, die zu den silbernen Löffeln, die wir Brigitte zu ihrem Geburtstag schenkten, passend gekauft wurden. Für Eure lieben Gäste braucht Ihr sie sicherlich.
Das zurückliegende Jahr hat Dir und uns viel Kummer gebracht, dafür hoffen wir, dass Du im kommenden Jahr mehr Erfolg hast. Bleibe nur fein gesund, damit Deinen Bemühungen keine Hindernisse in den Weg gelegt werden. Beruflich wünschen wir Dir von ganzem Herzen ein stetes Fortkommen. Euren lieben herzigen Kindern, Katrin und Corinna, tausend liebe Grüße von uns. Sicherlich erfreuen sie Dich an Deinem Geburtstag mit kleinen Überraschungen.
Frohe Stunden wünschen Dir und Brigitte an Deinem Geburtstag

Deine Mami und dein Papi

10

Am Ende des bewaldeten Tals haben Spaziergänger eine Leiche gefunden. Es sind die Überreste eines Polizeihauptwachtmeisters, der in einem der neuen Zweifamilienhäuser, die ganz in der Nähe von Onkel Egons Bungalow vor zwei Jahren hochgezogen worden waren, mit seiner Familie eine Dreizimmerwohnung bewohnte.

Der Leiche fehlte der Kopf, der auch nach gründlicher Untersuchung des Fundortes nicht aufgetrieben werden konnte.

Die Frau des Polizeihauptwachtmeisters sagte aus, ihr Mann sei abends kurz vor acht Uhr aus dem Haus gegangen, um einen Herrn in der Nachbarschaft aufzusuchen, der unter dem Verdacht der Fahrerflucht stünde. Der Herr habe ihren Mann zu sich gebeten, da er keine Zeit hatte, ins Polizeirevier zu kommen.

Natürlich sei sie unruhig geworden, als ihr Mann gegen Mitternacht noch nicht nach Hause kam. Er sei immer solide gewesen. Vermisstenanzeige hat sie erst am nächsten Morgen, am Donnerstag, erstattet.

Die Frau war ganz verzweifelt, aber sie konnte ihren Mann auch ohne Kopf identifizieren. Sie sagte: schließlich sei sie lange genug mit ihm verheiratet gewesen.

Mit der Beisetzung möchte sie warten, bis auch der Kopf gefunden ist. Ihr Mann habe immer feuerbestattet werden wollen. Sie sei jedoch mehr für ein solides Grab, erzählt sie dem jungen agilen Reporter vom «Frankenecho», der mit der Geschichte über die Familie Born seine Karriere begann.

Sie werde ihn deshalb beerdigen lassen und Chrysanthemen auf sein Grab pflanzen. Im Frühjahr Stiefmütterchen setzen und für den Winter eine schöne Thujahecke außen herum.

Der junge unternehmungslustige Journalist findet diesen Ausspruch so apart, dass er beschließt, die Thujahecke in die Überschrift zu nehmen.

Dann macht er sich auf den Weg zu Onkel Egon.

Die Born'sche Familie wurde ihm in den letzten Monaten zu einem feststehenden Begriff, und er ist überzeugt davon, dass sich da noch mehr rausholen lässt.

Aber bei Onkel Egon hat sich bereits ein Kriminalpolizist eingefunden, der erst einmal selbst erfolgreich sein möchte, ehe er jemanden von der Presse an die Sache heranlässt.

Deshalb sitzt er geduldig mit Onkel Egon und Tante Olga im Renaissanceesszimmer am Tisch, direkt unter den Schrumpfköpfen, und sieht ihnen beim Mittagessen zu. Es ist Freitag. Und freitags gibt es bei Tante Olga regelmäßig Fisch in Butter gedünstet.

«Sehen Sie», klagt Onkel Egon dem Polizeibeamten, einem gemütlich aussehenden Mann Anfang fünfzig: «Eigentlich würde ich viel lieber mein Hirn in Soße essen, aber meine Frau erlaubt es nicht.»

Tante Olga wehrt jede Verleumdung ab, leitet jedoch ein Gespräch über das Essen im Allgemeinen und die Ernährung im Besonderen ein.

Als sie nach dem Essen den Tisch abgeräumt und einen Tee auch für den Polizeibeamten serviert hat, beginnt das Verhör, das der Kriminalpolizist trotz der angesehenen Arztpraxis Onkel Egons unter der Voraussetzung von Schuld einleitet.

Selbstmord, stellt er fest, sei ausgeschlossen. Selbst wenn sich der Polizeihauptwachtmeister in einem Anfall geistiger Umnachtung den Kopf abgeschnitten hätte, was vom Standpunkt der Medizin ein Ding der Unmöglichkeit sei, so hätte doch zumindest der Kopf neben der Leiche liegen müssen.

Das sei logisch. Aber der Kopf bliebe auf mysteriöse Weise verschwunden.

Was das denn für Köpfe an der Wand seien?

Tante Olga beeilt sich zu antworten: «Alle aus Borneo. Da ist kein einziger Einheimischer darunter.»

Misstrauisch betrachtet der Beamte die Schrumpfköpfe.

«Bestimmt nicht», versichert Tante Olga, «das sind Köpfe von Kopfjägern.»

Der Beamte meint, er wolle jetzt der Sache auf den Grund gehen. Sein Kollege sei doch am Mittwochabend bei Onkel Egon gewesen.

«Das war der Geburtstag unseres Neffen», wirft Tante Olga ein.

Onkel Egon sagt: «Nein, ich habe ihn nicht gesehen.»

«Waren Sie etwa auf der Geburtstagsfeier Ihres Neffen?», erkundigt sich der Beamte und forscht nach einem Alibi.

Tante Olga lacht: «Aber nein! Sie müssen wissen, dass Michael das enfant terrible der Familie ist.»

Der Beamte empfindet Tante Olgas fröhliches Lachen als Affront: «Wo waren Sie dann?»

«Hier», antwortet Tante Olga.

Onkel Egon sagt: «Ich war im Club.»

Als der Beamte sich nach dem Club erkundigt, versucht Onkel Egon, ihn sofort für die Sache der Monarchie als Mitglied zu werben, aber der Beamte lehnt ab, er sei im Dienst, und stellt ebenso dienstlich nach einigen Fragen fest, dass an diesem Abend dort oben auf dem Weinberg kein Clubleben stattgefunden habe.

«Was haben Sie also da oben gemacht?»

«Ich wollte nur die Atmosphäre genießen.» Onkel Egon lächelt.

Tante Olga verteidigt den Mann, der sie mit seinem Verhalten um ihre mühsam errungene gesellschaftliche Stellung bringen kann: «Unsinn! Er musste die Clubräume für eine Charterfeier des Lions-Club vorbereiten. Der Herr Oberbürgermeister, Herr Dr. Hartmann, hat ihn darum gebeten.»

Die Erwähnung des Oberbürgermeisters verwirrt den Beamten etwas.

Tante Olga ereifert sich: «Wir sind gute Freunde.»

«Tut mir leid», sagt der Beamte, «ich muss der Sache trotzdem auf den Grund gehen.» Er forscht nach Zeugen, die Onkel Egon im Clubhaus gesehen haben könnten. Es gibt sie nicht. Eine dumme Geschichte.

«Sie haben den Polizeihauptwachtmeister doch gekannt? Er wohnte ganz in Ihrer Nähe.»

Onkel Egon besteht sogar darauf, dass er ihn jeden Tag gegrüßt habe, wenn sie sich morgens an der Ampel, unten an der Taleinfahrt, in ihren Autos getroffen haben.

«Ich fuhr in meine Praxis», berichtet Onkel Egon, «und er zum Dienst.»

«Haben Sie ihn auch gegrüßt, als Sie wussten, dass er gegen Sie wegen Unfallflucht ermittelte?»

Das sei doch eine Selbstverständlichkeit, wirft Tante Olga ein.

«Aber das wusste ich doch gar nicht.» Onkel Egon lächelt.

Der Beamte stößt nach: «Er hat Ihnen doch eine Vorladung geschickt!»

Onkel Egon muss sich erinnern. Behauptet, die Vorladung sei so kurzfristig, nämlich erst am Mittwochnachmittag eingetroffen, dass er den Polizeihauptwachtmeister telefonisch davon verständigt habe, er könne nicht auf die Wache kommen.

«Daraufhin haben Sie ihn zu sich für denselben Abend eingeladen. Trotzdem waren Sie abends nicht da.»

Für einen Augenblick scheint Onkel Egon etwas ratlos, dann

entschuldigt er sich höflich: er habe den Besuch vollkommen vergessen, da noch ein Anruf des Oberbürgermeisters dazwischengekommen sei.

«Ich bin von meiner Praxis aus sofort ins Clubhaus gefahren», sagt er.

Tante Olga meint: «Die junge Frau tut mir leid. Dass ihr Mann auch gerade auf diese Art ums Leben kommen musste. Wer kann so etwas nur tun?»

«Tatsache ist», entgegnet der gemütliche Polizist, der jedes Mitleid am rechten Fleck wissen will und augenblicklich diesen Fleck noch nicht sieht, «Tatsache ist, dass mein Kollege von mehreren Messerstichen getötet am Ende dieses Tals aufgefunden wurde, als er schon vierundzwanzig Stunden tot war. Und ohne Kopf. Die Fundstelle befindet sich ganz in der Nähe Ihres Hauses.»

Er betrachtet noch einmal zweifelnd die Schrumpfköpfe an der Wand und erkundigt sich: «Haben Sie zufällig ein Fleischermesser im Haus?»

«Selbstverständlich habe ich ein Fleischermesser in der Küchenschublade», antwortet Tante Olga. «Damit schneide ich den Braten oder das Gulasch zurecht.»

«Ja, leider», bestätigt Onkel Egon, «dabei hätte sie mit Hirn in Soße weniger Arbeit.»

Der Beamte bleibt sachlich: «So kommen wir nicht weiter», stellt er fest.

«Vielleicht war es ein Unfall?», möchte Tante Olga ihm helfen.

«Wie kommst du darauf?», fragt Onkel Egon verwirrt.

Der Polizist schlägt jeden guten Rat in den Wind: «Es war ein Gewaltverbrechen.»

Aber sie trinken friedlich ihren Tee zusammen. Tante Olga hat für jeden zwei Tassen aufgebrüht.

Dann meint der Beamte bei aller Rücksichtnahme und Höflichkeit gegenüber der gesellschaftlichen Rangordnung, die Onkel Egon zweifellos einnimmt: er wolle doch noch das Clubhaus besichtigen und feststellen, was Onkel Egon dort am Mittwochabend gemacht habe.

Tante Olga verzichtet darauf mitzufahren, entschuldigt sich damit, dass sie noch Vorbereitungen für den morgigen Abend treffen müsse. Sie erwarte eine junge Geigerin aus Lübeck, die leider nur am Samstagabend ihr Spiel vortragen könne.

«Ein hochbegabtes junges Mädchen», erläutert sie dem Polizisten. «Wenn Sie Zeit haben, würde ich mich freuen, Sie morgen bei uns als Gast begrüßen zu dürfen.»

Nachdem sich der Kriminalbeamte für diese Einladung bedankt hat, lässt er Onkel Egon in sein Dienstfahrzeug einsteigen und fährt mit ihm das Tal hinunter in die Stadt und auf der anderen Seite des Kessels wieder hinauf auf die Höhe.

Als sie den Bungalow erreichen, zeigt sich sogar der Beamte von der gläsernen Architektur begeistert und äußert sich anerkennend.

Onkel Egon zieht den Schlüssel zum Clubhaus aus der Rocktasche und schließt auf. Dann führt er den Gast in den Clubraum.

«Unser erster Clubabend», erzählt er, «war wirklich gelungen!»

Und ganz nebenbei weist er den Beamten darauf hin, dass auch Friedrich Born zu den Mitgliedern zähle: «Er ist mein Neffe.»

Selbstverständlich kennt der Beamte den Namen Friedrich Born und ist nach dieser Erwähnung bereit, die ganze Angelegenheit des Mordverdachtes so diskret wie möglich zu behandeln. Er habe kein Interesse daran, die besten Familien der Stadt in Verruf zu bringen.

«Das könnte Sie Ihre Stellung kosten», meint Onkel Egon und lässt sich befriedigt in seinem Ohrensessel nieder. «Das ist sozusagen mein Thronsessel», erklärt er. Dann bietet er dem Polizisten einen der schweren Polstersessel an.

Während sich der Mann mit dem gutmütigen Gesicht setzt, erkundigt sich Onkel Egon: «Spielen Sie Klavier?»

Der Beamte verneint etwas verwundert.

«Schade», meint Onkel Egon, «der Flügel wurde nämlich bisher noch nicht eingeweiht. Vielleicht einen Kognak», schlägt Onkel Egon vor.

Auch den muss sein Gegenüber ablehnen.

Während Onkel Egon in seinem Thronsessel zusehends an Boden unter den Füßen gewinnt, scheint der Polizist ihn zu verlieren. Er sei ein einfacher Mann, sagt er, mit solchem Pomp könne er wenig anfangen.

Onkel Egon registriert mit Befriedigung das Unbehagen dieses Mannes.

«Sie sollten sich aber überall zurechtfinden können», tadelt er. «Das brauchen Sie in Ihrem Beruf.»

Um seine Unsicherheit zu überspielen, kehrt der Beamte zum eigentlichen Fall zurück: «Wie lange haben Sie am Mittwochabend hier zugebracht?»

Onkel Egon überlegt: «Vielleicht zwei, drei Stunden», antwortet er. «Ich habe noch mit meinem Neffen Friedrich telefoniert, das war gegen zehn Uhr.»

«Friedrich Born?»

«Ganz richtig. Er wird als Lions-Mitglied des Frankfurter Lions-Club die Charterfeier für den örtlichen Lions-Club organisieren. Da waren noch einige Fragen zu klären. Außerdem telefonierte ich mit Dr. Hartmann.»

Der Beamte notiert sich die Angaben und sichert zu, sie nachzuprüfen.

Bereitwillig gibt Onkel Egon ihm die Telefonnummern des Oberbürgermeisters und Friedrichs.

«Sie hätten natürlich auch von zu Hause aus mit all diesen Herrschaften telefonieren können», bedenkt der Beamte.

«Das hätte ich», bestätigt Onkel Egon.

«Tut mir leid», entschuldigt sich der Beamte, «aber ich muss Sie noch einmal ausfragen. Sagen Sie, hatten Sie nicht das Gefühl, von meinem Kollegen beobachtet zu werden?»

«Nicht dass ich wüsste.» Nein, meint Onkel Egon, er habe sich nicht beobachtet gefühlt. «Warum auch?»

«Sie wussten doch, dass ein Verfahren gegen Sie läuft?»

Onkel Egon behauptet, er könne sich nicht mehr so genau erinnern. Das sei doch eine Lappalie gewesen, die im Übrigen jederzeit aus der Welt geschafft werden könne.

Der arme Professor Wolf, er habe seinen Tod sehr bedauert. Außerdem habe nicht er an diesem Tag den Wagen gefahren, sondern sein Freund, Professor Baumgart. Das Ganze sei eine Art Freundschaftsdienst gewesen.

«Darum geht es heute nicht», wehrt der Beamte ab. «Es geht um den Tod eines unserer Leute. Und Sie hatten keine Befürchtungen hinsichtlich der Recherchen, die der Polizeihauptwachtmeister über sie anstellte?»

«Nein», sagt Onkel Egon. «Ich habe ihn immer gegrüßt, so, wie sich das unter Nachbarn gehört.»

Onkel Egon schweigt.

«Und Ihre Frau?», fragt der Beamte.

«Was hat meine Frau damit zu tun?»

«Sie scheinen Schwierigkeiten zu haben.»

«Wenn Sie sich da nicht mal auf einer falschen Fährte befinden.» Onkel Egon lächelt zuvorkommend.

Sofort tritt der Beamte einen kleinen Rückzug an und erläutert: «Ich suche nur ein Tatmotiv. Sehen Sie, ich habe es nicht einfach. Auch eheliche Schwierigkeiten können ein Tatmotiv sein.»

Onkel Egon erwidert freundlich: «Unser Zusammenleben ist eine friedliche Sache.» Während er das sagt, streichelt er zärtlich mit beiden Händen den Plüschbezug seines Sessels auf den Armlehnen.

Der Kriminalpolizist setzt zum letzten Vorstoß an, hat sich in seinem Gehirn, das er im Vergleich zum Hirn des anerkannten Kreislaufspezialisten selbst als klein bezeichnen möchte, mühsam eine Falle ausgedacht, die er nun anwenden will: «Sie wissen», sagt er, «dass mein Kollege nicht am Fundort der Leiche erstochen wurde? Auch der Kopf muss vorher schon abgeschnitten worden sein.»

Onkel Egon schweigt.

«Ich möchte nur wissen», sinnt der Beamte, «wie Sie ihn bis ans Talende geschafft haben.»

Onkel Egon lächelt. «Nein», sagt er, «der Mann war zu schwer.»

Wie hätte er ihn bis da hinausschaffen sollen? Onkel Egon weist seine schmalen gepflegten Hände vor: «Mit diesen Händen?», fragt er.

11

Monumentale Einöde. Steinwüste der Großstadt, wenn im Herbst die künstlichen Grünflächen verblassen. Kein Leben mehr. Tödliche Betonsilos. Trostlose Bewohner.

Ihre Erbauer aber lieben die Villengärten, in denen sie leben. Vom Untergang der Altstädte bleiben sie unberührt. Sie haben sich das bunte Laub und die Dahlien vorbehalten. In ihren Bezirken gibt es die Steppe der Verödung nicht.

Friedrich genießt es, aus der Gebrauchsstadt Frankfurt in seinen Bungalow zurückzukehren.

Die Gärten in der vornehm-ruhigen Straße seines Viertels haben sich seit dem Gewitterregen vom letzten Wochenende verändert. Das Licht hat sich verändert, und die Farben sind herbstlich geworden.

Als er an dem Einfamilienhaus vorüberfährt, das Karl Kirst noch bis Anfang der Sechzigerjahre bewohnte, ehe er sich auf ein Parkgrundstück auf der Kuppe des Weinberges zurückzog, bremst Friedrich den Wagen ab.

Das ist nicht mehr das friedliche Bürgerhaus mit sauberem Vorgarten und adretten Gartenzwergen. Friedrich erinnert sich, dass hier noch vor vier Wochen ein junger Physiker mit seiner Familie zur Miete wohnte. Davon scheint nichts übrig geblieben.

Zu Hause angekommen, ruft er nach der Begrüßung von Sohn und neuem Kindermädchen den alten Kirst an und findet seine Vermutung bestätigt: Die Zerstörung der idyllischen Eintracht im Villenviertel ist wieder einmal eine der verrückten Ideen des lyrischen Sektkellerers. Er hat sich von einer Gruppe Wiener Künstler, einem Architekten, einem Maler und einem Grafiker, zu diesem sogenannten Kunstexperiment verführen lassen. Sie hatten es verstanden, sein Spenderherz und seinen Hang für Skurriles anzusprechen.

Als Friedrich Unwillen äußert, von Unfug in seiner Nachbarschaft spricht, meint Kirst als väterlicher Freund: «Mein lieber Junge, wenn du erst einmal so weit bist wie ich und die Verödung deines Wunschdenkens entdeckt hast, weil dir einfach kein Wunsch mehr offenbleibt, wirst du zur gleichen Einsicht kommen, nämlich, dass dich nur noch die Überraschung auf dem Gebiet der Kunst ansprechen kann. Das ist wie mit dem Rufer in der Wüste», fügt er hinzu. «Warum gehst du nicht hin, und schaust dir die Sache einmal an?»

Karl Kirst amüsiert sich königlich an dem Schock, den er mit dieser Ausstellung der Stadt und nun auch Friedrich zugefügt hat. Je älter er wird, desto mehr Freude findet er an netten kleinen Bosheiten. So versteht er es vorzüglich, die arme Tante Olga mit ihrer Künstlerinnenvereinigung von einer Verwirrung in die nächste zu schicken, seit er seine kleine persönliche Rache an Michaels Desinteresse nimmt. Sein überaus feinsinnig ausgeklügeltes System besteht darin, Tante Olga größere Beträge für die Vereinskasse fest zuzusagen, um diese Zusage dann, wenn Tante Olga das Geld bereits in ihren Veranstaltungskalender eingeplant hat, mit erstaunlicher Vergesslichkeit nicht zu überweisen. Ihre höflichen Bittgänge, die sie daraufhin zu ihm führen, ihre Schmeicheleien zu seinen Versen machen ihm ausgesprochen Spaß.

Das sind die kleinen Freuden des Lebens, wenn das Leben zu Ende geht. Liebevolle Quälereien, die den Genuss der letzten Jahre erhöhen.

Jetzt, zum Beispiel, während des Telefongesprächs mit Friedrich, bringt er geschickt seine väterliche Gönnerrolle zu Anfang von Friedrichs Geschäftslaufbahn ins Spiel und presst Friedrich so die Zusage ab, die Ausstellung zu besuchen.

«Weißt du», sagt da der alte Kirst, «ich lege an sich gar keinen Wert auf dein Urteil. Ruf mich trotzdem an. Vielleicht ist deine Meinung dazu ganz amüsant.»

Da Friedrich nicht widersprechen kann, ohne eine Beleidigung des alten Herrn zu riskieren, entschließt er sich, eine halbe Stunde vor der Verabredung mit Brigitte das Abenteuer eines solchen perversen Kunstgenusses zu wagen.

Er gibt den Sohn in die Obhut des Kindermädchens, das er sich diesmal direkt aus oberbayerischen Landen frisch an den Tisch des Hauses geholt hat, erlaubt ihr sogar ausnahmsweise, den Swimmingpool zu benutzen, dessen Wasser er bis Ende Oktober aufheizen lässt, und fährt mit dem Wagen die kurze Strecke zurück zum Kirsthaus.

Das ganze Anwesen, einschließlich des bisher so gepflegten Gartens, ist unter einer aufblasbaren Plastikhülle verschwunden, einem Gehäuse, wie es auch als Montagehalle beim Bau im Freien verwendet wird.

Nachdem er geduldig sein Eintrittsgeld entrichtet hat, wird er durch eine Luftschleuse eingelassen. Ein Hinweisschild belehrt ihn, dass er sich nun in der Klimazone I befinde.

Haus und Garten sind von dem lichtdurchlässigen Kunststoffgewebe überspannt. Quarzlampen ersetzen nicht nur eine, sondern gleich mehrere Sonnen. Vögel zwitschern aus Lautsprechern. Nur die Goldfische im Zierteich, die von der Physikerfamilie noch übrig geblieben sind, scheinen nicht synthetisch zu sein.

Die Außenwelt ist ausgesperrt.

Friedrich erkennt lediglich an den Schattenrissen auf der Schutzhülle die Bäume, die draußen stehen.

Die Projektion vom eingefriedeten Leben im synthetischen Reservat.

Ein keimfreies Leben.

Friedrich spürt Unbehagen aufsteigen und reagiert mit Abwehr.

Was hier dargestellt wird, ist Utopie.

Das ist nicht sein Leben. Das hat mit ihm nichts zu tun, sagt er sich.

Irritiert lässt er sich ins Haus selbst verweisen. Lässt sich von einem jungen Mädchen, das sich hier wohlzufühlen scheint, durch die nächsten Klimazonen schleusen.

Es ist alles geordnet. Alles unterliegt einer strengen Einteilung. Atmen, schlafen und kommunizieren.

Da gibt es kein Entkommen mehr und keinen Individualismus.

Kunststoff hüllen schließen das Leben ein: die Atemzone, Lufttankstelle für eine vierköpfige Familie. Die Schlafzone, eingekreist vom Sauerstoffzelt. Die Kommunikationszone, vier Kabinen aus schwarzer PVC-Folie, untereinander verbunden mit einer gemeinsamen Luftversorgungs- und Sprechanlage.

Die totale Einsamkeit.

Der Mensch, aufgebahrt in einer Welt, die er sich selbst zu verdanken hat.

Wirklichkeit im Einweckglas. Steril und sauber.

Ordentlich und überschaubar. Das letzte Paradies.

Hier lässt es sich friedlich zugrunde gehen.

Und bis zum letzten Atemzug die Illusion vom Leben, filmisch auf kleine Leinwandquadrate in den Kommunikationszonen projiziert.

Friedrich lässt sich von dem jungen Mädchen zu einem Versuch überreden. Lässt sich in eine der schwarzen Kabinen setzen. Es ist dunkel, und eine weiche Schaumstoffmasse umgibt ihn. Eine Mikrofonstimme fragt seine Erlebniswünsche ab.

Und Friedrich antwortet: «Skifliegen», und denkt gleichzeitig an den Kitzel der Gefahr, wenn er im Winterurlaub gefährliche Abfahrten nimmt.

Um Präzision gebeten, nennt er St. Moritz, sagt «März».

Dann erlebt er die Projektion. Anfänglich ist es ihm noch möglich, sich von dem Geschehen auf der Leinwand zu distanzieren, zu unterscheiden zwischen Wirklichkeit und Illusion. Aber wenig später schon ist sein Widerstand unter dem geschickten Einsatz optischer, akustischer und psychologischer Mittel zusammengebrochen.

Er glaubt die gleißende Märzsonne auf weißen Steilhängen. Er ist voll engagiert am Abenteuer. Eingeschleust in eine Erlebniswelt, die für ihn Wirklichkeit wird, seinen Puls beschleunigt, die Magengrube und das Nervensystem belastet und ihm sogar die Illusion von Fahrtwind und Kälte gibt.

Während er sich in der Luft glaubt, zwischen Sprungschanze und Auslaufbecken im Tal, heißt es, die Kontrolle über den Körper nicht zu verlieren. Beim Aufsetzen dann Pulverschnee, mühsame Balance und die Skibrille, die verrutscht.

Wenige Minuten atemloser Anteilnahme, dann lehnt er sich erschöpft in den weißen Schaumstoff zurück. Die Leinwand erlischt, und er spürt den Schweiß, der ihm während des Absprungs ausgebrochen ist.

Plötzlich begreift er, dass er das als Leben akzeptieren würde.

Dann wird ihm die Umwelt wieder bewusst, er hört das Geräusch der Luftzufuhr in die Kabine, beginnt zurückzukehren und gewinnt die Wirklichkeit mit brutaler Schlagartigkeit wieder, als er aus dem Mikrofon die Stimme Karl Kirsts hört. Er liest zum Ausklang ein lyrisches Gedicht. Der alte Fuchs.

Er arrangiert nichts, ohne nicht einen Vorteil für seine Verse daraus zu ziehen.

Friedrich tastet sich aus der Dunkelheit der Kabine heraus. Draußen erwartet ihn das junge Mädchen.

Friedrich hat panische Angst. Nervöse Hast macht sich in ihm breit, als habe er Stunden in der Kabine zugebracht. Von weit her zurückgekehrt.

Als er aber die Zeit auf seiner Armbanduhr überprüft, sind nur fünf Minuten vergangen, seit er die Kabine betrat.

Das Mädchen sagt: «Sie sollten sich noch ein wenig zurechtmachen, ehe Sie wieder nach draußen gehen.»

Sie führt ihn zum Ausgang zurück. Neben der Kasse ist ein Spiegel angebracht. Friedrich betrachtet sich verwundert: Während des Skifliegens muss er sich die Krawatte gelöst und das Hemd geöffnet haben. Die Haare sind vorn Fahrtwind zerzaust. Er möchte in sein Badezimmer zurückkehren, in die Geborgenheit gewohnter Handgriffe mit Körperpuder und Kölnischwasser. Aber dafür bleibt keine Zeit mehr. Er kann nur versuchen, den alten Zustand notdürftig wiederherzustellen.

Das macht ihn nervös, untergräbt sein Selbstbewusstsein.

Er fühlt sich nicht wohl in seiner Haut, als er hinunter in die Stadt fährt, den Wagen auf einem Parkplatz nahe der Residenz abstellt und die wenigen Schritte hinüber zu dem verabredeten Café geht.

Als er den Bürgersteig verlassen will, um die Straße zu überqueren, entdeckt er eine Bananenschale am Rande des Gehsteigs, und ganz automatisch hebt er sie auf und legt sie in den Rinnstein. Diese alte Gewohnheit sollte ihm auch seine gewohnte Sicherheit wiedergeben.

Brigitte erwartet ihn schon. Sie hat sich an einen Tisch für zwei Personen am Fenster gesetzt.

Sie hat sich verändert, denkt er und wird den Gedanken der gehäuften Veränderungen, denen er heute begegnet ist, nicht mehr los.

Sie begrüßen sich zurückhaltend. Weihnachten haben sie sich zum letzten Mal gesehen.

Einer fragt den anderen, wie es ihm gehe.

Brigitte trinkt einen Kaffee, und Friedrich bestellt sich Tee mit Milch und Zucker. Auch eine alte Gewohnheit, an der er sich aufrichten möchte. Festhalten an der feinen englischen Art. Sicherheit zurückgewinnen.

«Möchtest du einen Kuchen?», fragt er Brigitte.

Nein, sie möchte keinen Kuchen. Sie spielt mit einer Packung Zigaretten, die sie auf dem Tisch liegen hat.

«Du rauchst?», erkundigt er sich.

«Erst seit Kurzem», antwortet sie. Sie sagt nicht, dass ihr das Rauchen mehr Selbstbewusstsein gibt, dass es nur ein Ritual ist, das die neu gewonnene Selbstständigkeit, die Freiheit, signalisieren soll, um sie vor sich selbst zu bestätigen.

Als die Bedienung den Tee bringt, fragt sie Friedrich: «Fühlst du dich nicht wohl?»

«Nein, wieso?», wehrt er ab.

«Du siehst verändert aus», stellt sie fest, «ein wenig irritiert.»

«Du hast dich auch verändert», reagiert er.

«Es ist viel geschehen in der Zwischenzeit», meint sie, erzählt aber nur davon, dass Michael seit Mitte Juni nichts mehr verdiene, dass die Miete seitdem überfällig sei, und bittet Friedrich um Hilfe.

Er erinnert an die tausend Mark, die Michael ihm immer noch schulde. «Was willst du jetzt machen?», fragt er. «Du kannst die Sache mit Michael doch nicht einfach so weiterlaufen lassen.»

Brigitte sagt: «Ich bitte dich nur um das Geld für die Miete, das ich dir monatlich zurückzahlen kann, sobald ich ganztags arbeite. Alles andere ist nicht deine Sache. Michael und ich werden schon klarkommen.»

«Es ist nicht meine Schuld», sagt Friedrich und begreift nicht recht, warum er sich zu einer Rechtfertigung hinreißen lässt.

Brigitte antwortet: «Davon zu reden, wäre jetzt ohnehin zu spät.»

Sie nimmt eine Zigarette aus der Packung und hat die Streichholzschachtel schneller in der Hand als Friedrich, der ihr Feuer geben wollte.

Unvermittelt sagt er: «Ich habe lange nichts mehr von Ruth gehört. Weißt du, wie es ihr geht?»

Brigitte erwidert: «Du hattest doch daran nie großes Interesse!»

Er schweigt einen Augenblick, rührt unschlüssig in seiner Teetasse, dann sagt er: «Es ist doch so: Wenn ich dir helfe, helfe ich auch Michael!»

Brigitte antwortet verärgert: «Du änderst dich nicht!»

Friedrich fühlt seine Unsicherheit wieder wachsen. Das macht ihn unruhig.

Brigitte fragt: «Was ist nun, kannst du mir das Geld für die Miete leihen oder nicht?»

Er antwortet nicht sofort und will dann wissen: «Wie ist das mit deinem Leben?»

Brigitte fragt: «Was meinst du damit?»

«Ich meine», versucht er zu erklären, «es gibt so etwas wie am Leben vorbeizuleben.»

«Gibt es das bei dir?»

«Vielleicht nur Überdruss und Langeweile.»

Brigitte lacht: «Mein Gott, musst du unglücklich sein!»

«Lassen wir das», sagt er.

Aber Brigitte stößt nach: «Wie kommst du überhaupt auf solche Gedanken?» Sie sieht ihn zum ersten Mal verlegen, bar seines Charmes, gar nicht mehr der smarte Goldjunge.

«Nur so eine Idee», wehrt er ab, «eine Reporterin fragte mich vor Kurzem danach.»

«Nach dem Sinn deines Lebens?»

«So ungefähr.»

«Und?»

«Was und?»

«Ich meine, was für ein Rezept hattest du parat?»

«Ich brauche kein Rezept», antwortet Friedrich. «Mein Leben ist eingeteilt.»

«Wie schön für dich!»

«Die Journalistin meinte», fügt er hinzu, «wir, die Reichen, seien die Gezeichneten. Aber es sind doch die anderen, oder etwa nicht?»

«Solange du daran keinen Zweifel hast», meint Brigitte.

Er sagt: «Ein unerfreuliches Thema. Kommen wir zum eigentlichen zurück. Ich bin ja nicht so. Ich gebe dir das Geld für die Miete. Aber wovon willst du es konkret zurückzahlen?»

«Ich kann jederzeit meinen Halbtagsjob zur Ganztagsarbeit ausweiten. Ich habe mich schon informiert.»

«Dabei kannst du doch nicht viel verdienen.»

«Es genügt.»

«Ich hätte einen Vorschlag», sagt er und sieht sie erwartungsvoll an: «Du ziehst mit deinen beiden Kindern zu uns in den Bungalow, übernimmst die Betreuung deines Neffen, und ich zahle dir dafür ein anständiges Gehalt, sagen wir, zwölfhundert im Monat, und Essen und Logis frei.»

Brigitte zweifelt: «Meinst du das ernst?»

«Aber sicher», antwortet er und glaubt nun wieder die Oberhand gewonnen zu haben, über Brigitte und über das eigene Selbstbewusstsein.

Er hat die Dinge wieder in der Hand.

Generös stellt er auch gleich einen Scheck auf die fällige

Wohnungsmiete aus und schiebt ihn Brigitte über den Tisch zu.

Brigitte nimmt dankend an.

Dann sagt sie: «Zu deinem Angebot, Friedrich: Ich hoffe nicht, dass ich jemals darauf eingehen muss. So weit unten», sagt sie, «werde ich hoffentlich nie sein.»

12

Michael schreibt an Brigitte:

Samstag, den 16. 9. 1972

Liebe Brigitte,
es ist schon seltsam, Dich so förmlich anzureden, aber es geht wohl nicht mehr anders. Wir sind beide an einem Schlusspunkt angelangt, und ich weiß nicht, ob man so einfach sagen kann, dass einer den anderen im Stich gelassen hat. Ich glaube eher, dass wir beide der Jagd nicht gewachsen waren, nicht im eigenen ehelichen Jagdrevier und auch nicht draußen.
Du hast es da vielleicht etwas einfacher als ich. Du kannst sagen: Er hat versagt. Das liegt klar auf der Hand.
Trotzdem bin ich, im Grunde genommen, immer noch auf Dich angewiesen. Auf Dein Verständnis und auch immer noch auf unsere Beziehung zueinander. Das hat nichts mit Gewohnheit zu tun, das ist mehr.
Aber das soll Dich nicht davon abhalten, das zu tun, was Du für richtig hältst. Wenn Du die Scheidung einreichen willst, werde ich nichts dagegen unternehmen.
Es ist Dein Leben.
Ich werde Dich nur vermissen.
Gib den Kindern ein Bussi von mir und denk manchmal an mich
Dein Michael

PS: Heute habe ich den Smoking mit allem Drum und Dran in einen Secondhandshop gebracht. Es war eine richtige Erleichterung, das Ding los zu sein. Damit habe ich sozusagen ein wichtiges Stück Familientradition über Bord geworfen, und das ist gut so.

13

Sonntag. Der Tag des Herrn, wenn mehr als hundert Glocken die Gläubigen zum Gebet rufen und anschließend die Familien in stiller Eintracht durch den Garten der Residenz flanieren. Ein schöner Sonntag. Der Herbst ist da und die Sonne noch sehr warm. Eine glückliche Stadt.

Hans hat sich und seinen Rollstuhl mitten auf dem Vorplatz der Residenz abgestellt. Dort auf dem weitflächigen alten Kopfsteinpflaster lassen sich die Räder nur mit Mühe fortbewegen.

Hans wartet auf Kundschaft, und Michael hat sich als Beobachter unter die zahlreichen Besucher gemischt, die die Fassade der Residenz auf ihrem Ausflugsprogramm stehen haben und das Programm pflichtschuldigst mit entzückten Ausrufen absolvieren. Hans gibt sich ganz invalide; mit hilflosen Versuchen, den Wagen selbst über das Kopfsteinpflaster zu kurbeln, hält er nach einem geeigneten Opfer Ausschau. Michael behält ihn im Auge, um rechtzeitig einspringen zu können.

Die Beute werden sie sich teilen.

Aus dem Garten der Residenz dringen Marschklänge herüber. Die Feuerwehrkapelle gibt ein Wohltätigkeitsständchen, das Dr. Hartmann veranlasste, nachdem der Stadtrat eine Tombola zugunsten der Siedlung während des dortigen Sommerfestes ablehnte. Jetzt spielen sie im Garten der Residenz auf und sammeln von spendenfreundlichen Sonntagsbürgern für einen Spielplatz in der Siedlung.

Zumindest dazu konnte Mater Ambrosia den Oberbürgermeister überreden.

Nun hat sie sich in der Nähe der feschen Feuerwehrkapelle postiert, eine Sammelbüchse in der Hand und im Ohr flotte Marschmusik. Die Leute führen ihren Sonntagsstaat spazieren. Die kleinen Mädchen tragen Schleifen im Haar und die Jungen Anzüge. Ab und zu wird eines der Kinder geschickt, in Mater Ambrosias Sammelbüchse eine Mark zu werfen.

Obwohl diese Aktion in der Presse vom Samstag unter den Stadtnachrichten im regionalen Teil angekündigt worden war, scheint das Interesse an einem Spielplatz für die Siedlung nicht gerade groß zu sein.

Mater Ambrosia schüttelt energisch die Blechbüchse und hält sie den Leuten mit einem liebenswürdigen Lächeln vor den Bauch. Wenn sie das tut, können sie ihr nicht mehr entgehen, finden aber auch keine Markstücke mehr in ihren Geldbeuteln, sondern nur noch Zehnpfennigstücke, die sie pflichtschuldigst durch den Büchsenschlitz schieben.

«Vergelt's Gott», sagt Mater Ambrosia dann.

Sie ist entschlossen, den Vormittag hier durchzuhalten. Solange den Leuten auf die Nerven zu fallen, bis um vierzehn Uhr das Sommerfest in der Siedlung eröffnet wird.

Ebenso entschlossen sind Michael und der Hagere, heute auf dem Vorplatz der Residenz noch ein Scherflein abzuschöpfen.

Hans taxiert die Leute, während er seinen Rollstuhl immer wieder um einige Schritte weiterkurbelt. Ein mühsames und erschöpfendes Unterfangen. Er beneidet Michael, der einfach nur in der Sonne steht und so tut, als bewundere er die Schlossfassade.

Fürstbischof sollte man sein.

Aber dann trifft auch Hans das Glück. Ein junger Mann, dessen Anzug nicht nach Sonntagsanzug, trotzdem jedoch teuer aussieht, bleibt plötzlich in der Nähe stehen, den Rücken ihm zugewandt.

Hans legt die Hilflosigkeit eines invaliden alten Mannes auf: «Junger Herr», bittet er, «könnten Sie mir nicht helfen?»

Der junge Mann dreht sich mit erschrockener Hast um, als könne ihm ein solches Ersuchen Angst machen.

Von vorne sieht er gar nicht mehr so jung aus. Sein Haaransatz an den Geheimratsecken ist schon ziemlich weit auf die hintere Kopfhälfte zurückgezogen, und ein gewisser Bauchansatz ist auch nicht zu übersehen. Er sieht den Invaliden etwas ratlos an: «Meinen Sie mich?»

Hans bittet ihn, Stuhl und Inhalt über den kopfsteinpflastrigen Platz zurück zur Straße zu schieben.

Der junge Mann in dem guten Anzug will sich sträuben, sagt, er habe so etwas noch nie gemacht. Aber schließlich sind die vielen Leute da, und deshalb kann er sich nicht weigern, weil das Aufsehen erregen würde, und dann sieht er noch Mater Ambrosia mit wehenden Röcken und der Sammelbüchse über den Platz kommen. Das ist ihm unangenehm. Also fasst er den Rollstuhl hinten an der Stange, die dafür vorhanden ist, und beginnt, den alten Mann über den weitläufigen Platz zu schieben.

Dabei hofft er, der energischen Nonne zu entkommen und die Sache rasch hinter sich zu bringen.

Er sieht nicht, dass sich ein Rad am Invalidenstuhl lockert und dass Michael ihm folgt, während auch Mater Ambrosia die Verfolgung mit der Sammelbüchse nicht aufgibt.

Das Kopfsteinpflaster scheint kein Ende zu nehmen.

Und der Alte im Stuhl jammert bei jeder Unebenheit des Pflasters.

Dann hat sich das Rad endgültig gelöst. Mann und Stuhl kippen um. Der Alte verstärkt sein Jammern, die Leute sammeln sich an der Unfallstelle, einer versucht, Stuhl und Invaliden wieder aufzurichten, aber der Hagere zetert schon, und

Michael und Mater Ambrosia treffen gleichzeitig am Unfallort ein.

Michael sagt, wie er es eingeübt hat: «Ich habe Sie beobachtet. Sie sind ja wie ein Wilder mit dem alten Mann gefahren. Kein Wunder, dass das passiert ist. Sehen Sie sich nur an, was Sie angerichtet haben! Der alte Mann ist sicher verletzt und muss in ärztliche Behandlung. Woher soll der arme Teufel das Geld dafür nehmen?»

Die umstehenden Sonntagsspaziergänger äußern Beifall für Michael und Unwillen über den jungen Mann, dem das alles äußerst peinlich ist. Er hat den Rollstuhl wieder aufgerichtet und bemüht sich nun, das Rad zu reparieren, sein Anzug ist beschmutzt und die Ungeschicklichkeit seiner Bemühungen ist nicht zu übersehen.

Es sind die Leute, die ihn daran hindern, sich einfach aus der Affäre zurückzuziehen. Und als Michael ihn beschimpft, läuft sein Gesicht hochrot an.

Mater Ambrosia, die sich neben Michael gedrängt hat, sagt überrascht: «Aber, das ist doch Friedrich!»

Michael grinst. Er ist zufrieden mit der Schau, die er abgezogen und die ihm den Bruder so unvermutet in die Hände gespielt hat.

Mater Ambrosia sagt: «Lass doch den Unfug.»

Aber Michael möchte seine Rolle perfekt zu Ende spielen, also sagt er zu Friedrich: «Lassen Sie mich das mal machen!»

Er schiebt den Bruder beiseite, hockt sich selbst neben Stuhl und Rad und repariert beides unter dem Beifall der Leute innerhalb von fünf Minuten. Dann hilft er Hans in den Stuhl zurück, schlägt den Staub von den Händen.

«So, das hätten wir.»

Friedrich steht noch immer hochrot daneben, und der Bruder und die Sonntagsbürger sehen ihn fordernd an, bis er die Brieftasche zieht und einen Geldschein für Hans entnimmt.

Das befriedigt die Leute und löst die Gruppe der Schaulustigen langsam auf. Sie kehren zurück zur Schlossfassade.

Mater Ambrosia geht auf Friedrich zu und gibt ihm die Hand: «Schön, dass man dich mal wiedersieht.»

Michael grinst: «Was wolltest du eigentlich hier?»

Hans, der noch nicht begriffen hat, worum es eigentlich geht, dass der feine Herr da der Bruder vom Michael ist und dass er wohl das falsche Glück getroffen hat, sieht der Begrüßung verwundert zu.

Michael klärt ihn auf.

Friedrich möchte die Szene so rasch wie möglich beenden und sich zurückziehen, aber Mater Ambrosia hält ihn fest: «Wenn du schon mal da bist, könnten wir doch auch mal ein bisschen länger zusammenbleiben.»

Friedrich versucht, einen Termin vorzuschützen, aber die Nonne nimmt ihm das nicht ab: «Du bist doch mit dem Wagen da?» Friedrich bejaht misstrauisch.

«Na also», stellt Mater Ambrosia fröhlich und resolut fest. «Dann könntest du uns doch einen Gefallen tun und uns in die Siedlung hinausfahren. Ich lade dich auch herzlich zum Sommerfest ein.»

Als sie die Siedlung erreichen, hat das Sommerfest der Kinder schon begonnen. Bunte Lampions sind für den Abend aufgespannt, und aus zwei Lautsprechern ertönt Schlagermusik. Der verwahrloste Wiesenplatz ist aufgeteilt in Spiel- und Wettkampfgelände. Die Fenster der Siedlungskaserne sind weit geöffnet, und die Erwachsenen sehen von dort den Kindern zu.

Sackhüpfen und Eierlaufen, Geschicklichkeitsspiele, Tauziehen und Weitspringen, Kasperltheater für die Kleinen und ein Jugendtheater für die Älteren stehen auf dem Programm.

Die Kinder sind fröhlich und ausgelassen. Jedes will einen Preis gewinnen. Spielzeug und lustige Kleinigkeiten, die von einer städtischen Jugendgruppe und von Studenten für dieses Fest gestiftet wurden. Einige Studenten gehen auch den drei Sozialhelfern und dem Kaplan als Schiedsrichter in den Wettkämpfen zur Hand und organisieren die Freude der Kinder und Jugendlichen, wenn sie über die Stränge zu schlagen droht, wenn plötzlich doch wieder die Aggressionen ausbrechen, die sie täglich hier auf der verwahrlosten Wiese in ihren Spielen abhandeln, geschädigt von der Wirklichkeit, in der sie aufwachsen müssen.

Friedrich hat den Wagen draußen vor der Mauer geparkt, die das Gelände umgibt, und sich von Mater Ambrosia dazu überreden lassen, wenigstens für kurze Zeit am Sommerfest teilzunehmen.

«Für die Erwachsenen», sagt sie, «gibt es nachher Kaffee und Kuchen. Für die Kinder wird Limonade und Eis ausgegeben.» Sie ist stolz auf dieses Sommerfest.

Auch die Kleine, die inzwischen fünfzehn geworden ist und ihren Selbstmordversuch ohne gesundheitlichen Schaden überstanden hat, ist dabei und hilft dem Kaplan beim Limonadenausschank.

Mater Ambrosia erzählt Friedrich die Geschichte des Mädchens, redet vom Bruder, der sich erhängt hat, und Friedrich empfindet diese Schilderung als äußerst ungemütlich. Aber Mater Ambrosia lässt sich ihre Munterkeit nicht nehmen. Friedrich hat sogar den Eindruck, dass es ihr Spaß macht, ihn ein wenig zu quälen.

Hans hat sich so ungehindert, wie er auf dem Parkplatz in der Nähe der Residenz vom Rollstuhl ins Auto stieg, unter die Kinder gemischt und bläst ihnen, auf zwei gesunden Beinen stehend, Luftballons auf. Mater Ambrosia hängt sich bei Michael und Friedrich ein, und sie bilden ein seltsames Dreiergespann, wie sie sich nun dem Limonadenstand nähern, die Nonne zwischen den beiden jungen Männern, denen sie gerade bis zur Schulter reicht.

«Ihr könnt ruhig wieder Tante Martha zu mir sagen», fordert sie die beiden auf. «Wie in alten Zeiten.» Sie scheint sehr glücklich zu sein, die beiden wieder neben sich zu haben.

Zu Friedrich sagt sie: «Schade, dass du dich so sehr zu deinem Nachteil verändert hast. Was warst du doch für ein liebes Kerlchen damals.»

Michael fragt: «Erinnerst du dich noch an die Geschichte mit dem Wassereimer und den Geldstücken drin?»

Die Nonne erinnert sich und lacht. «Damals war Friedrich fuchsteufelswild, weil du das Geld rausgeholt hast. Wirst du immer noch so leicht zornig, mein Junge, wenn du unterliegst?»

Friedrich zuckt verlegen die Schultern.

«Oder unterliegst du nicht mehr?»

Friedrich wird es immer ungemütlicher zumute. Er fühlt sich nicht wohl hier. Das Milieu, das er verabscheut, weil er es als nicht existent abtun möchte, macht ihn ganz krank. Und ihm ist es unbegreiflich, wie sich Michael und Tante Martha hier wohlfühlen können.

Überhaupt ist er sich seiner Vorrangstellung, die er als Junge immer bei Tante Martha hatte, gar nicht mehr so sicher. Sie scheint sich sehr eng an Michael angeschlossen zu haben. Der hat es verstanden, sich bei ihr einzuschmeicheln, nur weil er vorgibt, sich hier in der Siedlung wohlzufühlen.

Aber, so tröstet sich Friedrich, Tante Martha ist auch nicht mehr das, was sie früher war. Sie ist zwar noch so drall und fest wie früher, und gealtert scheint sie auch nicht zu sein, nur ist sie eine Nonne geworden. Und der katholischen Geistlichkeit stand er seit eh und je reserviert und misstrauisch gegenüber. Schließlich stammt er aus einem protestantischen Elternhaus, und ein Superintendent gehört auch in die Ahnenreihe. Da ist man sich eine entsprechende Haltung schuldig.

Von spielenden Kindern angerempelt, haben sie jetzt den Limonadenstand erreicht. Tante Martha erzählt gerade davon, dass sie ohne Wissen ihres Ordens jeden Morgen die Pille verteilt, als das Mädchen sie begrüßt.

Michael sagt zu der Kleinen: «Hallo, wie geht's dir heute?»

Das Mädchen nickt ihm freundlich zu. Dann stellt Mater Ambrosia Friedrich vor. Das Mädchen ist noch mehr zur Kindfrau geworden, als es das schon letztes Jahr war, und nun kommt ein beinahe gieriges Staunen in ihren Blick, als die Nonne sagt: «Das ist Friedrich Born.»

Friedrich Born bedeutet für das Mädchen die große Welt, bedeutet das Paradies außerhalb der Siedlung, bedeutet das Glück, das es anstrebt.

Sie starrt ihn an, und das macht Friedrich verlegen.

Überhaupt ist er die ganze Zeit über immer nur verlegen, immer nur unsicher und unangenehm berührt. Er findet sich nicht zurecht, und weder Tante Martha noch Michael nehmen darauf Rücksicht.

Tante Martha schlägt sogar nach einem Rundgang über den Platz vor, ins Haus zu gehen. «Du könntest es einmal ansehen, das Haus und den Speicher, auf dem sich Bobby erhängt hat, den Hobbyraum, den ich für die Mädchen halte, und Michaels Zimmer.»

Sie sagt das sehr freundlich, und sie ist wieder jene Tante Martha, die bei aller Zärtlichkeit für den blonden Friedrich keine Widerrede zulässt.

Also lässt er sich ins Haus führen. Die abgestandene Luft im Treppenhaus, der Geruch von Etagentoiletten und die Küchendünste krampfen ihm den Magen zusammen. Michael und die Nonne versäumen es nicht, Friedrich jedem Bewohner vorzustellen, ihn in alle Zimmer hineinzuführen und zu erläutern, wie viele Menschen darin leben.

Das nimmt ihm das letzte bisschen Lebenslust, das er noch zu haben glaubte.

Es dunkelt, als sie die Stockwerke wieder hinuntersteigen und Tante Martha sie in den Hobbyraum führt. Draußen auf der Wiese haben die Helfer die Kerzen in den Lampions angezündet und in der Mitte des Platzes ein großes Feuer entfacht, um das die Kinder müde und glücklich erschöpft herumsitzen.

«Zu dumm», sagt Tante Martha. «Jetzt haben wir glatt den Kaffee und Kuchen versäumt.» Sie geht zum geöffneten Fenster des Hobbyraums und ruft nach dem Mädchen.

Es kommt aus der Gruppe der Kinder um das Lagerfeuer zu ihr herüber.

«Meinst du», fragt Mater Ambrosia, «du kannst uns noch Kuchen und Kaffee besorgen?»

Das Mädchen antwortet: «Ich seh mal nach.»

Wenig später kehrt es mit einem Tablett, auf dem eine Kanne Kaffee, drei Tassen und ein Teller voller Kuchen stehen, ans Fenster zurück.

Mater Ambrosia fragt: «Willst du nicht ein wenig zu uns kommen?» Sie nimmt dem Mädchen das Tablett ab und hilft ihm, durchs Fenster einzusteigen.

«Draußen ist übrigens ein Mann», berichtet die Kleine, «der Sie unbedingt sprechen will.»

«Und warum holst du ihn nicht rein?»

Das Mädchen sieht Friedrich an. «Ich dachte, es würde ihm

eventuell unangenehm sein.» Dabei macht sie eine Kopfbewegung zu Friedrich.

«Ach was», wehrt Mater Ambrosia ab, «das schadet ihm nichts.»

Michael geht hinaus, um den Besucher hereinzubitten. Es ist ein kleiner alter Mann. Einer von den Clochards, die im Sommer unter den Flussbrücken schlafen. Er kann kaum noch laufen. Nachdem die Nonne ihn auf einen Stuhl gesetzt hat, beugt sich Michael zu den Beinen des Mannes hinunter. Das linke Bein ist im Schaftstiefel unförmig angeschwollen.

Der Mann sagt: «Sie müssen mir helfen. Die Kumpels aus der Kneipe haben mich hergeschickt. Die Anna hat gesagt, ich soll nach Ihnen fragen und nach Michael.»

«Das bin ich», sagt Michael. «Was hast du denn mit dem Bein gemacht?»

«Ich weiß nicht», antwortet der Alte, «da hat mir im Sommer so 'n Verrückter ein Messer reingerannt, und seitdem will's einfach nicht zuheilen.»

Das Bein sieht schlimm aus. Der Stiefel lässt sich nicht mehr ausziehen.

«Wie lang hast du den Stiefel schon dran?», erkundigt sich Michael.

«Seit das mit dem Messer war.»

Michael richtet sich auf. Das Mädchen und Friedrich sehen entsetzt auf das Bein des alten Mannes.

«Ich glaube, wir brauchen einen Arzt», sagt Michael.

Mater Ambrosia schickt das Mädchen, einen Arzt und die Ambulanz zu verständigen. Es kommt unverrichteter Dinge zurück: das einzige Telefon im Haus, ein öffentlicher Automat, sei kaputt. Der Alte jammert.

Mater Ambrosia fragt: «Und nun?»

Michael schlägt vor, erst einmal den Stiefel aufzuschneiden, dann könnten sie den Mann in Friedrichs Wagen ins Krankenhaus schaffen. «Je länger der Stiefel dranbleibt», behauptet Michael, «desto schlimmer wird die Geschichte.»

Friedrich will protestieren. Aber er dringt mit seinem Protest nicht durch. Tante Martha befiehlt ihm sogar, das Bein des Alten zu halten, während Michael vorsichtig mit einem Rasiermesser das Leder auftrennt.

Sobald das Leder über dem Bein aufklafft, steigt ein unbeschreiblicher Gestank hoch. Friedrich hält es nicht mehr aus. Er fängt an zu schreien, und dann übergibt er sich.

«Nun hab dich mal nicht so, Junge», sagt Tante Martha.

Das Bein des alten Mannes ist bereits in Fäulnis übergegangen.

Als Friedrich sich wieder einigermaßen gefangen hat, geht er zum Wagen und fährt ihn vor die Tür der Kaserne. Das Mädchen fasst mit an, und gemeinsam tragen sie den alten Mann in den Wagen. Mater Ambrosia und das Mädchen setzen sich auf den Rücksitz und nehmen den Alten in die Mitte. Michael steigt neben Friedrich ein.

Die Kinder singen jetzt am Lagerfeuer. Das ist sehr stimmungsvoll. Das Feuer, die bunten Lampions und die Lieder.

Der Alte jammert ununterbrochen.

Friedrich hört sich noch immer schreien. Wie ein Tier hat er geschrien. Er fühlt sich krank und elend. Er hofft, jeden Augenblick aufwachen und das alles vergessen zu können wie andere quälende Träume auch.

Jetzt ist sie durchgebrochen, die ungeheure Lebensangst, die ihn schon lange befallen hat.

Die ihn fertigmachen kann.

Friedrich denkt an den blinden Pianisten, der einmal zum Bekanntenkreis seiner Eltern gehörte, als er noch ein Schuljunge war. Er denkt daran, wie er sich damals vorstellte, blind zu sein. Diese entsetzliche Dunkelheit. Abgeschnitten vom Licht, von den Farben und den Formen, die nur denen gehören, die sehen können. Diese Einsamkeit, wenn alles dunkel ist.

Ausgestoßen vom Leben.

Und die Erlebnisgier. Sich Skifliegen vorzustellen. Das Abenteuer, das nur in der Fantasie stattfindet.

Die Leere danach.

Friedrich denkt: Wenn man gezeichnet ist von der Leere seines eigenen Lebens. Von diesem Elend, wenn man am Ende des Lebens dasteht mit leeren Händen. Weil ich mich geschäftstüchtig am Leben vorbeigehandelt habe.

Er fährt seinen Wagen im Trancezustand. Er riecht den Gestank, der vom Bein des alten Mannes ausgeht. Er hört ihn jammern. Er erinnert sich an das Hafengelände aus seiner Zeit mit Michael. Er registriert, dass Michael schweigend neben ihm sitzt. Er denkt an die Sonne heute Vormittag auf dem Residenzplatz.

Dann hört er das Mädchen von Hasch reden. Es redet eindringlich mit der Nonne. Sagt: «Wenn Sie doch nun nach Österreich in Urlaub fahren, könnten Sie es doch mitbringen.»

Er denkt: Wirklichkeit im Einweckglas.

Er hat das Empfinden, keine Luft mehr zu bekommen, stranguliert zu sein.

Er hört das Mädchen betteln: «Nur wegen des Geldes.»

Er denkt: Leere, weil nichts mehr geschieht.

Er hört Tante Martha sagen: «Das wär doch auch ein ganz einträgliches Geschäft für dich.»

Und der Alte hat aufgehört zu jammern. Der scheint zuzuhören.

Michael sagt: «Meinst du mich? Warum nicht», sagt er dann.

Friedrich denkt: Wie kann eine Nonne so was machen?

Mater Ambrosia scheint jeden Sinn für Moral verloren zu haben.

Dann erreichen sie die Klinik, Friedrich fährt den Wagen bis vor den Eingang der Notaufnahme. Eine Schwester kommt heraus und hilft, den alten Mann ins Haus hineinzutragen. Sie lassen Friedrich einfach stehen. Keiner kümmert sich um ihn. Er steht neben dem Wagen und denkt: Jetzt werd ich wohl erst mal die Polster reinigen lassen müssen. Eine Schweinerei ist das.

14

Onkel Egon schreibt hinter dem Rücken seiner Frau an einen alten Frontkameraden, der in Köln wohnt und den er auf der Beerdigung des alten Teichler wiedergetroffen hat:

Dienstag, den 19. 9. 1972

Mein lieber Karl,
heute komme ich mit einer Bitte zu Dir, die Du mir gewiss nicht abschlagen wirst, da Du ja in der Nähe der Bundesregierung wohnst.
Ich schrieb an die Bundesregierung, Herrn Bundeskanzler Brandt, Herrn Bundespräsidenten Heinemann und an alle Regierungsoberhäupter der Mächtigen des Auslands wegen meiner Anerkennung als Kaiser von Europa. Ich weiß, dass ich es werde. Ich möchte nur, dass Du den Herren in Bonn etwas Dampf machst und Dich einmal erkundigst, wann, wie und wo die Krönung stattfinden wird.
Ich habe keine Lust mehr, noch länger darauf zu warten, schließlich bin ich auch nicht mehr der Jüngste, aber ich bin vollständig gesund.
Recht herzliche Grüße auch an Deine Frau

Dein Egon

V

Das Gläserne Paradies in tadellosem Zustand

EINLADUNG

*Prof. Dr. Friedrich Born und Frau Amelie Born
geben sich die Ehre*

———————————————

———————————————

*zu einem Mittagessen im Hotel «Bellevue»
anlässlich des 60. Geburtstages von
Frau Amelie Born
am Mittwoch, dem 25. Oktober 1972, um 13 Uhr,
einzuladen*

***Smoking
Abendanzug***

*U. A. w. g.
20. 10. 72*

ABLAUF

*des Mittagessens im Hotel «Bellevue»
am 25. Okt. 1972*

*Die Gäste werden gebeten, die Anfahrt
bis 12.30 Uhr zu beenden.*

*Die Gäste begeben sich durch die Empfangshalle
in die Salons im Erdgeschoss*

*Herr Prof. Dr. Friedrich Born und Frau Amelie Born
treffen gegen 13.00 Uhr dort ein*

*Nach der Begrüßung begeben sich die Gäste
ins Versailler Zimmer*

*Nach dem Essen werden in den Salons im Erdgeschoss
Mokka und Getränke gereicht*

1

Es ist, als habe der Segen des Himmels diese Stadt schwer getroffen. Wohlstand und Ruhe sind eingekehrt. Eine Stadt voller Lieblichkeit und Anmut. Ein Gemeinwesen, das nur den Frieden will. Den aber um jeden Preis. Lauter ehrenwerte Leute, die vor nichts mehr zurückschrecken als vor dem süßen Laster des Aufruhrs.

Süße Laster bergen das Böse.

Und wer schläft, sündigt nicht.

Also schlafen sie den Schlaf der Gerechten.

Tod und Teufel sollen woanders reiten. Hier leben die Leute noch ordentlich.

Und ordentlich ist auch Amelies Geburtstag. Ein wunderschöner Geburtstag, zu dem sie alle diese netten Menschen eingeladen hat: den Oberbürgermeister mit seiner Frau, Onkel Egon und Tante Olga, Professor Baumgart mit den Söhnen Christian und Hannes und seine Frau, Mater Ambrosia, den Sektkellerer Kirst, Leute von der Universität und natürlich auch die Schwiegertöchter.

Was für ein köstlicher Tag: heiter und unverbrüchlich dem Leben verbunden.

Das ist wie auf einem Familienfoto: trautes Beisammensein. Eng aneinandergerückt, haben sie für die Ewigkeit Aufstellung genommen.

Eine glückliche Familie, die Vertreter von Kultur, Klerus, Geld und Kommune.

Eingedenk deutschen Kulturgutes: eine Gesellschaft mit Kultur.

Und keiner fällt aus der Rolle.

Zur rechten Zeit das Rechte tun.

Und so erwarten sie, einträchtig lächelnd, die eine Hand am Cocktailglas, das Eintreffen Amelies.

Friedrich, der gute Sohn, hat zu seiner alten Liebe zurückgefunden, hat Tonbandgerät und Filmausrüstung installiert, die Kamera auf den Eingang der Hotelhalle gerichtet und ist in treuer Gefolgschaft bereit, die Familienchronik dieses Tages zu führen.

Dann treffen sie ein: die Eltern.

Während der Portier würdevoll hinter dem Tresen verharrt, die linke Hand beiläufig auf die Tagesausgabe der Bild-Zeitung gelegt, öffnet der Boy in blauer Livree mit Goldtressen die Eingangstür, um Amelie, den Professor und die Enkelkinder einzulassen.

Voran geht Amelie.

Friedrich drückt auf den Auslöser und hat sie im Bild.

Ein strahlendes Lächeln, und alles in Himmelblau. Ein Auftritt, der Freude macht.

Nur der alte Born trägt Schwarz.

Ein Bild für Götter: die Königin des Festes.

Und Friedrich versteht es, sie eindrucksvoll ins Objektiv laufen zu lassen.

Ein dankbares Objekt.

In den beiden kleinen Salons haben die Gäste Aufstellung genommen. Zwar ist ihr Lächeln nach halbstündiger Wartezeit schon etwas eingefroren, aber sie geben artig die Hand, als Amelie nun, gefolgt von Mann und Enkelkindern, die Begrüßungscour macht.

Das Leben hat ihnen ihre Plätze zugewiesen, und die sind gut, weil die billigen Ränge anderen vorbehalten bleiben.

Amelie lächelt noch immer. Das ist jenes Lächeln, das zur Garderobe passt: von innen heraus strahlend, trotzdem verhalten, und zwischen den Lippen, dezent, die Zahnreihe.

Währenddessen wartet im Spiegelsaal des Versailler Zimmers Franz, der Chefober, der die Zähne zusammenbeißt, weil ihn die Gicht plagt. Seine ganz persönliche Gicht. Eines der wenigen Dinge, die ihm wirklich gehören.

Noch spiegeln die gläsernen Wände ringsum nur die festlich gedeckte Tafel wider, den Lüster und kostbar scheinende Portieren, besinnliche Ruhe, die Statik des Arrangements, bis die Gäste mit entzückten Lauten der Bewunderung eintreten werden, die Frisuren hochgelegt, und die Herren im Smoking, vielfach zurückgeworfen von den Wänden. Für jeden ein faszinierendes Spiel der Selbstbespiegelung.

Auch Anna, die Klofrau, hat ihren Platz im Souterrain schon eingenommen und erwartet für eine Gebühr von dreißig Pfennig die ersten Kunden.

Das Fest hat begonnen.

Während Michael auf Geheiß seines Bruders die festliche Tafel mit einem starken Scheinwerfer ausleuchtet, filmt Friedrich den Einzug der lieben Gäste. Geblendet betreten sie das Speisezimmer, und Onkel Egon stellt ganz ungeniert die Ähnlichkeit mit einem Staatsbegräbnis fest. Peinlich berührt, weist Tante Olga ihn an zu schweigen. Zwei junge Frauen hinter ihnen kichern, aber keine fällt aus dem Rahmen.

Nur Mater Ambrosia weicht etwas vom allgemeinen Kurs ab. Noch ganz in Gedanken an die Totenmesse für eine verstorbene Klosterkollegin, beginnt sie während des Einzugs zum opulenten Mahl unpassenderweise eines der Tumbagebete vor sich hin zu sprechen, obwohl es doch nur in Gegenwart einer Leiche gebetet werden sollte.

«Rette mich, Herr, vor dem ewigen Tod an jenem Tag des Schreckens.»

Karl Kirst betrachtet sie staunend. Eine betende Tischdame

ist eine ganz neue Erfahrung für ihn. Und unvermittelt nistet sich in seinem Kopf unter der Fettbeule der Begriff Tischnonne ein.

Als Amelie sich nun an die Stirnseite des Tisches setzt, nehmen auch die anderen ihre Plätze ein. Und in die Windstille der Gesprächsflaute hinein erkundigt sie sich: «Kann unser Sohn das Tonband anstellen?»

Michael antwortet ihr ungefragt vom unteren Tischende: «Es läuft schon.»

«Ja?», fragt Amelie zurück. «Wie schön!»

Kein Wort soll ihr verloren gehen.

Das ist ihr Fest.

Das Versailler Zimmer hat sie sich schon im Frühjahr reservieren lassen, und nach der Rückkehr aus Griechenland ging sie ganz auf in den übrigen Vorbereitungen. Sie stellte gemeinsam mit dem Chefkoch das Menü zusammen, diktierte ihre Wünsche hinsichtlich des Tischarrangements, ließ Einladungskarten drucken, entwarf die Sitzordnung und verschickte dann an jene, die zugesagt hatten, die Karten des Ablaufs ihres Geburtstages.

Darauf war sie ganz besonders stolz, hatte sie ihn doch von einer Einladung des Bundespräsidenten in Schloss Brühl kopiert, wohin Professor Born mit Gattin einmal gebeten worden war.

Als sie nun ihre Gäste wohlgefällig betrachtet, stellt sie fest, dass alle Mühe sich gelohnt hat, empfindet einen Hauch von heiler Welt, als schwebte ein übergroßer Rauschgoldengel über den Häuptern ihrer Lieben und verkündete nach Art des Hauses: Friede.

Den Frieden der Gerechten.

Wie schön das ist.

Die beiden Tischober beginnen, den «Reiter vom heißen Stein» einzuschenken, und Franz dirigiert mit geschickter Gebärde den Geflügelsalat in Orange herein. Er versteht sein Geschäft und arbeitet nach allen Regeln gesellschaftlicher Kunst. Er ist kein Mensch mehr, wenn er Chefober ist, und das macht ihn den Gästen angenehm.

«Ist er nicht entzückend?», fragt Amelie ihren Friedrich und meint den Raum.

Professor Born antwortet, wie sie es von ihm erwartet.

«Früher war hier die Empfangshalle», erinnert sie sich.

Draußen beginnt es zu schneien, und drinnen beginnt der alte Born mit einer Laudatio auf seine vortreffliche Frau.

Während er mit dem Silberlöffel ans Weinglas klopft, bemerkt eine der Assistentenfrauen noch rasch: «Ende Oktober und schon Schnee!» Sie hat eine ganze Weile schweigend neben ihrem Tischherrn, Onkel Egon, gesessen und sich um eine aparte Bemerkung bemüht, selbst ein Tornado wäre ihr als Gesprächsthema willkommen gewesen, und nun schneit es glücklicherweise, weil doch Tornados in diesen Breiten noch nicht üblich sind.

«Nur einmal im Leben wird man sechzig Jahre alt», spricht Professor Born im getragenen Dozententon, während Dr. Hartmann an den Spielplatz denkt, den er aus dem Erlös des Platzkonzertes vor der Residenz in der Siedlung errichten lassen wird. Er ist zufrieden mit sich und anderen.

Friedrich hingegen überschlägt seine neuen Verluste an der Börse. Zwischendurch nimmt er verstohlen einen Brocken Toast in den Mund.

Onkel Egon aber beugt sich zum blassen Hals der Assistentenfrau hinüber und flüstert: «Beinahe ein Nachruf auf eine erfreuliche Frau.» Sie spürt seinen Atem auf der Haut und errötet, als habe er ihr einen bedenklichen Vorschlag gemacht.

Franz, der Chefober, erwägt währenddessen, ob er sich nicht doch das teure Vergnügen orthopädischer Schuhe leisten soll.

Als die Gäste hereinkamen, hat er unauffällig ihre Füße taxiert, die kostspieligen Lackschuhe der Damen und der Herren betrachtet. Selbstverständlich müssen es nicht Lackschuhe sein. Aber die Orthopädie könnte ihm vielleicht helfen. Er scheut nur davor zurück, seine Ersparnisse anzugreifen.

Schließlich ist er für die Sicherheit bei Rücklagen.

Auch eine Kur wäre nicht schlecht.

Aber dann ruft ihn die Pflicht, weil Professor Born am Ende ist. Franz hat gerade noch Horaz registriert, um nun den nächsten Gang vorzubereiten: Spargelcremesuppe.

«Ein vorzügliches Essen», lobt Amelie und wendet sich dann zur Konversation, die sich immer noch schleppend bewegt, an Onkel Egon: «Wir fahren jedes Jahr zum Skilaufen nach Seefeld. Dort erholen wir uns», erläutert sie, während sie nebenbei und unauffällig den Eigensinn des Enkels brechen will, damit sein Benehmen zur festlichen Gelegenheit passt.

Onkel Egon lächelt ein wenig nachdenklich und spielt mit der kaiserlich-königlichen Anstecknadel, die er am Revers seines Smokings trägt.

«Seefeld in Tirol», beharrt Amelie liebenswürdig und erwartet Zustimmung. Aber Onkel Egon scheint mit anderem beschäftigt. Fasziniert betrachtet er den Hals der kleinen Katrin.

Tante Olga entschuldigt sein Verhalten: «Ich glaube, er fühlt sich in letzter Zeit nicht ganz wohl.» Von der Kopie des Briefes an einen Kriegskameraden in Köln, die sie zufällig in seinem Schreibtisch entdeckt hat, spricht sie zu niemandem. Sie fürchtet die Lächerlichkeit, der sie preisgegeben wäre. Also sagt sie nur: Er fühlt sich nicht ganz wohl.

«Aber doch nicht an meinem Geburtstag», meint Amelie

und möchte dem Enkel doch noch die Geflügelorange aufdrängen, weil der Chefober schon die Spargelcremesuppe elegant hereinbalancieren lässt.

Wie gut die Ober aussehen, konstatiert Amelie im Stillen und betrachtet vergleichend dazu ihre Söhne. Friedrich, der neben Frau Hartmann sitzt, und Michael, den sie an die Seite Frau Baumgarts platziert hat. Dort kann er am wenigsten Schaden anrichten. Schöne Söhne hat sie. Gut gewachsen. Sie liebt stattliche Männer, und es verleiht ihr zusätzlich noch ein Gefühl von Macht, diese beiden Männer geboren zu haben. Darum ist sie gerne eine Frau, weil sie Mutter von Söhnen ist.

Weil sie es ist, die Einfluss nehmen kann auf die Welt dieser Männer. Für einen Augenblick verfällt sie der Versuchung, sich länger bei diesen wohltuenden Empfindungen aufzuhalten, dann bricht jedoch ihr Instinkt durch. Jener lang trainierte Instinkt für gesellschaftliches Verhalten, der es ihr auferlegt, die gedämpfte Stimmung unter ihren Gästen auszulösen und mit einer geschickten Streuung eingeübter Konversationsmetaphern die Gesprächsflaute immer wieder aufzuheben.

Michael beobachtet seine Mutter. Ihr zuliebe hat er sich heute einordnen lassen, hat mit Friedrich in brüderlich scheinender Verbundenheit filmisch an der Familienchronik hantiert und entdeckt nun hinter dem erfrorenen Lächeln auf dem Gesicht seiner Mutter ihre Bemühungen um eine geistvolle Bemerkung.

Die Szene ist erstarrt, die Menschen sind eingeschlossen in ein Terrarium ohne genügend Frischluftzufuhr. Seine Mutter erinnert ihn an ein Insekt, das unentwegt gegen die geschlossene Glasscheibe anfliegt, blindlings und besessen vom Licht, das draußen ist, aber vergeblich. Trotzdem weiß er, dass es um nichts anderes geht als um einen charmanten Einfall zum Gesprächsstoff und nicht etwa darum, dem Terrarium zu entkommen. Für diese Leute wäre es töricht, Sicherheit und Wohlergehen für eine ungewisse Freiheit aufzugeben.

Michael grinst zwischen einer letzten Gabel voll Geflügelsalat und einem Bissen Toast. Denkt an heute Morgen, als er seiner Mutter einen neuen Berufsplan präsentierte, der in ihren Augen sozialen Abstieg bedeutete. Erschrocken argumentierte sie: Das kannst du uns nicht antun. Sie sprach vom humanistischen Gymnasium und vom teuren Studium. Dann wies sie ihn an, darüber heute Mittag Stillschweigen zu bewahren.

Sein Ausbruch aus dem Terrarium ist nicht gesellschaftsfähig.

Salonfähig hingegen sind nun die Bemerkungen Professor Borns, mit deren Hilfe er die Stimmung hebt, wenn er vom Engel spricht, der durchs Zimmer geht, und vom betretenen Schweigen, wenn ein Mädchen geboren wird.

Damit ist die Frischluftzufuhr im Terrarium gesichert, weil die Männergesellschaft einen Grund gefunden hat, herzlich zu lachen.

2

Um diese Zeit hat der Portier in der Hotelhalle des Bellevue gewöhnlich wenig zu tun. Die abreisenden Gäste haben das Hotel bereits verlassen, und die neuen treffen erst gegen Nachmittag oder abends ein. So ist diese Zeit gekennzeichnet von einer einschläfernden Mittagsflaute zwischen Plüsch und Plunder.

Meistens kommt dann Anna aus dem Souterrain herauf, setzt sich zu ihm hinter den Tresen und hat irgendetwas zu erzählen. Sie bringt immer eine Geschichte mit, und er mag ihre Geschichten. Er genießt es, ihr zuzuhören, wenn sie etwa vom abgefaulten Bein eines Streuners berichtet oder von einer jungen Gastarbeiterin, die in Abschiebehaft genommen wurde, weil sie vergaß, ihre Aufenthaltsgenehmigung verlängern zu lassen.

Gestern nun hat sich, laut Annas Schilderung, die junge Spanierin in ihrer Zelle aufgehängt. Das war eine besonders gute Geschichte für den Portier, weil sie so schön tragisch ist. Und heute steht sie zudem in seiner Zeitung. Er hat alles noch einmal genau nachgelesen und festgestellt, dass Anna von den Einzelheiten, wie sich die junge Frau erhängte, gar nicht so viel wusste wie die Zeitung.

Das wird er ihr natürlich nicht sagen und blättert deshalb den Artikel noch einmal auf, während er auf sie wartet.

Außerdem hofft er, dass Anna ihm etwas von den Leuten erzählen kann, die da drinnen Geburtstag feiern. Sie hat neulich schon erwähnt, dass sie den einen Sohn gut kennt. Die seien gar nicht so fein, wie sie tun. Anna sagt, sie wisse über die Familie Bescheid, und der Portier freut sich bereits auf den überraschungsreichen Klatsch, den sie ihm bringen wird.

Aber dann bringt ihm der grüne Polizeikäfer, der vor dem Hoteleingang stoppt, noch mehr Überraschung.

Als die beiden Beamten hereinkommen, verbirgt er geschickt seine natürliche Abneigung gegen die Polizei, die er nun einmal hat, weil er nicht immer so tadellos war, wie er heute zu sein vorgibt.

Mein Gott, denkt er, schließlich lässt sich jeder mal was zuschulden kommen. Das Dumme ist nur, dass sich die Kleinen bequemer fressen lassen als die Großen. Das macht die Sache ungemütlich.

Aber sie wollen gar nichts von ihm. Und während sie im Gästebuch suchen, faltet er sorgfältig die Zeitung zusammen. Schließlich ist er der Portier vom Bellevue, und das ist ein anständiges Haus. Dabei wollte er doch Anna, die gerade aus dem Souterrain heraufkommt, wegen der Geschichte mit der Spanierin ausfragen. Aber als Anna die Beamten sieht, denkt sie sofort an den Unfall ihres Jungen.

Von so was haben die natürlich keine Ahnung. Sie sagen, dass sie die Borns suchen. Und das ist jene Überraschung, mit der der Portier heute nicht mehr gerechnet hat, auch wenn Anna einige pikante Einzelheiten angekündigt hat.

Anna reagiert auf die Nennung des Namens Born recht seltsam, und der Portier registriert, dass da mehr dahinterzustecken scheint als nur eine flüchtige Bekanntschaft mit einem der Söhne. Sie geht geradezu in Verteidigungsstellung. Und der Portier schlägt sich sofort auf ihre Seite. Das ist er ihr schuldig.

Davon abgesehen, macht es ihm Spaß, die beiden ein wenig zappeln zu lassen. Nachher wird er sie schon wieder vom Angelhaken befreien, weil es sich nicht lohnt, sie zu fischen. Jetzt heißt es nur, das Gesicht zu wahren und die Form. Zuerst einmal greift er vermittelnd ein. Schwächt Annas Angriffe ein wenig ab und zeigt sich bemüht, ihr Verhalten mit dem tödlichen Unfall des Sohnes zu erklären. Das wird ihm nicht leicht gemacht, weil Anna kaum noch zu bremsen ist. Sie ist regelrecht erregt, und das kennt er gar nicht an ihr. Dann greift er zum Telefon, um die Direktion zu verständigen. Dass er jedoch nicht die Nummer der Direktion, sondern die eines leeren Zimmers wählt, ist nur ein kleiner Schönheitsfehler.

«Tut mir leid», sagt er, «da meldet sich niemand.» Zuvorkommend fragt er: «Wenn Sie vielleicht so lange in der Bar warten wollen? Ich werde mich gleich weiter um eine Verbindung bemühen.»

Er hat schon einen anderen Besucher, der sich für die Geburtstagsfeier der Borns interessiert, in die Bar geschickt. Einen jungen, aufdringlichen Journalisten vom «Frankenecho», der ihn nach Amelie Born fragte, als die Herrschaften bereits ins Versailler Zimmer hinübergegangen waren.

«Sie sind zu spät», beschied er den jungen Mann und verwies ihn in die Bar. «Wenn Sie warten wollen? Vielleicht sind die Herrschaften nachher, wenn sie den Mokka in den Salons einnehmen, bereit, Sie zu empfangen.»

Das war vor einer halben Stunde. Seitdem sitzt der Zeitungsmensch trocken in der Bar.

Nun hat sich die Situation jedoch verändert, und der Portier entschließt sich, seinem Kollegen von der Bar Bescheid zu sagen, obwohl die Bar um diese Zeit gewöhnlich noch geschlossen ist, da das Bellevue keinen vollen Restaurantbetrieb mehr führt. Er sieht ein, dass er die Ordnungshüter nicht einfach in die Wüste schicken kann. Das wäre ungeschickt. Also ruft er durch und erreicht den Kollegen in der Küche.

Der Barkeeper meint zwar, er säße eigentlich gerade beim Essen. «Was werden die schon trinken? Höchstens Orangensaft.»

Trotzdem kommt er wenige Minuten später aus der Küche in die Empfangshalle. Neugierig erkundigt er sich: «Wen suchen die denn?»

«Die wollen an die Bornsöhne ran», antwortet der Portier.

Der Barkeeper grinst. «Ich denke, das sind die feinen Herrschaften, die heute Geburtstag feiern?»

Der Portier nickt. «Soll in den besten Familien vorkommen.»

«Dann geh ich mal. Wie lange muss ich sie bei Laune halten?»

«Ich weiß nicht. Aber ich glaube, die Anna will was arrangieren. Die scheint mit den Borns befreundet zu sein.»

«Die und die Borns?»

«Nun ja», schränkt der Portier ein. «Sie wird ohnehin nichts erreichen. So was machen diese Herrschaften unter sich aus. Du wirst sehen, dass überhaupt nichts passiert. Das kennt man doch.»

Anna kehrt gerade aus der Küche zurück, wo sie den langen Tischober, Werner, angewiesen hat, Michael Born zu ihr ins WC zu schicken. Die Männer halten sie auf. Jeder will noch mehr hören. Das ist eine aufregende Story. Einmal dabei sein, wenn etwas passiert, was später in der Zeitung steht. Ein bisschen Leben zwischen all der Behäbigkeit des Bellevue. Da rührt sich was im Plüsch.

Anna behauptet aber, sie wisse auch nichts. «Ich kenn überhaupt nur den Michael. Und wenn sie sich nur den schnappen wollten», überlegt sie, «wüsst ich schon warum. Aber den Friedrich? Der ist wirklich nur 'n feiner Pinkel.»

Der Barkeeper wirft etwas vom Duft der großen weiten Welt ein und: «So viel Kies wie der sollte unsereiner mal haben.»

Anna ist unruhig und lässt sich nur ungern aufhalten: «Ich muss runter. Der Werner will mir den Michael schicken.»

Aber der ist doch noch in der Küche mit den Kroketten beschäftigt. Und der Portier zieht die Zeitung unterm Tresen vor, schlägt die bewusste Seite auf: «Da», sagt er und schiebt das Blatt zu Anna rüber. «Das ist sie doch?»

Anna blickt auf das Foto, das eine halbe Spalte füllt. «Das ist Antonia.»

Der Barkeeper möchte wissen, wer Antonia ist.

Anna sagt: «Wir konnten da gar nichts machen. Was hätten wir tun können?»

Der Portier meint: «Da seid ihr doch nicht schuld.»

Und der Barkeeper: «Die andern haben sie verrecken lassen.»

«Ich versteh nicht, dass sie's überhaupt gemacht hat», sagt Anna, «die muss ganz verstört gewesen sein. Das ist schlimm für so 'n anständiges Mädchen, im Gefängnis zu sitzen. Als ob sie 'ne Verbrecherin wär. Bloß weil sie die Aufenthaltsgenehmigung vergessen hat.»

Der Portier zeigt auf eine Zeile im Bericht. «Hier steht, sie hätte keine Freunde gehabt.»

Anna nimmt ihm die Zeitung aus der Hand und liest selbst, empört verteidigt sie sich: «Das ist doch gar nicht wahr!»

«Da steht's aber anders», beharrt der Portier.

«Was die alles schreiben!»

«Aber wenn's doch da steht.»

Anna winkt ab: «Ich muss jetzt runter. Wie lang kannst du sie hinhalten?»

Der Portier zuckt mit den Schultern. «Ich versuch's, solang's geht.»

Auch der Barkeeper entschließt sich nun, nachdem aus der Anna keine Information mehr rauszuholen ist, in die Bar zu gehen. Vielleicht, überlegt er, kann ich was von den Polizisten erfahren. Er denkt an eine kleine Sensation. Deshalb wird er freundlich sein und sie anlächeln, das macht sie sicher gesprächig.

«Übrigens», ruft er noch zurück, ehe er hinter der Tür zur Bar verschwindet, «wusstet ihr schon, dass so Leute wie der junge Born sich jetzt ihr Eis für den Whisky aus Grönland kommen lassen? Wegen der Umweltverschmutzung.»

«So 'n Blödsinn.»

Anna geht hinunter in ihr rosa gekacheltes WC, schaltet das Tonbandgerät ein, legt die Füße auf den Hocker mit den Papierhandtüchern und denkt an ihren Jungen und den Michael.

3

Werner, der lange dünne Tischober, der schlaksige Junge, steckt noch in den Anfängen seiner Berufserfahrungen, ist noch sehr darum bemüht, das seriöse Gehabe eines seriösen Obers in einem der ersten Häuser am Platze nachzuahmen. Trotz aller Bemühungen ist er aber nicht ganz fit in seinem Rollenstudium. Das hängt auch mit jener kindlichen Ehrfurcht zusammen, die er solchen Leuten wie den Borns entgegenbringt. Geld und Kultur können ihn faszinieren, weil er sein Gefühl des Unterlegenseins nicht so einfach abschütteln kann. Ihm fehlt noch die Sicherheit jener Ober, die den Eindruck vermitteln, eher etwas Besseres als ihre Gäste zu sein. Als er die Hotelfachschule besuchte, wollte er nicht irgendein Kellner werden, sondern ein feiner Ober. Darauf hat er zielstrebig hingearbeitet. Und nun ist er glücklich, im Spiegelsaal des Versailler Zimmers dabei sein zu dürfen. Das macht ihn stolz. Und die Aufgabe, die Anna ihm zugeteilt hat, hebt sein Selbstbewusstsein. Damit gehört er dazu. Die Kollegen akzeptieren ihn. Zumindest Anna tut es.

Und weil er seinen Auftrag gewissenhaft erfüllen möchte, sieht er sich erst einmal um, als er das Speisezimmer betritt.

Vor allem die Nonne macht ihn neugierig. Sie sieht so heilig aus und erzählt gerade von ihrem Urlaub in Oberösterreich. Der kleine Mann mit dem Spitzbauch und der Fettbeule am Hinterkopf, dessen Sekt das Bellevue als eine der billigeren Marken führt, hört ihr aufmerksam zu.

«Wissen Sie», erläutert Mater Ambrosia, «am besten fahre ich noch immer mit dem Rosenkavalier.»

«Sie meinen den Zug?», erkundigt sich Karl Kirst.

«Aber selbstverständlich! Was denken Sie von mir?»

Seitdem ein Engel durchs Zimmer gegangen ist und ein Mädchen geboren wurde, hat sich die Stimmung der Geburtstagsgäste gelockert.

Onkel Egon spricht nun davon, dass der Beaujolais, den Franz eben zur Rehkeule ausschenken lässt, beinahe ein kaiserliches Getränk sei, und ereifert sich gegenüber Amelie so weit, dass er behauptet, demnächst als Kaiser von Europa gekrönt zu werden.

Amelie betrachtet ihn zweifelnd, und Olga greift sofort ein: «Nur ein Scherz, das darfst du nicht ernst nehmen. Er fühlt sich augenblicklich nicht ganz wohl.»

«Und dann werde ich eine Menge Köpfe zur Verfügung haben», beharrt Onkel Egon und taxiert den Hals seiner schmalen Nachbarin, die noch immer vom Wetter oder von der Zubereitung einer Rehkeule spricht.

Tante Olga lenkt ab und berichtet ihrem Schwager von der Eröffnungsfeier der «Kaiserlichen-und-Königlichen-Club-Monarchie»: «Da war ich die Königin des Festes!»

Professor Born antwortet liebenswürdig: «Das sieht dir doch jeder an, liebe Schwägerin.»

Amelie widerspricht: «Heute bin ich es.»

Salomonisch vermittelt der alte Born: «Geteiltes Glück ist doppeltes Glück.»

Mater Ambrosia erzählt noch immer von Österreich. Fragt den alten Kirst, ob er wisse, dass sehr viel Rauschgift über Österreich in die Bundesrepublik eingeschmuggelt würde.

Da staunt der Sektkellerer. Seine Tischnonne scheint hinter ihren schwarzen Röcken voller Überraschungen zu sein.

Höflich erkundigt er sich: «Haben Sie sich mit Rauschgift befasst?»

Mater Ambrosia lächelt nur vielsagend und wechselt das Thema: «Sehen Sie nur, wie gut sich der arme Baumgart wieder erholt hat! Er ist ganz der Alte, charmant und liebenswert.»

Bei diesem Thema kann Karl Kirst mithalten: «Baumgart will dieses Jahr noch emeritieren», entgegnet er. «Und er hat mir seine Zeitschrift zum Kauf angeboten.»

Mater Ambrosia erinnert sich. «Damit war er immer in finanziellen Schwierigkeiten. Haben Sie sich schon entschieden?»

Der kleine alte Mann grinst recht schlau: «Das hängt von ihm ab. Er braucht einen Geldgeber, und ich brauche ein Forum, um meine Aufsätze über Benn und Kierkegaard regelmäßig zu veröffentlichen.» Kierkegaard, erklärt er, sei sein Spezialgebiet. «Haben Sie Benn gelesen?»

Die Nonne verneint. «Ich dachte, Sie machen in Sekt?»

«Aber meine Liebe, das ist doch nur eine lebenserhaltende Notwendigkeit. Haben Sie noch keines meiner Gedichte gelesen? Letztes Wochenende erst hat das ‹Frankenecho› drei meiner besten veröffentlicht.»

Der lange Tischober legt ihr gerade zwei Kroketten auf den Teller, und so hat sie Zeit, ihre Verlegenheit zu überspielen. «Ich kann mich kaum mit solchen Dingen beschäftigen», sagt sie. «Ich arbeite in der Siedlung. Sozialarbeit.»

«Wie interessant», meint Karl Kirst.

Auch Tante Olga spricht nun von den Baumgarts, die an der unteren Tischhälfte verteilt in sicherer Entfernung sitzen: «Dass die beiden Söhne so unterschiedlich sind! Christian finde ich sehr sympathisch, der ist ein stattlicher junger Mann. Aber der Hannes scheint sich überhaupt nicht auswachsen zu wollen. Der sieht immer noch aus wie ein Abiturient, obwohl er doch nun schon seit eineinhalb Jahren mit eurer Ruth verheiratet ist!»

Amelie führt über ihrem Teller, gefüllt mit Rehkeule, eine

Handbewegung aus, die andeuten soll, wie unangenehm berührt sie ist. Was Olga da sagt, ist ihr geradezu peinlich. Schließlich ist das heute ihr Geburtstag, und da soll keiner einen Splitter im Auge des anderen entdecken.

Heute wollen sie eine glückliche große Familie sein.

Als sei in den vergangenen eineinhalb Jahren nichts geschehen, was den Frieden hätte stören können.

Zu Dr. Hartmann gewandt, der einige Plätze weiter an der rechten Tischseite sitzt, schildert sie ihren Urlaub in Griechenland. Erzählt von den unvergesslichen Eindrücken, die sie und ihr Mann mit nach Hause gebracht haben, von der Dia-Ausbeute, vom blauen Meer, diesen Eseln und von der Akropolis.

Dr. Hartmann zeigt sich äußerst aufgeschlossen, versichert, das Schöne ebenso zu lieben wie Amelie und an das Gute im Menschen zu glauben. Er wird ein noch besserer Freund der Familie werden.

Inzwischen ist Werner mit seinem Kroketten-Tablett bis zu Tante Olga vorgestoßen, die Kroketten ablehnt, und hat Michael immer noch nicht identifizieren können. Seine Verwirrung lässt ihn schwitzen, und die Ehrfurcht macht ihn blind.

Professor Baumgart plaudert gerade liebenswürdig vom Stier, der bei den Hörnern zu packen sei, und ist vollauf damit beschäftigt, bei Brigitte Sympathien für sich zu wecken. Diese junge Frau erscheint ihm äußerst attraktiv, wenn auch um eine Spur zu selbstständig. Vorhin äußerte sie sich ein wenig verwundert darüber, dass er keinen Wein mehr trinkt, und er belehrte sie bereitwillig über seine neuen Ansichten vom Leben: Milch mit Honig und vor allem: solide bleiben. Das bedeutet selbstverständlich keineswegs, dass er sich nicht auch weiterhin an Christians Gebrauchtwagengeschäften beteiligt, und heißt nicht, dass er weniger potent wäre, wenn er hübschen jungen Damen begegnet. Aber er möchte es nicht mehr übertreiben. Dabei versuchte er, ihr charmant zuzuzwinkern, ließ eine Bemerkung fallen, die darauf hinauslief, dass sein zweiter Sohn, Christian, noch frei wäre und auch willig, wenn sie ebenfalls von der Familie Born zur Familie Baumgart überwechseln wolle. Die junge Frau verschloss sich jedoch dieser Art von Komplimenten und erwiderte eher unfreundlich als zuvorkommend: «Wer sagt Ihnen denn, dass ich mit Michael auseinander bin?»

«Nun, es wird allerhand geredet.»

«Dann hören Sie am besten nicht hin.»

«Warum nicht? Es sind ohnehin zu viele hübsche junge Frauen schon verheiratet, wenn ich mich für sie interessiere.»

Nichts sei endgültig, beschied Brigitte ihn, im Übrigen sei Michael momentan auf dem besten Wege, endgültig aus diesem Zirkus hier auszubrechen.

«Diesmal allerdings sinnvoll», ergänzte Brigitte und scheute nicht davor zurück, Professor Baumgart ein wenig zu brüskieren, indem sie von Christians intimem Freund, Martin, sprach.

Durch jahrelanges Training in gewandter Konversation auch mit Attacken jugendlicher Trotzköpfe vertraut, versuchte Baumgart nun das Thema zu wechseln, aber Brigitte war schon wieder mit dem Assistenten Dr. Walter zu ihrer Rechten beschäftigt, dem Österreicher, den allein der Gedanke an seine nun folgende Laudatio auf die Frau seines Professors ins Schwitzen brachte.

Sie wird Mutterkomplexe kompensieren müssen, konstatierte Professor Baumgart und stieß an seiner Linken vor. Dort sitzt, eingerahmt von ihm und Friedrich, die Frau des Oberbürgermeisters. Ein biederer Hausfrauentyp, ein wenig hochgetrimmt unter dem Zwang, öffentlich neben ihrem Mann auftreten zu müssen.

Aber eine andere Möglichkeit bleibt ihm wohl im Augenblick nicht.

Und da er keinen Wein trinken darf, möchte er wenigstens noch etwas von der vorzüglichen Rehkeule genießen. Er winkt den jungen Ober heran, der gerade mit leerem Krokettentablett den Raum verlassen will, und ist freudig überrascht, als er nun die Botschaft einer unbekannten Anna erhält.

Also haben ihn die jungen Frauen doch nicht ganz vergessen.

Während Amelie das Flötenspiel ihrer Enkeltöchter vorbereitet, Katrin anweist, den Mund leer zu essen und das Gekaute hinunterzuschlucken, sieht er die Gelegenheit gekommen, unauffällig den Raum zu verlassen, um sich Anna zu widmen.

Leider ist die Hotelhalle leer, und auch der Portier weigert sich, etwas von einer Anna zu wissen. Da der schlaksige Ober aber vom Souterrain gesprochen hat, geht Baumgart hinunter, bereits etwas verwirrt von der Enttäuschung, die ihm der Portier bereitete, und noch verwirrter davon, dass er dort unten nur die Wahl zwischen «Damen» und «Herren» vorfindet. Von einer Anna keine Spur.

Weil er nun schon mal hier ist, erledigt er, was ihn ohnehin seit einer halben Stunde bedrängt. Und während er am Pissoirbecken steht, im Rücken eine alte dicke Klofrau und Gitarrenmusik, denkt er unwillkürlich an Onkel Egon. Fragt sich, was dieser Gedanke mit seinen natürlichen Bedürfnissen zu tun haben könnte, und stellt fest, dass ihn sein Freund in letzter Zeit mehr als verwirrt. Erst die dumme Geschichte mit Professor Wolf, und dann die Angelegenheit des ermordeten Polizisten. Wer hätte gedacht, dass Onkel Egon tatsächlich so großes Interesse an Köpfen hat. Baumgart ist sich noch immer nicht klar darüber, wer nun dem Polizisten den Kopf abgeschnitten hat und ob der Schrumpfkopf, den Tante Olga als

Weihnachtspräsent erhielt, wirklich der des armen Professors Wolf ist.

Eine unappetitliche Geschichte, die er genauso rasch wieder aus seinem Gedankengut verbannen möchte, wie der Wasserschwall hier im Becken alles hinunterspült.

Als er ins Speisezimmer zurückkehrt und vom Applaus für das Flötenspiel der Enkeltöchter empfangen wird, fühlt er sich noch immer etwas unwohl und findet erst zum gewohnten seelischen Gleichgewicht zurück, nachdem Amelie begonnen hat, das Gebet der Kinder aufzusagen, um zu beweisen, dass nicht nur Mater Ambrosia, respektive Tante Martha, ein näheres Verhältnis zu Gott hat.

Baumgart betrachtet die Nonne wohlgefällig. Früher hätte er sie gerne verführt, heute belustigt sie ihn in der Tracht der Klosterfrauen. Dann hört er Onkel Egon wieder von einem Hals sprechen. Von dem der Schwester. Von einem Nonnenhals. Und da schmeckt dem Professor die kalte Rehkeule überhaupt nicht mehr.

4

Der junge Redakteur vom «Frankenecho» hat im Ressort «Lokales» sein Spezialgebiet gefunden: die Borns. Seit jenem misslichen Skandal um die Born-Druckerei hat er ihre Fährte aufgenommen und ist ihnen auf der Spur. Journalistischer Ehrgeiz und die Verbundenheit zur Provinz lassen ihn von der Funktion eines Familienchronisten träumen und davon, seine Karriere innerhalb des abgesteckten Rahmens zu beschleunigen. Deshalb setzte er heute gegenüber dem Lokalchef seine ganze Überzeugungskraft ein, um an Amelies Geburtstag teilhaben zu können. Zwanzig Zeilen Text und Raum für ein Foto mit Unterschriftzeile wurden ihm zugebilligt. Die Entscheidung fiel jedoch erst nach der üblichen Vormittagskonferenz und ließ ihn deshalb zu spät im Bellevue eintreffen.

Jetzt muss er warten, bis die Borns und ihre Gäste den Mokka einnehmen werden.

Ziemlich gelangweilt sitzt er in der Bar, die ohne Barkeeper ist, und überlegt unter anderem, was er trinken würde, wenn er etwas trinken könnte.

Ein mühseliges Unterfangen.

Bis die beiden Polizeibeamten und wenig später auch der Barkeeper auftauchen.

Mit jenem Instinkt, den er selbst als unfehlbar und für einen Journalisten unerlässlich bezeichnet, wittert er Neuigkeiten. Hier muss etwas im Gange sein. Und wo etwas im Gange ist, geht er mit. Zuerst einmal aber bestellt er sich ein Bier und einen Klaren, während die Beamten ihren Orangensaft nehmen. Dann verhält er sich abwartend. Es wäre falsch, sich sofort anzubieten. Vielleicht lässt sich ihrer Unterhaltung etwas entnehmen, oder der Barkeeper versucht einen Vorstoß.

Neugierig sind sie beide.

Die zwei Polizisten, die da auf den Hockern an der Bar sitzen, scheinen ebenfalls zu warten. Und da das Warten für den jungen Redakteur hier und heute mit den Borns in Verbindung steht, zieht er den unfehlbar scharfen Schluss, dass sie ebenfalls auf die Borns warten. Außerdem, so stellt er fest, hat er den Dicken schon einmal gesehen. Der hat doch den Michael Born seinerzeit an die Wand von der Deutschen Bank gedrückt, als die Demonstration stattfand.

Aber wenn die beiden weiterhin nur diesen abscheulichen Orangensaft zu sich nehmen und so schweigsam bleiben, wie sie es sind, wird er mit seinen Recherchen wenig Glück haben. Dafür sammelt er umso mehr Hypothesen. Etwa diejenige, dass es sich um den Schwager von Professor Born handeln könnte, den Kreislaufspezialisten. Soweit er sich erinnert, ist die Affäre des ermordeten und geköpften Polizisten immer noch nicht aufgeklärt, sondern irgendwo im Sand verlaufen. Nachdem er den Klaren fachgerecht gekippt und sein Bier getrunken hat, entschließt er sich, ebenfalls auf einen der Barhocker zu steigen und noch einmal das Gleiche zu bestellen. Dabei bemerkt er, wie der Barkeeper immer wieder den Versuch eines unvermittelten Grinsens unternimmt, um Kontakt zu den beiden Polizisten zu finden.

Also hockt der Reporter eine Weile still vor seinem Glas und beobachtet, wie der Dicke mit der einen Hand in seiner Hosentasche fummelt. Ein Zeichen von Nervosität.

Die Stimmung sei mies, sagt er sich.

Jetzt warten alle vier. Und die Langeweile, die während des Wartens aufkommt, macht sie müde. Keiner sagt etwas.

Einer müsste anfangen. Man müsste eine Idee haben, um irgendetwas zu sagen, was die anderen aus der Reserve lockt.

Aber dem jungen Redakteur fehlt das Wissen um Bildungswitze, wie es Professor Born zu Verfügung steht. Deshalb sagt er recht ungeschickt: «Ich bin vom ‹Frankenecho›.»

Daraufhin sieht ihn der Dicke an, als wolle er am unterlegenen Körperbau des Journalisten Maß nehmen.

Der Kleine sagt: «Ich geh mal raus fragen, ob die Direktion jetzt endlich zu sprechen ist.»

Der Dicke nickt.

«Ich bin hier, um Frau Born anlässlich ihres Geburtstags zu interviewen», fährt der junge Redakteur etwas hilflos, aber begierig fort.

Der Dicke sieht ihn einen Augenblick aufmerksam an, dann kehrt jedoch sein Kollege zurück und berichtet: «Nichts.»

Der Dicke fummelt wieder in seiner Hosentasche, und dem Journalisten fällt eigentlich nichts mehr ein, weil er mit so viel Sturheit nicht gerechnet hat. Trotzdem erkundigt er sich: «Wie weit sind denn die Ermittlungen im Fall Ihres ermordeten Kollegen?»

Er erhält nur ein Achselzucken zur Antwort, und der Barkeeper grinst wieder einmal unvermittelt.

Dann sitzen sie weiter schweigend an der Bar.

Wenig später geht der Dicke hinaus, um sich nach der Anwesenheit der Direktion zu erkundigen, und kommt ebenfalls unverrichteter Dinge zurück. Sagt: «Die Klofrau war wieder draußen. Mit der stimmt was nicht. Die scheint was mit den Borns zu tun zu haben.»

Sofort ereifert sich der junge Redakteur, der sich selbst gern als Vollblutreporter sieht: «Sie warten auch auf die Borns?»

Aber auch darauf erhält er keine Antwort.

Trotzdem hat er Witterung aufgenommen und lässt sich nicht mehr von der neuen Spur abbringen. Auch wenn sie die nächste Viertelstunde weiterhin schweigend zubringen und er noch ein kleines Bier, die Beamten noch je einen Orangensaft nehmen.

Ab und zu geht einer von den beiden hinaus und kommt jedes Mal mit einem abschlägigen Bescheid zurück.

Bis der Portier selbst in der Bar auftaucht und sie in die Direktion bittet.

Als sie nun hinaus und zum Lift gehen, um in die oberste Etage zur Geschäftsleitung zu fahren, folgt ihnen der Reporter wenigstens bis in die Hotelhalle, dort muss er sich abhängen lassen und nimmt in einem der Plüschsessel Platz. Von hier aus glaubt er, einen Überblick über das Geschehen zu behalten.

Kaum sind die beiden Polizisten mit dem Lift aus seinem Blickfeld verschwunden, kommen Anna und Franz aus einem der Salons. Anna übersieht den jungen Mann, der da sitzt, und fragt aufgeregt den Portier: «Wie lange kannst du sie noch hinhalten?»

«Tut mir leid. Die sind gerade nach oben.»

Anna wendet sich an Franz: «Du musst was unternehmen. Die schnappen sich sonst den Jungen.»

Franz bemüht sich, sie zu beruhigen. «Denk daran, was Michael immer sagt. Die Wölfe sind wir, sagt er. Er wird's schon schaffen. Schließlich hat er Köpfchen. Und in diesem Fall schadet's ihm gar nichts, dass er ein Born ist. Das bringt diesmal Vorteile.»

«Ich pfeif auf die Borns», sagt Anna, und der Redakteur beginnt, sich Notizen zu machen.

Nachdem Franz zugesichert hat, Michael während der Williamsbirne flambiert zu warnen, kehrt er zurück in die Maske des Chefobers, und Anna zu ihren Papierhandtüchern im Souterrain.

Nur der Portier bleibt in der Empfangshalle, weil er dort in gleicher Weise hingehört, wie Anna ins WC oder Franz ins Versailler Zimmer, wo sich die Familie Born von den Glaswänden vielfach widerspiegelt.

Hier kann keiner auf die Borns einfach pfeifen. Das wäre eine Unsitte.

Der Journalist wartet weiterhin, weil er ohnehin warten muss und weil er darauf hofft, dass sich noch irgendetwas tut.

Inzwischen beginnen die Polizisten oben in der Direktionsetage den Boden unter den Füßen zu verlieren und sind vergeblich bemüht, das feste Ufer schwimmend zurückzugewinnen.

Und wenig später stellt der kleine Vollblutreporter fest, dass er doch recht hatte, als er sich entschloss, am Ball zu bleiben. Befriedigt beobachtet er den Oberbürgermeister, der aus dem Salon kommt und dem WC zustrebt. Er lässt ihn sich dort erst einmal erleichtern und spricht ihn auf dem Rückweg zum Speisezimmer an: «Herr Oberbürgermeister!»

Dr. Hartmann dreht sich um und sieht den jungen Mann abwartend an.

Der stellt sich vor und fragt: «Wissen Sie, was da hinter den Kulissen des Geburtstages vor sich geht?»

Dr. Hartmann möchte eigentlich der Presse gegenüber einen jovialen Ton anschlagen, wird aber von jenem Unbehagen ergriffen, das in ihm aufkommt, wenn einer die schöne Ordnung stören will, und erkundigt sich deshalb irritiert: «Wie meinen Sie das? Ich bin privat hier!»

Und während der junge Mann ihm schildert, was er gehört hat und was er sich denkt, kommt auch Michael aus dem Salon und geht hinüber zum Aufzug.

Dr. Hartmann hält ihn auf und fragt in gleicher Weise, wie er gefragt wurde: «Wissen Sie, was da vor sich geht?»

Michael lächelt zuvorkommend: «Leider nein, Herr Oberbürgermeister. Ich bin selbst erstaunt, dass man mich zur Geschäftsführung gebeten hat.»

«Sie wissen, dass dort oben zwei Polizeibeamte auf Sie warten?»

Michael gibt sich überrascht: «Man wird mich doch nicht etwa von der Festtafel weg verhaften wollen?»

Davon, dass Franz ihn bereits informiert hat, sagt er nichts.

Dr. Hartmann versichert, wie peinlich ihm die ganze Angelegenheit sei und dass Michael nichts zu befürchten habe: «Ich kann mir gar nicht vorstellen, was die Polizei dazu bewegt, die Geburtstagsfeier Ihrer lieben Frau Mutter auf diese Weise zu stören. Aber ich werde sehen, was sich tun lässt, um die Sache ins Reine zu bringen.» -

Michael dankt ihm artig und nimmt nun den Lift, während Dr. Hartmann hinüber zum Portier geht und eine Telefonverbindung zum Polizeipräsidium herstellen lässt. Es dauert nur wenige Minuten, bis er den Polizeipräsidenten am Apparat hat und ihm die Sachlage, nicht ohne einen Unterton der Verärgerung, berichten kann.

Der junge Redakteur hört ihn dort am Tresen sagen: «Haschisch? Aber ich bitte Sie! Friedrich Born und sein Bruder und Haschisch! Das soll wohl ein Witz sein? Woher beziehen Sie denn solche Scherze?»

Es entsteht eine kurze Pause, und Dr. Hartmann spielt mit dem Kugelschreiber des Hotels, lässt die Mine rein- und rausschnappen, bis sein Gesprächspartner wieder am Apparat ist und etwas erzählt.

Dr. Hartmann lacht. «Die Nonne auch noch? Das soll ja nun wohl wirklich ein Aprilscherz sein, mein Lieber. Geben Sie nur acht, dass daraus nicht ein handfester Skandal zu unseren Nachteilen wird. Haben Sie den alten Mann, der behauptet, auf der Fahrt zur Klinik in Friedrichs Wagen alles mitgehört zu haben, einmal gründlich durchleuchtet?»

Noch einmal hält der Polizeipräsident anscheinend eine Entgegnung bereit, und das macht den Oberbürgermeister unwirsch: «Schön und gut, abgefaultes Bein und gute Ohren. Aber Sie werden doch zugeben, dass so einer nicht glaubwürdig und die ganze Sache geradezu lächerlich ist. Die Borns gehören schließlich zu den angesehensten Bürgern der Stadt.»

Sein Gesprächspartner scheint einzulenken, und damit ist das Gespräch beendet.

Der junge Redakteur, der sich während des Telefonats im Fauteuil zurückgehalten hat, steht nun neben dem Oberbürgermeister, den Notizblock und einen Bleistift in der Hand. Dr. Hartmann winkt ab: «Das ist nichts für Sie. Leider eine falsche Fährte. Ein Missverständnis, weiter nichts.»

Der Reporter aber entschließt sich nun ebenfalls zu einem Gang auf die Toilette. Er könnte der Anna sagen: Ihr Chefober hatte recht. Gegen die Borns unternimmt keiner was.

Vielleicht kann er im Souterrain seine Neugierde befriedigen.

5

Eine Stadt in einwandfreiem Zustand.

Provinzielle Großstadt ohne große Industrieansiedlung. Im Herzen der Republik eine rechte Herzkammer. Das ist nicht wie in Frankfurt. Keine Gebrauchsstadt in der Agonie, wenn die Börse geschlossen ist, weil es hier gar keine Börse gibt. Keine Asphaltcity ausgestorbener Ausfallstraßen und erloschener Hochhäuser. Und auch kein ausschweifendes Nachtleben, weil es hier keine Nutten gibt, nur ein bisschen Elend, Wand an Wand in den Mausoleen untadeliger Bürger.

Diese Stadt ist eine saubere Stadt.

Eine Stadt des gesunden Bürgertums, verhaftet in der Tradition sauberer Kunst, Kultur und Kirche.

Alles ist hier klar, klein und überschaubar, geordnet und katalogisiert.

Alles ist noch im paradiesischen Zustand.

Eine gläserne Kuppel über dem Talkessel, ein beinahe zärtliches Gehäuse über den Kirchturmspitzen dieser Stadt, das jede Bewegungsfreiheit und die Luft zum Atmen nimmt. Das empfinden diese Menschen als schön, auch wenn sie darin umkommen.

Biedermeier ohne Brandstifter.

Wohltemperierte Lethargie.

Eine glückliche Stadt, in der es sich doch leben lässt.

Ganz besonders aber hier und heute im Versailler Zimmer, im Hotel Bellevue, im Rahmen eines Geburtstages, der alles vergessen lassen möchte, was geschah, damit nichts zerstört wird. Wer will noch daran zweifeln, dass es hier friedlich zugeht? Unbehagliche Wachsamkeit zu zeigen, wäre eine Verfehlung der Gesinnung.

Als die fröhliche Gesellschaft zum Mokka und den Getränken aufbricht, die in den beiden kleinen Hotelsalons serviert werden sollen, wirkt sie wie die homogene Masse einer eingespielten Schauspieltruppe. Hofschauspieler und ein gelungener Abend. Keiner ist aus der Rolle gefallen. Jeder hält sich an seinen Text.

Eine exzellente Aufführung, die nicht einmal von der Rückkehr der etwas verwirrten Mater Ambrosia aus dem Souterrain gestört werden kann. Zwischen den verschiedenen Smokings hält sie nach Michael Ausschau, noch immer das Päckchen auf der Haut, das sie aus Österreich mitgebracht hat. Ein kleines Souvenir als Gastgeschenk. Ein kleiner Liebesdienst für den Jungen.

Ohne den auf einem Tablett angebotenen Mokka zu nehmen, strebt sie auf Michael zu, der neben Hannes Baumgart in einer Fensternische steht. Zur gleichen Zeit sieht sie Ruth und Friedrich miteinander sprechen, wie es sich an einem solchen Tag gehört.

Hannes Baumgart erzählt davon, dass das Verlagskollektiv in Berlin auseinandergebrochen sei: «Es ging um die politische Relevanz der zu veröffentlichenden Arbeiten», erläutert er Michael. «Da war mit dem Verleger zu keiner Einigung zu kommen.»

Michael erwähnt, er habe in der Presse davon gelesen: «Dort hieß es, ihr hättet euch solidarisch getrennt. Wie macht ihr das, euch solidarisch zu trennen? Bisher hieß es doch, solidarisch zusammenzugehen.»

Hannes Baumgart gibt sich erstaunt über so viel Naivität, wie sie seiner Meinung nach im Unverständnis des ehemaligen Freundes zum Ausdruck kommt, und räumt deshalb bereitwillig seinen Platz für Mater Ambrosia.

Dort, wo sich Friedrich mit einer Tasse Mokka in der Hand

aufhält, hat sich inzwischen eine Gruppe Gäste angesammelt. Er erzählt von seinem neuesten Coup: «Eine abenteuerliche Geschichte», meint er fröhlich. «Da ist so ein junger Mann aus der DDR mithilfe einer eigenen Ein-Mann-U-Boot-Erfindung über die Ostsee geflüchtet, wollte hier im Westen das große Geld machen und wird gerade mit dieser Erfindung vom Leben zum Tod befördert, ehe er nur einen Pfennig dafür gesehen hat. Ich wollte die Erfindung ja kaufen, aber erst sollte er noch Verbesserungen ausführen.»

Onkel Egon zeigt sich interessiert an der Erfindung, und Amelie sagt: «Wie schrecklich!»

«Das Patent wird der Junge aber doch vorher angemeldet haben?», mischt sich Karl Kirst ein.

Friedrich verneint: «Ich hatte ihm vorgeschlagen, dass wir das gleichzeitig mit einem Lizenzvertrag machen würden.»

Onkel Egon beharrt darauf zu erfahren, um welche Erfindung es sich handele: «Vielleicht ließe sie sich für meine Pläne verwenden?»

Friedrich klopft ihm mit der linken Hand auf die Schulter, weil er in der rechten die Mokkatasse hält: «Lieber Onkel Egon, die Pläne liegen bei mir im Safe. Und da liegen sie gut. Was willst du denn mit einem Unterwasserscooter? Das liegt doch weitab von deinem Interessengebiet.»

Onkel Egon lächelt wieder einmal nachdenklich und spielt mit seiner K. u. K.-Monarchie-Ansteckvadel: «Du hast ja keine Ahnung, mein Junge.»

«Aber vom Geschäft scheint er viel mehr Ahnung zu haben, als wir alle vermuten», entgegnet der alte Kirst fröhlich. «Die Pläne hat er, das Patent kann er anmelden, und Lizenzen muss er nicht abführen. Da kann er den Profit voll einstecken. Ein tüchtiger Junge. Wo ist denn der junge Mann umgekommen?»

«In spanischen Gewässern», antwortet Friedrich. «Aber keine Sorge, ich war zur selben Zeit in Frankfurt.»

Sie lachen alle, lauter lustige Leute.

Tante Olga bewundert noch einmal die Flötenkünste der Enkelinnen und ihren Gesang, und Professor Born, der sich bisher im Hintergrund gehalten hat, weil ihn Friedrichs Geschäftspraktiken wenig interessieren, antwortet recht stolz: «Sie sind äußerst musikalisch. Das liegt in der Familie.»

Im gleichen Augenblick äfft der kleine Friedrich das Gelächter der Großen nach, und Amelie bringt ihn beinahe unauffällig, aber mit einer nachdrücklichen Ohrfeige zur Ruhe.

«Meinst du nicht, lieber Friedrich», wendet sie sich an ihren Sohn, «du solltest noch einmal einige Aufnahmen mit deiner Leica machen? Jetzt, da wir alle noch so nett beieinander sind und unseren Mokka in diesen entzückenden Salons einnehmen? Als Erinnerungsfoto.»

Und während sie sich überlegt, dass sie jedem Teilnehmer ein Bild zukommen lassen wird, tritt der Chefober an sie heran und meldet den Reporter vom «Frankenecho».

Amelie fühlt sich geehrt von dem Gedanken, ihren Geburtstag in der örtlichen Presse gedruckt zu sehen, und lässt bitten.

Inzwischen hat Friedrich seinen Fotoapparat, ein japanisches Gerät, das wenig mit einer Leica zu tun hat, zur Aufnahme vorbereitet und fordert die Geburtstagsgäste auf, eine Gruppe zu bilden. In der vordersten Reihe die Eltern mit den Enkelkindern, dahinter, dem gesellschaftlichen Rang entsprechend abgestuft, die anderen. So stellt sich Friedrich das vor.

Aber Amelie besteht darauf, dass Michael zu ihrer Rechten und die Schwiegertöchter, auch Ruth, hinter ihr platziert werden müssten. «Vorne die Familie», begründet sie, «und dann die lieben Gäste.»

Den jungen Redakteur bittet sie um etwas Geduld.

Brigitte und Ruth weist sie an zu lächeln, auch Michael solle die Lippen nicht so sehr zusammenkneifen und die steile Stirnfalte beseitigen. «Heute wollen wir alle fröhlich sein!»

Dann knipst Friedrich, und dann erinnert sich Amelie, dass ihr erfolgreicher Sohn auf diesem Foto fehlen wird. Das lässt sie zwar für einen Augenblick stutzen, aber schon gewinnt ihr herzerfrischendes Talent zur Organisation die Oberhand: Da ist doch dieser Reporter.

Also wird er gebeten, doch so freundlich zu sein und die gleiche Aufnahme noch einmal zu machen, diesmal mit Friedrich in der Mitte zwischen seinen Eltern. Ein liebenswürdiges Lächeln für ein Farbfoto.

Jetzt fühlen sie sich alle wohl. Auch Professor Born, der trotz Mokka noch nach einem Glas Rotwein verlangt.

«Rotwein?», erkundigt sich Amelie missbilligend. «Wie kommst du denn darauf, mein Lieber? Du musst doch an deine Gicht denken. Außerdem leidest du ohnehin an Herzverfettung.»

Tante Olga behandelt ihren Egon nicht anders. Darin steht keine Schwester der anderen nach. Obwohl jeder Verdacht einer kriminellen Handlung glücklicherweise ausgeräumt und von der Öffentlichkeit ferngehalten werden konnte, fürchtet sie, den mühsam errungenen gesellschaftlichen Olymp in dieser Stadt wieder verlassen zu müssen, da Egon immer seltsamere Neigungen an den Tag legt, die sich nur unter großen Opfern ihrerseits noch verbergen lassen.

Deshalb weicht sie auch nicht mehr von seiner Seite und beobachtet von dort aus Amelie, die sich mit ihrem strahlenden Lächeln einer glücklich-jungen Großmutter dem Journalisten stellt: «Ein köstlicher Geburtstag», erzählt sie, «ein eindrucksvolles Erlebnis.»

Lauter ehrenwerte Leute im tadellosen Zustand.

Und während sich Professor Born den Frauen seiner Assistenten zuwendet, um seinen herzlichen Charme spielen zu lassen, hat sich sein Kollege Baumgart der Nonne zugesellt.

«Na, altes Mädchen», meint er und versucht, ihr kameradschaftlich auf die Schulter zu klopfen, was am Schleier, den er ihr dabei beinahe vom Kopf reißt, scheitert.

Mater Ambrosia errötet wie ein junges Mädchen und will ausweichen. Hilfe suchend blickt sie sich um und sieht Michael mit Brigitte ganz in ihrer Nähe stehen.

Amelie überreicht dem jungen Redakteur eben eine Karte der Speisenfolge, die auf der Rückseite die Unterschriften aller Anwesenden trägt: «Damit Sie auch eine Erinnerung an diese gelungene Geburtstagsfeier haben.»

Er dankt gehorsam und legt die Menükarte zwischen die Blätter seines Notizblockes. Dr. Hartmann lächelt ihm freundlich zu. Also werden morgen nicht mehr als die verabredeten zwanzig Zeilen im «Frankenecho» erscheinen, ein Bild von Amelie mit einer Unterschriftszeile und kein Wort über das, was in der Bar und im Foyer vorgefallen ist.

Als Amelie ihr Gespräch mit dem Reporter beendet hat, kehrt sie zu ihrem Mann zurück, der sich nun mit Dr. Hartmann über Griechenland unterhält. Zu Amelie sagt er: «Weißt du, was ich noch gerne haben möchte? Rotwein möchte ich noch gerne haben!»

Amelie lächelt Dr. Hartmann an, der freundlich zurücklächelt. «So? Da wirst du doch ganz müde!»

«Natürlich wird man müde», antwortet der alte Born etwas unfriedlich.

«Außerdem», stellt Amelie immer noch freundlich fest, «müssen wir dich dringend zu einem Gerontologen schicken.»

Aber ehe sie in Gegenwart des Oberbürgermeisters zu weiteren Einzelheiten vorstoßen kann, hat sich Dr. Walter mit den übrigen beiden Assistenten und deren Frauen ihrer Gruppe genähert, ein Geschenkpaket für Amelie im Arm. «Liebe Frau Professor», sagt er, «das möchte Ihnen Ihr Seminar zum Geburtstag mit unseren herzlichsten Glückwünschen überreichen.»

Amelie nimmt das Paket in Empfang, und die Gespräche in den beiden Salons verstummen. Diejenigen, die sich im anderen Raum unterhalten haben, durchqueren die Flügeltüre, und alle nehmen Aufstellung, während Amelie auspackt.

«Was für ein hübsches Geschenkpapier!»

Dr. Walter schwitzt wieder.

Dann hat Amelie das Meißner Porzellan in der Holzwolle erreicht und bricht bei jedem Stück, das sie in die Hand nimmt, in einen entzückten Überraschungslaut aus.

Ihre Schwester Olga steht begierig daneben und meint: «Die Tassen sind wirklich entzückend. Hat dich Dr. Walter vorher gefragt, was du gerne haben möchtest?»

«Aber sicher, meine Liebe.»

«Die Tassen sind doch sündhaft teuer!»

«Zwiebelmuster. Die bekommst du kaum nach, wenn mal was kaputtgeht.» Amelie strahlt. «Jetzt kann ich meine Damen endlich wieder einladen, ohne Sorgen um das Geschirr zu haben.»

Professor Born lacht leise im Hintergrund, ein kleines, abgehacktes Lachen.

Amelie denkt an den Gerontologen und beginnt dann mit ihrem Dank an das Seminar im Besonderen und die Gäste im Allgemeinen: «Ich habe soeben das Paket geöffnet und die kostbaren Gaben gefunden, die Sie mir im Namen des Seminars überreicht haben. Ich möchte Ihnen allen von ganzem Herzen danken, denn es war ein heimlicher, stiller Wunsch, der nie erfüllt werden konnte, diese passenden Tassen zu dem

Geschirr, das ich noch von Mutti geerbt habe und das über den Krieg gerettet wurde, dass ich die ergänzen konnte. Aufrichtigen Dank! Es ist eine große Freude für mich, wie auch dieser Geburtstag und Ihre Anwesenheit eine große Freude für mich waren.»

Dr. Walter wagt ein Lächeln, und der Sohn Friedrich setzt zum Applaus für seine Mutter an, dem die anderen sich anschließen.

Damit ist das Startzeichen zum Aufbruch gegeben. Das große Händeschütteln beginnt, während sich Corinna und der kleine Friedrich zwischen den Beinen der Gäste prügeln.

Amelie lässt sich vom Chefober Franz noch die Blumen des Tischarrangements zum Mitnehmen einpacken, dann geht auch sie, begleitet von ihrem Mann und dem Sohn Friedrich. Ruth hat sich gemeinsam mit Hannes Baumgart verabschiedet, und Michael geht mit Mater Ambrosia und Brigitte hinter seinen Eltern durch die Empfangshalle hinaus.

Baumgart gesellt sich an der Tür zu ihnen. Klopft diesmal Michael auf die Schulter und sagt: «Ich habe gehört, du willst dich als Sozialarbeiter ausbilden lassen und in der Siedlung arbeiten?»

Michael antwortet nicht, eingedenk des Spotts, den er seiner Mutter nicht noch zum Schaden nachliefern soll, aber Mater Ambrosia erwidert sofort: «Eine gute Idee des Jungen, nicht wahr? Ich glaube nicht, dass er sich besser hätte entscheiden können.»

Amelie jedoch, die schon während der Geburtstagsfeier einen Eklat vonseiten Michaels befürchtete, wendet sich zu Professor Baumgart um, hat ihre schönen weißen Zähne zu einem Lächeln entblößt, das Verteidigung signalisiert, und behauptet: «Aber nein, mein lieber Herr Professor. Unser Sohn wird sich doch nicht mit solchen Dingen abgeben. Er geht nach Südamerika. Als Entwicklungshelfer. Dort wird er sich eine neue Karriere aufbauen.»

Das sagt sie so resolut und bestimmt, dass keine Widerrede mehr gestattet ist.

Einen Augenblick lang scheint die kleine Gruppe auf dem Bürgersteig vor dem Hotel Bellevue erstarrt. Eingefroren im Schrecken um einen Skandal, der zu guter Letzt nun doch noch provoziert werden könnte, weil sich der jüngste Sohn für einen gesellschaftlich nicht tragbaren Beruf entschieden hat.

Schließlich schämt Amelie sich ganz einfach, im Damenkränzchen bei Fontanes «Wanderungen durch die Mark Brandenburg» sagen zu müssen: Mein Sohn ist Sozialarbeiter.

Was ist denn das für ein Beruf?

Südamerika hingegen ist weit und nicht überprüfbar.

Da stehen sie auf dem Trottoir wie in einem tödlichen Trauma.

Bis Michael genauso liebenswürdig lächelt wie seine Mutter: «Dein Südamerika, liebe Mami, das findest du in den ehemaligen Kasernen unten am Hafen.»

Während Michael diese ungemütliche Wahrheit sagt, bückt sich sein Bruder Friedrich nach Großkatzenart zum Rinnstein, wo er eine Bananenschale entdeckt hat.

6

Amelie schreibt an ihren jüngsten Sohn:

Mein lieber Michael,
wir denken noch immer voller Dankbarkeit an meine so besonders harmonisch verlaufene Geburtstagsfeier im Hotel Bellevue zurück.
Katrin und Corinna, unsere lieben Schätzchen, beglückten alle Gäste sehr mit ihrem Flötenspiel und dem englischen Lied. Allerliebst sahen sie in ihren neuen Kleidchen aus und haben uns viel Freude gemacht. Grüße sie mir bitte herzlichst und vermelde ihnen bitte drei Küsschen von Großmama und Großpapa, und vergiss auch nicht, Deine liebe Frau von uns zu grüßen.
Auch Du sahst in dem Smoking, den wir für Dich leihen konnten, sehr gut aus, und wir waren recht dankbar, dass Du kommen konntest.
Wir wissen ja nur zu gut, wie schwer Du es in den letzten eineinhalb Jahren hattest, und wünschen Dir von ganzem Herzen, dass Du in Deinem neuen Beruf glücklich und zufrieden wirst.
Nur um eines möchten wir Dich bitten: Halte Dich an unsere Version, dass Du in Südamerika seist, und sieh zu, dass Du Deinen Beruf in einer anderen Stadt ausüben kannst, damit wir nicht in Schwierigkeiten kommen.
Nun, wie dem auch sei: Behalte uns lieb und lass bald wieder von Dir hören!
In Liebe grüßt Dich

Deine
Mami

..., den 1. November 1972

Allen Dankschreiben Amelies für die Teilnahme an ihrem so besonders harmonisch verlaufenen Geburtstag im Hotel Bellevue liegt ein Kärtchen bei.

Ein Bibelzitat auf gehämmertem Bütten:

Jauchzen will ich über Jerusalem
und über Mein Volk Mich freuen.
Weder Weinen noch Wehgeschrei
soll man fürder dort hören.
Nicht umsonst sollen sich mühen
Meine Erwählten, noch sollen sie
Kinder haben zum Untergang; denn
sie sind ein Geschlecht, gesegnet
vom Herrn samt ihren Enkeln.
(Js. 65, 19–23)

Ein ungeheures Unbehagen

**NACHWORT VON
NICOLE SEIFERT**

Als *Das gläserne Paradies* 1973 erstmals erschien, war Angelika Mechtel im bundesdeutschen Literaturbetrieb keine Unbekannte mehr. Sie hatte seit Ende der 50er-Jahre Gedichte und Erzählungen in verschiedenen Tageszeitungen veröffentlicht, einen ersten Gedichtband, *Gegen Eis und Flut*, und 1968 den Erzählungsband *Die feinen Totengräber*, mit dem sie viel Aufmerksamkeit erlangt hatte. Nach «siebenjährigem Klinkenputzen bei Verlagen» war sie selbst erstaunt, nun «den Katapulthebel und einen, der ihn bedient, gefunden zu haben». Letzterer war ihr Cheflektor, der der damals Fünfundzwanzigjährigen mit auf den Weg gab, ihr Kapital sei es, dass sie jung sei und eine Frau. «Von Talent war keine Rede», so Mechtel später in einem Gespräch mit dem Journalisten Jürgen Serke, «von Arbeit, Fleiß und Durchstehvermögen schon gar nicht.» Dabei hatte sie all das bewiesen, und ihre Erzählungen mit den verknappten, lakonischen Sätzen, die Alltägliches fast unmerklich ins Surreale gleiten lassen und Sozialkritik üben, ohne zu moralisieren, kamen bei der Literaturkritik sehr gut an. Genau wie ihr erster Roman zwei Jahre später, *Kaputte Spiele*, angesiedelt im München des Jahres 1968, als die revolutionären Hoffnungen der Studentenbewegung sich erst zu erfüllen schienen, um dann zu versanden. «So wie die Sache läuft, sind die Leute fähig, selbst eine Revolution noch genußvoll zu konsumieren», kommentierte Angelika Mechtel, die sich immer als Achtundsechzigerin verstand. Kritik am Kapitalismus und der Klassengesellschaft, das Engagement für Benachteiligte, für Frauen und Arbeiter:innen, die Darstellung des Wohlstandsdenkens und der damit verbundenen sinnentleerten Existenz waren von Beginn an ihre Themen.

Angelika Mechtel war am 26. August 1943 in Dresden geboren worden, ihr Vater Walter Mechtel ein junger Panzersoldat, ihre Mutter Gisela Altendorf Schauspielerin. In deren Heimat in Rheinhessen floh die Familie Anfang des Jahres 1945. Angelika Mechtel wuchs in Bad Godesberg, München und Würzburg auf und besuchte dort von der Waldorfschule bis zur Klosterschule sehr unterschiedliche Bildungseinrichtungen. Als sie ein Jahr vor dem Abitur schwanger wurde, musste sie die Klosterschule verlassen, heiratete und brachte ihre erste Tochter zur Welt. Nachdem 1965 ihre zweite Tochter geboren wurde, arbeitete Angelika Mechtel, um die Familie zu ernähren, viele Jahre lang in verschiedenen Jobs. Als Zimmermädchen, kaufmännische Angestellte und Hilfsarbeiterin lernte sie die Arbeitswelt kennen, die sie später literarisch verarbeitete.

Mitte der 60er-Jahre trat sie in die von Max von der Grün gegründete «Gruppe 61» ein, eine Vereinigung Schreibender, die es sich zum Ziel gesetzt hatte, schreibende Arbeiter:innen mit Menschen aus Buchverlagen und der Literaturkritik zusammenzubringen, damit die Auseinandersetzung mit der Arbeitswelt und ihren sozialen Problemen Eingang in die Literatur fände. Dass Angelika Mechtel zwar bei der Literaturkritik Erfolg hatte, weniger jedoch bei ihrem eigentlichen Publikum, den Lesenden, störte die Autorin und Aktivistin dementsprechend sehr: «Ich hatte Erfolg, aber keine Leser.» Damit die Lektüre ihrer Texte nicht mehr auf den Kreis der Eingeweihten beschränkt blieb, setzte sie sich zum Ziel, weniger intellektuell zu schreiben, ihren Stil hin zu einer epischen Alltagssprache zu verändern, weniger Kunstsprache, weniger Ellipsen. «Und deshalb das Experiment: Wenn ich die Intellektualität des Stils reduzierte, die Inhalte jedoch beibehielt, musste ein Durchbruch zum Normalleser, für den die Inhalte als veränderndes Moment gedacht waren, doch möglich sein.»

In diese Phase ihres Schaffens gehört auch *Das gläserne Paradies* mit seinem Grundthema der Verlogenheit und unterschwelligen Brutalität bürgerlichen Lebens, mit der dumpfen Leere, die ständig überspielt werden muss, und mit der damit einhergehenden Absurdität und Komik. Die Handlung des Romans ist datiert auf die Jahre 1971 und 1972, Mechtel schrieb also nah am historischen Geschehen zu einer Zeit, in der die Gesellschaft der Bundesrepublik im Umbruch war. Die Jahre des Wiederaufbaus waren vorbei, das Wirtschaftswunder hatte dafür gesorgt, dass materielle Grundbedürfnisse nun weitgehend erfüllt waren und sich ein Raum öffnete für Ideale wie Selbstverwirklichung und Partizipation. Dieser Wertewandel setzte Mitte der 6oer-Jahre schubartig ein, mit der beginnenden Studentenbewegung und dem Übergang von der rückwärtsgewandten Ära Adenauer zur Regierung unter dem SPD-Bundeskanzler Willy Brandt. Weg vom Untertanengeist hin zu Modernisierung, Liberalisierung und Demokratisierung der Gesellschaft. Bei den Frauen, den Studierenden und der Arbeiter:innenschaft herrschte Aufbruchsstimmung. Dieser kulturelle und politische Wandel rief eine konservative Gegenbewegung hervor, die sich auf parteipolitischer Ebene in der Gründung der NPD niederschlug. Die von Westberlin ausgehenden Veränderungen kamen allerdings im Rest des Landes und auch in den unterschiedlichen Milieus sehr verzögert an, und genau von diesen Verschiebungen und Verwerfungen in der Gesellschaft erzählt Mechtel anhand der Familie Born und ihres Bekanntenkreises.

Der Bruderzwist der beiden Söhne Friedrich und Michael, der die Spaltung der ganzen Familie nach sich zieht, ist nicht zuletzt ökonomisch und politisch motiviert. An ihnen erzählt Angelika Mechtel auch den Gegensatz von Kapitalismus und Sozialismus, von Wirtschaftsliberalismus und Humanismus, denn wo Friedrich der erfolgreiche Arbeitgeber ist, der den Turbokapitalismus par excellence lebt, ist Michael in diesem System der glücklose Arbeitnehmer, der mit seinen Idealen scheitert. Glücklich wird allerdings auch Friedrich nicht, weder privat noch beruflich. Die innere Leere seines Lebensentwurfs befördert ihn direkt in die Depression. Bessere Chancen auf eine glückliche Wendung hat am Ende in Angelika Mechtels Erzählung Michael, der sich für den Beruf des Sozialarbeiters entscheidet – und damit gegen die bürgerliche Fassade seiner Eltern – und diese ungemütliche Wahrheit auch ausspricht.

Flankiert werden die Brüder von reichlich Personal aus der noch im Kaiserreich geborenen Elterngeneration, die den Nationalsozialismus mitzuverantworten hatte, in der Nachkriegszeit aber nichts mehr davon wissen möchte und sich in einem paradiesischen Zustand wähnt. Selten wurde so schauderhaft klar vom Nebeneinander bürgerlicher Kunstbeflissenheit und latenter Grausamkeit erzählt wie in den Szenen, in denen Tante Olga eine junge Dichterin zu einer halb öffentlichen Lesung in ihr Wohnzimmer bittet und Onkel Egon über Hälse und Schrumpfköpfe fantasiert. Und davon, wie Kunst und Kultur gekapert werden, um die eigene Bedeutung und Überlegenheit zur Schau zu stellen; wie sie dazu dienen, sich bei eigener völliger Lethargie mit ihnen zu schmücken und so die Fassade aufrechtzuerhalten. Auch Unliebsames lässt sich auf diese Weise überdecken, wie die eigene BDM-Karriere oder die SA-Mitgliedschaft des inzwischen längst entnazifizierten Professorengatten. Schließlich war man im Herzen sowieso immer im Widerstand. Alkohol, die im Buch oft erwähnten Tabletten und das ständige Beschwören von Ordnung und Zufriedenheit tun bei dieser Lüge das Ihre. Schwer zu ertragen ist da für die Figuren ein Bundeskanzler, der tatsächlich 1933 ins Exil und in den Widerstand gegangen war. Mit solchen

Widersprüchen konfrontiert, reagieren die Eltern, Tanten und Onkel gereizt, etwa wenn die geladene junge Dichterin nach der Obdachlosensiedlung am Stadtrand fragt. Schließlich ist für das eigene Schicksal immer noch jede und jeder selbst verantwortlich, gibt diese Gesellschaft allen dieselben Chancen. – Verstanden oder gelernt werden will hier nichts mehr. Nachvollziehbar, dass Michael ein «ungeheures Unbehagen» beschleicht, sobald er seiner Familie ausgesetzt ist.

Angelika Mechtel fiel bei der Arbeit an diesem Roman, wie sie Patricia Russian später in einem Interview erzählte, etwas auf: «Während ich an meinem *Gläsernen Paradies* schrieb, überlegte ich mir plötzlich: Wieso sitzt du eigentlich immer da und hast immer Männer im Mittelpunkt deiner Geschichten und machst dies alles so mit, treibst diesen ganzen Prozeß weiter, daß eben der Mann der Mittelpunkt aller Dinge ist?» Sie habe sich dem herrschenden Literaturbetrieb unbewusst angepasst und zu spät gesehen, dass literarische Traditionen offenbar schwieriger zu überwinden sind als gesellschaftliche Tatbestände. Ähnlich hatte Simone de Beauvoir zwanzig Jahre zuvor gezögert, ihrem Publikum in einem Roman eine Figur wie sich selbst zuzumuten, weil sie allzu untypisch sei. Und nicht nur auf sie trifft zu, was Silvia Bovenschen feststellte: dass es die gelehrte Frau in der Realität gegeben habe, lange bevor sie literarisch gespiegelt wurde. Obwohl Angelika Mechtel schon an *Das gläserne Paradies* arbeitete, als ihr diese Erkenntnis kam, lohnt ein genauerer Blick auf die Frauenfiguren im Roman und ihre Lebensumstände.

Nach Amelie, die sich feiern lässt, zur Schau stellt und in ihrer Rolle als Mutter, Großmutter und Ehefrau ganz aufgeht, lernen wir Anna kennen, die Klofrau, die ihren Sohn verloren und wenig zu lachen, ihr Leben jedoch in die Hand genommen hat und lebendiger wirkt als sämtliche Mitglieder der bürgerlichen Geburtstagsgesellschaft im Festsaal. Auch das junge Mädchen, um das die Nonne Martha sich kümmert, ist eine marginalisierte Figur, die von der Welt nichts zu erwarten hat. Wohingegen Martha sich bewusst dafür entschieden hat, als Nonne am Rande der Gesellschaft zu stehen, und sich ihre Unsichtbarkeit zunutze zu machen weiß, wie Anna auch. Aber es sind Existenzen im Schatten, wie sie eine insbesondere für Frauen ungerechte Gesellschaft hervorbringt. Da ist Ruth, Friedrichs Ex-Frau, bereits wiederverheiratet, die sich ihrem jeweiligen Ehemann bereitwillig unterordnet, allerdings zu Erpressungsmaßnahmen greift, wenn dessen Entscheidungen ihr zu sehr gegen den Strich gehen. Friedrich zögert nicht, ihr gegenüber seine Macht auszuspielen, etwa wenn sie auf den Jungen verzichten muss, damit er in die Scheidung einwilligt. Es wird also brutal verhandelt zur Zeit der Hausfrauenehe, in der eine Frau nur arbeiten durfte, wenn ihr Mann einverstanden war und sie ihre Pflichten gegenüber ihm und der Familie nicht vernachlässigte; als sie nicht mal selbstständig größere Anschaffungen tätigen durfte und Abtreibungen zu jedem Zeitpunkt der Schwangerschaft strafbar waren.

Letzteres wird am Beispiel von Brigitte erzählt, Michaels Frau, die ausgerechnet dann schwanger wird, als das Paar sich voneinander entfernt hat und Michael seinen Job verliert. Angelika Mechtel erzählt ausführlich, wie Frauen in Existenznot angesichts der Gesetzeslage nichts anderes übrig blieb, als unprofessionelle Eingriffe vornehmen zu lassen, die häufig Komplikationen nach sich zogen oder tödlich endeten. Brigitte überlebt, eine andere Frau auf derselben Station nicht. Angelika Mechtel hatte sich im Juni 1971 an der aufsehenerregenden Aktion «Wir haben abgetrieben» des Magazins *Stern* beteiligt, bei der 374 teils prominente Frauen bekannten, abgetrieben und damit gegen geltendes Recht verstoßen zu haben. Ihr Ziel: den Paragrafen 218 abzuschaffen – der von den Nationalsozialisten verschärft worden war –, Abtreibungen zu entkriminalisieren, weniger gefährlich zu machen und sie auch den Frauen zu ermöglichen, die nicht über das Geld verfügten, dafür ins Ausland zu fahren. Dies führte Mitte der 1970er-Jahre zu einer kombinierten Fristen- und Indikationslösung, eine Reform, mit der die Bundesrepublik den Regelungen in vielen Nachbarländern jedoch weiter hinterherhinkte, nicht zuletzt auch der DDR. 1974 wollte Angelika Mechtel im Bayerischen Rundfunk die Szenen rund um den Schwangerschaftsabbruch aus *Das gläserne Paradies* lesen, erhielt jedoch am Vorabend telefonisch Bescheid, dass die Redaktion ihren Beitrag nach «heftiger Diskussion» abgesetzt habe. Es rezitierte stattdessen ein Sprecher des Bayerischen Rundfunks aus dem Kapitel, in dem Michael und Brigitte streiten, ob sie wieder arbeiten soll oder nicht.

Angelika Mechtel gehört mit Ingeborg Drewitz, Elisabeth Plessen, Elfriede Jelinek und anderen in den Kreis der feministischen Autorinnen, die sich in den Nachkriegsjahrzehnten mit weiblichen Lebensbedingungen und ihren Folgen auseinandersetzten, sie anprangerten und auch die mediale Auseinandersetzung nicht scheuten. Und sie machte sich auch über die Situation der schreibenden Frau in Deutschland keine Illusionen: «Eine Autorin scheitert rascher in den Grabenkämpfen des Literaturbetriebs. Behindert durch Doppelbelastung und permanente Konzentrations-Zerstörung – wenn sie etwa neben dem Literarischen auch noch Kinder betreut – bleibt sie häufig, was ihren Bekanntheitsgrad anbelangt, im Mittelfeld stecken und wird entsprechend honoriert. Ein Wohl-oder-übel-Fazit: Jeder weibliche Autor hat mehr Chancen zu reüssieren, der auf einen Teil des Lebens verzichtet. Verzichtsklauseln zugunsten der Literatur? Ein trauriges Kapitel weiblicher Entwicklungsgeschichte.» Aber ihr lagen nicht nur die Frauen am Herzen. Für ihr Sachbuch *Alte Schriftsteller in der Bundesrepublik* führte Angelika Mechtel 1972 zahlreiche Interviews mit Autoren und Autorinnen über ihre materielle (Not-)Lage, wodurch sie maßgeblich dazu beitrug, dass die VG WORT für eine soziale Absicherung dieser Berufsgruppe sorgte. Wenig später begann sie, ehrenamtlich für den Verband deutscher Schriftsteller zu arbeiten, aus dem sie später wegen seiner halbherzigen Haltung im Fall Salman Rushdie austrat. In den 80ern ließ sie sich ins PEN-Präsidium wählen und übernahm dort die Aufgabe, für verfolgte und inhaftierte Schreibende in aller Welt zu kämpfen.

Parallel begann Angelika Mechtel, auch für Kinder und Jugendliche zu schreiben. *Hallo, Vivi!* stand auf der Auswahlliste zum Deutschen Kinderbuchpreis, auch *Kitty Brombeere* und *Kitty und Kay* wurden viel gelesen. Nachdem Mechtel 1987 an Brustkrebs erkrankte, veröffentlichte sie ihr Tagebuch *Jeden Tag will ich leben*. Als sie 1993 einen schweren Rückfall ihres Krebsleidens erlitt, musste sie ihre Arbeit für verfolgte Kolleg:innen im Internationalen PEN aufgeben. 1994 erschien ihr historischer Roman *Die Prinzipalin* über die Regisseurin und Schauspielerin Friederike Caroline Neuber, mit dem sie einen Beitrag dazu leistete, vergessene Künstlerinnen wieder ans Licht zu holen. Im Februar 2000 starb Angelika Mechtel in Köln.

rororo
Entdeckungen

Stella Benson, Zauberhafte Aussichten
Christa Anita Brück, Ein Mädchen mit Prokura
Laurie Colwin, Familienglück
Liesbet Dill, Tagebuch einer Mutter
Katrin Holland, Man spricht über Jacqueline
Siân James, Ein Nachmittag im Mai
Angelika Mechtel, Das gläserne Paradies
Louise Meriwether, Eine Tochter Harlems
Mary Renault, Freundliche junge Damen